GEFRORENE BLÜTEN

Angelika Sopp, geb. 1955, hat in Mannheim studiert und arbeitete zuletzt als Amtsrätin in einer Bundesbehörde. Sie lebt in der Nähe von Erlangen. Inzwischen sind zwei Kriminalromane und mehrere Kurzgeschichten von ihr erschienen.

Dieses Buch ist ein Roman. Handlungen und Personen sind frei erfunden. Ähnlichkeiten mit lebenden oder toten Personen sind nicht gewollt und rein zufällig.

ANGELIKA SOPP

GEFRORENE BLÜTEN

ROMAN

© Angelika Sopp, 2019
Alle Rechte vorbehalten
Verlag: Angelika Sopp, Birkenallee 67, 91088 Bubenreuth
Umschlaggestaltung: Stefanie Mohr
ISBN: 9781093951813
Imprint: Independently published

Kapitel 1

Da war es wieder, dieses Gefühl. Immer wenn ich im Begriff war, etwas Unvernünftiges zu tun, machte es sich in meinem Magen bemerkbar. Doch diesmal hatte es nicht nur meine Mitte befallen, sondern mich ganz und gar vereinnahmt. Trotzdem entschied ich mich nicht, wie sonst, für den Rückzug, sondern blieb an meinem Fensterplatz im Restaurant des Nürnberger Flughafens sitzen und wartete auf meine Maschine nach Irland.

Irland ... Noch vor Kurzem hätte ich Stein und Bein geschworen, niemals in meinem Leben einen Fuß auf diese Insel zu setzen.

Laut Wetterbericht sollte er ein heißer Tag werden, dieser dritte August, und bereits jetzt, um halb acht Uhr morgens, behauptete sich die Sonne gegen die wenigen Quellwolken, die träg über den Himmel zogen. Dass ich dennoch fror, schob ich auf die Klimaanlage, und war dankbar für mein unerschütterliches Talent, stets und für alles eine schlüssige Ausrede parat zu haben. Ich sah dem Wolkenspiel zu und konzentrierte mich auf die Geräusche im Hintergrund: Geschirrklappern, verhaltene Stimmen, vereinzeltes Lachen. Schiebetüren, die in ihren Laufschienen surrten, Lautsprecherdurchsagen, die in unregelmäßigen Abständen die Fluggäste informierten. Ich richtete meine Aufmerksamkeit auf diese Belanglosigkeiten und versuchte, mich damit abzulenken. Nicht aus Angst vor dem Fliegen – na ja, das vielleicht auch –, sondern weil ich wusste, dass mich mit diesem Flug nach Irland meine Vergangenheit einholte. Mein Atem ging flach und zwang mich, von Zeit zu Zeit tief Luft zu holen. Mein Nacken hatte sich zu einem Holzscheit verhärtet, und meine kalte Hand zitterte leise, als ich zum x-ten Mal die Kaffeetasse zum Mund führte. Entschieden zu viel Koffein für einen Morgen wie diesen.

Vor mir lag mein Ticket, und so konzentrierte ich mich auf die Zahlen, die darauf vermerkt waren. Flugnummer, Ticketnummer, Buchungsnummer. Wenn ich nervös war, klammerte sich mein Gehirn ganz automatisch an Zahlen oder Formeln, selbst dann noch, wenn der Rest meines Körpers vibrierte, als hinge er an einer Hochspannungsleitung. Es half immer.

Nur nicht heute.

Die Ziffern purzelten ohne jeden Bezug und Zusammenhang durch mein Gehirn, und ich kannte keine Formel, mit der ich die Ungleichung meiner Gefühle aufzulösen vermochte. Ich schob das Ticket in die Handtasche zurück und lenkte den Blick wieder durch die hohen Panoramascheiben nach draußen aufs Flugfeld. Gerade startete eine 737 nach Rom. Die Triebwerke heulten auf, die Positionslichter blinkten. Ich schaute ihr hinterher, als sie gleich darauf im Sommerhimmel verschwand; in die entgegengesetzte Richtung. Es wäre ratsamer gewesen, ich hätte mir einen Flug nach Rom gekauft und mir dort einen Kurzurlaub gegönnt. Obwohl die Stadt ja bekanntlich im August einem Hochofen glich, der eher zur Flucht drängte als zum Verweilen einlud, gab ich mich der reizvollen Vorstellung von Mußestunden unter mediterraner Sonne hin. Ich malte mir aus, wie ich die Via Veneto hinauf- und hinunterschlenderte, die Schaufensterauslagen der Modegeschäfte betrachtete und anschließend, bei einem Eisbecher, die Italiener um die lebenslustige Seite ihres Temperaments beneidete. Wie verführerisch ein Glas Rotwein in der Abenddämmerung glänzen konnte, wenn man in einer Trattoria vor sich hin träumte. Einfache, unkomplizierte Tagträume von ein wenig Wärme, Lachen, einer Ahnung von Unbeschwertheit. Ich räusperte mich zurück in die Realität und straffte die Schultern. Hätte und wäre, könnte und sollte. Ein Leben im Konjunktiv; und so symptomatisch für mich.

Wieder dachte ich, wie absurd es doch von mir war, dort hinzufliegen, wo sie lebte. Und er. Vor allem er.

Schwester und Schwager zu besuchen, war eine durchaus übliche, wenig spektakuläre und meist eher angenehme Begebenheit. Doch für mich bildete sie entschieden die Ausnahme zur Regel, und ich war mir ganz und gar nicht sicher, dass ich es wirklich wollte. Trotzdem tat ich es. Entgegen meinen Zweifeln, entgegen dieser Mischung aus Niedergeschlagenheit und Groll, die ich wieder in mir fühlte. Selbst mein Talent für vernünftige Begründungen ließ mich diesmal im Stich. Nichts war vernünftig an dieser Reise, doch Anni hatte meine Entscheidung »weitherzig und charaktervoll« genannt. Sie sah darin einen »Schritt innerer Größe« – was immer das bedeuten mochte – und hatte mich dazu ermutigt. In den fünfzehn Jahren, in denen wir das waren, was man gute Nachbarn nennt, hatte sie genug von mir erfahren, um zu wissen, wann ich ihrer Unterstützung bedurfte. Doch als ich vor zwei Stunden die Tür meiner Wohnung in Alt-Erlangen abgeschlossen und ihr den Ersatzschlüssel in den Briefkasten geworfen hatte, fragte ich mich, welche Kriterien wohl erfüllt sein mussten, damit dieselbe Handlung von dumm zu charaktervoll avancierte. Es wollte mir partout nichts Sinnvolles dazu einfallen. Vor allem zweifelte ich daran, dass ich diese Kriterien erfüllen würde. Aber vielleicht kannte Anni das Leben und die menschliche Natur besser als ich.

Ich drängte meine Gedanken beiseite und schaute auf die Armbanduhr. Noch eine gute Stunde bis zum geplanten Abflug. Ich beschloss, mich im Duty-free-Shop abzulenken, schnupperte an teurem Parfüm und kaufte mir einen dezent schimmernden Lippenstift in dem Wissen, Oran bald wiederzusehen. Dass er seit nahezu zwanzig Jahren der Mann meiner Schwester war, ermutigte mich ganz besonders zu dieser Extravaganz.

Kapitel 2

Der alte Mann auf dem Sitz neben mir schlief. Sein weißes Hemd hatte einen Schweißrand am Kragen und roch muffig. Sein Atem strömte unter leisem Pfeifen ein und aus und brachte dabei die wulstige Unterlippe zum Beben. Ich wendete mich ab und schaute aus dem Flugzeugfenster. Noch immer pochte mein Puls in den Ohren, und ich wünschte mir, dass sich meine Nervosität endlich legen würde. Der Plastikbecher mit Mineralwasser, den die Stewardess auf das Klapptischchen gestellt hatte, vibrierte synchron mit dem monotonen Geräusch der Triebwerke, doch trotz meines trockenen Mundes und des vielen Kaffees hatte ich keinen Durst. Ich lehnte mich zurück und schloss die Augen in der Hoffnung auf ein wenig Entspannung.

Zwanzig Jahre war es her, dass ich Conny und Oran zuletzt gesehen hatte. Zwanzig Jahre ... eine kalendarische Ewigkeit, die sich für mich gerade wie ein einziger Lidschlag anfühlte. Zum ersten Mal fragte ich mich, was ich aus diesen Jahren gemacht hatte. Ein Kinderbild rutschte vor mein geistiges Auge: der weiß blühende Fliederbusch im Garten des Einfamilienhauses unserer Eltern, davor Conny und ich. Sie in einem gelben, ich in einem lindgrünen frühlingshaften Chiffonkleidchen, passenden Söckchen und schwarzen Lackschuhen. Conny mit rotblonden Zöpfen, deren Enden mit gelben Satinschleifen gebunden waren, ich mit dunkelblondem Kurzhaarschnitt, Fasson Kochtopf. Wir halten uns an den Händen und lachen in die Kamera. Nein, *sie* lacht, kokett und provozierend, lüpft mit den Fingerspitzen der rechten Hand den Saum ihres Kleidchens und dreht ihren rechten Fuß in elegantem Winkel auf die Spitze. Ich blicke verkniffen zu ihr hin, starr wie ein Hackstock. Ob ich sie schon damals neidvoll bewunderte? Wahrscheinlich.

Wir waren immer wie die zwei Pole eines Magneten gewesen. Sie plus, ich minus, doch untrennbar in unserer Gegensätzlichkeit miteinander verbunden. Schwestern, die sich in ihrer Verschiedenheit auf fatale Weise ergänzt hatten.

Das war von Anfang an so gewesen und hatte sich nie geändert, war richtungsweisend geblieben bis zu jenem Tag vor zwanzig Jahren, an dem sie Orans Hand ergriffen hatte und mit ihm nach Irland abgeflogen war, um ihn dort zu heiraten. Eine Hand, die ich noch kurz zuvor voll Hoffnung in meiner gehalten hatte.

An jenem Tag hatte ich mir zum ersten Mal zugestanden, sie zu hassen. Doch ich fügte mich drein, so, wie ich es immer getan hatte. Kampflos. Nicht aus Feigheit, nein, viel schlimmer: Ich war davon überzeugt gewesen, es sei letztlich richtig so. Derartiges zu hinterfragen, hatte ich damals als Unsinn erachtet. Ebenso gut hätte ich eine mathematische Gesetzmäßigkeit in Zweifel ziehen können.

Conny war eben Conny gewesen: ein Bild ohne äußeren Makel, entwaffnend in ihrem Charme, voller Esprit und schillernd wie ein ganzer Schwarm Guppys.

Und ich? Ich kämpfte mit meinen Hemmungen, hielt mich stets im Hintergrund, weil ich nicht nur keine Ahnung davon hatte, wie man sich in Szene setzte, sondern obendrein davon überzeugt war, mich mit jedem Versuch lächerlich zu machen und Mitleid zu erregen.

Zugegeben, ich war die Intelligentere von uns beiden gewesen, zumindest nach dem Maßstab schulischer Leistungsparameter, doch wirklich geholfen hatte es mir nicht. Und nicht nur einmal hätte ich ohne zu zögern die Eins in Mathematik und Physik gegen Connys Aussehen und ihre Gewandtheit eingetauscht.

Ich hatte es lange Zeit für meine Pflicht gehalten, sie zu bewundern und zu lieben, und es wohl irgendwie auch getan. Doch hatte ich damit nur den Neid in mir genährt, denn ein Vergleich mit ihr war ausnahmslos deprimierend gewesen. Darüber hatte mich auch die Standardbemerkung meiner Mutter nicht hinwegzutrösten vermocht, mit der sie meinen Kummer stets aus ihrem Wahrnehmungsbereich wischte: »Dafür kannst du besser rechnen als Conny«. Diese Tatsache hatte mir zu genügen, mich für all das, was Conny mir voraushatte, zu entschädigen. Also redete ich mir damals ein, es sei nur recht und billig, dass *sie* den Mann heiratete, den ich liebte, und mit ihm in seine Heimat Irland ging. Schließlich hatte ich mich bis dahin bereits vierundzwanzig Jahre in ihrem Schatten verkrochen.

Weiß Gott, ich hatte mich bemüht, mich von ihr zu befreien, doch wirklich gelungen war es mir nicht. Selbst als sie bereits weit weg war, wir weder miteinander sprachen noch einander schrieben, spürte ich ihren Einfluss, zog sich ihre unsichtbare Präsenz wie ein Gespenst durch mein Leben.

Noch Jahre danach hatte es für mich Tage gegeben, da fühlte ich mich leer und unsichtbar, lebte meine Pflichten ohne Bezug und Wertung, bestand nur aus Disziplin und Augäpfeln, die gleichgültig betrachteten, was ich und der Rest der Welt taten oder sagten. Und an anderen Tagen hatte ich Mühe, mein inneres Rumpelstilzchen im Zaum zu halten, um nicht schreiend aufzustampfen und mich selbst in zwei Stücke zu zerreißen. Ein Psychologe, mit dem ich eine Weile zusammen gewesen war, fand meine Empfindungen hochinteressant. Ich hatte mich ihm anvertraut, ihm von meinem Problem mit Conny erzählt, und er begann umgehend und mit Begeisterung, es zu diagnostizieren, kategorisieren und mit Therapievorschlägen zu garnieren. Alsbald war es wissenschaftlich festgestellt und mit einem verwaschenen Fachausdruck belegt: Soziale Anpassungsstörung oder so ähnlich. Ich hatte große Probleme in dem Bemühen, mich anzupassen an einen despotischen Vater, eine devote und hinterhältige Mutter und eine Schwester, deren Ego mich schier erdrückte. Nach diesen wenig hilfreichen, weil der Selbsterkenntnis hinterherhinkenden Feststellungen beschloss ich, es lieber bei meiner laienhaften Definition zu belassen, die mein Problem längst als Unglücklichsein aufgrund mangelnden Talents entlarvt hatte. Vor allem war ich mir sicher, dass mir nicht damit gedient war, kreischend auf ein Kopfkissen einzuschlagen, um meine latenten Aggressionen auszuleben, oder mir in einem gruppentherapeutischen Kreis die zehnte Problemversion ähnlich belasteter Fremder anzuhören. Ich erkannte, dass meine Mathe-Logik und seine Psycho-Logik nicht zusammenpassten, sagte es meinem Freund, begleitete ihn zur Tür und schickte ihn endgültig zurück in sein Leben der spekulativen Halbwahrheiten.

Eigenartig. Jahrzehnte hatte ich nicht mehr daran gedacht. Jetzt hatte ich das Gefühl, die Erinnerungen marschierten in Hundertschaften auf. Selbst Details waren wieder präsent.

Wahrscheinlich könnte man heute, zwanzig Jahre später, noch weit schwerer sagen, was davon zu halten war, wenn eine Frau von vierundvierzig Jahren, die weder hässlich noch dumm war, den Schwerpunkt ihres Lebens seit Langem darin sah, die Mathematikarbeiten ihrer Schüler zu korrigieren. Und die meist einseitigen

Gespräche mit einem alten eigensinnigen Kater bildeten dazu kaum ein angemessenes Gegengewicht. Auch konnte es einen schon in grüblerische Tiefen stürzen, dass dies nicht als die geruhsame zweite Hälfte eines abwechslungs- und erfahrungsreichen Lebens angesehen werden durfte. Vielmehr hatten sich Tag um Tag und Jahr um Jahr aneinandergereiht, ebenso wohlsortiert wie ereignislos. Aber so war es nun einmal gewesen, und ich hatte mich damit arrangiert. Der Stacheldraht, den ich um meine Seele gezogen hatte, war längst fest mit dieser verwachsen. Unüberwindbar für andere, schutzgewährend für mich. Genau genommen war ich sogar recht zufrieden mit meinem Leben, das sich zumindest durch einen gewissen Gleichklang auszeichnete, der mir Rahmen und Orientierung bot. Glücksgefühle wurden überbewertet, davon war ich längst überzeugt. Mir genügte es völlig, nicht mehr unglücklich zu sein. Vor allem klebte Conny längst nicht mehr an mir wie ein omnipotentes Über-Ich.

Jetzt, mit vierundvierzig, rechtfertigte ich mich vor mir selbst mit der Überzeugung, aus dem, was vor zwanzig Jahren von mir übrig geblieben war, das Bestmögliche gemacht zu haben. Dass es sich im Augenblick dummerweise nicht so anfühlte, war lediglich dieser Reise nach Irland zuzuschreiben und hatte keine tiefere Bedeutung.

Das Bestmögliche. Ich öffnete die Augen, blickte an meinem grauen Leinenkostüm hinunter auf meine Hände, die auf meinem Schoß ruhten. Ich betrachtete die kurzen, lacklosen Fingernägel, die ersten Knitterfältchen und vereinzelten Altersflecken, die sich bereits auf den Handrücken zeigten, bemerkte das Fehlen jeglichen Schmuckes. Kein Ring zierte die Haut, kein edles Metall, kein glitzernder Stein lenkte ab von den Spuren der Jahre.

Das Bestmögliche. Na ja. Ich bemerkte die Enge in meinem Hals, schluckte mehrmals hart, um sie zu vertreiben, schloss wieder die Augen und lehnte mich in meinen Sitz zurück. Nein, ich würde mich von den jüngsten Ereignissen nicht einschüchtern lassen. Mein Leben war gelungen. Ich hatte meinen Beruf als Mathematiklehrerin am Gymnasium. Die Kinder mochten mich, und ich mochte sie. Daran war nicht zu rütteln. Doch war das längst nicht alles. Es gab sehr viel mehr Positives. Spielte ich nicht einmal wöchentlich Geige im »Kleinen Kammerorchester« der Alt-Erlanger Musikfreunde? Ging ich nicht regelmäßig Schwimmen? Fahrrad fahren? Ja, sogar die Platzreife fürs Golfen hatte ich vorletzten Sommer erworben. Ich verbrachte gern die Abende mit Lesen und genoss es, wenn Churchill, mein Kater, sich dazugesellte, an meiner Seite zusammenrollte und behaglich schnurrte. Auch war ich emanzipiert genug, mir selbst Blumen für den Frühstückstisch zu kaufen. Ich zahlte pünktlich meine Rechnungen, gönnte mir hin und wieder einen Pauschalurlaub und ... ich wischte mir trotzig die beiden Tränen weg, die sich durch meine geschlossenen Lider quetschten.

Genug mit all den Rechtfertigungen, Lisa Konrad! Kaum näherst du dich Connys Dunstkreis, kehrt das Gefühl der Minderwertigkeit zurück, und du lässt dich von ihm terrorisieren.

Die Stimme aus dem Lautsprecher übertönte meine innere Zurechtweisung, kündigte den Landeanflug auf Cork an und beendete abrupt meinen Exkurs ins Haifischbecken der Vergangenheit. »Fasten Seatbelts« erschien in Leuchtschrift über den Köpfen der Passagiere, und der Plastikbecher samt Inhalt war von dem Tischchen vor mir verschwunden. Die Flugbegleiterin hatte ihn entfernt, ohne dass ich es bemerkte. Ich suchte rasch in meiner Handtasche nach dem Spiegel und dem neu erworbenen Lippenstift und schminkte mir mit ungeübten Fingern die Lippen. Während die Maschine ausrollte und eine Mikrofonstimme blutleere Willkommensgrüße unter die Anweisungen zum Verlassen des Flugzeugs mischte, tupfte ich mir einige Tropfen *Diorissimo* hinter die Ohren. Ich hatte das Parfum vor Jahren aus einer Laune heraus gekauft und seitdem kaum benutzt. Mit einem Blick auf den beleibten Herrn vom Nebensitz bemerkte ich, wie dieser missbilligend die Nase rümpfte, doch es beeindruckte mich nicht, denn wer so muffelte wie er, hatte jedes Recht zur Kritik verspielt. Ich fragte mich allerdings, ob Maiglöckchenduft der Gesamtsituation gerecht wurde, und verstaute das Fläschchen tief unten in meiner Handtasche.

Draußen vor dem Fenster war es grau und dunstig. Regentropfen prasselten gegen die Scheiben und versperrten die Sicht auf alles Irische.

Ich bemühte mich um Unbekümmertheit, lächelte sogar die Flugbegleiterin zum Abschied an und suchte mir einen Gepäcktrolley. Anschließend stand ich mit den anderen Passagieren vor dem Förderband, das sich eine gefühlte Ewigkeit später doch noch mit müden Schleifgeräuschen in Bewegung setzte. Während ich auf meinen Koffer und die Reisetasche wartete, zog ich noch einmal Connys Briefkarte aus der Jackentasche. Ihren Inhalt kannte ich längst auswendig, hatte ihn mir zig Mal in den letzten Wochen vor Augen gehalten. Trotzdem las ich die drei Zeilen erneut. Ich tat es, um mir wieder zu bestätigen, dass ich nur hier war, weil sie und Oran mich darum gebeten hatten.

»Liebe Lisa, Oran ist schwer erkrankt. Möchte gern, dass Du kommst. Das Flugticket wird selbstverständlich für Dich reserviert. Weiteres dann hier. Gruß! Conny«. Keine Telefonnummer, keine weiteren Erklärungen, nichts. Reiner Telegrammstil. Nach zwanzig Jahren. Und doch ganz typisch für sie. Sie ging noch immer davon aus, dass sich der Rest der Welt nach ihr richtete, dachte ich bei mir ohne eine Regung von Ärger. Es war nur eine simple Feststellung, eine Bestätigung dafür, dass sich offenbar nichts geändert hatte. Ich wusste nicht mehr, wie lange ich dagestanden und auf die Zeilen gestarrt hatte, als ich sie erhielt. Immer wieder hatte ich sie gelesen. Oran schwer erkrankt. Möchte, dass du kommst. Wer möchte es, hatte ich mich gefragt. Er oder sie? Aber das war der Formulierung nicht zu entnehmen. Ich hatte die Karte erst auf meinen Schreibtisch und schließlich in den Papierkorb geworfen und beschlossen, einem ersten Impuls folgend, sie einfach zu ignorieren. Am nächsten Tag, nach einer unruhigen Nacht, hatte ich dann doch zum Telefon gegriffen und Conny angerufen. Der Hörer in meiner Hand hatte leicht gezittert und vom Widerstreit meiner Gedanken gezeugt: Tue es, lasse es, tue es, lasse es.

»Hallo, Lisa«, hatte sie freundlich, fast überschwänglich gesagt, als ich mich meldete. Nichts in ihrem Tonfall hatte darauf schließen lassen, dass wir uns fast zwei Jahrzehnte weder gesehen noch gesprochen hatten, weil nicht nur die Irische See, sondern zudem ein Berg an Feindseligkeit zwischen uns lag und uns trennte.

»Wie schön, dich zu hören! Oh ja, die Karte ... natürlich ... Oran möchte dich gern sehen.«

Oran also, nicht sie.

Ich hatte wenig zu sagen gehabt und überwiegend in Ein-Wort-Sätzen geantwortet, sie jedoch hatte mit jener souveränen Gewandtheit gesprochen, die mir schon früher oft zum Ärgernis geworden war. Dabei war es nie eine Frage der besseren Argumente gewesen, sondern die Scharfzüngigkeit ihrer unerschütterlichen Selbstsicherheit, die mich jedes Mal wie ein Faustschlag zum Schweigen gebracht hatte.

Ihr leichter Akzent war nicht zu überhören gewesen. Kein Wunder. Englisch musste ihr in den vielen Jahren zur zweiten Muttersprache geworden sein.

Sie hatte nicht gefragt, wie es mir gehe, ob ich es denn kurzfristig einrichten könne, nach Irland zu kommen, ob ich es überhaupt *wolle*. Zumindest aber hatte ich erfahren, dass Oran drei Monate vorher einen schweren Unfall erlitten hatte und seither weitestgehend gelähmt war. Eine Krankenschwester betreue ihn mehrere Stunden täglich, denn er sei auf fachgerechte Versorgung angewiesen, hatte sie gesagt, während ich mich dabei ertappte, mir Oran vorzustellen, wie er bei unserem letzten Zusammentreffen ausgesehen hatte. Ich verscheuchte das Bild umgehend wieder aus meinem Kopf und zwang mich, während unserer Unterhaltung immer wieder zu lächeln, in der Hoffnung, es würde meiner Stimme eine ruhige Überlegenheit verleihen. Ich hatte so unbeteiligt wie nur möglich klingen wollen.

»Warum will Oran *mich* plötzlich sehen, nach all den Jahren, in denen ...«

»Nun, ich glaube, er spürt, dass es Zeit ist für Versöhnung, wenn du verstehst, was ich meine ...«, war sie mir ins Wort gefallen. »Er würde gern alte Missverständnisse ausräumen und seinen Frieden machen mit der Welt ... und natürlich auch mit dir ... Und ich möchte das auch.«

Missverständnisse?! Was in drei Teufels Namen war missverständlich an der Tatsache, dass er Conny mir vorgezogen hatte?! Ich hatte mich hart räuspern müssen und die Lippen zusammengepresst, um nicht augenblicklich aus der Haut zu fahren. Schließlich war es mir gelungen, nur mit einem »Natürlich« zu antworten, auch wenn mir das, was sie gesagt hatte, längst nicht genügte. »Dennoch sehe ich, offen gestanden, für mich keine Veranlassung zu irgendwelchen ...« Ich hatte kurz überlegt, nach der passenden Formulierung gesucht und schließlich ergänzt: »Friedensverhandlungen«.

»Ja, ich verstehe dich natürlich.« Sie hatte gezögert, war mir unschlüssig erschienen, bevor sie schließlich weitersprach. »Aber, Lisa, da ist noch etwas, das ich unbedingt und dringend mit dir persönlich besprechen muss.«

»Ich kann mir beim besten Willen nicht vorstellen, dass es nach mehr als zwanzig Jahren der Totenstille zwischen uns etwas gibt, was wir besprechen müssten«, hatte ich gereizt erwidert.

»Und doch ist es so.« Sie war geduldig geblieben und hatte dann, um die Spannung noch mehr zu steigern, hinzugefügt: »Es betrifft dich beinahe noch mehr als mich.«

Ich hatte den Eindruck, sie wählte ihre Worte mit sehr viel Bedacht. Auf alle Fälle war es ihr gelungen, meine Neugier zu wecken. »Und das wäre?«

Wieder hatte sie gezaudert. »Nun, es ist von großer Wichtigkeit für uns alle, glaube mir. Allerdings handelt es sich auf keinen Fall um eine Sache, die ich am Telefon bereden kann. Bitte komm her. Ich würde Dich nicht darum ersuchen, wenn's nicht wirklich sehr wichtig wäre.«

Ein spannungsgeladenes Schweigen hatte sich zwischen uns gelegt. Was konnte so zwingend, so unerlässlich sein, dass es meine Anwesenheit erforderlich machte? Gern hätte ich weiter gedrängt, doch ich wusste aus früherer Erfahrung, ich würde jetzt keine Informationen von ihr erhalten. Hätte ich mich stur gestellt und mich gänzlich verweigert, hätte sie es letztlich akzeptiert, auf keinen Fall jedoch klein beigegeben. Also hatte ich es uns beiden erspart, weiter zu hinterfragen. Vielleicht war das Telefon ja wirklich nicht das geeignete Medium für die Offenbarung irisch-deutscher Familiengeheimnisse. Oran hatte seine Gründe, das musste mir vorerst genügen, und außerdem hätte ich sie tatsächlich ganz gern von ihm selbst gehört. Auch Conny hatte ihre Gründe, da war ich mir sicher. Dass ich die jedoch erfahren wollte, dessen war ich mir weit weniger gewiss.

Unser beider Schweigen hatte sich bereits wieder wie eine Art Kräftemessen angefühlt und mich beinah veranlasst, das Gespräch zu beenden, doch meine Neugier hatte letztlich gesiegt.

»Na schön, ich werde kommen, allerdings erst in drei Wochen. Du weißt vielleicht, dass ich unterrichte. Ich habe berufliche Verpflichtungen und ...«

»Aber ja, das verstehe ich doch«, hatte sie mir zugestanden. »Ich richte mich ganz nach deinen Plänen. Aber fliege bitte, sobald du kannst.«

Warum nur hatte sie es so eilig, mich zu sehen, und dabei so geheimnisvoll geklungen? Egal. Ihre Taktik hatte letztlich Erfolg gehabt, denn ich wollte wissen, was es auf der Grünen Insel so ungemein Wichtiges gab, das mich mit einband. »Gut. Dann fliege ich am zweiten oder dritten August. Soll ich ...«

»Nein, nein, komme einfach her. Ich schicke dir das Ticket und werde dich in Cork am Flughafen abholen. Deine Unkosten übernehmen selbstverständlich wir. Wir freuen uns, und ich bin wirklich sehr erleichtert. Danke für deinen Rückruf.« Damit hatte sie aufgelegt und nichts als Fragezeichen hinterlassen.

Ihre Stimme hatte nicht besorgt geklungen. Auch nicht deprimiert. So schlimm konnte das Ganze also nicht sein. Oder doch? Bei Conny hatte man das schon früher nie einschätzen können. Da sie es von jeher gewohnt war, den Dingen ihren Stellenwert ausschließlich aus egozentrischer Perspektive beizumessen, musste man auf Überraschungen stets gefasst sein.

Lang noch waren mir ihre Worte im Kopf herumgespukt. Warum der Kontakt? Nach all der Zeit? Doch wenngleich die Neugier in mir geweckt worden war, so blieb eines unumstößlich: Von Vorfreude konnte keine Rede sein.

Ich stellte meinen Gepäcktrolley ab und blickte mich in der Ankunftshalle des Flughafens Cork um, konnte meine Schwester jedoch nirgends entdecken. Meine Schwester. Einfach lächerlich. Alles in mir wehrte sich gegen diese Bezeichnung.

Durch die großen Glasfronten drang Sonnenlicht. Irland hatte es sich in letzter Sekunde anders überlegt und begrüßte mich mit Sommerwetter. Die regennassen Steinplatten vor dem Eingangsportal des Flughafengebäudes spiegelten den Sommerhimmel und hellten meine Stimmung etwas auf. Froh, wieder festen Boden unter den Füßen zu haben, beschloss ich, mir eine weitere Tasse Kaffee zu gönnen, schwenkte meinen Trolley nach links und steuerte den Coffee-Shop an. Ich setzte mich mit Blick auf die Tür und bestellte. Diesmal koffeinfrei, denn es war meine vierte, nein, die fünfte Tasse seit heute Morgen.

Wo Conny nur blieb? Vor wenigen Tagen hatte ich noch einmal, wenn auch nur kurz, mit ihr telefoniert. Dabei hätte ich mir den Leihwagen, den ich ursprünglich mieten wollte, nicht von ihr ausreden lassen sollen. »Aber wozu denn? In unseren Garagen stehen genug Autos, die du fahren kannst. Außerdem würde ich dich wirklich gern vom Flugplatz abholen«, hatte sie beteuert und dabei überzeugend fürsorglich geklungen. »Nach all der Zeit darfst du mir das bitte nicht abschlagen.«

Ich beschloss, noch fünf Minuten zu warten, und dann ein Taxi zu nehmen. Die Rechnung dafür würde ich ihr bei der Begrüßung präsentieren. Ich wusste, Pünktlichkeit war nie eine ihrer Tugenden gewesen. Eine der meinen jedoch umso mehr. Außerdem hätte ich inzwischen mit jedem gewettet, sie würde mich nicht selbst abholen, sondern irgendjemanden aus ihrem Stab von Angestellten schicken. Ihren eigenen Chauffeur womöglich? Bestimmt gab es den. Oder vielleicht einen Stallburschen? So ein großer Landsitz wollte nicht nur verwaltet, sondern vor allem bewirtschaftet werden. Dazu brauchte man Leute. Soweit ich wusste, gehörten zu Rosebud House neben Ländereien, Schafherden und Nutzvieh auch ein beträchtlicher Reitstall sowie ein Gästetrakt, eine Art Landhotel. Der Süd-Westen sollte zudem, wie ich inzwischen gelesen hatte, ein ganz besonderer Flecken Irland sein: überwiegend Hügel, Wiesen, Weiden. Bunte Dörfer mit viel Tradition und Folklore, all das eingefasst mit schroffen Steilküsten und lauschigen Buchten und begünstigt durch ein vom Golfstrom bestimmtes Klima. Ich hatte diese Informationen aus dem Internet. Rosebud House belegte selbstverständlich seine eigene Homepage. Gott segne die Technik! Was hatte da noch gestanden? *Kaskaden von Grün fallen hinab bis zum Meer, schiefergraue Felsen schneiden Zäsuren in das Land und trotzen der brandenden See*, oder so ähnlich. Klang alles reichlich kitschig für mich. Connys und Orans Lebensrahmen im Internet zu betrachten, war eigenartig gewesen, und irgendwie war ich mir wie ein Voyeur vorgekommen. Vor allem aber hatte ich ankämpfen müssen gegen die aufkeimende Frustration darüber, dass es beinahe *mein* Lebensrahmen geworden wäre. Zugegeben: Die Bilder waren beeindruckend, sehr sogar. Eine Panoramaaufnahme zeigte ein großes Haus mit weißgerahmten Fenstern und einem imposanten Eingangsportal. Viktorianisch? Georgianisch? Davor ein weitläufiger Garten mit symmetrisch gezirkelten Blumenbeeten. All das vor dem Hintergrund einer landschaftlichen Postkartenidylle. Es fiel mir kein bisschen schwer, mir Conny als Idealbesetzung für die Rolle der geschäftstüchtigen Gutsbesitzerin vorzustellen. Ich sah sie vor mir, wie sie über ihr Reich herrschte, zepterschwingend und kompromisslos, mit einer Leichtigkeit, derer ich niemals fähig gewesen wäre ... Der Kaffee schmeckte plötzlich bitter, und ich schob die Tasse ein Stück weit von mir weg. Oran hatte sich bestimmt richtig entschieden, dass er Conny und nicht mich geheiratet hatte. Ich hätte in der Rolle womöglich jämmerlich versagt. Gut, dass mir das erspart geblieben war ... Und außerdem: Jeder wusste, dass Werbebilder logen. So, wie es die Homepage vorgaukelte, würde es nicht sein, da war ich mir sicher. Womöglich hatten Conny und Oran sogar finanzielle Probleme und hofften, ich könne ihnen aus der Patsche helfen. Irische Grundherren waren nicht selten verarmt, hielten sich und ihren Besitz nur mit Mühe und Not über Wasser. Hinter der Fassade aus Tradition und Standesdünkel verbarg sich oft der nackte Kampf ums Überleben, das war selbst mir nicht neu.

Eine Lautsprecherdurchsage riss mich aus meinen Gedanken. »Mrs Lisa Konrad, bitte begeben Sie sich zum Ryan-Air-Schalter zwei ... Mrs Lisa Konrad ...«. Ich erhob mich, ergriff den Trolley und machte mich auf die Suche nach Schalter zwei. Da die Halle überschaubar war und sich nur wenige Menschen darin aufhielten, fand ich ihn rasch und blickte unvermittelt in die stahlgrauen Augen eines fremden Mannes, der mich anlächelte. Er trug einen ebenfalls grauen Tweed-Blazer, aus dem ein weißes Hemd und der schmale Knoten einer dunkelroten Krawatte lugten. Also doch der Chauffeur!

»Mrs Konrad?«

»Ja?«

»Céad Míle Fáilte, hunderttausendfach Willkommen«, sagte er und griff nach meiner Hand. Er hielt sie fest, drückte sie begeistert. Ich wusste nicht, was ich sagen sollte, musste mich erst an das »Mrs«, das mir unbekannte Gälisch und das irische Englisch gewöhnen. Solche Anpassungsprozesse brauchten bei mir erfahrungsgemäß eine ganze Weile. Ich hatte Hemmungen, einfach drauflos zu reden, aus Angst, mich zu blamieren. Auch wenn mein Englisch nicht schlecht war, so war es doch eingerostet. Zudem wäre ich mit einem einzigen Willkommen vollauf bedient gewesen.

»Ich bin Sean Riordan, Orans Freund und Mitarbeiter. Administrativer Leiter nennt man's wohl. Früher hieß es schlicht Verwalter.«

Seine Stimme hatte ein angenehmes Timbre, und seine Natürlichkeit überraschte mich, denn schließlich kam er von Conny.

»Oh«, sagte ich deshalb nur und legte so viel Interesse wie möglich in mein Lächeln.

»Ja, Oran und ich kennen uns schon seit dem Studium«, erklärte er weiter. »Sie müssen bitte entschuldigen, aber Conny hatte kurzfristig einen wichtigen Termin. Ich hoffe, Sie nehmen auch mit mir vorlieb«. Er lachte herzlich und zeigte dabei seine makellosen Zähne. Ich beneidete noch immer Menschen mit schönen Zähnen. Meine waren nie besonders ansehnlich gewesen. Gelblich, dazu ein wenig schief. Meine schüchternen Beteuerungen als Teenager, dass das doch hässlich aussehe, hatten Conny mit Schadenfreude erfüllt. »Sie passen zu deinem Gesicht«, hatte sie bemerkt, mit dem Effekt, dass ich mir schließlich das Lachen versagte und heimlich vor dem Spiegel das Sprechen durch unbewegte Lippen übte, nur, um den Mund nicht allzu weit öffnen zu müssen. Keiner sollte mein krummes Gebiss sehen können. »Alles nur Einbildung«, war der einzige Kommentar meiner Mutter gewesen, als ich ihr mein Problem klagte, und mit ihrem obligatorischen Dafür-kannst-du-gut-Rechnen war das Thema endgültig vom Tisch gefegt worden. Vater hatte sich, wie immer, rausgehalten. Derartige Lappalien waren für ihn pure Zeitverschwendung gewesen.

Sonderbar, wie manche Ereignisse Vergangenes heranspülen wie das Meer das Strandgut, dachte ich wieder. Vergessenes war nicht tot, es hatte nur fest geschlafen.

»Natürlich, sehr freundlich von Ihnen«, antwortete ich. »Entschuldigen Sie, ich war in Gedanken«, begründete ich meine zögerliche Antwort auf seine Frage, um nicht unhöflich zu erscheinen. Unauffällig betrachtete ich Sean Riordans Gesicht. Es war schmal und hellhäutig, doch nicht weichlich. Klare Konturen, rotbraunes, lockiges Haar, ordentlich kurz geschnitten. Ein noch immer recht gut aussehender Mann. Sein Alter schätzte ich auf Anfang fünfzig. Die schlanke Figur ließ ihn größer erscheinen, als er war.

»Ich freue mich, Sie kennenzulernen, Mr Riordan«, sagte ich schließlich

»Ich freue mich auch. Und nennen Sie mich bitte einfach Sean.«
Ich nickte. »Ich bin Elisabeth. Lisa.«

Er besaß Charme. Kein Wunder. Conny hatte sich schon immer mit charmanten Menschen umgeben. Wieder ärgerte ich mich, doch diesmal über mich selbst. Mit meiner zynischen Haltung hätte ich gar nicht erst hierherkommen sollen. Ich ermahnte mich, meine kleinkarierten Vorurteile zugunsten einer neugierigen Offenheit beiseitezuschieben und einfach abzuwarten, wie die Dinge sich entwickelten.

»Ich soll Sie zum Mittagessen nach Rosebud House bringen, aber ich muss noch einen kleinen Umweg über Bantry fahren. Eine Rechnung bezahlen. Besser, wenn wir gleich aufbrechen«, meinte er und deutete auf meinen Koffer und die Reisetasche. »Ist das Ihr gesamtes Gepäck?«

Ich bestätigte und war überrascht, dass *er* ganz offensichtlich überrascht war.

»Ich hoffe, Sie bleiben eine Weile«, meinte er dann, und es klang erneut wie eine Frage.

»Na ja, ich weiß noch nicht«, erwiderte ich. »Wir werden sehen.«

Er ergriff den Trolley und schob ihn zum Ausgang des Flughafengebäudes. Ich folgte ihm und rätselte, wie viel er wohl von Conny und Oran über mich erfahren hatte.

»Wir werden gut eineinhalb Stunden fahren«, informierte er mich und öffnete die linke Tür seines Toyota Avensis, während ich die rechte anstrebte.

»Möchten *Sie* ans Steuer?«, fragte er über das Autodach hinweg und grinste. Ich lächelte verlegen und wechselte die Seite. Es würde auch eine Weile dauern, bis ich mich auf den Linksverkehr eingestellt hatte.

Inzwischen regnete es wieder aus einer tief hängenden Wolke, die es sich direkt über unseren Köpfen bequem gemacht hatte. Wo sie so schnell hergekommen war, blieb mir ein Rätsel, aber auf der kurzen Strecke zum Parkplatz waren mein Rock und meine Bluse ebenso nass geworden wie meine Füße, dank der Sandalen, die ich trug. Sean hatte angeboten, einen Schirm aus dem Auto zu holen, und ich hätte es ihm nicht ausreden sollen. Ihn hingegen schien der Regen nicht zu stören. Vorsichtig setzte ich mich auf den Beifahrersitz und zerrte an meinem Rock herum.

»Daran werden Sie sich gewöhnen müssen, Lisa«, sagte er nur halbherzig mitfühlend, während ich versuchte, mit Papiertaschentüchern den Schaden zu beheben. Ich lächelte, um irgendwie zu reagieren, war mir aber sicher, dass ich mich kaum daran gewöhnen würde. Daran nicht, und wahrscheinlich an gar nichts, das mit meinem Hiersein verbunden war. So viel also zu vorurteilsfreier Offenheit, dachte ich mit einem stillen Seufzer.

Der Spiegel an der Rückseite der Sonnenblende zeigte mir eine mittlere Katastrophe. Die nassen Haare klebten mir am Kopf und wirkten noch dünner, als sie sowieso schon waren. Ich fuhr mit den Fingern durch die Strähnen, um sie aufzulockern, trocknete mir das Gesicht mit dem Taschentuch und klappte resigniert die Sonnenblende hoch. Sean beobachtete meine unzulänglichen Rettungsversuche und schaltete das Gebläse ein. Zumindest die Feinstrumpfhose begann bald darauf zu trocknen. Ich schaute nach draußen, doch der prasselnde Regen versperrte mir einen ersten Blick auf die Gegend.

»Wir fahren ein Stück auf der N71, und dann, bei Bendon weiter auf der 586«, sagte Sean, doch mir war es völlig egal. Für mich bedeutete es eine Zeitreise in die Vergangenheit, zumal ich so gut wie nichts erkennen konnte von der Welt, die sich außerhalb des Toyotas befand. Sie lag unter einem Schleier aus Dunst und Regenwasser, das in Rinnsalen die Autoscheiben hinunterlief. Die Luft des Gebläses kroch mir kalt die Beine hinauf, und ich begann zu frieren. Rasch griff ich nach meiner Jacke auf dem Rücksitz.

»Es geht schnell vorüber. Wie jede Art von Wetter in Irland«, tröstete mich Sean und drehte den Gebläseknopf auf warm. »Und keine Sorge, Sie haben bestimmt noch reichlich Gelegenheit, sich unsere wunderschöne Landschaft anzusehen. Sind Sie das erste Mal hier?«

»Ja«, antwortete ich nur und rieb meine Hände im zwischenzeitlich lauwarmen Luftstrom der Autoheizung. Wieder beschäftigte mich die Frage, wie viel er wohl bereits über mich wusste. Über die ältere Schwester, die von Oran fallen gelassen worden war zugunsten der jüngeren, attraktiveren. Nein, es hatte für mich nie einen Grund gegeben, Irland zu besuchen. Für mich war es bis vor kurzem ein weißer Fleck auf der Landkarte gewesen. Ich fror selbst unter der Jacke und redete mir ein, es liege an der noch immer klammen Bluse, doch die Wahrheit war: Mir war mulmig zumute. Ich scheute zurück vor dem Augenblick, in dem ich Oran und Conny nach den vielen Jahren unausweichlich gegenüberstehen würde. Ich hatte ja keine Ahnung, was mich erwartete. Wohin hatten sie sich so feige verkrochen, die Souveränität und Abgeklärtheit der Oberstudienrätin, fragte ich mich, und sehnte mich nach meiner Alltagsroutine, meiner Rolle, in die ich Tag für Tag schlüpfen konnte wie in einen schützenden Mantel. Eine Rolle, die mir Identität und Wertschätzung verlieh. Hier fühlte ich mich zurückgeworfen auf ein Ich, das nur noch aus zwiespältigen, längst vergessen gewähnten Gefühlen bestand. Beinahe zwanzig Jahre hatten sie irgendwo tief in mir geschlummert, und ich hatte sie heraufbeschworen durch die törichte Entscheidung, hierher zu fliegen. Wie hatte ich mich nur auf diese Schnapsidee einlassen können?! Wichtige Angelegenheit hin oder her. Und was, zum Henker, ging mich Orans Befinden an?!

»Sicherlich wollen Sie wissen, wie es Oran geht.«

Entweder konnte der Mann Gedanken lesen oder meine Nachfrage war längst überfällig.

»Wie geht es ihm?«, erkundigte ich mich daher und versuchte, meine Gefühle auszubalancieren, um nicht zu viel Trotz und nicht zu wenig Anteilnahme in meine Worte zu legen. Argwöhnisch taxierte ich Sean noch einmal von der Seite. Schließlich hatte er sich als Freund der Familie vorgestellt, also war er ein Vertrauter des Feindes.

Benimm dich, Lisa Konrad, befahl ich mir im Stillen. Wenn du mit dieser Einstellung an die Sache heran gehst, kannst du gleich umkehren und nach Hause fliegen! Es muss dir nicht peinlich sein, dass Oran dich vor zwanzig Jahren sitzen gelassen hat. Außerdem war es Conny, die ihrerseits keine Skrupel besessen hat, ihn dir auszuspannen.

Inzwischen erlangten die leisen Appelle die Qualität eines Mantras.

Mir war noch immer kalt, und ich zog die Jacke fester um meine Brust. Gleichzeitig versuchte ich, die immer wieder in mir aufsteigenden Bilder der Vergangenheit zu verscheuchen.

»Es steht nicht allzu gut um ihn, um es offen zu sagen.« Sean Riordan war ernst geworden, hielt seinen Blick ausschließlich nach vorn auf die nasse Straße gerichtet. Seine Stimme brachte mich gedanklich in sein Auto zurück. Ich betrachtete wieder sein fein geschnittenes Profil, die gerade Nase, den schmallippigen Mund, der soeben mit jedem einzelnen seiner Worte preisgegeben hatte, wie sehr ihn der Zustand seines Freundes betroffen machte.

Mich ließen sie kalt.

Ich schwieg, richtete mein Augenmerk wieder auf die Scheibenwischer, lauschte auf das monotone Klack-Klack, mit dem sie in rascher Abfolge Halbkreise über die Windschutzscheibe zogen. *Es interessiert mich einen feuchten Kehricht, wie es Oran geht*, kommentierte mein Gehirn. »Was ist passiert?«, fragte ich stattdessen und zog meine Füße so weit wie möglich aus dem Luftstrom des Gebläses.

»Oran hatte vor ungefähr zehn Wochen einen schweren Schlaganfall. Es ist irgendwann spät nachmittags passiert. Zwei Stallburschen haben nach ihm gesucht, als sein Pferd allein zum Stall zurückkam. Oran war ausgeritten, ist vom Pferd gestürzt und zu allem Überfluss rückwärts auf einen Holzzaun gefallen. Dass er nicht auf der Stelle tot war, grenzt an ein Wunder. Jedenfalls muss er bereits einige Zeit gelegen haben, als man ihn schließlich entdeckte. Zum Glück war ein Arzt zu Gast im Hotel, der Oran so gut es ging versorgt hat, bis die Ambulanz da war, doch viel konnte er vor Ort nicht für ihn tun. Oran lag dann drei Wochen auf der Intensivstation, schwebte zwischen Leben und Tod. Aber das wissen Sie ja sicher bereits von Conny.«

Ich wusste es nicht, nickte jedoch. Riordan hielt inne und schüttelte den Kopf, als begreife er noch immer nicht, was geschehen war.

»Sechs Wochen war er anschließend in der Klinik, und offen gesagt, es gab Momente, da dachten wir, dass es mit ihm zu Ende geht. Inzwischen hat er sich jedoch so weit erholt, dass er zumindest zu Hause sein kann ... Seine Vitalwerte sind stabil, sagen die Ärzte, aber ...« Er schwieg wieder und verlieh so seinen Worten die ihnen gebührende Dramatik. Ich schwieg auch, fühlte mich unbeteiligt und suchte vergebens nach einer Regung des Bedauerns in mir.

»Er ist rechts halbseitig gelähmt, und sein Sprachzentrum ist stark betroffen. Er kann sich kaum artikulieren. Aber auch links ist seine Motorik stark eingeschränkt. Vom Sturz vermutlich. Außerdem ist sein Herz schon seit Jahren schwach. Aber sein Verstand scheint klar zu sein und die Ärzte meinen, er könne theoretisch trotz allem noch lange so ...« Sean Riordan vollendete auch diesen Satz nicht, schaltete das Gebläse zurück und warf mir einen beredten Blick zu.

»Eine Krankenschwester versorgt ihn täglich und ein Physiotherapeut kommt drei Mal die Woche. Und der Arzt natürlich.«

Ich wusste noch immer nicht, was ich sagen sollte, deshalb fragte ich nur:

»Und Conny? Wie nimmt sie es?«

»Conny?« Sean lächelte. »Conny trägt es fabelhaft. Sie ist eine bemerkenswerte Frau. Aber das wissen Sie ja.«

Natürlich, dachte ich. Conny war schon immer bemerkenswert! Dich hat sie also auch um ihren Finger gewickelt. Wen wundert's? Nichts ändert sich, drehte sich die Leier in meinem Gehirn. Aber hatte Conny nicht gesagt, Oran wollte mich sehen, sich mit mir aussprechen, versöhnen? Wie sollte das möglich sein, wenn er kaum in der Lage war, sich zu artikulieren? Es schien ihm schlechter zu gehen, als ich nach dem Telefonat mit ihr hatte vermuten können.

»Sind Sie auch verheiratet?« Die Frage traf mich völlig unvorbereitet.

»Nein.«

»Warum nicht?«

Täuschte ich mich, oder überraschte es ihn tatsächlich? Dennoch änderte es nichts daran, dass es ihn nichts anging.

»Der Verstand zeigt einem mitunter Alternativen auf, das Herz leider nicht immer«, antwortete ich ebenso kryptisch wie nichtssagend und beschloss, das Thema spätestens damit abzuwürgen. Wenn diese Art von »Wissensdrang« typisch irisch war, würde Sean Riordan mit mir Schwierigkeiten bekommen.

»Ich wollte nicht indiskret sein, entschuldigen Sie. Es geht mich ja im Grunde auch gar nichts an. Aber wir Iren sind nun mal leutselig und neugierig.«

Leutselig und neugierig? Du lieber Himmel! Genau das brauchte ich jetzt! Trotzdem lachte er mich auf eine Weise an, die es mir schwer machte, es ihm zu verübeln.

Er fragte nicht weiter und ersparte sich dadurch eine unmissverständliche Abfuhr. Endlich lichtete sich der Himmel wieder, der Regen hörte auf. Einzelne Sonnenstrahlen fielen wie Scheinwerferlicht auf die Häuser und Straßen, als wir durch Bantry fuhren. Ich schaute durchs Seitenfenster und kniff die Lider zusammen, weil das Gleißen mich blendete, das von der regennassen Stadt zurückgeworfen wurde.

Sean Riordan klappte den Sonnenschutz herunter, und ich tat es ihm gleich, betrachtete die sauberen bunten Häuser, die die Straße säumten, las Namen wie Glengarriff Road, Old Barrack Road und Wolfe Tone Square.

»Das dort ist die Statue des Heiligen Brendan«, sagte Sean und deutete auf den Wolfe Tone Square. Die Figur des Heiligen Brendan, dessen ausgebreitete Arme offenbar Willkommen symbolisieren sollten, wertete ich vorschnell als positives Omen, denn im Vorbeifahren musste ich erkennen, dass er in einem kleinen wellengepeitschten Boot stand. Aus dieser Perspektive vermittelte mir das Bild vielmehr den Eindruck, als versuche er, die Balance zu halten. Die wohl treffendere Versinnbildlichung dessen, was mich erwartete.

»Und das ist Theobald Wolfe Tone«, erklärte Sean weiter. Ich löste meinen Blick von einem dunkelgrauen Haus mit rot-weiß gestrichenen Fensterläden und einem riesigen Anker an der Hauswand und betrachtete das stattliche Abbild des Anführers der irischen Unabhängigkeitsbewegung sowie Begründers der Society of United Irishmen, wie Sean Riordan mir erklärte.

Doch das alles blieb für mich ohne Bezug und ehrliches Interesse. Während Sean am Straßenrand parkte und sich für zehn Minuten entschuldigte, um, wie er bereits angekündigt hatte, eine Rechnung zu bezahlen, saß ich im Wagen und starrte teilnahmslos auf die bunt gemischte Auslage eines Ladens, der so ziemlich alles anzubieten schien, wonach das tägliche Leben verlangte. Von Kurzwaren, Toilettenartikeln und Spielsachen über Eisenwaren, Anglerbedarf, Zeitschriften, Bücher, DVDs und Wetterjacken bis hin zu Katzenfutter, Tee, Süßigkeiten, Dosengetränken, Tabak und irischem Whiskey. Das Sammelsurium erinnerte mich an den Tante-Emma-Laden aus meiner Kinderzeit, den Conny und ich beinah täglich nach der Schule aufsuchten, um einen Becher Buttermilch für zwanzig Pfennige zu kaufen.

Nichts ändert sich wirklich, kam es mir wieder in den Sinn. Ganz besonders nicht der eigenartige Schmerz, der mich jedes Mal bei der erneuten Bestätigung dieser Erkenntnis hinterrücks überfiel. Er war in die Seele eingebrannt und blieb dort, egal, was auch immer ich tat, um ihn loszuwerden. Er war zum ständigen Begleiter und irgendwann zur Selbstverständlichkeit geworden wie ein körperliches Handicap, mit dem man sich arrangiert und zu leben gelernt hatte, war wie eine Marotte, die man selbst die meiste Zeit nicht mehr wahrnahm, die nur noch anderen auffiel. Und doch hatte er immer wieder seine Zeit, schlug mir unvermittelt die Krallen ins Fleisch, so wie eben. Stets war er da und lag auf der Lauer, zog die Spurrillen, die den Weg vorgaben, lenkte die Schritte und ließ keine Chance, auszubrechen. Man konnte ihn nicht wegtherapieren oder umdeuten, ihn nicht versachlichen oder verniedlichen. Niemand wusste das besser als ich. Genauso gut könnte man versuchen, einen Beinbruch zu heilen, indem man den Arm eingipst. Nein, man war für den Rest seiner Tage dazu verdammt, mit dem gebrochenen Bein zu leben – auch wenn es irgendwie zusammenwuchs – und in den Spurrillen weiter zu humpeln.

Nur bei Conny war das anders gewesen. Sie war die personifizierte Ausnahme der Regel. Ein Grund mehr, warum ich sie stets beneidet hatte. Nichts hatte sie jemals so tief berührt, dass es einen dauerhaften Eindruck bei ihr hinterlassen hätte. Kein Schmerz, kein Zorn, kein Selbstzweifel war groß genug gewesen, um ihr den Tag zu vermiesen, geschweige denn ihr Leben. Selbst ihre Wut hatte schöpferische Wirkung gezeitigt. Nein, *vor allem* ihre Wut. Dann hatte es nichts gegeben, was sie hätte aufhalten können. Sie war immer die Handelnde gewesen, und stets zu ihrem Nutzen. Manche nannten das souverän oder selbstbewusst, andere impulsiv oder egoistisch. Ich jedoch bezeichnete es als Gnade. Denn ich gestattete meiner Wut niemals, kreativ zu sein. Ich schluckte sie hinunter, würgte daran, bis ich schier zu ersticken drohte, ignorierte tapfer, wie sie sich verklumpte, in Brusthöhe festsetzte und mir manchmal die Luft zum Atmen nahm. Ich war eine derer, die so lange suchten, bis sie Entschuldigungen für jene fanden, die diese Wut ausgelöst hatten, und kritisierte mich selbst für meinen Zorn als eine ungehörige Empfindung. Ich erduldete, fraß in mich hinein, was man mir vorsetzte, bis ich schließlich hätte explodieren können. Doch auch das verwehrte ich mir, denn ich hörte in solchen Momenten unweigerlich die mahnenden Worte meiner Mutter: »Du musst Größe zeigen und über den Dingen stehen.« Dieser Satz würde mich für den Rest meines Lebens zügeln. Wahrscheinlich saß ich seinetwegen heute hier in Sean Riordans Auto, mit Zweifeln, die mir kein bisschen dabei halfen, mich über die Dinge zu erheben. Freilich wusste mein Verstand längst um die verhängnisvolle Wirkung dieses Satzes, doch mein Gemüt war eine sture und unbarmherzige Instanz, in deren Archiv er, zusammen mit einer Menge anderer törichter Sätze wartete und sich in Szene setzte, sobald er seine Chance auch nur witterte. Mein Handeln wurde, mathematisch betrachtet, stets zur *Wenn-Dann*-Funktion, die einen Automatismus bediente. *Ich* hatte keine Entscheidungsgewalt. Mütterliches Disziplinieren hatte von Anfang an meine Freiheit und meinen Selbstwert gedeckelt.

Conny hingegen hatte von Mutter nie dergleichen zu hören bekommen. Sie war in allem, so auch in ihrem Zorn, von ihr nachsichtig bestätigt worden. Sie war nie formbar gewesen, so wie ich.

Ich spürte die Briefkarte durch das Futter meiner Jackentasche und stopfte sie zusammen mit dem Papiertaschentuch und dem Hustenbonbon tiefer hinein.

Wir verließen Bantry und fuhren weiter auf der Landstraße Richtung Süden, vorbei an Wiesen und Feldern, eingefasst von niedrigen Steinwällen. Sie besaßen die Form unregelmäßiger Rechtecke und ähnelten einer Patchworkdecke in Grün- und Beigenuance. Es gäbe kein eindeutiges Wort für Grün im Gälischen, hatte ich im Reiseführer gelesen, und ich erhielt eine erste Bestätigung für diese Behauptung, denn das Panorama der Landschaft vermittelte mir sämtliche Facetten dieser Farbe.

»Rosebud House liegt westlich von Durrus, einem Ort nahe den Halbinseln Mizen Head und Sheeps Head«, erklärte Sean. »Orans Großvater hat das Herrenhaus vor rund hundert Jahren im georgianischen Stil erbauen lassen.«

Ich überspielte meine Gleichgültigkeit wieder mit einem freundlichen »Aha«, während ich meine Aufmerksamkeit weiter auf die Landschaft richtete, die an uns vorbeizog.

Ich sah Schafe mit schwarzen Köpfen und schwarzen Beinen, deren gelangweilte Blicke uns folgten, während wir die Hügel und vereinzelten schmalen Waldgürtel passierten, die hinter Dunstschleiern auftauchten. Holzzäune und rotleuchtende Hecken, die sich beim Näherkommen als überdimensionale Fuchsien zu erkennen gaben, versperrten hin und wieder den Blick auf die Felder und Wiesen, die kein Ende zu nehmen schienen. All das erinnerte mich – von den Fuchsienhecken einmal abgesehen – an die Fränkische Schweiz, die keine zwanzig Kilometer von meiner Wohnung entfernt begann und mich an Sommertagen mit ihren Hügeln und Feldern, ihren Obstgärten und Felsenkellern, ihren herausgeputzten Dörfern und versteckten Weilern stets zu bezaubern vermocht hatte. Unzählige Male war ich die gewundenen Landstraßen entlanggefahren, die begleitet wurden vom Lauf fischreicher, klarer Flüsschen, vorbeiführten an mittelalterlichen Burgruinen, an prunkvollen Kirchen in schmucken Städtchen, hatte Einkehr gehalten in gemütlichen Gasthäusern und Käsekuchen gegessen auf Café-Terrassen unter schattenspendenden Linden. All dies stand dem Anblick, der sich mir hier bot, in keiner Weise nach. Vor allem die Waldflächen vermisste ich hier, und sagte es Sean.

»Das waren die Normannen«, erklärte er. »Die haben bereits im zwölften Jahrhundert begonnen, unsere Bäume abzusägen. Und später, unter der englischen Vorherrschaft, wurde der Raubbau fortgeführt. Aber wir bemühen uns, dem Schaden entgegenzuwirken.« Ich nickte höflich, lächelte wieder und richtete meinen Blick hinauf zum Himmel, dessen Blau jetzt so intensiv war wie das einer klischeehaften Südsee-Postkarte. Schäfchenwolken trieben Richtung Osten und erschienen so nah, dass ich glaubte, sie mit der ausgestreckten Hand berühren zu können. Der Meereswind blies den Schleier der Zivilisation von den Farben der Natur und ließ sie dadurch intensiver erscheinen als zu Hause.

»Rosebud House umfasst etwa fünfundsiebzig Hektar«, erklärte Sean in meine Betrachtungen hinein, »vorwiegend Wiesen und Weiden, aber auch um die zwanzigtausend Quadratmeter Jungwald mit über dreißig verschiedenen Baumarten. Wir haben sogar einen Badeweiher für die Gäste, die das Meer scheuen.«

Wieder ließ ich mein »Aha« hören und malte mir, diesmal weitaus tiefer beeindruckt, im Kopf die Dimensionen aus, die Orans Besitz umfasste.

»Wie weit ist es zum Meer?«, wollte ich wissen, denn das war es, was mich vor allem reizte: die Nähe zur See.

»Von Rosebud House aus? Einen knappen Kilometer, dann sind Sie an der Bucht«, antwortete Sean, als sei es das Selbstverständlichste der Welt. Wie auch hätte er ermessen können, welche Anziehungskraft die See auf mich ausübte. Vermutlich hatte er zeit seines Lebens am Meer gelebt.

»Übrigens, dort vorn beginnt Rosebud«, sagte er plötzlich und deutete auf den linken Rand der Windschutzscheibe. Ich zuckte zusammen. Vorläufig sah ich nur das tiefgrüne Blätterwerk einer Hecke, die die Landstraße säumte und mir den Blick auf alles, was dahinter lag, verweigerte, doch ich wurde unruhig bei seinen Worten. Auf einem Holzschild, dessen Pfeil nach Süden zeigte, stand Rosebud House, und mein Herz begann schneller zu schlagen. Für einen Moment wünschte ich mir, nie dort anzukommen.

Kapitel 3

Dann sah ich Rosebud House zum ersten Mal.

Sean Riordan war von der Landstraße abgebogen und einer unbefestigten Nebenstraße gefolgt. Felder und Wiesen lagen hinter uns. Ein Stück Mischwald, durch das wir eben noch fuhren, lichtete sich. Angespannt spähte ich immer wieder durch das Grün, versuchte, durch die Sträucher und tief hängenden Äste der Bäume einen ersten Blick auf Orans Anwesen zu erhaschen, als Sean in die Ablage vor der Gangschaltung griff und eine Fernbedienung herauszog. Auf Knopfdruck öffnete sich das Eisentor mit dem schwungvollen »R« auf dem rechten und seinem spiegelverkehrten Abbild auf dem linken Flügel, auf das er soeben zufuhr. Fast geräuschlos teilten sich die Flügel, schoben sich in einer Schiene zu beiden Seiten an der mannshohen Ligusterhecke vorbei und gaben den Blick frei auf Rosebud House.

»Du meine Güte«, sagte ich leise auf Deutsch und in spontaner Aufrichtigkeit, doch das war bereits alles, was mir zu diesem Anblick einfiel. Etwas in mir krampfte sich auf Magenhöhe zusammen.

Vor mir lag in einiger Entfernung ein zweiflügeliges Herrenhaus, erbaut aus grauem Stein. Es war zweigeschossig, mit einer Vielzahl Sprossenfenster in weißen Rahmen und einer Freitreppe im ausladenden Oval, die hinaufführte zu einer Art Terrasse und einem reich verzierten Portal aus dunklem Holz. Es wurde flankiert von zwei Pilastern, die täuschend realistisch ein zierliches Vordach zu stützen schienen. Über die gesamte Breite der Tür spannte sich in halbem Kreis ein Buntglasfenster: blutrote Rosenblüten, umrankt von smaragdgrünen Blättern auf blassgelbem Hintergrund. Vom Autofenster aus konnte ich das Haupthaus und einen der beiden seitlichen Flügel erkennen, die sich im rechten Winkel nach hinten erstreckten. Dies hier war ein höchst unbescheidener Prunkbau, eingebettet in eine Oase aus englischem Rasen, feingezirkelten Rosenbeeten und nahezu mannshohen Rosenbüschen, die die Grünanlage links und rechts einfassten. Unwillkürlich dachte ich an die Bilder auf der Homepage und meine Vermutung – oder vielleicht sogar Hoffnung –, sie seien geschönt, doch das Gegenteil war der Fall. Sie wurden dieser Pracht nicht gerecht. Wir folgten im Schritttempo der breiten Auffahrt, die zum Herrenhaus und in einem Rund am Portal vorbei zurückführte.

Noch immer jedoch war es der Anblick der Rosen, der mich fesselte. Ich konnte mich nicht erinnern, jemals so viele auf einmal gesehen zu haben. In allen nur denkbaren Farbnuancen und überbordender Fülle schmückten sie die geometrisch angelegten Beete. Die Prismen der Regentropfen tanzten auf den Blütenblättern, und der Rasen funkelte nach dem Regen im Licht der Mittagssonne wie ein Smaragd. Ich musste die Augen zu Schlitzen zusammenkneifen, so sehr blendete mich der Glanz, und richtete sie auf das dunklere Grün des dahinterliegenden Baumbestands aus. Links und rechts begrenzte er das Anwesen wie zwei Handflächen, die sich schützend um ein Kleinod legten. Ein wahrhaft bezaubernder Ort. Ein Ort, der mir in seiner Abgeschiedenheit und Stille, die ringsum herrschte, erschien, als sei er aus der Zeit herausgefallen.

»Hübsch, nicht wahr?«, sagte Sean leichthin, und bog auf das Rund vor dem Portal ein. »Nicht so vornehm wie das nahegelegene Bantry House, aber doch recht ansehnlich.« Ich nickte, obwohl mir der direkte Vergleich fehlte, doch seine Untertreibung und die Selbstverständlichkeit, mit der er all dies hier kommentierte, ärgerten mich bereits wieder. Oder war es Neid, der in mir aufkeimte? »Ein bisschen zu üppig für meinen Geschmack«, entgegnete ich und hoffte, mein geringschätziger Ton klang überzeugend. Hier also lebte Conny mit Oran, dachte ich, und presste die Lippen zusammen. Ich öffnete das Autofenster und drehte mein Gesicht dem Wind zu, der durchdrungen war vom Duft der Rosen.

»Die Stallungen sind hinter dem Haupthaus«, erklärte Sean, während wir uns dem Eingangsbereich des Gebäudes näherten. »Felder, Weiden und Obstgärten ebenfalls. Und auch das Cottage, in dem ich wohne.«

Aus dem Internet hatte ich bereits erfahren, dass zu Rosebud House ein Reitstall gehörte.

»Wie viele Pferde gibt es auf Rosebud?«, fragte ich, nur, um irgendetwas zu sagen. Eigentlich interessierte es mich nicht, denn Reiten gehörte nicht zu meinen eher innerstädtischen Gepflogenheiten. Tiere, die größer waren als ich, machten mir Angst. Aber ich wollte mich so unbeeindruckt wie nur möglich geben angesichts dieses Übermaßes, das für Sean Riordan so alltäglich war.

»Neun«, kam die rasche Antwort, und ich wunderte mich über den Anflug von Stolz, der in dem einzelnen Wort mitschwang. »Reiten Sie? Das müssen Sie unbedingt, so lange Sie hier sind«, sagte Sean weiter, ohne meine Antwort abgewartet zu haben. Also schwieg ich, während der Wagen vor dem Portal hielt.

Bis Sean um das Auto gelaufen kam, um mir die Tür aufzuhalten, war ich bereits ausgestiegen, streckte mich und atmete tief durch. Er betrachtete mich dabei und grinste wieder.

»Sie sind sicher ganz steif vom langen Sitzen«, sagte er mitfühlend und ergriff meinen linken Ellbogen. »Erst der Flug, dann die Autofahrt hierher.« Er begleitete mich die steinerne Treppe hinauf unter den schmalen Schattenstreifen der Portalüberdachung.

»Ich komme zurecht«, sagte ich, hielt mich am Schulterriemen meiner Handtasche fest und bemerkte erst jetzt, dass sie weder farblich noch vom Stil zu meinem Leinenkostüm passte. Ich fuhr mir durch die inzwischen getrockneten Haare, drückte sie notdürftig zurecht, entzog mich mit einer seitlichen Drehung dem Griff des Verwalters und klemmte mir die Tasche fest unter den Arm. Es war nicht nötig, dass mich seine unmittelbare körperliche Nähe noch unruhiger machte, als ich es ohnehin schon war. Nicht, weil er ein zweifellos attraktiver Mann war. Nein, ich war es einfach nicht gewohnt, berührt zu werden. Außerdem sah ich keine Veranlassung, eine Verbindlichkeit zu demonstrieren, die ich nicht empfand; weder für diesen Fremden noch für sonst irgendjemanden hier.

Über der Türklingel hing ein messingfarbenes Schild.

Céad míle fáilte stand darauf, und ich erinnerte mich, dass Sean mich mit diesen Worten am Flughafen begrüßt hatte. »Hunderttausendfach Willkommen« hatte er gesagt.

Worte, denen Bitterkeit entströmte. Ich schluckte hart. Sean ignorierte die Klingel und betätigte kraftvoll den Türklopfer. Durch das Portal hörte ich bald darauf das Tappen von Hundepfoten, die sich eilig näherten, und schließlich das Klacken von Absätzen. Frauenschritte, beschwingt und fest, die sich auf uns zubewegten. Dann vernahm ich ihre Stimme, noch bevor sich die Tür öffnete: »Schon gut, Eileen, ich mache das.«

Laut, selbstbewusst. Aus tausend Stimmen hätte ich sie herausgekannt, sogar nach dreimal zwanzig Jahren, und es traf mich wie ein Schock, ähnlich jenem vor drei Wochen, als ich nach all der Zeit erstmals wieder am Telefon mit ihr sprach. Meine Aufregung steigerte sich zur Panik. Verschwunden war die Strategie, verschwunden waren die Worte, die ich mir zurechtgelegt hatte für diese erste Begegnung nach all der Zeit. Zugegeben, eine gute Taktikerin war ich nie gewesen, aber so leer wie in diesem Moment hatte sich mein Gehirn schon lange nicht mehr angefühlt. Ein Ring von Kälte zog sich um meine Taille und breitete sich in Sekunden von dort über meinen Körper aus. Ich versuchte, meinem Gesicht den Anschein eines Lächelns zu verleihen, und verkrallte mich noch fester in den Riemen meiner Handtasche. Gleichzeitig vollzog sich in meiner Wahrnehmung eine Wandlung. In einer paradoxen Reaktion auf diese peinliche Unsicherheit, die ich nicht im Griff hatte, beobachtete ich mich selbst aus einer emotionslosen Position heraus. Gerade so, als würde ich von außen auf mich blicken. Und mir gefiel ganz und gar nicht, was ich sah.

Jetzt öffnete sich die Tür, und ein Setter mit übermütig wedelndem Schwanz rannte auf mich zu. Ich erschrak und wich unwillkürlich einen Schritt zurück, doch das hielt ihn nicht davon ab, seine Schnauze neugierig und zielgenau gegen meine Schenkel und meinen Po zu drücken.

»Aus, Taylor!«, hörte ich wieder Connys Stimme, und blickte ihr zum ersten Mal nach all der Zeit ins Gesicht. Ein Gesicht, das ebenmäßig war wie damals und noch immer nahezu faltenfrei, und das wie eh und je beherrscht wurde von der Intensität peridotgrüner Augen, die sie nun wie Laserstrahlen auf mich richtete. Dieses Gelbgrün hatte stets hypnotisierend auf andere gewirkt. Ganz im Gegensatz zu dem verwaschenen Farbgemisch meiner Iris, das je nach Lichteinfall zwischen reihergrau und schlammgrün changierte.

»Er tut dir nichts, hab keine Angst. Er freut sich ganz einfach über Besuch«, sagte sie und blickte mich an. Für zwei, drei Sekunden erwiderte ich ihren Blick, doch ich war zu aufgewühlt, irgendetwas darin lesen zu können. Außerdem versuchte ich noch immer, mich der übermütigen Begrüßung des Hundes zu erwehren, der, unbeeindruckt von Connys Befehl, sabbernd an mir herumschnüffelte.

»Lisa!« Connys Stimme war in freudiger Erregung gehoben, als sie mich umarmte. Ich roch ihr Parfüm. Es war taufrisch wie sie selbst. Ich spürte den Druck ihrer Hände und Arme auf meinem Körper und ihre weichen kupferfarbenen Locken an meiner Wange.

»Hallo, Conny.« Mehr kam mir nicht über die Lippen. Ich lenkte meine Aufmerksamkeit auf Taylor, der nun brav, aber immer noch viel zu dicht neben mir stand und mit den sprichwörtlichen Hundeblicken um Beachtung bettelte.

Conny gab mich frei und trat einen Schritt zurück. Dann legte sie mir beide Hände auf die Schultern und betrachtete mich von oben bis unten. Ich rührte mich noch immer nicht.

»Mein Gott, Lisa!« In ihrer Stimme schwang eine Art Rührung. »Lass dich ansehen!« Sie nahm mich ungeniert ins Visier. »Gut siehst du aus! Doch komm erst mal rein.« Damit wandte sie sich lächelnd von mir ab und ging voran in die Eingangshalle des Hauses. Der Hund folgte ihr, ohne mich weiter zu beachten. Als ich mich nach Sean Riordan umdrehte, der inzwischen mein Gepäck in beiden Händen hielt, ermutigte er mich mit einem Nicken, einzutreten. Ich ging zögerlich durch das Portal, stand in der Eingangshalle, deren weiße Marmorfließen das Tageslicht reflektierten, das durch die hohen Flügelfenster an Front- und Rückseite fiel, und erlag beinahe der Täuschung, über Wasser zu schreiten. Vorsichtig setzte ich Fuß vor Fuß und folgte Conny auf die breite Marmortreppe mit dem schmiedeeisernen Geländer, die sich in der Mitte der Halle hinaufschwang. Dort mündete sie in eine Galerie, die links und rechts zu den Gebäudeflügeln führte.

»Am besten, ich zeige dir gleich dein Apartment. Dann kannst du dich erst einmal frisch machen und ein wenig ausruhen. Und später nehmen wir uns ganz viel Zeit, uns zu unterhalten. Einverstanden?« Ohne meine Erwiderung abzuwarten, eilte Conny mir voraus ins obere Geschoss. Mit makellosen Beinen, die in den hellbraunen Lederpumps und dem knielangen smaragdgrünen Leinenrock beeindruckend zur Geltung kamen, tänzelte sie Stufe für Stufe hinauf mit der Kondition einer Dreißigjährigen. Niemand hätte ihr die zweiundvierzig Lebensjahre angesehen. Ich betrachtete ihre grazile Rückseite, sah die noch immer schlanke Taille, die es ihr gestattete, die beige Leinenbluse innerhalb des Rockbunds zu tragen, und zog unwillkürlich den Bauch ein. Alles an ihr lebte, war in Bewegung, voller Anmut und von einer Leichtigkeit, die sich selbst mit viel Mühe nicht antrainieren ließ.

Verglichen mit ihr, kam ich mir bereits wieder vor wie eine alte Unke, farblos und hölzern. In einem Anflug von Trotz straffte ich die Schultern, als Conny unvermittelt auf halber Höhe der Treppe stehen blieb und zu Sean Riordan zurückblickte.

»Oh, Sean, danke übrigens, dass du Lisas Gepäck hereingebracht hast, und fürs Fahren natürlich! Lass die Koffer einfach unten stehen. Eines der Mädchen schafft sie gleich nach oben. Mach es dir inzwischen in meinem Arbeitszimmer gemütlich und nimm dir etwas zu trinken, ja? Ich bin gleich zurück. Wir müssen noch über die Futterbestellung für die Pferde sprechen.«

Ich drehte mich nun ebenfalls noch einmal zu ihm um. »Danke. Es war sehr nett von Ihnen, mich abzuholen«, sagte ich, ärgerte mich über mein Versäumnis, es nicht längst ausgesprochen zu haben, und vor allem darüber, dass Connys Worte meinen zuvorgekommen waren. Doch so war es immer gewesen.

Nichts hatte sich geändert. Und nichts würde sich jemals ändern ...

»Gern geschehen« antwortete Sean, und ich spürte im Weitergehen seinen Blick im Rücken, mit dem er mich mit Conny verglich.

»Ich hoffe, du fühlst dich wohl bei uns«, sagte sie mit der professionellen Freundlichkeit der Gastgeberin und bog in den rechten Seitenflügel ab. »Im Seitenflügel gegenüber ist das Hotel mit sechs Gästezimmern, und da hinten schließen die Nebengebäude an«, sie deutete zum Ende des Korridors. »Dort befinden sich auch Pferdestall und zwei Apartments für Angestellte. Und noch ein Stück weiter, nach Westen hin, lassen wir gerade sechs Ferienwohnungen bauen. Mit Blick aufs Meer.« Sie lächelte mich an. »Aber all das hat ja noch Zeit. Jetzt musst du erst einmal richtig ankommen. In den nächsten Tagen werde ich dir dann alles zeigen.« Eilig lief sie den langen Gang entlang und öffnete die letzte Zimmertür. »Ich freue mich jedenfalls sehr, dass du da bist, Lisa.«

Ich antwortete nicht, nickte nur und hoffte, sie deutete mein Lächeln als Zugeständnis an das Absurde der Gesamtsituation.

»Deirdre bringt dir gleich dein Gepäck. Das Schlafzimmer mit Bad ist hier.« Sie wies mit der Hand auf eine Seitentür, ging dann aber hinüber und öffnete sie, um einen kritischen Blick in den Raum zu werfen.

»Sehr fürsorglich von dir, vielen Dank.« Ich legte allen Sarkasmus, dessen ich fähig war, in meine Stimme, wohl wissend, dass Conny ihn überhören würde, und ließ mich vorsichtig auf der Kante des Sessels nieder, der vor mir stand. Das Sonnenlicht fiel wärmend durch die Gardinen auf meine Schultern, und ich atmete zum ersten Mal seit meiner Ankunft wieder tief durch.

»Gut, dann mach es dir so richtig bequem, Liebes. Du siehst wirklich erschöpft aus. Ich schicke dir gleich den Tee nach oben. Und gegen zwei gibt es dann Lunch im kleinen Salon. Ist dir das recht?« Mit dieser rhetorischen Frage griff sie bereits wieder nach der Türklinke, warf mir eine Kusshand zu, wirbelte durch die Tür und zog sie ins Schloss. Mir war, als müsste ich mich gegen einen Windstoß stemmen.

Liebes? ... Liebes?! ... Nicht zu glauben! Völlig konsterniert schüttelte ich den Kopf.

»*Gegen zwei gibt es dann Lunch im kleinen Salon*«, äffte ich sie leise nach. Am liebsten wäre ich ihr hinterhergelaufen und hätte sie die Treppe hinuntergestoßen. Doch selbst eine derartige Attacke hätte sie wahrscheinlich elegant mit einem dreifachen Rittberger vereitelt. Ich seufzte. Welch glorreicher Beginn! Vom Frühstück an der Resopalplatte in der Küche zum Lunch im kleinen Salon ist es fraglos ein rasanter sozialer Aufstieg, doch schien er mir im Moment wenig erstrebenswert. Ich atmete noch einmal tief durch. Unfassbar. Jeder weitere Kommentar wurde von meinem Gehirn verweigert. Sinnlos, ihm jetzt auch nur einen einzigen klaren Gedanken abringen zu wollen. Ich saß eine Weile auf der Sesselkante, fühlte mich erschöpft wie nach einem Zehn-Kilometer-Lauf und starrte stumpfsinnig auf die Sandalen an meinen Füßen. »Achte auf deine Aversion, lass sie nicht die Oberhand gewinnen«, ermahnte ich mich selbst, denn damit war niemandem gedient; am allerwenigsten mir selbst.

Dann klopfte es, und ich schreckte zusammen.

»... Ja?«

Die Tür öffnete sich leise. »Verzeihung, Mrs Konrad. Ich bringe den Tee.«

Das ging wirklich schnell. Nun ja, ich war dankbar dafür. Das junge Ding war hübsch, höchstens zwanzig. Sie hatte ein rundes Gesicht und ihr kastanienbraunes Haar war im Nacken zu einem Knoten gebunden. Über Rock und T-Shirt trug sie eine ordentlich gebügelte weiße Schürze, auf deren Seitentasche das Rosebud-Emblem prangte.

»Danke sehr.« Ich beobachtete das Mädchen dabei, wie es das Silbertablett auf dem Couchtisch absetzte und Tee in der Farbe von Torf in eine Porzellantasse goss.

»Ich bin Eileen«, stellte sie sich vor. »Wenn Sie etwas benötigen, rufen Sie bitte kurz an.« Sie deutete auf das Telefon auf dem Schreibtisch. »Nur die Null drücken.«

»Das werde ich. Danke nochmals.« Ich lächelte sie an, und sie senkte scheu den Blick.

Damit ging sie und zog leise die Tür hinter sich zu.

Ich sah, wie Dampf aus der Tasse aufstieg und sich verflüchtigte. Dann ließ mich ein Rumpeln vor meiner Zimmertür erneut zusammenzucken. Wieder klopfte es, doch diesmal wesentlich überzeugender.

»Ja.«

Die Tür wurde aufgestoßen, und eine Frau mit Haaren wie Stahlwolle, grimmigen Bärenaugen und Couperose-Wangen wankte mit meinem Gepäck herein. Sie ließ meinen Koffer und die Reisetasche auf den Fußboden fallen und hielt sich anschließend am Türrahmen fest.

»Hier ist Ihr Reisegepäck, Mrs Konrad«, presste sie zwischen zwei tiefen Atemzügen hervor, »doch wenn ich's mir recht überlege, bin ich für diese Schlepperei langsam zu alt. Schönen Aufenthalt auch.« Ihre üppige Brust hob und senkte sich bei jedem Wort. Sie manövrierte ihre Leibesfülle wieder in Richtung Tür, zog sie krachend ins Schloss und war verschwunden, noch bevor ich etwas sagen konnte.

Das war sicherlich Deirdre. An diese irischen Namen musste ich mich erst gewöhnen und lernen, sie richtig auszusprechen. Davon abgesehen: Höflich war anders. In die Nähe der Hotelgäste würde ich sie nicht lassen, wenn ich das Sagen hätte. Kaum vorstellbar, dass Conny derartiges Benehmen duldete. Doch mich ging all das nichts an.

Ich ließ mich nach hinten in die Sessellehne fallen und starrte an die Decke. Direkt über mir hing ein kleiner Lüster, in dessen Kristallen die hereinfallenden Sonnenstrahlen bunt aufblitzten. Sie zogen mit ihrem Tanz meine Aufmerksamkeit auf sich und verstärkten meine Müdigkeit. Die Augen fielen mir zu, und ich hätte auf der

Stelle einschlafen mögen in der Hoffnung, beim Aufwachen alles nur geträumt zu haben.

Erst jetzt merkte ich, wie sehr mein Nacken und mein Rücken schmerzten, wie verspannt sich mein ganzer Körper anfühlte. Doch wenigstens war die Kälte weitgehend daraus gewichen.

Ich beschloss, eine heiße Dusche zu nehmen und mich umzuziehen, doch vorher wollte ich einen Blick aus dem Fenster werfen und den Tee trinken, der hoffentlich zu meiner Entspannung beitragen und gleichzeitig meiner Erschöpfung entgegenwirken würde.

Der beigefarbene Teppichboden mit dem langen Flor lud zum Barfußlaufen ein. Ich streifte die Sandalen ab und stand auf, drehte mich auf meinen bestrumpften Füßen um die eigene Achse und betrachtete den Rest des Zimmers.

Es war ein richtiger kleiner Salon mit einem Schreibtisch, einer porzellanbestückten Vitrine, einem prall gefüllten Bücherregal und einem Plasma-Fernseher samt DVD-Rekorder auf einem Vertiko, wohlproportioniert auf alle vier Wandseiten verteilt. Alles Mahagoni und antik, soweit ich das beurteilen konnte; abgesehen von den Errungenschaften neuzeitlicher Technik. In der linken hinteren Ecke befand sich zudem ein offener Kamin. Nicht groß, aber ausreichend für kühle Abende und Wintertage. Auf dem Schreibtisch stand ein Laptop neben dem Telefon. Auch Briefpapier mit dem Emblem von Rosebud House lag bereit, und an der Wand darüber hing ein Ölgemälde in wuchtigem Goldrahmen. Stattliches Pferd mit stattlichem Reiter. Wertvoll? Flohmarkt? In der Mitte des Raumes fiel der Blick auf ein Sofa, dessen Bezugsstoff die gleichen hellgelben Streurosen zeigte wie die Übergardinen. Es komplettierte die beiden Sessel um den Couchtisch, auf dessen Glasplatte sich eine Vase mit gelben Rosen spiegelte. Erst jetzt bemerkte ich die dritte Tür auf der gegenüberliegenden Seite des Schlafzimmers. Ich ging, um sie zu öffnen, doch sie war verschlossen. Wahrscheinlich führte sie in einen weiteren Nebenraum oder aber nur in eine Abstellkammer. Egal. Das hier war mehr als genug Platz für mich. Darüber hinaus geschmackvoll und sauber. Vor allem aber – und ohne den geringsten Zweifel – romantisch. Die Internet-Homepage hatte nicht gelogen. Ich merkte, wie mich wieder der Zynismus überfiel. Neben dem Misstrauen mein zweiter treuer Weggefährte, seit ich Connys Telegramm erstmals in Händen gehalten hatte. In welcher Farce spielte ich hier mit? Eine Frage, die mir immer wieder durch den Kopf ging, auf die ich im Augenblick jedoch keine Antwort fand. Also lenkte ich meine Aufmerksamkeit wieder auf die dinglichen Banalitäten des Zimmers. Ob sich hinter einer der Schranktüren eine Bar befand? Sie wäre mir zumindest willkommen gewesen, denn hin und wieder würde ich einen Seelentröster brauchen. Nachzusehen gestattete ich mir jedoch nicht, denn dabei würde es nicht bleiben. Besser war besser. In meinem Kopf herrschte bereits genug Verwirrung. Alkohol würde sie allenfalls noch steigern. Zugegeben, ich neigte manchmal dazu, ein Glas mehr als nötig zu trinken, doch wen störte das schon? Die Abende waren oft lang, vor allem an den Wochenenden. Ich trank nie während der Woche, wenn ich Unterricht halten und meinen Pflichten nachgehen musste, doch es gab Zeiten ... Ach, was sollte das? Jetzt tat's erst einmal der Tee. Für Weltschmerz und Selbstmitleid war später noch immer genug Zeit.

Kapitel 4

Bevor ich in Strümpfen hinüber zum Flügelfenster tappte, griff ich nach der Teetasse und knipste das Licht an, denn im Raum war es dunkler geworden. Der Lüster erstrahlte und nahm dem Zimmer die Gemütlichkeit. Der Tee war heiß und schmeckte stark und bitter.

Ich zog die Tüllgardine zurück und versuchte mich zu orientieren. Wenn ich mich nicht irrte, ging der Blick von hier aus nach Südwesten, doch die See war zu weit entfernt. Schade. Ich hatte auf das Meer gehofft, auf ein Zimmer mit Aussicht auf die Bay. Sean Riordan hatte gesagt, sie liege nur einen Kilometer weit von Rosebud House entfernt. Also nahm ich mir vor, sehr bald die Gegend zu erkunden, denn viel von der landschaftlichen Idylle, die die Homepage so hochpries, war von meinem Fenster aus nicht zu sehen. Zudem schoben sich bereits wieder dunkle Wolken über den Himmel. Hastig rollten sie vom Westen heran und ergossen sich Sekunden später ungeniert in Form eines Platzregens über das Gut, der mir jede Sicht versperrte. Eine Abfolge von Blitzen durchzuckte das Grau, unmittelbar danach setzte ein Donnergrollen ein, das die Fensterscheiben vibrieren ließ. Ich beobachtete das Gewitter und stellte mir einen zürnenden Wettergott vor, der meine Ankunft auf Rosebud House angemessen in Szene setzte, indem er mit schweren Fußstapfen über das Land schritt, um in meinem Namen jene zu strafen, die gesündigt hatten. Ich schmunzelte in mich hinein. Rachegöttin Lisa auf Kriegszug! War es das, was ich wollte? Vergeltung? Abrechnung? Nein, sicherlich nicht ... oder doch?

Der Tee schmeckte mit jedem Schluck widerlicher, und so ging ich zurück zum Sofa. Auf dem Silbertablett, das Eileen gebracht hatte, stand die Zuckerdose. Zwiebelmuster, altdeutsch. Schade, sie hatte einen kleinen Sprung am äußeren Deckelrand. Genau wie die Zuckerdose von Mutters teurem Zwiebelmuster-Kaffeeservice. Kaum zu glauben. Da kam ich hierher nach Irland und trank meinen Tee aus einer Tasse, die genau so aussah wie jene, die mich meine ganze Kinder- und Jugendzeit über begleitet hatte. Ich drückte den Deckel fest auf den Rand des Zuckerdöschens und drehte es um. Der bekannte Name der Manufaktur, ins Porzellan gebrannt, sprang mir entgegen. Und plötzlich war mir klar, dass ich Mutters Geschirr in den Händen hielt. Ich stellte das Döschen zurück auf den Tisch und schob es verärgert ein Stück weit von mir weg.

Typisch Mutter ...

Ich dachte kaum noch an sie. Ein Jahr war sie jetzt tot, doch die Erinnerung an sie rief weder sentimentale noch respektvolle Gefühle in mir wach. Von Liebe ganz zu schweigen. Ein wenig Traurigkeit vielleicht, aber, wenn ich's recht betrachtete, nicht einmal die.

Ich hatte mich bis zum Schluss um sie gekümmert, alles Nötige geregelt, so wie ich es seit Vaters plötzlichem Tod vor zehn Jahren immer getan hatte. Conny und Oran waren nicht da gewesen, also hatte Mutter mich nach Vaters Dahinscheiden in der ihr eigenen hartnäckigen Bescheidenheit in die Pflicht genommen und mich zur Dankbarkeit und Fürsorge ermahnt. »Lisa, tue dies! Lisa, tue das! Lisa, ich brauche dieses, und vergiss bitte nicht jenes.« Sie hatte mich vereinnahmt und gewürgt mit der Schlinge töchterlicher Schuldigkeit, bis ich fast daran erstickte. Und immer wieder hatte sie mir dafür mit verschwörerischem Blick und gönnerhaftem Ton ihren feuer- und glanzlosen Rubinring versprochen, ein Monstrum, das bestenfalls die Hand von Heinrich VIII stilecht geschmückt hätte, ihre beiden nach Mottenkugeln und Kölnisch Wasser riechenden Pelzmäntel, Überbleibsel der Belle Époque, und die Krokodilleder-Handtasche, eine Scheußlichkeit mit Bügelgriffen aus Perlmutt. Jedes Nein von mir mit Hinweis auf das Recht zu einem eigenen Leben war von ihr prompt mit giftiger Kritik abgewehrt worden: »Das bist du mir schuldig! Bedenke doch nur, was ich alles für dich getan habe.«

Ich überlegte lange und kam endlich zu der Überzeugung, dass es allerhöchste Zeit für mich war, meinen eigenen Weg in diesem Leben zu finden. Trotzdem war es mir nicht gelungen, mich von ihr zu befreien, hatte ich es nicht fertig gebracht, sie von mir zu stoßen, alt und gebrechlich wie sie inzwischen war. Die Verbissenheit und Willenskraft, die sie ihr Leben lang neben meinem Vater hatten bestehen lassen, ermöglichten es ihr nun mehr denn je, die

Macht über mich zu behalten. Und die eigenartige Mischung aus Mitleid, falsch verstandener Moral und fehlendem Selbstwert, die mich lähmte, hatte ihr immer und nachhaltig Raum dafür geboten.

Also hatte ich mich all die Jahre über gefügt und es so gut es ging vermieden, mir Gedanken darüber zu machen. Nicht zuletzt, weil Mutter alles war, was ich noch an Familie hatte. *Familie*. Ein gänzlich überschätztes Wort. Gefühlsduselei haftete ihm an wie Kaugummi einer Schuhsohle.

Als Mutters körperliche Kräfte schwanden, sie immer vergesslicher und zerstreuter wurde, hatte ich beschlossen, sie in einem Seniorenheim unterzubringen. Mir war klar gewesen, was da an Überzeugungsarbeit auf mich zukommen würde, doch ich hatte keine andere Wahl gehabt. Schließlich ging es auch um mein eigenes Überleben.

Erst hatte sie gejammert, dann auf das Altwerden und schließlich auf mich und mein grausames Ansinnen, sie abzuschieben, geschimpft. Eine Taktik, die sie bis zuletzt perfekt beherrschte.

»Ich weiß, ich kann das alles nicht mehr allein schaffen, aber du musstest ja unbedingt eine eigene Wohnung haben. Dabei wäre hier genug Platz für uns beide.«

Ich sah sie noch immer vor mir, als sie das sagte. Sie hatte in Vaters Ohrensessel im Wohnzimmer meines Elternhauses gesessen, klein und zerbrechlich, doch zwanghaft gerade wie ein Vogel auf seiner Stange, mit grauem Gesicht unter viel zu hellem Puder. Die violett geschminkten Lippen hatten blutleer gewirkt und die zittrig nachgezogenen, dunklen Augenbrauen ihrem Blick etwas Verschlagenes verliehen. Voller Trotz hatte sie ihn von mir abgewandt, ins Höllenfeuer ihrer Gedanken gestarrt, ihre Finger ineinander verschränkt und hektisch mit den Daumen gerollt.

»Lieber steckst du mich ins Heim, als hier mit mir zu wohnen. Du solltest dich schämen!«, hatte sie gegiftete, den Mund zu einem Gedankenstrich zusammengepresst und dann würdevoll das Kinn gehoben, um mir ihre Verachtung zu zeigen.

Ich hatte sie damals lange betrachtet, die Frau, die vor mir saß und die ich aus Gewohnheit Mutter nannte. Eine Frau, die ihren körperlichen und geistigen Verfall stur leugnete. Eine Frau, die ihren Egoismus mit einer Fassade aus Bescheidenheit kaschierte. Eine Frau, um deren Gleichgültigkeit mir gegenüber ich nur allzu genau wusste. Und ich hatte nichts empfunden außer einem Anflug von Mitleid.

Mutter ... Ein Wort, das mir immer leicht über die Lippen gekommen war, da es, wie mir schlagartig klargeworden war, nie echte Bedeutung für mich hatte. Erleichtert lud ich deshalb einen Teil meiner töchterlichen Pflichten auf bezahlte Schultern.

Ich fand ein Wohnstift in meiner Nähe und versprach, sie regelmäßig zu besuchen, was ich, ganz im Sinne der guten und wegen ihrer Eigenmächtigkeit durchaus schuldbewusst dreinblickenden Tochter, auch tat. Sie fügte sich schließlich und arrangierte sich mit der neuen Situation bald besser, als ich zu hoffen gewagt hatte.

Ich weiß noch, wie gern sie mich stets mitgeschleppt hatte zu sterbenslangweiligen Kaffeekränzchen, Singkreisen und Canasta-Abenden. Umringt von einer Handvoll geistlos schnatternder Wohnstifts-Damen, empfand ich diese Stunden als Vorstufe zur Hölle, doch hatte ich sie des lieben Friedens willen in der von Mutter gewünschten Regelmäßigkeit über mich ergehen lassen.

»Das ist meine Tochter, die Oberstudienrätin«, hatte sie jedes Mal betont, voller Stolz auf meinen Titel. Titel waren ihr immer wichtig gewesen. So wie alles, was mit Schein und materiellem Tand verbunden war. Die Form hatte für sie immer mehr gegolten als der Inhalt. Sie hatte gewahrt werden müssen, ganz egal, um welchen Preis.

Viel gefährlicher jedoch war die unheilvolle Symbiose gewesen, die der häufige Kontakt über die Jahre unmerklich zwischen uns hatte entstehen lassen. Getragen von Dauer und Gewohnheit, hatte unsere Zweisamkeit mein Leben immer mehr bestimmt und mir vorgegaukelt, es sei richtig so. In manchen Augenblicken war ich sogar der Täuschung erlegen, Mutter und ich würden uns verstehen.

Und an einem solch guten Tag hatte ich sie um das Service mit dem Zwiebelmuster gebeten.

»Aber selbstverständlich, Kind, bekommst du das Zwiebelmuster! Wie kannst du nur fragen? Also weißt du! ... Conny kann sowieso nichts damit anfangen. Sie besitzt mehr Porzellan, als sie verwenden kann.« Der Stolz auf Connys Wohlstand war nicht zu überhören gewesen, ebenso wenig wie ihre mütterliche Prioritätensetzung.

Conny und Oran waren all die Zeit über nicht zwischen uns thematisiert worden. Wenigstens in diesem Punkt hatte sie Rücksicht bewiesen. Vielleicht aber war sie auch nur von der Heftigkeit meines Zornausbruchs bei unserer ersten und einzigen Diskussion, die wir Jahre zuvor über Geschwisterliebe und Vergebung geführt hatten, so nachhaltig eingeschüchtert worden, dass sie nicht mehr daran gerührt hatte. Sie, deren kleinbürgerliche Weltsicht sich stets mit Vergnügen in moralischer Entrüstung gesuhlt hatte, kommentierte ganz nebenbei, dass man gegen die Liebe nun mal machtlos sei, und meine schwesterliche Pflicht darin bestünde, mich für die beiden zu freuen. Damit war die Angelegenheit für sie erledigt gewesen.

Natürlich wusste ich durch die Abrechnungsbelege der Telefongesellschaft, dass sie all die Jahre über regelmäßig den Kontakt mit Conny gepflegt hatte. Doch es war mir einerlei gewesen, so lange sie mich damit verschonte.

Der Verkauf des elterlichen Hauses war problemlos verlaufen, doch die gesamte materielle Manifestation einer Jahrzehnte dauernden Lebensgemeinschaft hatte sich wie ein Berg vor mir aufgetürmt. Alles hatte entweder veräußert oder entsorgt werden müssen. Das Grauen, das mich schon Wochen vorher bei jedem Gedanken daran überfallen hatte, entpuppte sich zum Albtraum.

Mehrere Monate hatte ich mit »Ausverkäufen« verbracht, mit Verlesen, Ordnen und Entrümpeln, begleitet von gedanklichen und emotionalen Exkursen in die Vergangenheit, die Erinnerungen an die Illusion von Familie in mir wachgerufen hatten und immer in Resignation ausgeklungen waren.

Ich hatte alte Fotografien und Postkarten sortiert, uralte Schulzeugnisse und Dokumente, Bett- und Tischwäsche, vergilbte Bücher und verstaubte Schallplatten, Medikamente und Lebensmittelvorräte. Ich hatte den Keller geräumt und den Dachboden entrümpelt, in der Speisekammer und der Garage gewütet. Ich hatte Vaters Mäntel, Sakkos und Hosen, die nach seinem Tod eingemottet worden waren und seitdem die Kleiderschränke gefüllt hatten, an öffentliche Sozialstationen gegeben, und das Geschirr und die Kristallgläser bruchsicher in Umzugskartons verstaut. Doch wo war das Zwiebelmuster-Kaffeeservice für zwölf Personen geblieben, das mir Mutter versprochen hatte?

Als ich sie darauf ansprach, hatte sie erst erstaunt (»Na, so was?«), dann empört (»Man kann einfach niemandem mehr trauen heutzutage. Elendes Diebesvolk!« – Wen sie wohl damit gemeint hatte?) und schließlich vorwurfsvoll reagiert (»Das ist schon irgendwo. Du musst nur richtig suchen.«). Ich hatte eine ganze Weile gesucht, doch es blieb verschwunden. Ich war viel zu erschöpft und abgelenkt gewesen von der Arbeit, die die vorangegangenen Wochen und Monate mit sich gebracht hatten, einschließlich all der Formalitäten, die wegen Mutters Umzug ins Wohnheim zu erledigen gewesen waren, um mich weiter damit zu beschäftigen.

Ich hatte das Gespräch nie mehr auf das Service gebracht; ebenso wenig wie sie. Nun fand ich es hier in Irland. Offensichtlich war Mutter doch zu der Überzeugung gelangt, es komme angemessener in einem irischen Herrenhaus zur Geltung als in einer kleinen Erlanger Dreizimmerwohnung. Und womöglich hatte sie damit sogar recht gehabt. Wie schon gesagt: Nichts ändert sich; aber der Kreis schließt sich immer.

Seufzend stand ich endlich auf. Ich wollte mich frisch machen in der Hoffnung, mich hinterher besser zu fühlen, auch wenn ich wusste, dass es Dinge gab, die sich nie wegspülen lassen würden, weder äußerlich mit Wasser noch innerlich mit Hochprozentigem. War es nicht sonderbar? Enttäuschung und Verletzung hatten mich nie ernüchtert, mich nicht kritischer und wachsamer gemacht, sondern nur trauriger oder zorniger oder beides. Aber sie hatten die Suche nach menschlicher Wärme beendet und die Hoffnung auf ein wenig ... tja, was? Eigene Lebendigkeit?

All das war Conny erspart geblieben.

Ich trug Koffer und Reisetasche in das Schlafzimmer und war nicht erstaunt, als mich auch hier eine verspielt-feminine Atmosphäre empfing. Betagte Eichenholzmöbel, sorgsam restauriert und poliert, umschmeichelt von zartblauen Blüten auf Vorhängen, Bettwäsche und Stuhlkissen. An der Wand über dem Bett hing ein Gemälde von Peter Severin Kroyer. Es zeigte einen weißen Strand, dahinter das Meer unter einem lichterfüllten Himmel. Zwei Frauen beim Spaziergang, die, obwohl vom Betrachter abgewandt, Unbeschwertheit und Vertrautheit vermittelten. Wahrscheinlich Freundinnen. Sicherlich keine Schwestern.

Ich hängte die Kleider, die ich mitgebracht hatte, auf die Bügel im Schrank und ordnete meine drei Paar Schuhe in das Regal daneben. Über dem Haus jagten sich noch immer Blitz und Donner, und ich war froh, mich in das fensterlose Badezimmer zurückziehen zu können. Am liebsten hätte ich die Türe verriegelt und mich für den Rest des Tages dort verkrochen.

Müdigkeit steckte mir in allen Knochen, und der Kopf schmerzte von den freudlosen Erinnerungen. Ich schnappte mir frische Wäsche und Kulturbeutel und ging ins Badezimmer. Auf dem kurzen Weg dorthin warf ich einen Blick auf die Uhr. Es war Viertel nach eins, also musste ich mich beeilen, denn ungeschminkt wollte ich hier niemandem gegenübertreten.

Kapitel 5

Als ich fünf Minuten vor zwei das Apartment verließ, schien bereits wieder die Sonne. Ich warf im Vorbeigehen einen Blick durch die Fensterfront auf den gegenüberliegenden Ostflügel und in den Innenhof, der, ähnlich wie die Auffahrt, mit geometrischen Rosenbeeten bepflanzt war. Eine Reihe Ahornbäume spendete Schatten und begrenzte zu beiden Seiten den Mittelweg. Die kleine Allee führte hinüber zu den Stallungen, die ich von hier aus erkennen konnte. Doch der dahinter liegende Wohntrakt des Personals war nicht zu sehen.

Der Klang meiner Schritte wurden gedämpft von einem Läufer, der sich den Seitenflügel und die gesamte Galerie entlang zog, und vom Zögern, mit dem ich einen Fuß vor den anderen setzte. Mir fiel die Stille des Hauses auf. Sie hatte etwas Unheimliches. Unschlüssig blieb ich am oberen Treppenrand stehen, fragte mich, wo sich wohl der kleine Salon befand, und ging schließlich über die breiten Marmorstufen nach unten. Der »kleine Salon«. Wie sich das anhörte! Aber genau das passte zu Conny. Großspurig und dünkelhaft. Mit einer Mischung aus fünfzig Prozent Verachtung und fünfzig Prozent Neid verharrte ich für eine Weile am Fuß der Treppe und betrachtet die Halle genauer, ließ meinen Blick über Marmor, Stuck und hölzerne Wandvertäfelung gleiten und fragte mich, ob ich mich unter diesem Dach jemals hätte wohlfühlen können, wenn Oran damals ... schnell schob ich die Überlegung beiseite. Ich war es gewohnt, an einem Beistelltisch unter dem Küchenfenster zu essen, mit Blick auf den Supermarktparkplatz, ungezwungen und, zugegeben, stillos. Hier atmete jedes Detail Eleganz, mutete großzügig an und fügte sich wie von selbst zusammen zu einem beeindruckenden Gesamtbild, das durch das Tageslicht, welches reichlich die Halle flutete, noch imposanter wirkte. Zwei meterhohe Grünpflanzen in Messingtöpfen standen auf Marmorsäulen links und rechts der Treppe und verliehen dem Gesamtarrangement eine Spur Leben. Ich berührte das Holz des Handlaufs, das dem schmiedeeisernen Treppengeländer einen unaufdringlichen Akzent verlieh, betrachtete die erlesene Porzellansammlung in der Vitrine an der linken Wandseite und bemerkte schließlich das Porträt in Lebensgröße, das, etwas zurückversetzt, den Weg zum linken Seitenflügel zierte. Er führte hin zu der Eichentür, die, wie ich aus Connys Hinweis schloss, die Halle vom angrenzenden Hoteltrakt trennte. Ich trat näher an das Porträt. Es zeigte einen Mann im Reiterdress, das Jagdgewehr geschultert, die Gerte in der einen und die Zügel eines Rappen, der ganz nah bei seinem Herrn stand, in der anderen Hand. Das wettergegerbte Gesicht des Mannes mit den freundlich blickenden braunen Augen ließ Selbstbewusstsein und Lebensfreude erkennen, und das Alter hatte dem dünnen, aber noch immer lockigen Haar die Farbe von Ocker verliehen. Die Ähnlichkeit mit Oran war nicht zu übersehen. Auch ohne das Messingschild unten am Rahmen zu lesen, das den Mann als Finn MacCarthy mit seinem Lieblingspferd Black Shannon auswies, wusste ich, dass ich das Porträt von Orans Vater vor mir hatte. Ein eigenartiges Gefühl beschlich mich, während ich in diese Augen blickte und, obwohl nur gemalt, freudiges Erkennen in ihnen wahrzunehmen meinte. Der eindeutige Anflug von Selbsttäuschung ließ mich kehrtmachen, doch während ich mich wieder der Treppe zuwandte, öffnete sich plötzlich eine der beiden Türen auf der rechten Seite und Conny trat in die Halle.

»Ach was. Du machst dir unnötig Gedanken, Sean«, sagte sie über die Schulter nach hinten. »Sie war von Anfang an so. Störrisch, misstrauisch und auf eine recht unbeholfene Art unberechenbar. Doch im Kern ihres Wesens ist sie schwerfällig wie eine alte Schildkröte. Wir werden sie schon auf Vordermann bringen. Lassen wir ihr einfach etwas Zeit zum Eingewöhnen.«

Ich spähte über die linke Schulter und sah im Schutz der breiten Treppe und überdimensionalen Grünpflanze, wie Conny sich näherte, dicht gefolgt von Sean, der zweifelnd die Mundwinkel verzog. Sie jedoch lachte. »Überlasse sie ruhig mir. Ich kann mit ihr umgehen.«

In mir begann es zu brodeln. Wie konnte sie?! Wie konnte sie so von mir sprechen? Wer gab ihr das Recht dazu? Meine Hand begann zu zittern, und ich spürte die blanke Wut in mir. Tränen stiegen mir in die Augen und verstärkten meinen Zorn. Dieser neuerliche Hang zur Heulerei ging mir zwar auf die Nerven, doch die lagen bereits blank und ließen sich nur schwer zügeln. Noch hatten Conny und Riordan mich nicht bemerkt, und am liebsten hätte ich mich in Luft aufgelöst. Sollte ich ihre Worte einfach ignorieren oder zumindest so tun, als hätte ich nicht mitgekriegt, was sie sagte? Nicht diesmal! Ich war nicht hierhergekommen, um mich beleidigen zu lassen! Ich schluckte noch einmal, straffte die Schultern und trat den beiden mit festem Schritt und versteinerter Miene entgegen.

»Sprecht ihr über mich?«, fragte ich kühl. Conny sollte wissen, dass ich sie gehört hatte.

»Ach, da bist du ja!«, empfing sie mich überschwänglich, griff nach meinem Arm und hakte sich bei mir unter. Eine plumpe Vertraulichkeit, mit der sie mich noch mehr zu verhöhnen schien. Ich entzog mich ihr, beäugte sie vorwurfsvoll und warf dann einen argwöhnischen Blick auf Riordan.

»Wir sprachen doch nicht von dir, Liebes. Wie kannst du nur so etwas denken?« In ihrer Stimme lag gespieltes Entsetzen, und die Art, wie sie jetzt meinen Arm streichelte, sagte mir, dass sie genau wusste, was in mir vorging.

»Sean und ich unterhielten uns über Anastasia, eine Stute, die ich kürzlich auf seinen Rat hin gekauft habe«, erklärte sie. »Die Pferdelady entpuppt sich als recht schwierig, und Sean, der Gute, macht sich Vorwürfe deswegen.« Sie lachte und zog mich mit sich in den nächstliegenden Raum auf der rechten Seite der Eingangshalle, den sogenannten »kleinen Salon«. Ich ließ es geschehen, wohl wissend, dass ich mich lächerlich gemacht hatte.

Trotzdem nahm ich mir vor, bei nächster Gelegenheit in Connys Pferdestall nachzusehen, ob sie tatsächlich eine Stute namens Anastasia besaß.

Der kleine Salon war, wie alles hier, recht geräumig, und ich fragte mich, welche Dimensionen mich wohl im großen Salon erwarteten. Das Parkett glänzte wie die wasserglatten Marmorfliesen in der Halle, ein Eichentisch mit vierzehn Tudor-Stühlen dominierte den Raum in der Mitte und von den Wänden lächelten die in Öl verewigten Konterfeis von Orans irischen Ahnen, wie ich vermutete. Der offene Kamin, mit frischen Holzscheiten gefüllt, und die Jugendstil-Standuhr, deren gleichmäßiger Pendelschlag durch den Raum schlich, gaben ihm eine greifbare Gemütlichkeit.

Am oberen Ende der mit Leinen bedeckten Tafel wies Conny mir den Platz an ihrer Seite zu.

»Heute bist du mein Ehrengast«, sagte sie. »Wir bedienen uns übrigens selbst, wie du unschwer erkennen kannst, denn die Zeiten, zu denen ich esse, sind normalerweise sehr unterschiedlich. Doch zwischen dreizehn und vierzehn Uhr dreißig findest du hier immer etwas Warmes für den Magen.« Sie wies mit der Hand auf das Sideboard, auf dem sich Schüsseln mit dampfendem Gemüse und Kartoffeln dicht aneinanderdrängten, eine Platte mit Fleisch und Geflügel warm gehalten wurde, die Suppenterrine würzigen Duft verströmte und eine bunte Salatplatte den Appetit anregte. Für einen Augenblick fragte ich mich, ob dieses üppige Angebot mir zu Ehren arrangiert worden war, verwarf diesen Gedanken jedoch rasch als allzu verwegen.

»Das Gut und das Hotel zu führen, ist, wie du bald feststellen wirst, mit vielfältigen Aufgaben verbunden. Da kann ich mir pünktliche Tischzeiten leider nicht leisten«, sagte sie beiläufig, doch selbstgefällig, begleitete mich zum Sideboard und häufte ein grünliches Kartoffelbrei-Weißkraut-Gemisch auf meinen Teller.

»Das musst du probieren. Deirdres Colecannon ist unübertroffen«, versprach sie und widmete sich gleich darauf den gegrillten Hühnerbrüstchen.

»Das stimmt«, pflichtete ihr Sean bei und nahm sich ebenfalls eine große Portion davon.

»Deirdre ist übrigens unsere Köchin. Du hast sie ja schon kennengelernt, nicht?« Ich sah die nach Luft schnappende Frau mit dem eisengrauen Krauskopf und dem sperrigen Charme vor meinem geistigen Auge und nickte kommentarlos. »Sie und zwei Küchenmädchen versorgen auch die Hotelgäste mit Essen. Aber das wirst du alles mit der Zeit herausfinden.« Conny lächelte mich wieder an.

»Mit der Zeit? Wie lange, denkst du, werde ich hierbleiben?«, fragte ich erstaunt. Mich über die angekündigte wichtige Angelegenheit zu informieren, dürfte nicht ewig viel Zeit beanspruchen. Und Orans gesundheitlicher Zustand schienen ebenfalls keine epischen »Friedensverhandlungen« zuzulassen. Ich beabsichtige daher, das irische Gastspiel zeitnah zu beenden.

Conny tat, als habe sie meine Frage nicht gehört, denn eine Antwort blieb sie mir schuldig.

Ich stand noch immer unschlüssig vor dieser kulinarischen Massenveranstaltung, versuchte, mir einen Überblick zu verschaffen und entschied mich dann für zwei Lammkoteletts in Minze, gebratene Champignons und gegrillte Tomaten.

»Und Oran?«, fragte ich, als ich mich wieder gesetzt hatte und die Stoffserviette über meinen Rock legte. »Wer versorgt ihn?«

Ich sah, wie sich Conny und Riordan einen kurzen Blick zuwarfen. Riordan räusperte sich, griff nach einer der beiden Weinflaschen, die auf dem Tisch standen, löste mit einem dumpfen Plopp den Korken und schenkte erst mir, dann Conny und zuletzt sich selbst ein.

Connys Schweigen, das seine Handlung begleitete, hatte etwas Bedrückendes. »Oran schläft um diese Zeit«, begann sie zögerlich, und mir schien, als wählte sie plötzlich jedes Wort mit Bedacht. »Er, ... nun ja, er ist doch noch sehr schwach, musst du wissen.« Unvermittelt ergriff sie über den Tisch hinweg meine Hand und drückte sie. Eine Geste des Trostes, den sie selbst suchte? Der unbekümmerte Ausdruck in ihrem Gesicht war gewichen, und in ihren grünen Augen lag eine eigenartige Leere. »Aber er wird gut versorgt. Natürlich auch mit den angemessenen Mahlzeiten.«

Ihre Hand war warm und weich, und doch war es mir unerträglich, sie auf meiner zu spüren. Langsam entzog ich mich ihrer Berührung.

»Ich werde Dir alles erzählen«, sagte sie leise, »doch jetzt lass uns essen.«

Kapitel 6

Trotz meines Hungers war mir der Appetit vergangen, aber ich aß aus Höflichkeit einige Gabeln voll von den Köstlichkeiten, die auf meinem Teller lagen. Ich hatte keine Ahnung von irischem Essen, kannte jedoch die englische Küche von zwei Kurzreisen her und hatte meine Erwartungen entsprechend angepasst. Nun wurde ich eines Besseren belehrt und leistete insgeheim Abbitte.

Verstohlen sah ich von Zeit zu Zeit hinüber zu Riordan und Conny, und hatte noch immer Schwierigkeiten, all dies hier nicht für einen Traum zu halten. Von einem Tag zum nächsten war ich in eine vollkommen andere Welt hineingeraten, die nichts mit mir zu tun hatte und doch ganz eng mit mir verbunden war, und dieser Widerspruch machte mir zu schaffen.

Conny und Riordan unterhielten sich während des Essens und bezogen mich immer wieder ins Gespräch mit ein. Oran schien vergessen, zumindest für den Augenblick, und an seine Stelle rückte die Diskussion über den Milchpreis, das neue Kraftfutter für die Pferde und die Sanierung der Badezimmer im Hotel. Als wir beim Dessert angelangt waren, schlug Riordan vor, den Abend mit einem gemeinsamen Ausflug nach Bantry zu verbringen, um dem geschätzten Gast – er nickte mir dabei höflich zu – einen ersten Eindruck vom Leben in Irland zu vermitteln, doch Conny meinte, wir sollten damit ein paar Tage warten. Sie hielt es für sinnvoller, wenn ich mich erst einmal hier auf dem Gut ein wenig einlebte. Gefragt wurde ich dazu nicht. Dieser Punkt war entschieden, und ich nahm es schweigend zur Kenntnis.

Nach dem Kaffee verabschiedete sich Sean, denn die Arbeit rief, wie er sagte. Er erhob sich, bedankte sich bei Conny und reichte mir die Hand. Ich blickte dem Moment, an dem er die Tür hinter sich schloss, mit wachsender Ungeduld entgegen, denn dann konnte ich Conny mit der im Raum stehenden Forderung nach ein paar ersten Erklärungen konfrontieren.

»Ich wünsche Ihnen eine wundervolle Zeit in Rosebud House«, sagte Riordan und schüttelte kraftvoll meine Hand. Mit einem knappen Winken zu Conny drehte er sich auf dem Absatz um, sandte ein »Bis bald« zu uns zurück und war auch schon verschwunden.

»Ein charmanter Mann, dieser Sean«, sagte ich und wandte mich Conny zu.

»Ein echter Schatz und ein guter Freund. Ich weiß nicht, was ich ohne ihn gemacht hätte, als Oran vor fast drei Monaten ...« Sie vollendete den Satz nicht, sondern verfolgte mit ernstem Blick die kleinen Linien, die sie mit ihrer Kuchengabel über das weiße Leinen neben ihrem Tellerrand zog.

Dann atmete sie tief ein und aus. »Ich bin dir jedenfalls sehr dankbar, dass du gekommen bist, Lisa. Offen gestanden, hatte ich es nicht erwartet nach all der Zeit.«

Es hörte sich ehrlich an. Ich starrte ebenfalls auf die Linien auf dem Tischtuch und zerrte mit unruhigen Fingern an meiner Serviette herum. Traurigkeit hatte sich wie ein Weichzeichner über meinen Argwohn gelegt, und ich verscheuchte sie mit einem Räuspern.

»Nun ja«, begann ich, »du hast etwas Wichtiges mit mir zu bereden, etwas, das du mir am Telefon nicht sagen wolltest. Das hat mich neugierig gemacht.« Ich sprach so sachlich und unbeteiligt, dass es mich selbst erstaunte. Doch alle meine Antennen waren fein justiert. Vorsicht lautete das Gebot der Stunde. Ich würde diesmal nicht unbedarft in die nächste Falle stolpern, die Conny zweifellos für mich bereithielt.

»Bitte lass mir ein, zwei Tage Zeit für unser Gespräch«, antwortete sie, ohne sich näher zu erklären, und sah mir dabei direkt in die Augen.

Erstaunlich! Conny brauchte Zeit, um sich mitzuteilen? Dann musste das, worum es dabei ging, wirklich von Bedeutung für sie sein. Ein derartiges Zögern hatte es früher nie in ihrem Repertoire gegeben. Nun gut. Dann sollte es eben so sein.

»Ganz wie du möchtest«, gab ich zurück. »Ein paar Tage werden wir beide sicher miteinander auskommen.«

Conny ging nicht darauf ein.

»Wie geht es Oran denn jetzt?«, fragte ich beiläufig, und gab ihr damit zu verstehen, dass ich sowohl der »wichtigen Sache« als auch allem anderen hier gelassen entgegenzusehen vermochte.

Conny blickte ernst vor sich hin und schüttelte schließlich den Kopf.

»Er ist nur noch ein Schatten seiner selbst. Sein Körper ist weitestgehend gelähmt. Er muss gewaschen und gefüttert werden. Doch das Schlimmste für ihn ist wahrscheinlich, dass er nicht mehr deutlich sprechen kann.« Sie starrte mich an, nein, eigentlich durch mich hindurch, und schien zu überlegen. »Obwohl ich nicht sagen kann, wie viel er tatsächlich noch mitbekommt von dem, was mit ihm und um ihn herum vor sich geht.« Jetzt zuckte sie ratlos mit den Schultern, schob ihren Stuhl ein Stück weit vom Tisch weg und stand auf.

»Sagtest du nicht, er wolle sich mit mir aussprechen? Wie soll das gehen, wenn er nicht richtig reden kann?«. Von Sean hatte ich ja bereits einiges erfahren, doch so, wie es sich jetzt anhörte, schien eine Aussprache unmöglich.

»Sein Gesundheitszustand hat sich verschlechtert. Zumindest schwankt er sehr. Deshalb war mir ja auch so daran gelegen, dass du bald kommst. Ich kenne seine Wünsche und Bedürfnisse sehr genau«, versicherte Conny rasch. »Und ich weiß, dass Oran sich auf mich verlässt. Ganz besonders, was dich betrifft. Also werde ich für ihn sprechen. Ich hoffe, du bist damit einverstanden. Es ist so wichtig für ihn. Für uns alle.«

Ich war enttäuscht, aber ich ließ es mir nicht anmerken. »Na gut, soll mir recht sein«, antworte ich gleichgültig und hoffte wieder, eine respektable Souveränität zu vermitteln.

Ihr Augenmerk auf die Standuhr gerichtet, fuhr Conny fort: »Gerade erst hat er einen schlimmen Infekt hinter sich mit hohem Fieber. Wir dachten schon, es sei vorbei.« Ihre Stimme hatte leise zu beben begonnen. Dann atmete sie jedoch tief durch und lächelte. »Aber mach dir am besten selbst ein Bild. Ich bin nie gut in diesen Dingen gewesen, wie du ja weißt.«

Sonderbar!, dachte ich wieder, und kommentierte damit nicht nur Connys Selbsterkenntnis, sondern vor allem die Art und Weise, wie dieses Gespräch zwischen uns verlief. Zum ersten Mal in meinem Leben fühlte ich mich nicht von ihrer Überlegenheit in die Ecke gedrängt, sondern als ernst genommener Gesprächspartner. Hatte sie sich tatsächlich geändert?

Ich erhob mich ebenfalls und fühlte mich urplötzlich beklommen, als mir klar wurde, dass sie mich nun zu Oran bringen würde.

»Ich glaube«, fuhr sie in einem gelösteren Ton fort, »es lag ihm immer auf der Seele, das damals mit dir.« Sie wischte sich ein paar Krümel vom Dekolleté und warf die Leinenserviette mitten auf ihren Essteller. »Er wollte unbedingt, dass wir uns aussprechen, hatte wohl all die Jahre über ein schlechtes Gewissen dir gegenüber.« Mit ihrem Lächeln degradierte sie diese Vermutung zur Albernheit.

Das damals mit dir, vier Worte, die an Banalität nicht zu überbieten waren; und auch nicht an Grausamkeit.

»Warum habt ihr euch dann nie mehr bei mir gemeldet?«, wollte ich wissen. Noch immer stand ich am Tisch und beobachtete, wie sie langsam auf mich zukam.

»Nun ja, ich habe Oran davon abgeraten.« Ihre Stimme klang jetzt eher sachlich.

»Warum, um Himmels Willen?«, brach es in einem einzigen Vorwurf aus mir heraus. Jetzt katapultierte *ich* meine zerknüllte Serviette auf meinen leer gegessenen Teller wie einen Fehdehandschuh. Mein Blick fand auf direktem Weg den ihren. Doch sie ließ sich davon nicht irritieren. Milde dreinschauend legte sie den Arm um meine Schulter.

»Offen gesagt, hatte ich dich immer als ein kleinwenig nachtragend in Erinnerung. Ich war mir ganz sicher, dass dir nicht an einer Aussprache gelegen war.«

Ihr liebenswürdig-neckender Ton sollte vermutlich die Niedertracht mildern, die sich hinter ihren Worten verbarg, doch sie traf mich wie ein Peitschenhieb. Vor allem, weil sie recht hatte. Ich war nachtragend gewesen. War es immer noch. Es lag in meiner Natur, wütend und nachtragend zu sein, denn oft war das die einzige Reaktion, die ich in meiner Hilflosigkeit derartigen Widrigkeiten des Lebens entgegensetzen konnte. Wer verliert, dem bleibt oft nur die Unversöhnlichkeit als Trost. Conny kannte dieses Gefühl nicht. Woher auch? Sie war immer schon eine Gewinnerin. Sie raffte ihre Volants, warf das Kinn in die Höhe und ging sicheren Schrittes auf das Leben zu. Probleme oder Hindernisse kickte sie entschlossen mit ihren zierlichen Füßen zur Seite. Wie oft hatte ich sie als Kind schmollend dabei beobachtet und mir gewünscht, wie sie zu sein? Aber meine Beine hatten mir selten gehorcht. Mit meiner angeborenen – und kaum auffallenden – Gehbehinderung hatte das freilich nichts zu tun, wenngleich ich sie gern als Ausrede heranzog.

»Warum hast du diese Entscheidung nicht mir überlassen?« Ich löste mich abrupt aus ihrem Arm, ergriff mein Essgeschirr und trug es hinüber zum Servierwagen. Am liebsten hätte ich es ihr an den Kopf geworfen. Von wegen ebenbürtig und ernst genommen! Sie spielte mit mir wie mit einem naiven Kind!

»Ach, komm schon, Lisa! Wir wollen uns doch nicht wegen dieser alten Kamellen streiten, oder? Wir sind doch inzwischen beide erwachsen geworden«, sagte sie, als hätte sie meine Gedanken gelesen. Ihre grünen Augen funkelten. Froschaugen hatte ich sie immer genannt, doch nur wegen der Farbe, denn ihre Form war alles andere als froschartig. Groß waren sie, mandelförmig, leicht schräg gestellt, was ihrem Blick etwas Katzenhaftes verlieh.

»Übrigens, das musst du nicht tun. Überlass das dem Personal«. Sie deutete auf das Geschirr.

»Ich bin es nicht gewöhnt, bedient zu werden«, gab ich zurück, als hielte ich ein Plädoyer gegen menschliche Ausbeutung.

»Noch immer die alte, streitbare Lisa.« Conny lächelte wieder und schüttelte in gespieltem Erstaunen den Kopf, während in mir das Bedürfnis, ihr an die Gurgel zu springen, wie Sodbrennen hochstieg.

»Streitbar? Ich wünschte, es wäre so«, antwortete ich und zwang mich, ruhiger zu werden. Streiten war eine hohe Kunst, die ich nicht einmal im Ansatz beherrschte. Ich war kratzbürstig, ja, und manchmal auch zynisch, löste meine Konflikte für gewöhnlich, indem ich im weiten Bogen um sie herumschlich oder ihnen durch Kapitulieren das Wasser abgrub.

»Nun komm schon«, sagte sie versöhnlich und zog mich am Ellbogen mit sich, »Oran wartet«.

Kapitel 7

Ich eilte hinter ihr die Treppe hinauf, bemüht, mit ihr Schritt zu halten, und folgte ihr in den rechten Seitenflügel. Die Nachmittagssonne beschien die Rosenbeete und Ahornbäume des Innenhofs, und flauschig-weiße Wolken zogen ruhig über sie hinweg. Durch die Flucht der Seitenfenster sah ich einen Mann und eine Frau im Reiterdress, die ihre Pferde an den Stallungen vorbeiführten. Wahrscheinlich Hotelgäste, mutmaßte ich und wünschte mich hinunter auf eine der Holzbänke unter den Ahornbäumen, auf der ich gern mit einem geschlossenen Buch in den Händen gesessen und einem schläfrigen Frieden nachgespürt hätte. Feigling!, beschimpfte mich meine innere Stimme, als Conny an der vorletzten Zimmertür stehen blieb und lauschend den Kopf drehte. Mein Herz schlug laut und mein Hals fühlte sich eng und trocken an. Conny warf mir indessen einen abschätzenden Blick zu, legte den Zeigefinger auf ihre geschürzten Lippen und öffnete leise die Tür mit einem »Pst!« Dann trat sie ein.

Ich folgte ihr, hielt mich dicht hinter ihrem Rücken, um so lange wie möglich unsichtbar zu bleiben. Es duftete nach Kräutersalbe und Kamillentee, ein für mich typischer Krankenhausgeruch, und ich hielt unwillkürlich für einige Sekunden die Luft an. Das Zimmer war größer als jenes, das ich bewohnte, und ebenso hell und freundlich eingerichtet, das konnte ich trotz der zugezogenen Vorhänge erkennen. Im Halbdunkel warf ich über Connys Schulter hinweg einen Blick auf das Bett, das mit dem Kopfende zur Wand in der rechten Hälfte des Zimmers stand.

Was für ein jämmerlicher Waschlappen du doch sein kannst, Lisa Konrad! Da war sie wieder, die so verächtlich klingende innere Stimme. Vorsichtig trat ich aus Connys Deckung und näherte mich dem weißen leinenbezogenen Überwurf, der faltenlos drei Viertel des Bettes bedeckte, während Conny zum Fenster ging und die lindgrünen Vorhänge mit einem Ruck zurückzog. Die Holzringe rasselten über die Gardinenstange und klackerten beim Zusammenschieben laut gegeneinander. Ihr resolutes Vorgehen widersprach der eben noch angemahnten Rücksichtnahme, doch ich war zu aufgeregt, um mich über ihren mir bestens bekannten Mangel an Einfühlsamkeit zu entrüsten. Tageslicht drang viel zu schnell ins Zimmer und zerrte mich aus dem schützenden Halbdunkel. Ich senkte die Lider, geblendet vom Weiß der Decke auf Orans Bett, und hielt wieder den Atem an. Die folgenden Minuten sollten mir weniger als fließendes Ganzes in Erinnerung bleiben als vielmehr in Bildern, Momentaufnahmen. Ein Stückwerk aus Eindrücken, von denen mich jeder einzelne in gegensätzliche Empfindungen hineinzog.

Als Erstes sah ich Orans Hände. Ihre Farbe unterschied sich kaum von der des Leinens. Reglos ruhten sie auf dem Tuch, lugten hervor aus grauweiß gestreiften Schlafanzugärmeln und begrenzten links und rechts die Wölbung, die sein Körper unter der Decke bildete. Schmal und knöchern waren sie. Skeletthände. Blau geädert und doch wie blutleer. Ein Schauer lief mir über den Rücken und meine Lippen begannen zu zittern, ohne dass ich es hätte verhindern können. Schnell presste ich sie aufeinander und folgte mit dem Blick den weißgrauen Linien des Schlafanzuges nach oben. Orans Hals. Ein sanftes gleichmäßiges Pochen unter pergamentener Haut, Adern, die sich auch hier abzeichneten. Und dann war da plötzlich sein Gesicht, waren da seine Augen. Einen zeitlosen Moment lang blickte ich in dasselbe sanfte Braun, in das ich mich vor zwanzig Jahren verliebt hatte, verlor mich für den Bruchteil eines Atemzugs in einer Erinnerung, die so lebendig war, dass ich fürchtete, sie würde mich zerreißen. Diese Augen waren noch immer Orans Augen, ungebrochen in ihrer Klarheit, beredt in der Wärme ihres Blickes.

Auch, wenn sie jetzt gefangen gehalten wurden in diesem Körper, der ihn hatte sterben lassen, ohne ihn zu töten, in diesem Gesicht, das, hohlwangig und blass, nur mehr ein regungsloser Schemen seiner selbst war: Orans Augen lebten.

Ich hatte mir vor zwanzig Jahren geschworen, diesen Augen nie mehr zu begegnen, denn ich hatte nicht vergessen können, wie sie sich von mir ab- und Conny zuwandten, als ich sie Oran vorstellte.

Ich hatte den Blick gehasst, mit dem er sie anlächelte. Und ich hatte den Blick gehasst, mit dem er mich danach betrachtete.

»Er erkennt dich«, hörte ich Connys Stimme plötzlich neben mir und zuckte zusammen. Ich hatte sie ganz vergessen. Ich hatte *alles* um mich herum vergessen.

Wie sehr mich diese unwirkliche Situation verstörte, manifestierte sich für mich in der Tatsache, dass ich Conny versehentlich und ohne jeden Hintergedanken anstrahlte, während ich ihr zunickte. Ja, kein Zweifel. Oran hatte mich erkannt.

»Setz dich ruhig zu ihm. Es wird ihn freuen, nicht wahr, Schatz?« Conny stand am Fußende des Bettes und betrachtete ihren Mann, dessen Aufmerksamkeit nun langsam von mir zu ihr wanderte.

»Es ist Zeit für deinen Tee, Liebling. Ich lasse ihn dir bringen. Dann kann Eileen dir auch gleich die Kissen aufschütteln«, sagte sie und empörte mich damit. Nicht nur mit dem, *was* sie sagte, sondern vor allem *wie* sie es tat. Sie sprach mit Oran, als hätte sie einen dreijährigen Jungen vor sich, und tätschelte die Stelle der Decke, die seine Füße bedeckte. Dieser pointiert fürsorgliche Ton, der Worte als Schauspielerei entlarvte und den erwachsenen Kranken zum unmündigen Kind degradierte, war entwürdigend. Es wäre *ihre* verdammte Pflicht, Oran die Kissen aufzuschütteln und ihm seinen Tee zu bringen, kam es mir spontan in den Sinn. Mit ihrer unnötig gehobenen Stimme hatte sie zudem den Zauber verscheucht, den diese letzten Minuten für mich besessen hatten.

»Was ist mit dir, Lisa? Möchtest du noch eine Weile bei Oran bleiben? Dann lasse ich deinen Tee auch hierherbringen. Ihr seid ja jetzt sowieso Nachbarn.« Ein spontanes Ja rannte in meiner Herzgegend los, bremste jedoch abrupt in meinem Mund ab und stemmte sich mit aller Kraft gegen meinen Willen, es über die Lippen zu hieven. Also schüttelte ich nur den Kopf und sagte: »Später«.

Conny ließ ein fröhliches Lachen erklingen und legte mir auf dem Weg zur Tür die Hand auf die Schulter. Oran folgte uns mit seinem Blick, und ich überlegte, ob ich womöglich doch noch bleiben sollte. Meine Beine übernahmen die Entscheidung, indem sie mich eilig aus dem Zimmer trugen.

Als Conny die Tür hinter uns zugezogen hatte, legte sie erneut den Arm um mich und drückte mich an sich. Sie sagte nichts, seufzte nur. Ich wehrte mich nicht gegen die Geste, wollte aber ihr Gesicht nicht sehen, weil ich fürchtete, es könnte sie wieder Lügen strafen. Deshalb richtete ich, verstört wie ich war, meine Aufmerksamkeit auf die beruhigende Würde der alten Bäume des Innenhofs, murmelte ein »Danke« und machte auf dem Absatz kehrt. Ich ließ Conny stehen, eilte die wenigen Schritte zu meinem Apartment und schloss die Tür hinter mir. Dort fiel ich in den Sessel, schlug die Hände vors Gesicht und heulte in mich hinein.

Nach einer Weile stand ich auf, suchte und fand im linken Seitenfach des Vertikos eine Flasche Whiskey und eine Flasche Sherry, nahm Erstere heraus und goss einen Teil ihres Inhalts in eines der Kristallgläser, die in einer Vierergruppe auf einem Silbertablett danebenstanden.

Mit rauchigem Nachgeschmack brannte der Alkohol die Kehle hinunter und drang heiß in meine Eingeweide. Der große Schluck – oder waren es die Eindrücke der letzten zehn Minuten? – nahm mir die Luft zum Atmen, verhalf mir aber gleich darauf, zu entspannen. Ich spürte, wie ich einerseits ruhiger wurde, wie die Wärme in meine Finger zurückkehrte, andererseits aber eine schier unbändige Wut in mir auflöderte. Orans Gesicht erschien mir wieder, leblos und fragil ... dann seine Augen ... Ich schluchzte auf, ohne tatsächlich greifen zu können, was ich fühlte. Alles in mir tat weh ... Warum noch immer diese Qual nach so vielen Jahren? Ein einziges Wort formte sich aus dieser Ohnmacht heraus in mir: Hass. Ich hasste ihn. Ich hasste sie; vor allem sie. Und ich hasste mich. Der Whiskey hatte ein Feuer in mir entfacht – oder waren es Trauer und Ohnmacht? –, das an allen Stellen meines Körpers gleichzeitig aufflammte. Rasend vor Zorn rannte ich in mein Schlafzimmer, stieß den Kleiderschrank auf, warf den Koffer aufs Bett und schleuderte ein Kleidungsstück nach dem anderen hinein. Keinen Augenblick wollte ich länger in diesem Haus verbringen! Es war Orans Haus, Connys Haus, nicht meins! All das ging mich nichts an! Gar nichts! Verflucht noch mal! Er hatte *sie* gewählt, *sie*, und hatte mich weggeschoben wie ein wertloses ... Irgendwas! Sie hatten ihr wunderschönes irisches Leben gelebt und sich all die Jahre einen Dreck geschert um den Trümmerhaufen, den sie in mir hinterlassen hatten. Ganz zu schweigen vom Rest der *Familie* Konrad, um den ich mich Jahrzehnte hatte kümmern müssen. Oran war es nicht minder gleichgültig gewesen wie Conny, was aus mir wurde! Keinen von beiden hatte es interessiert, wie ich mich abgemüht hatte, die Scherben in meinem Inneren zusammenzukleben, um oft genug feststellen zu müssen, dass kein Teil mehr zum anderen passte. Oran hatte ein Chaos an Bruchstücken zurückgelassen, das sich hinter Alltagsroutine versteckt gehalten hatte, prall gefüllt mit dem Gift des Zorns und der Resignation. Und jetzt verlangte er nach mir?! Mit welchem Recht? ... Dieser jämmerliche Rest, der von ihm übrig geblieben war und nun im Nachbarzimmer vor sich hinvegetierte, war *der* nun genug für Lisa? »Oh nein, meine Lieben! Diese Suppe löffelt ihr allein aus! Recht geschieht dir, Oran MacCarthy! Das Leben hat dich endlich gestraft ...!«, zischte ich halblaut vor mich hin.»Und dir wünsche ich die Krätze an den Hals, du grünäugige Viper!« Ich schluchzte in mich hinein, riss den Koffer vom Bett und knallte ihn auf den Boden, drehte mich dabei um die eigene Achse wie ein Derwisch.

Connys perlendes Lachen, das selbst durch das geschlossene Fenster zu mir heraufdrang, riss mich aus meinem Veitstanz und ließ mich schließlich innehalten. Ich lauschte und verbarg mich hinter der Gardine. Von dort sah ich sie und Sean Riordan auf dem geteerten Weg, der seitlich am Haupthaus vorbei zu den Ställen führte. Was sie sagten, konnte ich nicht verstehen, aber beide schienen gut gelaunt, ja, beinahe übermütig miteinander zu plaudern. Ich schob die duftigen Stores beiseite und spähte hinaus. Sie redeten und lachten noch immer, doch waren stehen geblieben. Jetzt legte Conny ihre Hand auf Seans Arm. Gleich danach wendete sie sich von ihm ab und schlug den schmalen Weg nach links in Richtung Hotel ein. Sean ging den Hauptweg weiter in Richtung Stallungen.

»Wie niedlich«, knurrte ich, zog mein Taschentuch heraus, putzte mir die Nase und wischte mir über die tränennassen Augen. Wahrscheinlich lag ich gar nicht so falsch mit meiner Vermutung, dass die beiden womöglich ... Ich ließ die Gardine los und drehte mich zurück ins Zimmer. Typisch Conny! Sie konnte nie ohne. Brauchte immer einen Mann. Wobei »brauchen« nicht den Kern der Sache traf. Sie machte ein Spiel daraus, in dem sie die Figuren beliebig auswechselte. Jedenfalls war es früher so gewesen. Und offensichtlich hatte sich auch daran nichts geändert. Oh Gott, wie abgrundtief ich sie dafür verachtete!

Zumindest hatte mich ihr Lachen aus meiner Wut und meinem Selbstmitleid gerissen, mich wieder ein Stück Distanz gewinnen lassen. Ich setzte mich auf die Bettkante, griff nach den beiden Pralinen, die auf dem Kopfkissen lagen, wickelte sie auf und stopfte sie mir in den Mund. Ich schloss die Augen, ließ mich nach hinten aufs Kissen fallen und spürte dem sahnigen Schmelz nach, der meine Wangen füllte. Nicht die schlechteste Art des Trostes ... aber auch nicht die beste. Sei zufrieden, Lisa Konrad. Es könnte alles viel schlimmer sein. Und wer weiß, wofür es gut ist, ermutigte ich mich, gleichzeitig wissend, dass pseudovernünftige Plattitüden immer schon die letzte Zuflucht des Verlierers waren.

Vor dem Fenster zwitscherten Vögel, und ich spürte wieder die Sonne, deren Wärme sich durch die Gardinen auf meine Brust und meinen Bauch legte. Ich hatte mich endlich beruhigt. Nie hätte ich für möglich gehalten, dass ich noch immer mit derart tiefen, ganz und gar widersprüchlichen Emotionen an diesem Kapitel meiner Vergangenheit hing, und mich lang Verdrängtes mit so großer Wucht einzuholen vermochte. Und ich begriff, dass die jeweiligen Rollen, die man im Leben spielte, völlig unterschiedliche Eigenschaften in einem zum Vorschein brachten. So mutierte eine sturmerprobte Mathematiklehrerin zum heulenden Nervenbündel, weil sie mit Gefühlen nicht klarkam, deren Ursache in jahrzehntealten Ereignissen lag, und die sie als längst erledigt gewähnt hatte. Ich versprach mir, diese Ungleichung in eine Gleichung zu verwandeln, alle Unbekannten aufzuspüren und aufzulösen. Was hatte ich schließlich zu verlieren, abgesehen von einem ganz offensichtlich fadenscheinigen Seelenfrieden, der sich aus der Quelle einer zwar ehrenwerten, aber recht einseitigen Alltäglichkeit speiste, die mit ihren tausend Aktivitäten wiederum nur dazu gereichte, mich von einem wesentlichen Teil meines Ichs abzulenken und fernzuhalten?

Wie ich das handhaben sollte, war mir jedoch noch keineswegs klar. Aber ich wusste, nein, *spürte*, dass ich wachsam sein musste, wenn ich mich dieser Herausforderung endlich stellen wollte.

Ein Blick auf den Wecker sagte mir, dass es gerade fünfzehn Uhr dreißig war. Ich drehte mich auf die Seite und schlief ein.

Eineinhalb Stunden später stand ich vor Orans geschlossener Zimmertür. Ich nahm allen Mut zusammen, klopfte und trat ein.

Die Stille, die mich umgab, war bedrückend.

Irgendjemand hatte die lindgrünen Übergardinen beider Fenster wieder zugezogen und das Sommerlicht ausgesperrt, aber wenigstens einen Flügel offengelassen. So kam frische Luft herein, die den Geruch von Menthol und Eukalyptus zurückdrängte.

Vorsichtig trat ich an Orans Bett. Er lag ganz still, ein wenig zur Seite gedreht, und starrte ins Leere. Ich ging um das Bett herum und suchte seinen Blick, während ich nach seiner Hand griff. Sie war warm, doch ohne Regung. Vorsichtig legte ich sie in meine und ließ mich auf der Bettkante nieder.

Das Ganze überwältigte mich, und ich spürte wieder die Tränen in mir aufsteigen. Ich senkte den Kopf und wollte Orans Hand loslassen, vernahm jedoch gleichzeitig einen leisen Druck seiner Finger. Rasch blickte ich zu ihm hin und erkannte durch den Schleier meiner Tränen das Flehen in seinen Augen. Oder bildete ich es mir nur ein? Nein, da war wieder der deutliche Druck seiner Hand.

Und so entschied ich mich, zu bleiben.

Zumindest bis nach dem Tee.

Hier saß ich nun, verkrampft, mit trockenem Mund und vor Aufregung unter den Achseln schwitzend, hielt die Hand des Mannes, der mir vor zwanzig Jahren das Herz gebrochen hatte, und starrte auf die Bettdecke, um seinem Blick auszuweichen. Ich war mit Oran allein und wusste nicht, was ich tun oder sagen sollte, wusste nicht einmal, ob meine Worte, so ich zu ihnen in absehbarer Zeit zurückfinden würde, überhaupt zu ihm vorzudringen vermochten, von ihm verstanden werden konnten. Ich wühlte in meinem leeren Gehirn nach Sätzen, die nichts mit mir und meinen Empfindungen, vor allem aber nichts mit der Vergangenheit zu tun hatten, denn dieses Schweigen war unerträglich. Ich wollte uns daraus befreien. Oran war nicht dazu imstande, das wusste ich. Also lag es an mir. Unruhig ließ ich meinen Blick über die Reproduktion von Picassos *Krieg und Frieden* wandern, die oberhalb des Kopfendes von Orans Bett an der Wand hing, und weiter zu der Waterford-Karaffe auf seinem Nachttisch, ließ ihn zurückspringen zum Infusionsständer, gleich rechts neben dem Bett, und schließlich zu dem Tablett auf dem Sideboard mit seiner Vielzahl von Fläschchen, Salbentuben, Tablettenblistern, einem Behältnis für Einwegspritzen und Mulltupfern. Meine Unruhe wuchs sich zur Verzweiflung aus. Ich war mir sicher, Oran beobachtete mich, doch wie konnte ich wissen, was er wirklich sah, was in ihm vorging? Mir war ja nicht einmal klar, was sich in mir selbst abspielte. Alles schien widersprüchlich und verkehrt, aber auch unausweichlich. Da war eine Art von Freude in mir, die weh tat, Schmerz, der lächelte, Wut, die zu umarmen suchte, und Mitleid, das voll Trotz in einer Ecke kauerte. Sie forderten alle auf einmal Gehör in ihrer anmaßenden Selbstgerechtigkeit.

Ich musste hier raus. Ich wollte fort von hier, fort von ihm, fort von mir selbst. Ich hatte einen großen Fehler gemacht, hierherzukommen. Warum hatte ich nicht auf meinen Bauch gehört und den Flug storniert? Möglicherweise hatte ich mir mit meinem Vorsatz, die X-Faktoren in meiner Seele aufzulösen, zu viel vorgenommen.

Doch da war er plötzlich wieder, der sanfte Druck seiner Hand, gerade, als ich mich von der Bettkante erheben und abwenden wollte. Willenlos ließ ich mich zurücksinken, fiel in mich zusammen und begann wieder zu weinen. Es war mir egal, dass er mir dabei zusah. Sollte er doch wissen, wie elend ich mich fühlte. Zumindest konnte er keine dummen Bemerkungen machen, Floskeln des Bedauerns säuseln oder überflüssige Fragen stellen. Das ließ mich in Ruhe weiterweinen.

Als ich mich einigermaßen beruhigt und die Nase geputzt hatte, bemerkte ich das Zucken seiner rechten Hand auf dem Laken, ausgelöst durch ein abgehacktes, aber regelmäßiges Klopfen seines Zeigefingers auf der Decke. Die Entschlossenheit, mit der er die Bewegung ausführte, lenkte meine Aufmerksamkeit zurück zu ihm. Das Klopfen schien ihn Kraft zu kosten, denn sein Atem hob und senkte das Leinen. Ich sah ihm ins Gesicht und bemerkte, dass sich sein Ausdruck verändert hatte. In den hellbraunen Augen glitzerten nun ebenfalls Tränen, die nahezu unmerklich über beide Schläfen ihren Weg ins Kissen fanden. Beschwörend, fast hypnotisierend starrte er mich an, dann verzog sich sein linker Mundwinkel nach oben und verzerrte die vorher leblose Symmetrie seiner Züge zur Grimasse. Ich konnte die Veränderung nicht deuten, war jedoch beschämt, dass ich mich in seiner Gegenwart so sehr hatte gehen lassen. »Hast du Schmerzen? Brauchst du Hilfe?«, fragte ich besorgt und hoffte, er würde mich verstehen. Conny hatte gesagt, es sei nicht ausgeschlossen, dass er zumindest hören konnte.

Oran schüttelte kaum merklich den Kopf und seine Lippen bewegten sich, doch entkam ihnen nur ein kurzer schwacher Laut, einem Seufzen ähnlich. Selbst diese Bewegungen schienen ihn sehr anzustrengen. Rasch griff ich nach seiner Hand und hielt sie fest. »Drück meine Hand, Oran. Einmal für ja, zweimal für nein. Schaffst du das?... Versuch es, Oran«, beschwor ich ihn und wiederholte meine Frage nach seinem Befinden. Gleich darauf verspürte ich den Druck seines Zeigefingers zwei Mal. Seine Züge hatten sich entspannt. Es war ein Nein, das er mir signalisierte, also hatte er keine Schmerzen. Ich nickte ihm zu.

»Wunderbar! Soll ich wieder gehen? Möchtest du lieber allein sein?«

Rasch drückte er meine Hand erneut.

Zwei Mal.

Ich lächelte ihn an und sein linker Mundwinkel verzog sich erneut nach oben.

Er lächelte ebenfalls.

Kapitel 8

Nachdem Oran eingeschlafen war, verließ ich auf Zehenspitzen den Raum und schlich hinüber in mein Apartment. Dort ließ ich mich in den Sessel fallen. Zum zweiten Mal an diesem Tag, innerhalb weniger Stunden, doch diesmal mit gänzlich anderen Empfindungen.

Ich fühlte mich erschöpft und gleichzeitig auf eine sonderbare Weise ruhig. Über eine Stunde hatte ich an Orans Bett gesessen und seine Hand gehalten, sie gestreichelt, das gleichmäßige Pulsieren in seinen Adern gefühlt, ohne dass mir die Zeit bewusst gewesen war. Nur einmal war ich aufgestanden, um die Gardine zurückzuziehen und mehr Tageslicht hereinzulassen. Er wollte es. Ich hatte ihn gefragt, und er hatte mir geantwortet. Er sprach zu mir mit dem Druck seiner Hand, einer sachten Bewegung seines Kopfes und seinen Augen.

Ich schloss die meinen, ließ mich nach hinten in die Polster fallen und fasste einen grundlegenden Entschluss, den ich ausnahmsweise nicht zu hinterfragen gedachte: Wenn Oran es wollte, würde ich für die Dauer meiner Ferien hier in Irland bleiben.

Plötzlich wurde ich wieder der verriegelten Tür an der rechten Wandseite meines Zimmers gewahr. Sie musste in Orans Schlafzimmer führen, denn es lag direkt neben meinem Apartment. Ich erinnerte mich an Connys Worte. »Ihr seid jetzt Nachbarn«, hatte sie gesagt. Bestimmt hatte sie mir diese Räume nicht zufällig zugewiesen, denn wie ich Conny kannte, tat sie nie etwas ohne Grund, doch alles zu ihrem eigenen Besten. Ein Anflug von Argwohn beschlich mich erneut, doch ich wischte ihn beiseite. Was machte ich mir Gedanken darüber? Wenn sie es mit Absicht so arrangiert hatte, war ich ihr dankbar dafür. Ihre Motive interessierten mich nicht. Ich sah nur Orans hellbraune Augen vor mir, die mir trotz der Traurigkeit, die ich darin zu sehen glaubte, Einblick gewährt hatten in einen Rest Lebendigkeit. Mit jener schnörkellosen Ehrlichkeit, zu der wohl nur das Wissen um langsames Sterben fähig war, hatten sie meine eigene Bitterkeit gemildert.

Inzwischen war es nach achtzehn Uhr und mein erster Tag in

Irland neigte sich langsam dem Ende zu. Ich fühlte mich besser, und beschloss daher, mich ein wenig auf Rosebud House umzusehen. Ich wusch mir das Gesicht, schlüpfte in meine Strickweste und ging, das Tablett mit dem benutzten Teegeschirr in der Hand, hinunter in die Eingangshalle. Dort lief mir Eileen über den Weg, die einen Servierwagen mit mehreren Stapeln frischer Handtücher vor sich herschob und auf die Tür zum Gästetrakt zusteuerte. Sie lächelte mich verlegen an, als sie mich sah, blieb aber doch stehen. Ich lächelte zurück, reichte ihr das Porzellan und fragte sie nach dem Weg zum Pferdestall.

»Danke«, sagte sie und nahm mir das Tablett ab. »Das ist sehr nett von Ihnen.« Dann deutete sie mit dem Kinn über die Schulter zu einer Flügeltür mit Milchglasscheiben, die sich hinter der Mitteltreppe befand. »Da raus, Mrs Konrad. Oder Sie gehen hier durch«, sie hob vorsichtig ihre Hände samt Tablett und wies in Richtung Hauptportal. »Dann rechts die Stufen runter und auf der geteerten Anfahrt zum Gästeflügel weiter nach hinten. Dort ist der Hoteleingang, und gleich danach beginnt der Weg zu den Stallungen.«

»Durch die Ahornallee?«

»Nein, links daneben. Wenn Sie durch die Ahornallee wollen, müssen Sie erst durchs Hotel oder halt hier hinten raus.« Wieder deutete sie mit dem Kopf in Richtung Hinterausgang.

»Danke, Eileen. Ich werde mich schon zurechtfinden.«

»Gern.« Sie nickte und wandte sich zum Gehen.

»Einen Moment bitte noch.«

Sie blieb noch einmal stehen, lächelte wieder geduldig.

»Ja, Mrs Konrad?«

»Wissen Sie zufällig, wo sich meine Schwester aufhält?«

»Tut mir leid, aber das weiß ich nicht. Vielleicht ist sie ja im Hotel oder bei Mr Riordan in den Ställen.«

»Danke. Ach, womöglich ist sie inzwischen oben bei Oran«, überlegte ich laut und deutete zum rechten Flügel.

»Kaum«, Eileens Lächeln wurde zum Grinsen, und sie schüttelte den Kopf.

Ich fand die Art, wie sie das Wort betont hatte, beinah ein wenig frech, und wunderte mich über die seltsame Reaktion, doch sie lenkte sofort ein: »Ich meine, wahrscheinlich ist die Krankenschwester noch bei Mr MacCarthy und versorgt ihn. Die kommt immer zwei Mal am Tag. Meistens gegen fünf nachmittags, oft aber auch später, wenn sie viel zu tun hat. Mr MacCarthy ist immer ihr letzter Patient am Tag. Für ihn kann sie sich dann besonders viel Zeit lassen. Mrs MacCarthy möchte das so.«

»Ich komme gerade von Mr MacCarthy. In der vergangen Stunde war niemand bei ihm.«

»Ja, wie gesagt, manchmal verspätet sich die Schwester auch. Machen Sie sich keine Sorgen.«

Hatte ich besorgt geklungen?

Ich lächelte über mich selbst.

»Gut. Nochmals danke, Eileen«, sagte ich und ging zum Hinterausgang, der direkt zur Ahornallee und den Stallungen führte.

Die Sonne war bereits weit nach Westen gewandert und zog lange Schatten hinter sich her. Sanft lagen sie auf den Rosenbeeten und unter den Wipfeln der Ahornbäume, deren Blätterdach den Weg zu den Ställen und der Koppel überspannte.

Dennoch war es warm. Ich zog die Strickjacke aus, band sie mir um die Taille und schlenderte die Allee entlang zu den circa hundert Meter entfernt liegenden Gebäuden. Obwohl ich das Meer bisher nicht gesehen hatte, roch ich seine Nähe. Der flüsternde Wind trug seinen Geruch hierher, vermischte ihn mit dem Duft der Rosenblüten. Ich öffnete Mund und Nase gleichzeitig, um so viel wie nur möglich davon in mich aufzunehmen, und lauschte auf das Zwitschern der Vögel, das aus den Ahornbäumen und dem vorabendlichen Feuer der noch immer sonnenbeschienenen Fuchsienhecken zu hören war. Nie zuvor hatte ich Fuchsien in dieser Größe gesehen, kannte sie lediglich als kurze Stämmchen oder Hängegewächs in Kochtopfgröße auf heimischen Balkonen. Doch dies hier war eine Flut flammenden Rots, das die Wand des linken Seitenflügels zu beinahe einem Drittel vereinnahmte und im Wettstreit zu liegen schien mit den überbordenden Rhododendren, deren Magenta das untere Drittel der gegenüberliegenden Hauswand für sich beanspruchte.

Das Knirschen meiner Schritte auf dem Kiesweg der Allee ging unvermittelt über in das Klacken meiner Absätze auf der geteerten Anfahrt vor den Stallungen. Unschlüssig blieb ich stehen und betrachtete das weiß getünchte Gebäude mit dem Holztor. Der Rosenduft wurde verdrängt vom Stallgeruch, und vereinzelt drang das Wiehern der Pferde an mein Ohr. Ich konnte nicht widerstehen, öffnete das Tor einen Spalt und steckte den Kopf hindurch. Gedämpftes Tageslicht und der Geruch von Pferden, Heu und Getreide empfingen mich. Die letzten Sonnenstrahlen des Abends tanzten über einer Reihe von Boxentoren aus Holzlatten und Stahlrohren, hinter denen Pferdeköpfe nickten und schnaubten, um mich zu begrüßen. Zumindest redete ich mir das ein, denn ich wollte mich in der Gewissheit wiegen, diese schönen, aber viel zu großen Tiere seien mir wohl gesonnen. Ich mochte Pferde. Irgendwie. Auf Bildern oder in Filmen, reduziert auf die Größe von Springmäusen. Exemplare realen Ausmaßes waren mir nicht geheuer. Überdies war ich mir sicher, dass sie keinen Wert auf meine nähere Bekanntschaft legten. Pferde brauchten starke, überlegene Menschen. Ich war keiner.

Langsam trat ich ein, ließ aber das Tor vorsichtshalber einen Spalt weit offen. Man konnte ja nie wissen ...

Dann hörte ich am anderen Ende des Stalls Stimmen. Sean Riordan trat aus der letzten Box, diesmal mit hochgekrempelten Hemdsärmeln und Breeches, Reiterstiefeln und einer Heugabel in der Hand. Mit der anderen hielt er Conny, die hinter ihm herkam, die Boxentüre auf. Sie hatte sich ebenfalls umgezogen, trug Reithosen und Stiefel, die Gerte in der lederbehandschuhten Rechten. Sie und Sean sprachen miteinander, doch ich konnte nicht verstehen, was sie sagten.

Gerade, als ich mich umdrehen und hinausschleichen wollte, rief Sean meinen Namen und winkte mir zu. Conny wandte nun ebenfalls den Kopf in meine Richtung.

»Lisa«, rief sie freudig und kam forschen Schritts die Stallgasse entlang auf mich zu. »Prima, dass du hier bist. Dann kannst du dich gleich ein bisschen umsehen, Liebes.«

Sie streckte die Arme nach mir aus und hakte sich bei mir unter. Ich ließ es geschehen und bemühte mich um eine einigermaßen verbindliche Miene, denn Sean war inzwischen ebenfalls bei uns angelangt und klopfte sich die Spreu aus den Hosenbeinen.

»Ich habe vor zwei Stunden bei dir reingeschaut, weil ich dich herumführen wollte, aber du hast so tief geschlafen, dass ich es nicht übers Herz gebracht habe, dich zu wecken«, sagte Conny und streichelte meinen Arm.

Wie ungewöhnlich rücksichtsvoll von dir, wollte ich zurückzischen, doch ich lächelte nur, ohne sie anzusehen. Unvermittelt dachte ich an ihr Gespräch mit Sean, das ich vor dem Mittagessen belauscht hatte. An die Stute ... wie hieß sie doch gleich? ... Anastasia, genau. Ich suchte den Namen auf den Boxenschildern: Hannibal, Firebird, Ebony las ich, doch weiter reichte mein Blick nicht.

»Komm, ich zeige dir meine Pferde«, fuhr sie fort, zog mich mit sich und begrüßte als Erstes Hannibal, einen dreijährigen Fuchs mit weißer Blesse und durchdringendem Blick. *Meine Pferde*, hatte sie gesagt. Vornehmlich waren es Orans Pferde; und hätten nicht zuletzt auch meine werden können. Ich spürte bereits wieder das Verlangen in mir, ihr die kupferroten Locken einzeln auszureißen, und befreite mich von ihrem Arm.

Sie griff in ihre Hosentasche, zog ein Stück Karotte und etwas, das aussah wie ein Haferkeks heraus und hielt es Hannibal unter die schnaubende Nase. Ich sah ihr noch immer schweigend dabei zu.

»Sie müssen unbedingt bald mit mir ausreiten. Sie können doch reiten?«, hörte ich Sean hinter mir fragen, schüttelte rasch den Kopf und trat einen Schritt beiseite. »Keine Chance!«, sagte ich. »Niemand kriegt mich auf eines dieser Ungetüme.«

»Ach was! Gute Idee, Sean«, widersprach Conny, die langsam weitergegangen war und nun Firebird mit geübtem Griff das Maul inspizierte. Dann, an Sean gewandt, meinte sie: »Das ist noch nicht gut. Ich will, dass sich Doktor McMasters das noch einmal anschaut.«

»Ich habe ihn schon verständigt. Er kommt heute Abend oder gleich morgen Früh vorbei.«

Conny nickte. »Er hatte Zahnprobleme, der Gute. Schlimme Sache«, erklärte sie in meine Richtung, während sie dem Hengst mit der flachen Hand über die Blesse strich.

»Wie schrecklich«, bekundete ich mein ehrliches Mitgefühl für das Tier.

Conny ging langsam weiter und schenkte Black Joe, einem tiefschwarzen Hengst mit rubinrot funkelnden Augen (mich schauderte) und Mary Rose, einer beigefarbenen Stute, von der ich nur das Hinterteil zu sehen bekam, kaum Beachtung. Vor der darauf folgenden Box blieb sie jedoch stehen. Zuerst dachte ich, die Box sei leer, doch plötzlich erschien der Kopf eines Apfelschimmels zwischen den Stahlrohren. Er war eindeutig kleiner als die anderen Pferde, klimperte mit seinen langen Wimpern und ließ ein leises Wiehern hören, das in meinen Ohren fast schüchtern klang. Conny reichte auch ihm einen ihrer Kekse, und er begann, genüsslich zu kauen. »Das ist Little Moon. Er hat nicht einen einzigen gemeinen Knochen im Leib. Und deshalb passt er hervorragend zu dir. Was meinst du, Sean? Du musst wissen, unsere Lisa ist die Sanftmut in Person, aber sie ist auch ein wenig ängstlich, hab ich recht?« So umschrieb sie den Trottel, für den sie mich in Wahrheit immer gehalten hatte. Sie grinste mich aus den Augenwinkeln heraus an, und meine Backenzähne mahlten.

»Ich hatte zwanzig Jahre Zeit, an mir zu arbeiten, Conny. Vergiss das nicht«, entgegnete ich und war mir sicher, sie deutete meine Worte richtig.

»Der alte Junge hier ist wirklich das gutmütigste Tier, das mir je untergekommen ist«, bestätigte nun auch Sean und kraulte Little Moon zwischen den Ohren. »Es macht Spaß, ihn zu reiten. Sie werden sehen, Lisa.« Er hörte sich an, als sei der Ausflug hoch zu Ross bereits beschlossene Sache.

Dieses Biest, dachte ich, und meinte damit keineswegs den Apfelschimmel, verkniff mir aber jede Gegenrede. Ich und sanftmütig! Am liebsten hätte ich laut gelacht. Was wusste sie schon von meinen Gemeinheiten, meinem Zorn, meinen Rachegelüsten? Nur, weil ich sie nicht auslebte, hieß das nicht, dass sie nicht existierten. Vielleicht sollte ich langsam damit beginnen, ihnen Luft zu verschaffen. So, wie heute Nachmittag in meinem Zimmer.

»Das hier ist übrigens Anastasia«, bemerkte Conny beiläufig und ging zur nächsten Box. Ihrem Tonfall entnahm ich ihre Gedanken. Sie wusste genau, dass ich letztlich nur in den Stall gekommen war, um mich von der Existenz dieses Pferdes zu überzeugen. »Eine richtig eigensinnige Lady. Aber wir werden ihr die Allüren schon austreiben, nicht?« Sie warf einen Blick über die Schulter zurück, dem ich nicht entnehmen konnte, ob er dem Pferd oder mir galt. Anastasia stand regungslos und lauschend, als würde sie jedes Wort ihrer selbstsicheren Besitzerin verstehen und in stillem Trotz beschließen, sich nicht widerstandslos zu beugen. Ich glaubte zu spüren, wie sich die Stute in ihrer neuen Umgebung fühlte, und streckte die Hand nach ihr aus. Ein Zeichen der Verschwörung. Als sie einen Schritt auf mich zu machte, zog ich meine Finger jedoch erschrocken zurück. Sean ergriff sie und führte sie langsam zum Kopf des Tieres.

Ganz vorsichtig begann es, seine warmen, kräftigen Lippen über meinen Handrücken zu bewegen, sie feucht-schnuppernd abzutasten und sich dann wieder abzuwenden. Starr vor Schrecken und überwältigt von der sanften Berührung, überließ ich es Sean, meine Hand wieder zurückzuziehen. Er hielt sie noch eine Weile in seiner und sagte:

»Sehen Sie? Es ist gar nicht so schwer. Ich weiß, Ihr Problem ist die Größe, doch mit den Pferden ist es nicht anders, als mit den Menschen. Lassen Sie sich nicht vom Äußeren beeindrucken.«

Kapitel 9

Nach dem Abendessen zogen wir uns mit einer Tasse Tee und einem Whiskey in Connys Arbeitszimmer zurück, um ein wenig zu plaudern, wie sie es nannte. Es gebe doch nach all den Jahren so viel zu erzählen, hatte sie gemeint. Ich sah das anders, fügte mich jedoch drein, um meinen guten Willen zu zeigen, und hegte die Hoffnung, nun endlich zu erfahren, warum sie mich so dringend persönlich hatte sprechen wollen. Was es denn nun war, dem sie mit ihrer Geheimniskrämerei immer mehr Bedeutsamkeit zu verleihen und damit meine Neugier zu schüren beabsichtigte. Dennoch nahm ich mir vor, sie nicht zu fragen, nicht zu bedrängen.

Bevor ich hinunter ging, verbrachte ich noch einige Minuten an Orans Bett. Unter dem Vorwand, mir eine Jacke zu holen, war ich nach oben gegangen, und hatte ihn wach gefunden. Die Schwester war da gewesen, hatte ihn gewaschen und den Urinbeutel gewechselt. Sie hatte Oran umgezogen und gekämmt, ihn für die Nacht mit Medikamenten versorgt und seine Kissen aufgeschüttelt. Eigentlich müsste sich Conny sehr viel mehr um Derartiges kümmern, dachte ich wieder, verwarf jedoch jede weitere Überlegung in diese Richtung als schlichtweg utopisch.

Ich griff nach Orans Hand, drückte sie leise und wünschte ihm eine gute Nacht. Seine Augen glänzten und die linke Seite seines Mundes verzog sich nach oben. Er lächelte also wieder. Doch da war noch etwas in seinem Blick, das ich nur schwer einsortieren konnte. Eine Art reumütige Schüchternheit.

Eine Zeit lang stand ich schweigend vor ihm und gab ihm das stille Versprechen, ihn nicht im Stich zu lassen. Denn das war es, was ich mir tief im Innern wünschte. Hoffentlich konnte es sich gegen den angestauten Hass vieler Jahre durchsetzen. Trotzdem sagte ich: »Es gibt nichts zu bedauern, Oran.«

Oran war gefangen, isoliert, und seine unerbittliche Einsamkeit war ihm bewusst. Sie unterschied sich von meiner eigenen in Ausmaß und Unabänderlichkeit, und ich schämte mich in seiner Gegenwart meiner eigenen körperlichen Unversehrtheit.

Ich strich ihm über sein schütteres Haar und winkte ihm noch einmal zu, als ich das Zimmer verließ. Sein Blick folgte mir, bis ich die Tür geschlossen hatte.

In Connys Arbeitszimmer ließ ich mich ihr gegenüber in einen der Ohrensessel fallen, trank meinen Tee und nippte von Zeit zu Zeit an meinem Whiskeyglas, während ich ihr zuhörte. Sie war bei meinem Eintreten vom Schreibtischstuhl aufgestanden und hatte sich zu mir gesellt. Noch während sie es sich in einem der Sessel bequem machte, begann sie, von Orans Unfall zu sprechen.

»Es war ein Riesenschock für uns alle, das kannst du mir glauben«, bestätigte sie schließlich. »Wer konnte auch damit rechnen? Oran hat immer gestrotzt vor Gesundheit und Tatkraft.« Sie betonte das Gesagte, schränkte es jedoch gleich darauf ein. »Er war immer feinfühlig und, ehrlich gesagt, auch manchmal etwas zögerlich. Du weißt, was ich meine.«

Natürlich weiß ich, hatte ihn ja vorher selbst ausprobiert, hätte ich antworten können, und empfand diese Anspielung als reichlich plump.

»Sehr, sehr vorsichtig in allen seinen Entscheidungen«, fuhr sie fort und schien zu überlegen, lachte dann aber spontan auf und ergänzte: »Was ja nicht immer das Schlechteste ist, hab ich recht?«

»Allerdings.« Ich verkniff mir eine weitere Bemerkung hierzu.

»Die Ärzte wissen natürlich auch nicht, wie lang er so ... Es kann dauern ... Nun, wir alle tun, was wir können, um es ihm erträglich zu machen.«

Alle? Wirklich? Ich hatte den Eindruck, dass sie vor allem wegen der Konsequenzen besorgt war, die längerfristig aus Orans Zustand erwachsen konnten. Und warum nur klang es aus ihrem Mund, als spreche sie von einem Fremden, hörte sich an, als erwäge sie, ein altes Sofa aufpolstern zu lassen, und sei sich unschlüssig, ob es sich überhaupt noch rentiere? Dort oben lag der Mann, den sie geheiratet hatte, und mit dem sie seit zwanzig Jahren unter einem Dach lebte, reduziert auf ein Paar traurig blickende Augen, einen Mundwinkel, den er nach oben ziehen konnte, einen Zeigefinger, mit dem er auf die Bettdecke klopfte, und mehr denn je auf ihre Liebe angewiesen. Doch worüber machte ich mir da Gedanken? Conny war eben Conny. Was hatte ich erwartet?

Sie musterte mich mit wachem Blick. »Wenn er doch nur sprechen könnte! Seine Worte sind meist unverständliche Lautmalereien und strengen ihn furchtbar an. Und, ehrlich gesagt, selbst die Ärzte wissen nicht genau, was die Ursache dafür ist. Der Schlaganfall allein sollte das eigentlich nicht bewirkt haben, zumindest nicht so lang. Gott sei Dank ist er wenigstens in der Lage, zu kauen und zu schlucken. So kann er gefüttert werden und braucht keine künstliche Ernährung. Glaub mir, auch wenn es auf dich nicht so wirkt, aber es kostet mich sehr viel Kraft, nicht die Nerven zu verlieren und das alles hier zusammenzuhalten. Das Haus, das Hotel, die Ställe, das gesamte Gut.« Ihre Stimme verlor sich in einem leisen Zittern der Lippen, und das feuchte Glitzern in ihren Augen ließ mich aufmerksam werden. Sollte da doch noch eine echte menschliche Regung zum Vorschein kommen? Eine Spur von Angst, vielleicht sogar Überforderung?

»Freilich hat Oran den Laden am Laufen gehalten«, fuhr sie fort. »Gar kein Zweifel. Und Sean ist nach wie vor eine große Hilfe, das steht auch außer Frage, aber ...«, sie biss sich auf die Unterlippe und blickte mir direkt in die Augen, ohne mich zu sehen. Vielmehr schien sie nachzudenken. »Lisa«, sagte sie schließlich beschwörend, rutschte in ihrem Sessel nach vorn. Jetzt nahm sie mich wahr. »Ich weiß, was ich getan habe. Ich weiß es wirklich, glaube mir.« Tränen liefen ihr über die Wangen, und sie rieb mit den Händen nervös über ihren Rock. »Ich erwarte auch nicht, dass du mir vergibst. Bestimmt nicht, aber ...« Ihr Blick wurde flehend. »Ich schaffe das alles nicht allein und kann mich nicht so um Oran kümmern, wie ich es eigentlich sollte.«

Schön, dass dir das auffällt, wollte ich erwidern, hielt aber wohlweislich den Mund und nippte stattdessen an meinem Tee.

»Es ist schwer genug, die Fassung zu wahren und so zu tun, als hätte sich nichts geändert« fuhr sie fort. »Deshalb bitte ich dich: Hilf uns!« Sie weinte noch immer, senkte ihren Kopf, als sei sie außerstande, ihn noch länger aufrecht zu halten.

Diese Offenheit, diese Bereitschaft, um Hilfe zu bitten, der wiederholte Appell, ihr Glauben zu schenken, passten viel zu wenig ins Gesamtbild, um mich zu überzeugen. Trotzdem: Sie so aufgelöst zu erleben, war eine neue Erfahrung für mich. War sie verzweifelt oder spielte sie Theater? Menschen ändern sich nicht, warnte eine

Stimme in meinem Kopf. Conny gestand niemals Schwächen ein. Vor allem nicht mir gegenüber. Oder vielleicht doch? Vielleicht *gerade* mir gegenüber, weil ich für sie nicht ins Gewicht fiel, und es nicht wichtig war, was ich über sie dachte. Auch appellierte sie damit an jene Charaktereigenschaft, die sie noch vor wenigen Stunden beinahe mitleidig belächelt hatte: meine Gutmütigkeit. Ich traute ihr nicht, fand aber momentan keine greifbare Rechtfertigung dafür.

»Was erwartest du von mir?«

»Ich habe nicht das Recht, etwas zu erwarten«, begann sie wieder, und ich nickte lediglich. »Aber Oran reagiert so positiv auf deine Nähe, das habe ich sofort bemerkt.« Jetzt lächelte sie, wischte sich mit dem Handrücken die Tränen vom Gesicht und fuhr dann beinahe verschwörerisch fort: »Könntest du ihm nicht ein wenig Gesellschaft leisten? Dich um ihn kümmern? Keine schweren Arbeiten, versteht sich«, betonte sie. »Das macht alles die Krankenschwester. Die kommt zwei Mal am Tag, und der Arzt regelmäßig zwei Mal die Woche. Auch ein Physiotherapeut bemüht sich um ihn. Aber das habe ich, glaube ich, schon gesagt.« Ihr Blick verlor sich in den Falten der Dammastvorhänge, die die Nacht verbargen. »Ich hoffe sehr, du kannst eine Weile hierbleiben.« Sie hatte mir ihr Profil zugedreht, und ich betrachtete ihre ebenmäßigen Züge, die kupferroten Locken, die im Licht der zwischenzeitlich entzündeten Kerzen und Schein des knisternden Kaminfeuers golden glänzten, und die sie sich nun mit eleganter Geste aus der Stirn strich.

»Was verstehst du unter *einer Weile*?«

»Na ja, so lang es eben geht.« Sie drehte mir ihr Gesicht wieder zu. »Du weißt, ich neige nicht zur Hysterie und nenne die Dinge ohne Umschweife beim Namen, Lisa.«

Ja, das war mir bekannt, nur nannte ich es kaltherzig.

»Deshalb bitte ich dich, so lang wie möglich hierzubleiben. Als moralische Unterstützung für Oran sozusagen. Ich erwarte wirklich nicht, dass du es für mich tust.«

Würde ich auch nicht, darauf kannst du Gift nehmen, dachte ich, schwieg weiter und ließ mir ihr Ansinnen durch den Kopf gehen.

»Ich könnte für die Dauer meiner Ferien bleiben«, überlegte ich letztlich laut, ohne genau zu wissen, warum ich das in Erwägung zog. Vielleicht, weil ich mir selbst vor gerade einmal einer Stunde versprochen hatte, Oran beizustehen, so gut es mir möglich war. »Sechs Wochen.«

»Ginge das denn?«

Ich zuckte mit den Schultern. »Ich hatte zwar nicht geplant, so lang zu bleiben, doch mit ein paar Telefonaten lässt sich das sicher regeln. Ist ja nicht so, dass ich in Erlangen kein Leben habe, wenn's auch nicht so pompös ist wie eures hier.« Ich ließ den Blick über die Antiquitäten, die Chesterfield-Garnitur und die Kristallsammlung in der Vitrine gleiten, und Conny tat, als hätte sie den Anflug von Zynismus nicht gehört.

»Natürlich, natürlich. Das verstehe ich doch. Trotzdem wäre ich dir ...«

Die Tür ging unvermittelt auf und Deirdre steckte den Kopf herein.

»Also, ich geh dann mal«, schnaubte sie, nach Atem ringend und mit wogendem Busen. »Es ist schon nach neun. Den Kakao hab ich in die Thermoskanne getan, falls Sie später noch was wollen. Nacht auch.« Damit warf sie die Tür ins Schloss.

Taylor, der in seinem Korb neben Connys Sessel geschlafen hatte, war aufgesprungen und zur Tür gerannt. Dort stand er nun bettelnd, tänzelte mit unruhigen Pfoten auf dem Parkett und wedelte eifrig mit dem Schwanz.

Conny rutschte in ihrem Sessel noch weiter nach vorn und griff nach meiner Hand.

»Danke, Lisa«, sagte sie erleichtert und lächelte mich an. »Ich weiß, du tust das Richtige.« Ich entzog mich ihrer Berührung und stand auf. Sie erhob sich ebenfalls und blickte zur Uhr.

»Es ist wirklich spät geworden«, bemerkte sie, »und Taylor verlangt nach draußen. Ich drehe noch eine Runde mit ihm. Du bist müde, und ich bringe dich um deinen Schlaf, indem ich dir meine Sorgen aufhalse. Entschuldige. Ich bin so egoistisch.« Damit manövrierte sie mich zur Tür.

Ich war in der Tat müde, doch nicht so sehr, dass ich ihre einzigartige Fähigkeit, andere zu manipulieren, nicht mehr hätte wahrnehmen können.

»War es das, worüber du mit mir reden wolltest? Wenn ja, hättest du daraus kein so großes Geheimnis machen müssen. Ein paar klare Sätze wären genug gewesen«, sagte ich und griff nach der Türklinke.

Conny blieb stehen und wiegte den Kopf, während sie sich die Hände rieb. »Ja ..., einerseits wollte ich dich tatsächlich um deinen Beistand bitten, doch der eigentliche Grund ist ein anderer.«

Ihre Heimlichtuerei ging mir auf die Nerven, aber als ich zu sprechen ansetzte, fiel sie mir ins Wort. »Lass uns bitte morgen darüber reden, ja?«

Ich wollte mich nicht so einfach abfertigen lassen und suchte nach einem Nebenkriegsschauplatz.

»Warum seid ihr eigentlich nicht zu Mutters Beerdigung gekommen?« Ich war mir klar drüber, dass die Frage völlig fehl am Platz war und kein Thema darstellte, das sich zwischen Tür und Angel abhandeln ließ. Trotzdem wollte ich eine Antwort. Vermutlich aus dem unbezwingbaren Drang heraus, mich nicht nur ihren Wünschen zu beugen. Ich kannte natürlich die offizielle Begründung, zweifelte auch nicht an deren Wahrheitsgehalt. Trotzdem wollte ich es ansprechen, egal, wie lange mein Hiersein andauern würde. Conny durfte nicht in den Irrtum verfallen, die Vergangenheit ließe sich mit ein paar taktischen Tränen und der Bitte um Beistand vom Tisch wischen, sei damit vergeben und vergessen.

Ich nahm die Hand von der Klinke, drehte mich noch einmal zu ihr um.

»Du weißt, Lisa, ich hatte mir das Bein gebrochen und lag im Krankenhaus. Ich konnte nicht zu Mutters Beisetzung kommen. Und Oran war im Ausland, geschäftlich. Auch ihm war es unmöglich ...«

»Ja, ja, ich weiß«, wehrte ich ab, der rationalen Erklärungen überdrüssig. »Für mich sind das alles nur Ausreden.«

»Ausreden?« Conny blickte mich verständnislos an. In ihren Augen funkelte es. Hatte ich sie nun soweit? Bekam ihre Geduld mit mir die ersten Risse?

Langsam ging sie einen Schritt auf mich zu, ohne mich aus den Augen zu lassen. Dann legte sie beide Hände auf meine Schulter und zog mich an sich. Meine Angriffslust gerann wie Milch im Essigfass.

»Lisa«, flüsterte sie, »es tut mir so leid.« Wieder roch ich ihre Frische, spürte in der Umarmung jene Leichtigkeit, die ihr ganzes Wesen durchdrang. Ein unfehlbarer Trigger für meinen Missmut.

»Glaub mir, ich weiß, du hattest sehr viel Arbeit und Last all die

Jahre über zu tragen. Schließlich waren es ja auch meine Eltern, also ist mir bekannt, wie anstrengend sie waren.« Sie schmunzelte in der Erinnerung an frühe Jahre. »Vaters Rechthaberei, seine Härte und Gnadenlosigkeit. Er war ein Tyrann, gar keine Frage. Und Mutter in ihrem sturen Selbstbetrug und Eigensinn, die sie nicht minder rücksichtslos auslebte. Meinst du denn, das alles habe ich nicht erkannt? Nur bin ich nicht du. Ich nahm mir das Recht, meinen eigenen Weg zu gehen. Ein Recht, das auch du gehabt hättest. Bitte wirf mir nicht vor, dass du es nicht für dich beansprucht hast.«

Ich hörte ihre Worte und wusste, dass es nichts, rein gar nichts gab, was ich hätte entgegnen können, um ihr klar zu machen, was sie in mir bewirkten. Conny und ich würden einander nie verstehen. Das gesamte menschliche Vokabular würde nicht ausreichen, uns einander zu erklären und näher zu bringen. Wir waren wie zwei Parallelen. Selbst in der Unendlichkeit fänden wir keinen Berührungspunkt.

»Ich habe es nicht übers Herz gebracht, die beiden alten Menschen, Mutter vor allem, ihrem Schicksal zu überlassen und abzuhauen, so wie du es getan hast«, sagte ich und war verwundert, wie gelassen ich diese als Vorwurf getarnte Lüge aussprach.

»Übers Herz gebracht?! Wo steht denn geschrieben, dass ich mein eigenes Leben opfern muss, nur um den Egoismus zweier herzloser Menschen bis zu deren Lebensende weiter zu bedienen? Ich wäre auch ohne Oran gegangen, das darfst du mir glauben. Im Übrigen denke ich, war es trotz allem besser, dass wir nicht zur Beerdigung kommen konnten. Überleg doch mal. Selbst wenn Oran und ich es hätten einrichten können – was nicht der Fall war –, wem hätte unser Erscheinen genützt?«

Ich senkte den Kopf und trat einen Schritt beiseite, befreite mich so von ihrer unmittelbaren Nähe. Einer Antwort würdigte ich sie nicht.

»Und dich hätte es doch nur wieder aufgebracht, stimmt's?« Sie lächelte wieder.

»Also war ich der eigentliche Grund für euer Fernbleiben. Die hysterische Schwester, die euch womöglich eine Szene gemacht und damit die gesamte Familie blamiert hätte.« Ich wandte mich angewidert ab.

»Lisa«, drängte sie sanft, »können wir nicht endlich Vergangenes vergessen und uns um einen Neubeginn bemühen?« Wieder griff sie nach meinem Arm, und wieder zuckte ich zusammen. Wenn sie doch nur endlich aufhören würde, mich zu berühren! Sie war der allerletzte Mensch, von dem ich dies dulden mochte. Ich entfernte mich einen weiteren Schritt von ihr. »Lass bitte dieses ständige Anfassen«, sagte ich schroff und hoffte, ihren Wunsch nach einem Neuanfang damit ebenfalls ausreichend beantwortet zu haben. Conny zog ihre Hand zurück, verschränkte die Arme vor der Brust und nickte.

»Schon gut. Entschuldige. Aber denkst du wirklich, für mich war es immer so leicht?«, fuhr sie fort, die Stimme gedämpft.

»Ich hatte nie den Eindruck gehabt, dass du dich schwergetan hättest, ganz egal womit«, knurrte ich zurück, verschränkte ebenfalls die Arme und blitzte sie von der Seite her an. »Du konntest seit jeher den Bonus der Schönheit und Schlagfertigkeit für dich verbuchen. Mit deinem gottgegebenen Charisma, deinem Mut und Witz standen dir doch immer alle Türen offen. Sogar Vater hast du manchmal zum Lächeln gebracht, was der Quadratur des Kreises gleichkam.« Verächtlich zog ich die Mundwinkel nach unten.

»Du sagst das, als sei das etwas Unmoralisches«, gab sie ruhig zurück, doch ich merke, wie sie mich scharf beobachtete. Dennoch hatte sie vollkommen recht damit. Für mich war es unmoralisch, denn es hatte mir neben ihr die Luft zum Atmen genommen. Andererseits hatte sie diese Gaben nicht gestohlen. Und ich hätte sie ebenfalls nicht ungenutzt gelassen, wären sie mir geschenkt worden. Trotzdem konterte ich: »Du hast es durchaus verstanden, deine Vorzüge unmoralisch einzusetzen, oder etwa nicht?« Zumindest dafür war sie verantwortlich, das musste ich loswerden.

»Diese Vorzüge, wie du sie nennst, oder besser: das Fehlen selbiger hat nichts damit zu tun, was jemand aus seinem Leben macht.«

»Ach nein? Ich war dir nie gewachsen, ganz egal, was ich gemacht habe.«

»Du hattest inzwischen zwanzig Jahre Zeit, deinen eigenen Weg zu finden.«

Sie haben trotzdem nicht gereicht, mich von meinen Erinnerungen, meiner Rachsucht und dem Gefühl der Minderwertigkeit zu befreien, dachte ich, sagte jedoch nichts, hob nur trotzig das Kinn und hielt ihrem Blick stand.

»Manchmal denke ich, du siehst nur das, was du sehen *willst*.«

Tut das denn nicht jeder?, wollte ich fragen. »Wie meinst du das?«, entfuhr es mir hingegen. Die Schärfe in meinem Ton ließ sie unbeeindruckt.

»Ich meine, du arrangierst die Fakten jeweils so um deinen Lebensfrust, dass sie ihn nicht nur rechtfertigen, sondern auch noch vertiefen. Ich bedaure, aber dein Selbstmitleid und deine Aggressionen sind ein schlechter Ratgeber, Lisa. Vor allem musst du endlich anfangen, selbst Verantwortung für dich zu übernehmen.« Sie sagte es freundlich, wahrscheinlich sogar wohlwollend, doch ihre Hosentaschenpsychologie brachte mich erneut in Rage. Sie hatte keinen naiven Teenager vor sich! Was wusste sie denn von mir und meinem Leben nach all den Jahren? Hatte ich nicht hinreichend bewiesen, dass ich mein Leben im Griff hatte? Sogar Churchill schien sich in meiner Obhut wohlzufühlen! Aggressiv und bemitleidenswert fühlte ich mich nur in *ihrer* Gegenwart. Nur wenn ich *sie* ... oh Gott, sie hatte ja so Recht. Ich wandte das Gesicht ab und schluckte hart. Nur jetzt nicht wieder Tränen!

Sie kam noch einmal auf mich zu, unterließ es aber, mich zu berühren. »Ich bitte dich, Lisa«, begann sie und lehnte sich an einen der Sessel, gegen den Protest von Taylor, der vor Ungeduld winselnd neben der Tür kauerte. »Es war doch nie wirklich etwas zwischen dir und Oran. Ihr habt euch doch kaum gekannt.«

»Ich glaube nicht, dass du das beurteilen kannst«, fuhr ich sie an und bereute augenblicklich meine Heftigkeit, denn ich wollte mir zumindest meine Selbstbeherrschung bewahren.

Conny zuckte die Schultern. »Ich gebe nur wieder, was Oran mir damals gesagt hat.« Sie schien sich zurückzubesinnen und ergänzte dann: »Es war doch nur eine kurze Bekanntschaft zwischen euch, wenn ich mich recht erinnere, eine kleine Liebelei mit ein wenig Sex.«

»Nur ein wenig Sex«, wiederholte ich leise und spürte, wie sich mein Magen zusammenkrampfte. Ich versuchte, tief durchzuatmen. Erfolglos.

Nur Sex. Doch wie hätte sie es wissen sollen. Niemand hatte je davon erfahren ...

»Ja, natürlich«, hörte ich sie leichthin sagen. »Sex macht Spaß, hält schlank und sortiert die Hormone.« Sie lachte auf und strich sich demonstrativ mit den Händen über die schmalen Hüften. »Aber man sollte ihn nicht überbewerten.«

Ihr klischeehaftes Geplapper widerte mich an, doch ich zwang mich zu einem nachsichtigen Grinsen. Das Gespräch hatte einen Punkt erreicht, an dem ich es nicht fortsetzen wollte. Deshalb sagte ich nur lakonisch: »So gut wie du in Form bist, könnte man meinen, du kommst gar nicht mehr aus dem Bett.«

»Man tut, was man kann«, kokettierte sie mit einem Augenzwinkern, und mir kam beinahe das Abendessen wieder hoch. Ich drehte mich von ihr weg und ging einige Schritte auf die Tür zu.

Ihre Stimme, ihre Worte hatten es zurückgebracht, das Bild, das ich seit zwanzig Jahren zu verdrängen versuchte: ein Monitor, ein Bildschirm in schwarz-weiß, ein Flackern. Plötzlich ein Klümpchen pulsierender Zellen, nicht größer als ein Reiskorn. »Und Sie sind sich sicher, dass Sie es nicht wollen?«, hatte die Ärztin gefragt. Nicht wollen? Eine Flut ungeweinter Tränen hatte meinen Hals gewürgt, doch das »Ja« war schnell und trotzig über meine Lippen gekommen. Es war unumgänglich gewesen ... Es war vernünftig gewesen ... Es war vorsätzliche Tötung gewesen. Ich hatte das Reiskorn getötet, das mich irgendwann mit Orans hellbraunen Augen angeblickt hätte, dem ich irgendwann hätte erklären müssen, dass sein Onkel gleichzeitig sein leiblicher Vater wäre. Und weil die Antwort auf jede seiner Fragen neues Unverständnis, neue Wut, neue Vorwürfe hervorgerufen hätte ... Es wäre das Lamm gewesen, das letztlich die Schuld hätte tragen müssen. In Form eines vergifteten Lebens.

Ich hatte es getötet, und ich hatte mich dafür verabscheut.

Ich hatte keine Wahl gehabt ... Oder doch?

Ich hatte keine Wahl gehabt. Punkt.

»Lisa?«, vernahm ich plötzlich wieder Connys Stimme und zuckte zusammen. »Du warst gerade ziemlich weit weg, hab ich recht?«

»Ein ganzes Leben weit entfernt«; antwortete ich gleichgültig und dreht mich zur Tür. Ich wollte endlich allein sein.

Noch einmal kam sie auf mich zu und legte mir wieder die Hand auf den Arm. »Wir haben doch letztlich nur noch uns, Lisa«, unterstrich sie kleinlaut ihr Werben.

»Wir hatten uns nie. Das schönzureden wäre ein schlechter Anfang, meist du nicht auch?«, antwortete ich leise. »Aber ich bin hier, nicht wahr? Und entgegen deiner Meinung sehr wohl in der Lage, Altlasten abzuwerfen und nach vorn zu blicken.« Ein halbherziges Zugeständnis, das von ihr mit Rührung in der Stimme bestätigt wurde.

»Ja, das bist du. Davon bin ich überzeugt«, sagte sie, »und ich danke dir dafür.

Ich schickte mich endlich zum Gehen an. Taylor winselte inzwischen steinerweichend. Seine Pfoten klackten über die weißen Hallenfliesen, während er zum Hintereingang rannte. Mit einem »Gute Nacht« ging ich langsam die breite Treppe hinauf, ohne mich noch einmal umzudrehen.

»Schlaf gut«, rief mir Conny hinterher. »Morgen will Sean mit dir ausreiten. Da musst du fit sein.«

»Natürlich«, raunte ich zurück. Mit einem flüchtigen Blick auf Orans Zimmertüre verzog ich mich in mein Apartment.

Was hätte ich gegeben für das Gefühl von Familie, von Zugehörigkeit und ein bisschen Seelenwärme.

Die heiße Dusche, der Frottee-Bademantel mit aufgesticktem goldenem Rosebud-Emblem und ein weiterer Whiskey hatten wahrscheinlich dazu beigetragen, dass ich mich irgendwann besser fühlte. Und womöglich hatte ich es auch John O'Donohue zu verdanken. Ich hatte eines seiner Werke auf dem Bücherregal in meinem Zimmer entdeckt, mich auf die Couch gesetzt und darin geblättert. Schließlich war ich auf einige Sätze gestoßen, die mich trotz meiner Müdigkeit aufmerksam hatten werden lassen. Es war dabei um den ideellen Reichtum des Lebens gegangen. Also um etwas, das weniger in meinen Kompetenzbereich hineinpasste. Neben der Schönheit seiner Sprache, die mich bald fesselte, gefielen mir die Gedanken, die er an mich weitergab. Er erzählte davon, wie über einem dunklen See in Connemara, jenem noch immer sehr urwüchsigen Landstrich im Westen Irlands, eine Wolke aufriss und das stille Wasser in einen silberhellen Spiegel verwandelte. Er sah darin eine Metapher für *die Nebelhaftigkeit des menschlichen Alltags, die uns zwang, zwischen endlosen Schichten sich verdunkelnder und gelegentlich wieder aufleuchtender Schleier zu leben, und die uns nur ganz selten das wahre Wesen der Dinge erfassen ließ.* Er schien überzeugt, *dass hinter den Schleiern der Angst, Leere und Mühsal eine grundlegende Schönheit verborgen lag* ... Ein tröstlicher Gedanke, doch bedauerlicherweise musste ich feststellen, dass mir diese Schönheit bisher nahezu vollständig verborgen geblieben war. O'Donohue meinte weiter, *dass man sich Verletzungen, die einem beigebracht wurden und mit denen man allein gelassen wurde, immer wieder aufs Neue zufügte. Die Wellen dieser Verletzungen schlugen stetig an die Ufer des eigenen Unvermögens* ... Dieses Unvermögen war mir auf unliebsame Weise vertraut. Man wurde sehr schnell zum blinden Handlanger eines bestimmten Musters innerer Zerstörung. Doch nur durch derlei trostlose Winterreise, wie er es nannte, erlangte man ein Wachstum, das durch nichts sonst erfahren werden konnte. Er war davon überzeugt, *dass Veränderung nur möglich war, wenn es gelang, die Verletzungen als Wegweiser zu erkennen* ... Veränderung? Nein, die war nicht möglich. Man suchte sich doch immer wieder in die gleichen Fallen, um hineinzustolpern. Und Verletzung führte ausnahmslos in die Irre. Aber den Aspekt der Entwicklung in die eine oder andere Richtung, sobald die Wunden heilten, wollte ich gelten lassen. Auch den des Wachsens.

War das hier so ein Moment in meinem Leben, in dem ich meinen ganzen Mut zusammennehmen und das Risiko des Wachsens eingehen sollte? Schließlich ging es vorrangig um den Versuch, aus Verletzung etwas Besonderes zu erschaffen. Hatten mir die Wunden, die mich nachhaltig geprägt hatten, nach all den Jahren, in denen ich sie widerstandslos als Teil meiner selbst hingenommen oder verdrängt hatte, tatsächlich mehr zu geben als nur Phantomschmerz? Doch worauf sollte ich die Füße setzen, wenn ich erste Schritte wagte? Auf Misstrauen, hart wie Beton? Auf Trauer, inzwischen zäh und klebrig wie Tischlerleim? Auf Neid und Hass, die wünschten, Conny würde sich das Genick brechen? Ja, mehr noch: Empfand ein kleiner Teil von mir, ein winzig kleiner, nicht vielleicht sogar Genugtuung in dem Leid, das im Nebenzimmer lag und schlief? ... Was war nur aus mir geworden?

Ich wälzte mich unter dem Laken, drehte mich vom Mondlicht ab und der Wand zu und wollte irgendwo im Dunkel verschwinden, nur, um nichts mehr fühlen zu müssen. Dort, im Schatten, war ich mein Leben lang zuhause gewesen, wie in einem alten und hässlichen, feuchten und zugigen Gebäude, das man verfluchte, sobald man es betrat, und das einem trotzdem Schutz und Sicherheit bot, weil es seit jeher das Einzige war, das zu einem gehörte, das einem vertraut war.

Auch wusste ich längst, dass es mein eigener Rücken war, der sich dem Licht in den Weg stellte. Conny hatte nicht unrecht mit ihrer Meinung: Es lag in der Verantwortung eines Jeden selbst, die Chancen zu ergreifen, die sich ihm boten.

Rasch drehte ich mich dem Mondlicht zu. Ich wusste, dass es so etwas wie den freien Willen nicht gab, dass er ein Relikt fehlgeleiteter Überzeugung war, weitergetragen und zum Kult erhoben von dummer Überheblichkeit. Aber genügte es nicht schon, wenn man ein kleines Stück weiter auf sich selbst zuzugehen vermochte? Würde mir das gelingen? Würde ich meine Kleinkrämerseele überwinden können und ein Stück weit über mich selbst hinauswachen um des Gebens willen? Ich hatte keine Ahnung ... Aber ich nahm mir vor, es zumindest zu versuchen. Mit kleinen Schritten. Nicht für Conny und auch nicht für Oran, sondern um meiner selbst willen. Noch war der Weg undeutlich und nebelhaft, doch Eigenverantwortung war der Schlüssel, so viel hatte ich inzwischen begriffen.

Ich lag noch lange wach, starrte auf die gläsernen Rechtecke des Sprossenfensters und suchte in den unbewegten Konturen, die sich im fahlen Licht des Mondes abzeichneten, nach ein wenig Ruhe. Schuld daran war einzig diese wahnwitzige Situation, in die ich mich verheddert hatte, und die mich im Fünf-Minuten-Takt von einem Gefühlsextrem ins nächste katapultierte. Doch die Stille der nächtlichen Natur und der Luftzug, der durch den offenen Fensterflügel drang und nach Gras, Blüten und Erde roch, trugen mich schließlich doch noch in den Schlaf, alle meine Fragen damit vorläufig auslöschend.

Am nächsten Morgen lag ich unter meinem Streublümchenlinnen, lauschte dem Vogelgezwitscher, sah die Sonnenstrahlen durch das Fenster fallen und erinnerte mich an Träume. *Schlimme* Träume. Träume, deren So-war-es gegen ein So-hätte-es-sein-sollen geprallt war. Sie hatten das Gefühl des Wundseins in mir verstärkt, das sich wohl durch die ersten Stunden dieses Morgens ziehen würde.

Aber ich hatte mir gestern Nacht ein Versprechen gegeben, und vielleicht war Schönheit tatsächlich nicht immer hell und voller

Glanz. Vielleicht fand ich sie jetzt, nach Jahren, in dem flehenden Blick eines hellbraunen Augenpaares. Und womöglich war dort auch der Ort zu finden, der mir Frieden brachte. Ich fragte mich, ob ein stummer Blick, der das Herz berührte, nachträglich und zukünftig zum Inbegriff eines erfüllten Lebens werden konnte und bezweifelte es. Trotzdem war es mehr an echter menschlicher Nähe, als ich mir in meinem bisherigen Leben hatte zugestehen können.

Es klopfte.

Eileen erschien mit einem Tablett und stellte es auf den Tisch neben dem Bett.

»Ihr Tee, Mrs Konrad. Guten Morgen«, sagte sie, und ihre freundliche Bescheidenheit rührte mich.

»Guten Morgen. Danke. Und Entschuldigung. Ich bin spät dran.« Ein Blick auf den Wecker sagte mir, dass es halb acht war.

»Oh nein, nein, Mrs, ganz und gar nicht! Sie können ruhig noch liegen bleiben«, antwortete sie ein wenig irritiert. »Ganz wie Sie möchten.«

Ich grinste sie aus dem Kissen heraus an.

»Frühstück gibt's, wann Sie wollen. Deirdre hat immer was in ihren Pfannen. Mrs MacCarthy frühstückt meistens in der Küche. Sie nimmt sich nie viel Zeit dafür, aber wenn Sie möchten, kann ich Ihnen auch im kleinen Salon ...«

»Nein!«, fiel ich ihr ins Wort. »Nur bitte keine Umstände meinetwegen.« Ich schwenkte die Beine aus dem Bett und ging zum Kleiderschrank. Auf halbem Weg fiel mir ein, dass ein Großteil meiner Sachen wieder im Koffer lag.

»Soll ich den für Sie auspacken?«, fragte Eileen, doch ich verneinte, redete mich damit heraus, dass ich schließlich kein Hotelgast sei. In Wahrheit hätte ich mich geschämt, sie mit dem Durcheinander im Kofferinneren zu konfrontieren, das ich in meinem Zorn angerichtet hatte.

»Dann geh ich jetzt wieder.« Es klang etwas unschlüssig und eher nach einer Frage als nach einer Entscheidung.

Ich nickte schnell. »Danke nochmals. Ich bin auch gleich unten.«

Sie lächelte wieder und drehte sich zur Tür.

»Ach, Eileen, einen Moment noch bitte«, hielt ich sie zurück. »Ist Mr MacCarthy schon wach? Wurde er versorgt? Hat er gefrühstückt?«

»Die Schwester kommt meistens gegen sieben Uhr früh zum Waschen, und dann noch mal am späten Nachmittag gegen fünf, halb sechs, um ihn umzuziehen, und was sie sonst noch so tun muss. Medikamente, Infusionen und, na ja, dann füttere ich ihn um ...« Sie sah auf die Armbanduhr. »Heilige Mutter Gottes! Ich muss mich beeilen! Bin spät dran.« Sie machte auf dem Absatz kehrt und eilte zur Tür.
»Kann ich Sie morgen dabei begleiten?«
»Wenn Sie möchten.«
»Ja, das würde ich gern. Danke.«
»Schönen Tag, Mrs Konrad«, hörte ich Eileen noch sagen. Dann war sie verschwunden.
Ich nahm meinen Teebecher und ging hinüber in den Wohnraum. Ich hielt mich gern hier auf, denn er war klein und gemütlich. Ich genoss die zeitlose Stille, wenn ich am Fenster saß und beobachtete, wie die noch schlafenden Wiesen und der Waldgürtel langsam Kontur erlangten und von der hinter meinem Zimmer aufgehenden Sonne geweckt wurden. Das Spiel des Lichts gab mir Ruhe.
Bewusste Entscheidungen hatte ich selten in meinem Leben getroffen, das wurde mir jetzt deutlicher denn je. Auch damit hatte Conny gar nicht so unrecht gehabt. In vieles war ich einfach hineingerutscht oder hineingeschubst worden ohne mein Zutun, meine Zustimmung und, das war das Bedeutsamste, ohne meinen Widerspruch. Im Grunde war ich froh darüber gewesen. So hatte ich nicht die moralische Verantwortung tragen müssen, wenn etwas schief ging. Dann waren es eben die Umstände oder die anderen gewesen. Außerdem war ich in meinem tiefsten Inneren immer davon überzeugt gewesen, kein Recht auf Entscheidung zu haben. Nicht so jemand wie ich. Jemand wie Conny, ja, ... oder Oran ... oder mein Vater. Sie gehörten zu den Starken, die über und für die Schwächeren, Menschen wie mich, entschieden. Zugegeben, mein Beruf bildete die berühmte Ausnahme zur Regel, doch er war nur eine Rolle, die ich perfektioniert hatte.
Mutter war ihr Leben lang von meinem Vater beherrscht worden, fiel mir dabei ein. Doch ich kannte niemanden, der die Kunst der würdevollen Unterwerfung bravouröser kultiviert hatte als sie. Ihr war eine Duldsamkeit ihm gegenüber zu eigen gewesen, die jeden inneren Widerstand und jeden Anflug äußerer Auflehnung vollstän-

dig zu absorbieren verstand. Für ihr Machtbedürfnis hatte sie, der Rangordnung folgend, in mir ihr Opfer gefunden. Ihre Einschätzung der Über- oder Unterlegenheit anderer war dem Instinkt entsprungen. Sie hatte ihn bedenkenlos eingesetzt und ihn sich insbesondere mir gegenüber unbarmherzig zunutze gemacht. An Conny hätte sie sich die Zähne ausgebissen, das war ihr sehr schnell klar geworden. Und dafür hatte sie sie vergöttert. Ebenso wie sie Vater angebetet hatte.

Ich zog mir die Unterwäsche an.

Ein erster Donner, der über den Horizont rollte, riss mich aus meinen Überlegungen, ließ mich in BH und Schlüpfer zum Fenster eilen und hinauf zum Himmel schauen. Ohne Zweifel braute sich dort oben wieder ein Unwetter zusammen. Granitgraue Wolken hatten sich zu einem Kavallerieverband in Schlachtordnung formiert und galoppierten über den Dachfirst hinweg. Bald darauf zuckten Blitze wie Peitschenhiebe durch sie hindurch, gefolgt von Donnergrollen und einem alles durchdringenden Regenguss. Was für ein Tagesbeginn! Und bei diesem Wetter wollte Sean Riordan mit mir ausreiten? Zwar hatte er mir erklärt, dass so ziemlich jede Art von Wetter in Irland Minutensache sei, doch ich zweifelte, dass er damit Recht behielt. Ich schmunzelte, da mir das zweifelhafte Reitvergnügen mit etwas Glück erspart bleiben würde.

Ich verfolgte das Naturschauspiel eine Weile und wünschte mir dabei, ich hätte irgendwann einmal gelernt, meinen Gefühlen auf derart elementare Weise Luft zu verschaffen.

Kapitel 10

Ich träumte.

Ich stand hoch oben auf dem Gipfel eines Felsens mitten im Meer. Spiegelnd lag es mir zu Füßen. Der Wind, der von allen Seiten übermütig nach meinen Kleidern und meinem Haar griff, daran zupfte und zerrte, bedrängte mich wie ein hartnäckig forderndes Kind. Ich gab ihm nicht nach, wusste mich fest verwurzelt mit dem steinigen Grund, suchte stattdessen den Horizont weit in der Ferne, ohne ihn im übergangslosen Pastell von Meer und Himmel zu finden. Mich verlangte nach Stabilität und Orientierung, doch gleichzeitig forderte etwas in mir, loszulassen, mich fallen zu lassen, den sicheren Halt unter meinen Füßen aufzugeben. Ich würde nicht stürzen. Auch wenn da nichts Greifbares war, würde ich gehalten. Ich *wusste* es ... Ich brauchte nur ein wenig Mut ... nur ein wenig ...

»Mrs Konrad ... Lisa.«

Ich erschrak.

»Ich will nicht stören, aber Little Moon wartet.«

Ich blinzelte und wischte mir über die Augen. Dann sah ich Seans Gesicht grinsend über mir. Ich rutsche in meinem Liegestuhl nach oben und setzte mich auf.

»Verzeihen Sie«, sagte ich benommen, »aber ich bin eingeschlafen.«

»Was gibt es da zu verzeihen? Der schattige Platz unter dem Ahorn lädt ja dazu ein, sich nach dem Mittagessen auszuruhen.«

Ich grinste verlegen und murmelte, dass es eigentlich nicht meine Gewohnheit sei, mich auf die faule Haut zu legen, während andere arbeiten mussten.

»Dann wird es höchste Zeit, auch das zu lernen«, riet er mir und lachte erneut. Dieser Mann verunsicherte mich. Vor allem: Was meinte er mit *auch*? Hielt er mich für einen Blaustrumpf, dem er aus Mitleid oder einfach nur, weil es Spaß machte, auf die Sprünge helfen wollte? Ganz sicher hatte Conny dafür gesorgt, dass ich mich sehr anstrengen musste, wenn ich das ihm vermittelte Bild von mir korrigieren wollte. Also beschloss ich, es gar nicht erst zu versuchen.

Allerdings empfand ich seine Art reichlich unverblümt, auch wenn es mir im Grunde gleichgültig sein konnte, was er von mir dachte. Schließlich gehörte er zu ihr.

»Ich sehe, Sie haben sich bereits umgezogen.« Er betrachte meine Reiterhosen und die Stiefel, die ich mir von Conny geborgt hatte.

»Die Hose wird dich leider ein wenig kneifen um die Hüften, aber ich trage noch immer achtunddreißig«, hatte sie mit genussvollem Bedauern gesagt, mich von vorn und hinten in Augenschein genommen und Eileen beauftragt, mir die Sachen aufs Zimmer zu legen.

Die Hose spannte tatsächlich um den Po herum, und ich hatte gar nicht erst versucht, den Knopf am Bund zu schließen. Daher zog ich den weiten, hüftlangen Wollpullover noch ein Stück tiefer. Auch die Reitstiefel drückten an Fersen und Zehen, aber mit den dünnen Socken würde es gehen. Die meiste Zeit würde das Pferd mich ja tragen; jedenfalls hoffte ich das. Zudem war ich viel zu aufgeregt, um ernsthaft über Blasen oder überflüssige Pfunde nachzudenken. Das irische Unwetter hatte mich im Stich gelassen. Es hatte sich kurzerhand verzogen und einem strahlend blauen Himmel Platz gemacht. Geradezu ideal für einen Ausritt.

Little Moon war bereits gesattelt und stand vor dem Stall für mich bereit.

»Kommen Sie, ich mache Sie mit ihm bekannt«, forderte mich Sean auf, dirigierte mich zum Kopf des Apfelschimmels und führte meine Hand unter seine Lippen, über seine Blesse und seinen Hals. Dann zeigte er mir das Aufsitzen und half mir in den Sattel. Zwei, drei Kommandos, die er mir darüber hinaus erklärte, nahm ich lediglich akustisch wahr. Meine Nervosität verhinderte es, sie im Gedächtnis zu behalten. Sean bestieg sein Pferd, und wir ritten los. Gemächlich, fast schwerfällig bewegte sich Little Moon vorwärts, und mir wurde zum ersten Mal seit langer Zeit schwindlig. Krampfhaft hielt ich mich an den Zügeln fest und wagte nicht, mich zu bewegen oder zu sprechen, aus Sorge, das Tier könnte mich missverstehen und vom Schneckentempo in Überschallgeschwindigkeit wechseln. Meine Körper lag mit eingezogenem Hals und Rundrücken nahezu auf dem Nacken des Tieres, und ich bemühte mich erfolglos, der ungewohnten Haltung im Sattel und meinem gestörten Gleichgewichtssinn Herr zu werden. Hin und wieder blickte ich zu Sean in der Hoffnung, dass er sich der Natur und nicht meinem Eiertanz widmete, doch er ließ mich nicht aus den Augen. Irgendwann ritt er dicht an mich heran, strich mit der Hand über meine Wirbelsäule und zog meine linke Schulter nach hinten.

»Gerade sitzen und lockern, Lisa. Sie hängen an Little Moon wie ein Fragezeichen. Haben Sie Vertrauen, Little Moon ist ihr Freund.«

»Weiß *er* das auch?«, fragte ich skeptisch. Der Schweiß stand mir auf der Stirn, so angespannt war ich.

Sean lächelte mich an und zog erst jetzt wieder seine Hand zurück. »Wenn Sie es zulassen, werden Sie überrascht sein«, prophezeite er und ritt ein Stück weit voraus. Ich atmete tief durch – zum ersten Mal, seit ich dieses sanftmütige Ungetüm bestiegen hatte –, richtete meinen Rücken gerade und nahm das Kinn hoch. Ob es majestätisch genug anmutete, konnte ich nicht beurteilen, denn ich fühlte mich wie der berühmte Affe auf dem Schleifstein.

Spontan kam mir mein Traum vom Nachmittag wieder ins Bewusstsein, in dem es um Vertrauen und Loslassen gegangen war.

»Welchen Sinn haben Träume«, überlegte ich plötzlich laut. Ich erwartete keine Antwort darauf; weder von mir noch von Doktor Freud, und schon gar nicht von Sean, doch er sagte:

»Sie umschließen das tiefste Innere eines Menschen, geben ihm Schutz und manchmal Rat.«

Ich sah zu ihm hin und tätschelte Little Moon am Hals. Wie warm er sich jetzt anfühlte, wie fest und doch weich seine Mähne war, wenn ich meine Finger vorsichtig hindurch zog. Sein Schnauben klang zutraulich wie das Schnurren meines Katers Churchill, wenn ich ihn hinter dem Ohr kraulte.

»Schutz? ... Wovor?«

»Vor Verlust. Sie zeigen und bewahren gleichzeitig jenen Teil von uns, den wir selbst noch nicht gut genug kennen, um ihn für uns zu nutzen«, sagte er versonnen und sah durch mich hindurch. »Oder den wir nicht ausleben können, weil wir noch nicht mutig genug dazu sind. Also bleibt nur der Traum, um sich immer wieder daran zu erinnern, dass er tief in uns existent ist.«

Seltsam. Wie konnte ein Mann, der solchen Gedanken nachhing, eine Frau wie Conny verehren, ja, womöglich mehr als nur das? Ich hatte doch längst bemerkt, mit welcher Intensität er sie anblickte, wie sich seine Stimme veränderte, wenn er mit ihr sprach. Er begehrte sie, daran zweifelte ich keine Sekunde.

Ich beäugte ihn argwöhnisch von der Seite und er schien es zu bemerken.

»Ich bin Ire«, meinte er und grinste, als sei damit alles erklärt.

Und vielleicht war es das auch.

»Na dann«, kommentierte ich trocken und gab mich zufrieden.

»Wir Iren sind ein tief in Poesie und Mythologie verwurzeltes Volk«, sah er sich aber doch zu jener Erläuterung für Pauschaltouristen veranlasst, die wohl in keinem zweitklassigen Reiseführer fehlen durfte.

»Was unseren Realitätssinn, unsere Lebensfreude und das Gespür für den richtigen Moment aber kein bisschen schmälert, wie Sie sicher noch feststellen werden«, erklärte er weiter und lachte übermütig.

»Eine gute Mischung, vermute ich mal.« Ich sagte das, um irgendetwas zu antworten. Mit keiner dieser Eigenschaften hatte ich in meinem Leben ausreichend Erfahrung gemacht. Na ja, abgesehen vom Realitätssinn vielleicht, der sich bei genauerer Betrachtung jedoch mitunter auch als Ausrede für den Mangel an Selbstbehauptung und Kampfgeist entlarven ließ.

Wir waren auf einer kleinen Lichtung stehen geblieben, die mir einen Panoramablick über den nahen Küstenstreifen gönnte. Er verschlug mir den Atem ... Nein, sehr viel mehr passierte in diesem Augenblick: In harmonischem Zusammenspiel legten sich Licht, Farben und Stille in einer Ursprünglichkeit über meine Sinne, die mich ganz ins Hier und Jetzt zwang und gleichzeitig alles andere auslöschte. Ich sah. Mehr war nicht nötig. Und es erschien mir, als wagte etwas tief in mir diesen ersten Blick wie aus einer Knechtschaft heraus, lenkte ihn hin zu einer Empfindung, die mich befreite. Ich atmete bewusst, um sie mit jedem Zug in mich aufzunehmen.

Irgendwann bemerkte ich, dass Sean mich wieder beobachtete.

»Sie sind ganz anders als Ihre Schwester«, sagte er schließlich. Es klang wertfrei und unverfänglich, doch ich tat trotzdem so, als hätte ich es nicht gehört, um es nicht hinterfragen oder kommentieren zu müssen.

»Und Sie sind der traurigste Mensch, den ich je getroffen habe.« Auch das sagte er eher beiläufig. Eine subjektive Feststellung, nichts weiter, das war mir klar, doch ließ sie mir diesmal nicht die Möglichkeit, mich einer Antwort zu entziehen.

»So? Und Sie meinen, das erkennen zu können?«, spöttelte ich und zog seine Äußerung damit ins Lächerliche.

»Natürlich«, entgegnete er schlicht. »Traurigkeit ist wie feiner Sand. Sie durchdringt alles und jedes. Sie zwängt sich durch die kleinste Pore, durch jeden Blick, selbst durch jedes Lächeln hindurch.« Er ließ mich noch immer nicht aus den Augen, und langsam fühlte ich mich ungemütlich.

»Sie ist wie die Imprimitur eines Ölgemäldes«, dozierte er weiter, »unauffällig, aber trotzdem trägt sie die Stimmung des Bildes.«

Sand, Imprimitur, Ölgemälde ... Was für ein unglaublicher Quatsch! Wovon redete er da?! Ich vermied es, ihn anzusehen, und sagte: »Nun, ich bin der eher farblose Typ, und in mancherlei Hinsicht grobmaschiger gestrickt als meine Schwester. Allerdings würde ich nicht zwingend alles als Traurigkeit deuten, was nicht leutseligem, irischem Frohsinn entspricht.« Diese Entgegnung war mittlerweile weniger wertfrei, aber ich bemühte mich dennoch um einen leichten Plauderton. Sean lachte auf, doch sein intensiver Blick schien förmlich meine rechte Gesichtshälfte zu versengen. Es war mir peinlich, wie er mich fixierte, also warf ich einen wütenden Blick zurück. Ich verübelte es ihm, dass er mir diesen intimen Moment des Fühlens zerstört hatte.

»Es ist leider nicht jedem vergönnt, mit der graziösen Leichtigkeit eines Zitronenfalters über das Leben hinwegzuflattern«, sagte ich und kümmerte mich nicht um meinen schnippischen Ton. »Conny ist zu beneiden, nicht?«.

»Wirklich? Ich glaube, Ihre Schwester macht Sie eher wütend.«

Das war genug! Ich ging zum Angriff über.

»Was soll das? Wollen Sie mir meinen ersten Ausflug in Irland unbedingt verderben? Sie kennen mich doch gar nicht! Wie kommen Sie dazu, so etwas zu sagen?« Ich zwang mich trotz allem, ruhig zu bleiben, und tätschelte Little Moon wieder den Hals, um meine Gereiztheit zu überspielen. Er wieherte und schüttelte die Mähne, als kritisierte er meine ruppigen Worte.

Sean blieb unbeeindruckt, doch besann er sich sofort wieder seiner Höflichkeit.

»Verzeihen Sie. Ich neige dazu, alles auszusprechen, was mir durch den Kopf geht. Manchmal ist das ein Fehler. Ich wollte Ihnen nicht zu nahe treten.«

»Das sind Sie nicht«, log ich, blickte an Sean vorbei und veranlasste Little Moon mit mutigem Fersendruck und Zügelspiel, weiterzulaufen.

Sean folgte mir, und ich vernahm seine Stimme in meinem Rücken: »Versprechen Sie mir trotzdem, auf sich aufzupassen?«

»Ich tue seit fast fünfundvierzig Jahren nichts anderes.« Das war mehr oder weniger wahr und nur ein weiterer Versuch, Sean Riordan in seine Schranken zu weisen.

Ich ließ den Blick wieder über die Landschaft gleiten, konnte sie aber nicht mehr erreichen. Sie hatte sich mir entzogen, wirkte nur noch wie eine kitschige Postkarte, auf die ich ohne Bezug starrte, während ich mich bemühte, den faden Nachgeschmack zu ignorieren, den Seans Bemerkungen in mir hinterlassen hatten. Jede Faser meines Körpers war zum Echo jener Traurigkeit geworden, die er erspürt und ausgesprochen hatte, noch ehe ich sie mir selbst einzugestehen gewagt hatte.

Der Pfad war eng, und so ritt ich eine Weile hinter Sean her, der wieder in die unpersönliche Rolle des Fremdenführers zurückgefunden hatte und mir die Gegend zeigte.

Er sollte meine verstohlenen Tränen nicht sehen.

Die Tränen eines traurigen Menschen

Kapitel 11

Als wir den Gutshof wieder erreichten, war die Sonne bereits hinter den Kiefern, Buchen und Ahornbäumen verschwunden, hatte jedoch den Himmel mit Rottönen marmoriert. Ein Stallbursche kam uns entgegen, ergriff Little Moons Zügel und half mir abzusteigen. Erst jetzt spürte ich, wie steif sich meine Gelenke nach diesen beiden Stunden anfühlten. Ich streckte mich, rieb mir die Oberschenkel, die vor allem an der Innenseite wehtaten, dort, wo sie den Sattel berührt hatten. Little Moons Hufe klapperten auf dem Beton der Anfahrt, und ich blickte ihm nach. Alles in allem hatte es Spaß gemacht, auf seinem Rücken die Landschaft zu erkunden, das musste ich zugeben, wenngleich mich jetzt Muskeln schmerzten, von denen ich bisher nicht einmal gewusst hatte, dass ich sie besaß. Little Moon drehte den Kopf noch einmal in meine Richtung, während der junge Angestellte ihn durch das Tor in den Stall führte. Er schnaubte und nickte, gerade so, als wollte er »Auf Wiedersehen« sagen. Spontan hob ich die Hand, winkte ihm zu und rief ihm ein fast schon vertrautes »Bis bald« hinterher.

»Ich hoffe, es war kein gänzlich verlorener Nachmittag für Sie, Lisa«, hörte ich Sean neben mir, und seine Stimme verriet, dass er schmunzelte. Hatte ich mich eben lächerlich benommen, weil ich mich von einem Pferd verabschiedet hatte? Ich war es nun mal gewohnt, mit meinem Kater Churchill zu reden, denn oft war er der einzige Ansprechpartner, der mir zur Verfügung stand. Verlegen senkte ich den Blick und antwortete: »Ganz im Gegenteil. Und wie Sie hören konnten, sind Little Moon und ich bereits dicke Freunde.«

»Warum noch immer so gereizt?« Sean musterte mich wieder, und sein nachsichtiger Ton beschämte mich. Unversehens wandte er sich seinem Rappen zu, tätschelte ihn am Hals und strich ihm zärtlich über die Mähne. »Na, mein Alter, ich denke, wir werden unsere neue Freundin bald wieder zu einem Ausritt überreden. Dann wagen wir vielleicht schon einen verhaltenen Trab, was meinst du, Earl?«

Earl of Kent, der energiegeladene, war unter Seans Worten und seiner Berührung zur Ruhe gekommen. Unbeweglich stand er an der Seite seines Herrn, senkte dann den Kopf und schmiegte seine Lippen in dessen offene Hand.

Ich nickte, ohne nachzudenken. Womöglich war genau das mitunter der sinnvollere Weg, auf die Dinge des Lebens zu reagieren. Nicht dauernd zu überlegen, nicht erst zu *zer*legen und zu *zer*denken, sondern aus dem Bauch heraus das, was man fühlte, unzensiert in Worte, Gesten oder Taten zu fassen. Das war etwas, das ich mir bisher nicht zugestanden hatte. Ich zog es immer vor, mich zu besinnen, zurückzuhalten, abzuwägen. Es beschlich mich der Verdacht, dass ich mir damit bisher eine große Portion dessen versagt hatte, was Leben ausmachte. Nichts Weltbewegendes, nichts Außergewöhnliches, aber die vielen kleinen Dinge, die Lebendigkeit bedeuteten und eine Spur Freude und Zufriedenheit im Nachschwingen hinterließen, so, wie der Ausflug auf dem Rücken eines Pferdes, das Eintauchen in eine Landschaft, die, wenngleich auch nur für wenige Augenblicke, von jeder meiner Poren aufgesogen worden war, oder die Begegnung mit einem anderen Menschen, die die Tatsache, dass er ein Fremder war, bedeutungslos werden ließ.

»Danke für den schönen Nachmittag«, sagte ich aufrichtig, reichte Sean die Hand und erwiderte seinen Blick. Dann drehte ich mich um und lief die Ahornallee entlang zurück zum Haus. Auf der Holzbank neben der hinteren Eingangstür zog ich mir die zu engen Reitstiefel von den Füßen, massierte die schmerzenden Zehen und dachte über Sean Riordan nach. Es war mir unmöglich, aus ihm klug zu werden. Er verunsicherte mich auf eine nicht greifbare Weise. Ich traute ihm nicht, und doch schien da etwas Echtes, Unverfälschtes sein Wesen zu bestimmen, das es mir schwer machte, ihn nicht zu mögen. Irgendwie. Dennoch rief ich mir ins Gedächtnis zurück, dass er nicht nur zu Connys engsten Freunden zählte, sondern unter ihrem Dach und Regiment sein Brot verdiente. Außerdem konnte ich mich darauf verlassen, kein echtes Gespür für Menschen zu haben, sie oft nicht richtig einzuschätzen. Ich hatte also jeden Grund, auf der Hut zu sein.

Müde ging ich in Strümpfen die Treppe hinauf. Ich wollte mich frisch machen und anschließend, noch vor dem Abendbrot, bei

Oran vorbeischauen, um ihm eine gute Nacht zu wünschen. Vielleicht sollte ich ihm von meinem ersten Ausritt erzählen. Ob er sich für mich freuen würde?

Gerade als ich seine Zimmertür passierte, öffnete sie sich und eine mir fremde Frau erschien im Türrahmen. »Dann bis morgen, Mr MacCarthy«, hörte ich sie sagen, während sie die schwarze Bügeltasche, die sie trug, von der rechten in die linke Hand hievte, um die Türe hinter sich zuzuziehen. Ich blieb vor ihr stehen, und wir taxierten uns für einen Moment mit unverhohlener Neugier.

»N' Abend«, sagte sie dann, lächelte und strich sich eine der dunklen Locken aus der Stirn, die in ungezähmter Fülle ihr Gesicht umrahmten. Sie betrachtete mich aus Augen, die ausschließlich aus Pupillen zu bestehen schienen, stellte die Tasche neben sich ab und reichte mir die Hand. »Bridget Myrtle Cunningham ... *Schwester* Myrtle. Und Sie sind bestimmt die Kollegin aus Deutschland, die sich ab jetzt Mr MacCarthy's Pflege mit mir teilt, richtig?«

Ich erwiderte ihren festen Händedruck. »Na ja, ich bin eine Schwester, aber eine *leibliche*, keine examinierte«, gab ich zu bedenken, »Lisa Konrad, angenehm.«

Sie bemerkte, wie erstaunt ich war.

»Ach, da hab ich Mrs MacCarthy wohl missverstanden. Ich dachte, Sie würden mich hier unterstützen«, erklärte sie, schien aber nicht enttäuscht zu sein. Ich hingegen ärgerte mich über Conny, die sich zweifellos wieder einmal über mich hinweggesetzt hatte. Doch ich verbarg meinen Unmut. Ich hatte mich längst noch nicht entschieden, ob und gegebenenfalls wie ich mich um Oran kümmern würde! Doch Schwester Myrtle war von Conny eindeutig besser über meine Pläne informiert worden, als ich selbst es hätte tun können, denn Conny kannte offensichtlich meine Entscheidung, noch bevor ich sie getroffen hatte.

»Ich bin nur zu Besuch hier und bleibe vielleicht für ein paar Wochen«, räumte ich ein. »Aber wenn ich kann, würde ich Ihnen natürlich gern helfen.« Ich spähte auf die geschlossene Zimmertür, sah im Geist Oran in seinen weißen Laken liegen. Allein dieses Bild ließ mir keine Wahl. Mir wurde augenblicklich klar: *Meine* Entscheidung war längst getroffen. Schwester Myrtle hatte mir nur geholfen, sie mir selbst einzugestehen. Connys eigenmächtiges Verhalten wurde dadurch jedoch nicht rehabilitiert.

»Das wird gar kein Problem sein, prima!«, sagte Schwester Myrtle, griff nach ihrer großen Tasche und schickte sich an, zu gehen.

Ich folgte ihr den Gang entlang und die Treppe hinunter, denn ich wollte unbedingt mit Conny sprechen, um meinem Ärger Luft zu verschaffen, so lange er noch warm war.

Schwester Myrtle redete währenddessen auf mich ein. »Sie werden sehen, die häusliche Pflege ist eine sehr dankbare Aufgabe. Schwer freilich, das schon, aber doch dankbar. Und Mr MacCarthy kann jemanden gebrauchen, der ihn ein wenig aufmuntert und für ihn da ist.« Im selben Augenblick schien ihr klar zu werden, wie sich das anhörte, und sie lenkte sofort ein. »Ich meine natürlich nicht damit, dass man sich nicht um ihn kümmert, bitte verstehen Sie mich recht! Es ist nur eben meine Erfahrung, dass jemand, der so krank ist wie Mr MacCarthy, viel Abwechslung und Ablenkung benötigt, denn seine Weilt ist sehr klein geworden.« Sie hob den Zeigefinger ihrer freien Hand, um das Gesagte zu bekräftigen. »Wissen Sie, ich arbeite schon sehr lange in diesem Beruf.«

Ich antwortete nur mit einem Lächeln und fragte sie dann auf der Treppe, wann sie ihren Dienst hier morgens antrat.

»Mr MacCarthy ist jeden Tag mein erster Patient. Ich komme gegen sieben zum Waschen und Anziehen. Dann gibt's die Medikamente. Gegen acht bin ich meist mit allem fertig. Danach kommt das Mädchen mit dem Frühstück für ihn. Nachmittags bin ich etwa von fünf bis sechs hier, manchmal später, je nachdem, wie der Tag verläuft. Gleiche Prozedur noch einmal, sieben Tage die Woche. Samstag und Sonntag komme ich allerdings erst morgens zwischen acht und neun, manchmal auch noch etwas später.«

Ich nickte anerkennend. »Also, dann bis voraussichtlich morgen früh, gegen sieben«, sagte ich und hielt ihr die Haustür auf.

»Wunderbar«, gab sie zurück, drückte sich noch einmal das Haar zurecht und eilte davon.

Während ich die Tür schloss, fragte ich mich, ob ich mich gerade wieder einmal selbst überrumpelt hatte mit einer meiner Schnellschussentscheidungen der Kategorie »Gutmütiger Trottel«, die sonderbarerweise nie zu kollidieren schienen mit meiner sonst eher bedächtigen Schwerfälligkeit. Fügte ich mich wieder einmal dem moralischen Druck, den andere auf mich ausübten? Tat ich wieder nur, was *sie* wollten, ohne zu prüfen, ob es auch wirklich das war, was ich wollte, nur um niemanden zu enttäuschen? ... Nein. Ich wollte Oran helfen. Aber Conny hatte es für mich entschieden. Nach wie vor zog sie mich geschickt in ihr Spiel hinein, dirigierte mich wie eine Schachfigur in der Überzeugung, ich würde mich schweigend fügen. Doch diesmal nicht, Schwesterlein, das schwöre ich dir!

Ich rutschte auf meinen bestrumpften Füßen über die Marmorfliesen der Eingangshalle bis hinüber zum kleinen Salon. Ohne anzuklopfen, riss ich die Tür auf und fand Conny allein am großen Esstisch sitzend. Vor ihr stand ein Teller mit buntem Salat. Sie biss genüsslich in ein Stück Weißbrot und hob ihr Glas mit Weißwein zum Gruß, als sie mich erblickte.

»Komm, setz dich!«, sagte sie mit vollem Mund. »Schön, dass du schon zurück bist. Na, wie war dein erster Ausritt mit Sean?«

Ich ignorierte ihre Frage, ging, so rasch meine Socken es auf dem Parkett erlaubten, auf sie zu, verkrallte meine Finger in die nächststehende Stuhllehne und baute mich vor ihr auf.

»Was fällt dir eigentlich ein, Conny?«, fauchte ich los. »Wie konntest du dieser Schwester Myrtle oder wie sie heißt, sagen, dass ich sie bei ihrer Arbeit unterstützen würde!? Ich bat dich, mir Zeit zu geben für meine Entscheidung. Außerdem sehe ich mich noch immer als Gast deines Hauses, nicht als einen deiner Handlanger. Dass du mich für meinen finanziellen Reiseaufwand entschädigst, war *dein* Wunsch, nicht meine Bedingung. Es macht mich nicht zu einer deiner Bediensteten!«

Ich beobachtete, wie sie ernst wurde, langsam zu Ende kaute, ihren Bissen hinunterschluckte und ihre Finger an der Serviette abwischte. Dabei ließ mich ihr grünfunkelnder Blick nicht aus der Umklammerung.

Sie räusperte sich und antwortete dann auf Englisch:

»Darf ich dir Mr Jason Kavanagh vorstellen, Lisa? Er ist heute Abend unser Gast.« Mit einer diskreten Handbewegung wies sie in jenen hinteren Teil des Raumes, in dem sich das Sideboard mit den Speisen unaufdringlich an die Wand schmiegte. Jetzt, in den Abendstunden, lag es im Schatten der schweren Vorhänge.

Ich zuckte zusammen, drehte unwillkürlich den Kopf in die Richtung, in die Connys Hand zeigte, und sah erst jetzt den Mann, der, einen halb gefüllten Teller in seiner Linken haltend, vor den

Schüsseln und Platten stand und mich ebenso interessiert wie amüsiert musterte.

Ich spürte, wie mir das Blut zu Kopf stieg und in den Ohren zu rauschen begann, und schluckte hart. Wie angewurzelt blieb ich stehen, starrte den Fremden im braunen Jackett an und wusste, ich hatte mich soeben bis ins Mark hinein blamiert. Jason Kavanagh, dessen Blick noch immer auf mir ruhte, grüßte mit einem freundlichen »Guten Abend«, dann wandte er sich Conny zu und meinte: »Du hast mir nicht gesagt, dass deine Schwester so ... temperamentvoll ist. Das verspricht ein netter Abend zu werden.« Noch einmal schwenkte sein Lächeln zu mir zurück. Da ich auf Deutsch gewettert hatte, war ich mir unsicher, ob er meiner Tirade inhaltlich hatte folgen können, doch die Form meines Auftretens bedurfte für ihn sicherlich keiner zusätzlichen Erläuterung.

»Entschuldigen Sie«, stammelte ich und krallte vor Verlegenheit die Zehen in die Socken.

»Bitte, setz dich doch, Lisa«, forderte mich Conny auf. Ich konnte ihr nicht ansehen, ob mein Fauxpas sie ärgerte oder erheiterte oder ob sie sich einfach nur für mich schämte. Wobei mir Letzteres recht unwahrscheinlich erschien. Ich atmete einmal tief durch, zog mir einen Stuhl heran und setzte mich neben sie. Mein Herz klopfte noch immer laut. Wenn ich doch nur solchen Situationen gewachsen wäre! Die tiefgründige Wut, die ich viel zu lang in mir angestaut hatte, stieß mich hinein, nur, damit ich mich jedes Mal aufs Neue bei meinem jämmerlichen Versagen beobachten konnte: Mein Herz, das wild klopfte, mein Zittern, das ich nicht unter Kontrolle hatte, mein verbissener Gesichtsausdruck, der mich alt aussehen ließ. Dazu die Stimme, die hektisch um angemessene Worte rang, und die verschwitzten Hände, die ihr unruhiges Eigenleben führten. Ein ums andere Mal. Hieß es nicht, man solle sich seinen Problemen stellen, um sie zu überwinden? Mir gereichte diese Methode nur zur eigenen Demütigung.

Conny stand auf, ging hinüber zum Sideboard, ergriff ein Glas und füllte es mit Rotwein, der in einem Dekanter bereitstand. Dann kam sie mit Jason Kavanagh an den Tisch zurück, setzte sich und stellte das Glas vor mich hin. Kavanagh nahm mir gegenüber Platz.

»Sie müssen unbedingt das Lamm in Knoblauchsoße probieren.

Es ist eine Sünde!«, verriet er mir über den Tisch hinweg, um sich gleich darauf dem opulenten Speisenarrangement auf seinem Teller zu widmen. »Deirdre ist zwar eine Heimsuchung, doch kochen und backen kann sie«, bekräftigte er noch einmal und bewies nicht nur ungeniert einen ganz erstaunlichen Appetit, sondern gab eine gewisse familiäre Vertrautheit zu erkennen.

Ich schwieg noch immer, weil ich wusste, dass ich mich durch nichts aus dieser Peinlichkeit herausmanövrieren konnte. Conny kam mir zur Hilfe; doch beschämte mich damit noch mehr.

»Ich habe Schwester Myrtle dein Kommen angekündigt, das ist wahr. Und ich habe ihr auch gesagt, dass ich mich sehr darüber freuen würde und dankbar sei, dass du mir in dieser schweren Zeit beistehst. Ich sagte weiter, dass du, so wie ich dich kenne, auch für Oran eine große Hilfe und Freude sein würdest. Das war alles. Vielleicht hat sie es tatsächlich falsch interpretiert und etwas in meine Worte hineingelegt, das so nicht beabsichtigt war. Ich werde es selbstverständlich bei nächster Gelegenheit richtigstellen. Entschuldige bitte.«

Was sie sagte und vor allem wie sie es tat – kein bisschen verärgert, sondern eher bescheiden – machte mich noch verlegener.

Ich straffte meinen Rücken und quälte mich zu einem Lächeln.

»Es tut mir leid, dass ich eben so ... Ich war nur ... Ich wollte ...«

»Schon gut«, unterbrach Conny mein Gestammel. »An deiner Stelle hätte ich nicht anders reagiert. Selbstverständlich entscheidest du allein darüber, was in dieser Situation das Beste für dich ist. Und Jason hat etwas übrig für temperamentvolle Frauen, stimmt's, mein Lieber?« Sie zwinkerte ihm schelmisch zu und widmete sich wieder ihrem Salat.

»Und ob!«, bestätigte der Mann, während er geschickt ein Lammkotelett vom Knochen befreite. Erst jetzt wagte ich es, ihn genauer zu betrachten, und war beeindruckt von seinem eher südländisch anmutenden Äußeren. Ende dreißig, höchstens, dunkler Teint, Geheimratsecken, die die Fülle des seitlich mit einzelnen Silberfäden durchzogenen Haars elegant schmälerten und die hohe Stirn betonten. Conny und ihre attraktiven Männer ... Auch daran würde sich wohl nie etwas ändern.

Ich stand schließlich doch auf und ging zum Sideboard hinüber. Dort häufte ich etwas Kartoffelbrei und das kleinste Stück des

Lammfleisches auf einen Teller, goss reichlich Knoblauchsoße darüber und ging zum Tisch zurück.

»Ich bat Jason heute zu uns, weil wir drei etwas Wichtiges zu besprechen haben«, sagte Conny und kaute weiter, während sie mir zunickte.

Ah, jetzt würde ich also endlich den Grund für meine Einladung nach Irland erfahren. »Was wäre das denn nun?« Und was hatte dieser Jason wohl damit zu tun?

»Nach dem Essen«, vertröstete mich Conny und hielt damit die Spannung hoch.

Jason nickte und grinste. Irgendwie missfiel er mir, obwohl ich nicht hätte sagen können, warum. In seinen Augen lag eine Kälte, die das warme Braun der Iris Lügen strafte. Sein Blick wirkte auf mich wie ein Drillbohrer: präzise und unerbittlich. Ich konnte mir nicht vorstellen, dass Conny das *Wichtige* mit mir im Beisein dieses Fremden zu diskutieren gedachte. Trotzdem zuckte ich in gespielter Gleichgültigkeit mit den Schultern, schwieg und widmete mich meinem Lammkotelett.

»Jason ist unser Familienanwalt, Lisa. Ich habe ganz vergessen, es zu erwähnen. Er verwaltet unter anderem Orans Testament«, erklärte sie beiläufig und nahm einen Schluck aus ihrem Rotweinglas.

»Ach?«, antwortete ich rein aus Höflichkeit, nur, um anzudeuten, dass ich zugehört hatte. Damit erklärte sich für mich zumindest sein Adler-Blick. Anwaltsattribut.

Unser Essen verlief weitgehend schweigend, abgesehen von Kavanaghs allgemeinen Fragen, mit denen er höfliches Interesse an mir bekundete. Schließlich stand er auf und ging mit einem an Conny gerichtetes »Du gestattest?« zum Sideboard, holte seine Aktentasche und zog einen Ordner heraus. Dann setzte er sich ans andere Ende des Tischs, schob sich die Lesebrille auf die Nase und breitete einige Unterlagen aus dem Ordner vor sich aus.

Conny erhob sich daraufhin ebenfalls und bedeutete mir, neben Mr Kavanagh Platz zu nehmen. Also griff ich nach meinem Weinglas und rutschte ans andere Tischende. Sie setzte sich mir gegenüber und lächelte mich an.

Ich wurde ein wenig unruhig. Ob Conny den Familienanwalt wegen Vaters Hinterlassenschaften beauftragt hatte? Hatte sie sich mehr erhofft, als nach Mutters Tod für sie rausgesprungen war? Natürlich! Ich hätte es mir eigentlich denken können! Jetzt zwang sie mich, vor diesem glutäugigen Winkeladvokat Rede und Antwort zu stehen. Wahrscheinlich sollte ich detailliert darüber Auskunft geben, was in den letzten zehn Jahren seit Vaters Tod mit seinem Vermögen passiert war. Auf eine derart fiese Tour hätte ich eigentlich vorbereitet sein müssen. Wie naiv von mir! Oran war außer Gefecht gesetzt, und jetzt lag es an Conny, Anwesen und Hotel zu erhalten. Finanzielle Schwierigkeiten hatten sie doch beinah alle, diese irischen Großgrundbesitzer, auch wenn man es, wie in Rosebud House, nicht immer auf den ersten Blick sah. Conny brauchte Geld, und nun wollte sie sehen, was bei mir noch zu holen war! Ohne Vorspann legte ich also wieder los:

»Du hast alle Nachweise zu Vaters Hinterlassenschaft schriftlich vorliegen, Conny. Und um es gleich vorwegzunehmen: Mehr Geld kann ich dir nicht geben. Ausschließlich Vaters Anwalt hat sich um das Erbe gekümmert, wie du weißt. Es wurde auch genau Buch geführt über die Ausgaben für Mutters Wohnstift und ihren persönlichen Bedarf. Falls du also denkst, ich hätte mir irgendetwas ohne deine Kenntnis unter den Nagel gerissen, dann versichere ich deinem Anwalt gern schriftlich, dass dem nicht so ist. Im Gegenteil. Ich habe Mutter in den letzten Jahren immer wieder finanziell unterstützt. Vaters Hinterlassenschaft war aufgebraucht, denn seine ach so schlaue Finanzplanung hat genau genommen nur Verluste geschrieben. Das ist nachprüfbar! Die Unterlagen sind alle vorhanden.« Ich warf Kavanagh einen giftigen Blick zu und gewahrte, dass er unbeeindruckt in seinen Papieren blätterte. Ein leises gönnerhaftes Schmunzeln umspielte seinen Mund. Also setzte ich noch eins drauf.

»Allerdings möchte ich dich in diesem Zusammenhang an Mutters zwölfteiliges Meissner Zwiebelmuster erinnern, das sie *mir* versprochen hatte. Wie ich jetzt feststellen durfte, hast du es dir angeeignet!« Ich funkelte Conny an, auch wenn ich mich insgeheim bereits wieder für mein Gezeter schämte. Andererseits war mir nicht daran gelegen, diplomatisch zu sein, sondern ehrlich.

Conny und Kavanagh hatten sich meinen erneuten Ausbruch angehört, und ich wartete gespannt, was sie erwidern würden. Jedenfalls sollten die beiden von Anfang an wissen, dass ich gewillt war, mich zu wehren. Davon abgesehen: Herrgott! Warum konnte ich mich hier nicht beherrschen und sachlich reagieren?! Warum musste ich bei jeder Kleinigkeit explodieren?!

Schweigen hing sekundenlang zwischen uns, dann räusperte sich Jason Kavanagh. »Liebe Mrs Konrad«, begann er zuckersüß. Seine Stimme hatte etwas von einem Psychiater, der den hysterischen Anfall seiner Patientin in den Griff zu bekommen versucht, doch Connys Hand, die nach seinem Arm langte, stoppte ihn. Nach einem Blickwechsel mit ihm begann sie: »Es geht nicht um Vaters Testament oder die Aufteilung seiner Hinterlassenschaft, Lisa.« Auch sie bemühte sich, mich zu beruhigen, und hörte sich – ich musste es mir zu meiner eigenen Schande eingestehen – weitaus vernünftiger an als ich soeben.

»Jason ist hier, um dich über einige Inhalte zu informieren, die Orans Testament betreffen. Mein Mann hat bereits vor Monaten ein paar Änderungen verfügt, und ich bin der Meinung, dass es wichtig ist, sie dir zur Kenntnis zu geben. Vorwegschicken möchte ich, dass ich diese neue Verfügung voll und ganz unterstütze. Sie entspricht sowohl Orans als auch meinen Wünschen.«

»Orans testamentarische Verfügung? Änderungen?« Ich zog die Stirn kraus. Was hatte ich mit Orans letztwilligen Erklärungen zu tun?

»Oh, und was das Meissner Porzellan angeht, so tut mir das ehrlich leid. Ich konnte ja nicht wissen, dass Mutter es dir versprochen hatte. Kurz vor ihrem Umzug ins Wohnstift lieferte es eine Speditionsfirma in ihrem Auftrag. Sie schrieb dazu, es sei ihr Wunsch, es uns zu schenken. In einem häuslichen Rahmen wie dem unseren käme es würdig zur Geltung oder so ähnlich. Ich habe die Karte irgendwo aufgehoben und suche sie gern für dich raus. Doch da dir offenbar so viel an diesem Service liegt, werde ich es für dich verpacken lassen.« Sie lächelte nachsichtig und ... ja, liebevoll. Ein treffenderes Wort fiel mir nicht ein, um den Ausdruck auf ihrem Gesicht zu deuten.

Sie beschämte und verwirrte mich mit dem, was sie gesagt hatte, und schnell wehrte ich ab: »Nein, nein! Ich will dieses Service nicht. Mutter hat offenbar ihre Meinung geändert, und sicher aus gutem Grund. Es passt zweifellos sehr viel besser in dieses Haus als in meine Wohnung.«

Ich würde sowieso jedes einzelne Teil mit Wonne an die Wand

schmettern, ergänzte ich in Gedanken und verfluchte meine Mutter. Sollte sie in der Hölle schmoren!

Tief in mir hatte ich es ja bereits gewusst. Schon damals, als die weiß-blaue Kostbarkeit urplötzlich verschwunden war. Wer sonst außer Conny hätte es erhalten sollen. Noch wichtiger aber war im Moment, dass ich sicher sein konnte, Conny sagte die Wahrheit. Nicht *sie* hatte um das Service gebeten, Mutter hatte es ihr zugesprochen.

Ich biss mir auf die Lippen. Noch immer vermochte mir die alte Hexe wehzutun, selbst nach ihrem Tod. Von manchen Menschen konnte man sich tatsächlich nicht einmal durch deren Ableben befreien. Ich atmete tief durch, suchte Connys Blick und fühlte zum ersten Mal so etwas wie Einvernehmen, als sie sagte, es täte ihr leid.

Dann wurde mir wieder bewusst, dass sie und ich nicht allein im Raum waren, sondern Jason Kavanagh mit dem Kugelschreiber geduldig kleine Kreise auf ein Blatt Papier malte. Ich nahm einen Schluck vom Rotwein, feuchtete mir damit die trockene Kehle an und spülte den bitteren Nachgeschmack hinunter, den meine Mutter hinterlassen hatte. Verflucht hatte ich sie ja bereits, also weg mit ihr! Zumindest für den Augenblick.

»Worüber wollen Sie mich in Kenntnis setzen?«, forderte ich Kavanagh schließlich auf, eben dies zu tun, und drehte den dünnen Stiel meines Weinglases langsam zwischen meinen Fingern. Der Schliff des Kristallkelchs ließ seinen Inhalt im Schein der Kerzen, die den Esstisch schmückten, in feurigem Rubinrot aufleuchten und vermittelte mir die Illusion von Wärme. Das schwindende Tageslicht betonte den Kerzenschein, und kleine Schatten verdunkelten den Raum. Conny stand auf, ging zum Schalter neben der Tür, knipste ihn an, und der mittig über dem Esstisch platzierte Lüster verlieh der Atmosphäre die angemessene nüchterne Helligkeit.

»Ihr Schwager Oran hat vor circa einem halben Jahr sein ursprünglich verfasstes Testament geändert, Mrs Konrad«, begann der Familienanwalt mit viel Würde in der Stimme, »und ich habe nun die Ehre und das Vergnügen, beziehungsweise bin nunmehr beauftragt, Sie darüber in Kenntnis zu setzen ...«

Mein Gott! Das hört sich wie eine verbale Zangengeburt an. Kavanagh verbiegt sich ja schier beim Formulieren, dachte ich bei mir, drehte weiter an meinem Weinglas und versuchte, mich auf seine Worte zu konzentrieren.

»... dass die ursprüngliche Verfügung, die ausschließlich Mrs Cornelia MacCarthy, geborene Konrad, als Alleinerbin des Gesamtvermögens ihres Ehemannes vorsah, durch einen Zusatz ergänzt wurde. Dem zufolge wird beim Tod des Erblassers dessen Besitz, abgesehen von ein paar vergleichsweise kleinen Legaten für die Bediensteten, seinen Freund Sean Riordan und die Kirche, zu gleichen Teilen Mrs MacCarthy und Ihnen zugesprochen. Zum gegenwärtigen Zeitpunkt handelt es sich dabei um Rosebud House und das gesamte Anwesen, den Reitstall, das Hotel und einige weitere finanzielle Anlagen in Höhe von rund fünfhunderttausend Euro. Einzige Auflage, die für Sie, Mrs Konrad, damit verbunden ist, besteht in Ihrer Bereitschaft, hier in Irland zu bleiben und Gut und Hotel gemeinsam mit Ihrer Schwester weiterzuführen. Sollten Sie auf das Erbe verzichten, fällt Ihr Anteil an Ihre Schwester. Ein Verkauf des Gutes samt Hotel bedarf jedoch aufgrund einer gesonderten Verfügung des Erblassers trotzdem ihrer ausdrücklichen Zustimmung.«

Ich vernahm Jason Kavanaghs Stimme, bedächtig zwar, doch getragen von jener Professionalität, die es einem eigentlich nicht erlaubte, das Gesagte anzuzweifeln. Alles andere um mich herum hatte ich inzwischen ausgeblendet, starrte nur auf den rubinroten Kelch meines Weinglases. Ich drehte es mit meiner rechten Hand von links nach rechts, von rechts nach links, immerzu auf derselben Stelle. Die Leinentischdecke bildete bereits eine kleine Wulst um seinen Fuß. Ich befühlte sie mit dem Zeigefinger meiner linken Hand. Sie war glatt und weich. Plötzlich begann meine Hand, die das Glas hielt, zu zittern.

Langsam hob ich meinen Kopf, starrte erst auf Jason Kavanagh, der nun schweigend in seinen Text vertieft schien, und dann auf Conny. Das Grün ihrer Augen schimmerte olivfarben im Licht der Kerzen.

»Sagen Sie das noch einmal.« Die Trockenheit in meinem Mund hatte meine Stimme heiser werden lassen, und ich räusperte mich.

»Gern«, antworte Kavanagh unbeeindruckt und mit geübter Mandantenfreundlichkeit, und setzte an, seinen Vortrag zu wiederholen.

Ich stoppte ihn mit einer Handbewegung.

»Soll das ein schlechter Scherz sein? Falls ja, erlauben Sie mir hoffentlich, dass ich später lache.« Zornig pendelte mein Blick jetzt zwischen dem Anwalt und Conny hin und her. Professionelle Seriosität hin oder her: Das konnte nur ein makabrer Witz sein. Mittlerweile hatte ich wieder alle Stacheln ausgefahren, denn dies ging eindeutig zu weit!

»Ich weiß nicht, was Sie und Conny hier veranstalten, Mr Kavanagh, welche Show Sie beide hier abziehen, aber ...«

»Lisa!«, fiel Conny mir ins Wort. Sie atmete hörbar ein und aus, und ihre Geduld mit mir schien erschöpft.

»Jason macht keine Witze. Wofür hältst du uns?!« Sie gab mir zwei, drei Sekunden, um mich zu fassen, ehe sie fortfuhr: »Oran *wollte* es so, Lisa, und ich möchte es auch, verstehst du?«

Nein, ich verstand ganz und gar nicht. Unfähig, zu denken, war ich überzeugt davon, dass die Synapsen meines Gehirns Kurzschlüsse erzeugten wie nach einem Blitzschlag. Nichts passte mehr zusammen, das pure Chaos herrschte in meinen grauen Zellen.

»Ich weiß, das alles muss für dich völlig überraschend kommen«, fuhr Conny fort.

Überraschend? Ich fühlte mich, als hätte mir jemand eine massive Holzlatte vor die Stirn geschlagen. Ich starrte sie an.

»Siehst du, Oran und ich, wir dachten, nachdem du ja allein lebst und wir hier unseren großen Besitz ... na ja, wir wollten dich auf diese Weise auch ... um Verzeihung bitten für ... so Manches, und uns bei dir bedanken für die Fürsorge, die du unseren Eltern über all die Jahre hast angedeihen lassen ... ach, Lisa, nun mach es mir doch nicht so schwer.« Conny wand sich auf der Suche nach den passenden Worten, doch ich konnte ihr nicht helfen, war noch immer außerstande, auf das Gehörte einzugehen. Weder in meinen Gefühlen noch in meinem Verstand regte sich etwas. Sie und Kavanagh hatten mich völlig überrumpelt.

Im Gegensatz zu mir, hatte sich Conny jedoch schnell wieder im Griff. Begeistert redete sie weiter auf mich ein. »Stell dir doch nur vor, Lisa! Wir beide hier in Irland! Wir könnten das Gut und das Hotel behalten, es gemeinsam führen und bewirtschaften. So wie Oran es sich gewünscht hat. Verkauft werden darf Rosebud sowieso nur, wie du eben gehört hast, unter der Voraussetzung, dass wir beide dies gemeinsam beschließen. Du gehst demzufolge kein wirtschaftliches Risiko ein, wenn du hierbleibst. Oran hat Gut und Kapital hervorragend verwaltet. Das wirst du recht schnell erkennen, wenn du dich näher damit befasst. Zahlen dürften ja für dich kein Problem darstellen. Und mit der Zeit finden wir beide sicherlich auch einen Weg, uns persönlich näherzukommen. Daran glaube ich ganz fest. Ich bitte dich von Herzen, es dir gut zu überlegen. Denk in Ruhe über alles nach, lass dir Zeit dazu und sieh dich ausgiebig hier um. Prüfe die Bücher, die Bilanzen. Jason und auch Sean werden dir in jeder nur denkbaren Weise dabei behilflich sein. Du wirst all das hier lieben lernen, das weiß ich.«

Es lieben lernen ... kein finanzielles Risiko ... Hotel und Gut behalten ... Oran hat es sich gewünscht. Alle diese Worte waren so übermächtig und rotierten in meinem Kopf. Mit viel Kraft bemühte ich mich um einen Funken Besonnenheit. Conny hatte mit einer Euphorie gesprochen, derer ich mich zudem nur schwer zu entziehen vermochte.

»*Noch* ist Oran ja nicht tot, nicht wahr, und ich hoffe und wünsche sehr, dass es auch lange so bleibt«, gab ich zurück, denn das war alles, was ich aktuell aufzubieten hatte. Eine Art Selbstschutzmechanismus, der sich mittlerweile automatisiert hatte. Insgeheim jedoch bezweifelte ich, dass das, was ich eben gesagt hatte, wirklich ein barmherziger Wunsch war.

Conny sprach es aus.

»Oran leidet, Lisa. Das, was er jetzt noch hat, ist ...« Sie formulierte den Satz nicht zu Ende, senkte betroffen die Lider und tupfte sich mit dem Handrücken die Wangen. Dann fuhr sie fort: »Trotzdem hoffe natürlich auch ich, dass er mir, *uns* noch lange erhalten bleibt. Aber das ist nicht der Punkt. Oran kann sich um die geschäftlichen Belange nicht mehr kümmern, um *nichts* mehr. Selbst wenn sich sein Gesundheitszustand bessern würde, wovon wir aus medizinischer Sicht nicht ausgehen dürfen, könnte er nie mehr ...« Sie unterbrach sich und starrte vor sich in die Flamme der Kerze. In ihren Augen glitzerten Tränen. »Freilich würde die Erbschaft erst nach seinem Tod rechtskräftig werden, aber das ist doch nur eine Formsache, Lisa. Dir gehört bereits die Hälfte all dessen hier. Jason kann es bezeugen, und eine Zweitschrift des Testaments liegt versiegelt im Safe von Orans ältestem Freund, einem namhaften Dubliner Anwalt. Er war dabei, als Oran das Kodizill verfasste. Bitte prüfe das nach, wenn du mir und Jason nicht vertraust. Das alles hier soll auch dir gehören, Lisa«, wiederholte sie noch einmal und zeichnete ihre Worte mit einer ausladenden Geste ihrer Arme nach, »und ich möchte es wirklich gern erhalten, gemeinsam mit dir.«

Ich hob ebenfalls beide Hände. In einer verhaltenen Geste der Hilflosigkeit. Es war einfach zu viel des ... nun ja, des *Guten*. Ich wagte, es zumindest vorläufig so zu werten. Auch wenn es mir unwirklich erschien, was hier gerade passierte, so hatte das Ganze offensichtlich dennoch eine greifbare Komponente, die ungeheure Konsequenzen für mich, für mein gesamtes Leben beinhaltete.

Benommen wischte ich mir mit den Fingern über die trockene Stirn. Ich war viel zu schockiert, um zu schwitzen.

Dann stand ich auf.

»Entschuldige mich bitte, aber ich muss das erst einmal verdauen«, sagte ich und lauschte wie in Trance meiner eigenen Stimme.

»Selbstverständlich, Mrs Konrad«, brachte sich nun Jason Kavanagh wieder in Erinnerung. Ich hatte ganz vergessen, dass er mit am Tisch saß.

Ich nickte ihm zu.

»Allerdings möchte ich Sie bitten, mir dieses kleine Protokoll zu unterschreiben, bevor Sie gehen. Es bestätigt lediglich, dass ich Sie am heutigen Tag über den Sie betreffenden Inhalt der testamentarischen Verfügung in Kenntnis gesetzt habe. Das Duplikat ist für Ihre Akten.«

Er rückte die Lesebrille zurecht und reichte mir zwei Blätter Papier. »Lesen Sie es bitte in Ruhe durch. Mir ist es nicht zuletzt um Orans willen wichtig, dass alles korrekt abgewickelt wird.«

Ich griff mit zitternder Hand nach dem ersten Schriftstück, erkannte in dem Dreizeiler lediglich die Bestätigung dessen, was Kavanagh mir soeben eröffnet hatte, unterschrieb es und gab es ihm zurück. Das zweite Blatt, die Kopie, faltete ich in der Mitte und hielt mich daran fest. Zu mehr hätte meine Auffassungsfähigkeit momentan nicht ausgereicht.

Kavanagh bedankte sich, ordnete seine Unterlagen und nahm die Lesebrille ab. Dann schloss er die Akte.

Die Höflichkeit gebot mir ebenfalls ein »Danke-und-weiterhin-einen-guten-Abend«, das automatisch über meine Lippen kam, während ich aufstand, um zu gehen.

»Auf Wiedersehen, Mrs Konrad. Es hat mich wirklich gefreut«, schickte Kavanagh hinterher. Conny begleitete mich zur Tür. »Überleg es dir bitte gut und bleib zumindest eine Weile, damit du dir ein vernünftiges Bild von allem machen kannst. Und vergiss nicht: Die Dinge ändern sich. Menschen ändern sich ... Gute Nacht, Lisa.« Sie umarmte mich, drückte mich an sich, und ich ließ es geschehen.

Ihre Worte hörten sich beinahe wie ein leises Flehen an, ein Beschwören, Wollte sie Abbitte leisten? Wohl kaum.

Ich wandte mich ihr noch einmal zu und nickte. Gleichzeitig gewahrte ich die Zweifel in mir an der Richtigkeit ihrer Behauptung: *Menschen ändern sich.*

Ich war keineswegs davon überzeugt.

An diesem Abend, meinem dritten in Rosebud House, betrat ich erschöpft und betäubt von den Neuigkeiten, die mir eben eröffnet worden waren, mein Apartment. Ich hatte im Vorbeigehen nicht einmal mehr einen Blick auf Orans Zimmertür geworfen. Nach einer Dusche und einem hastigen Glas Tullamore Dew wollte ich das Licht löschen, mich unter meine Bettdecke verkriechen, wie eine Katze zusammenrollen und einschlafen, um jenen fünf Worten zu entfliehen, die wie ein Mantra durch meine Gehirnwindungen kreisten: *die Hälfte von Orans Besitz.* Morgen würde ich beginnen, ernsthaft darüber nachzudenken, ob ich dieses Erbe und den existenziellen Paradigmenwechsel, der damit verbunden war, für mich und mein künftiges Leben wollte. Heute jedoch tröstete ich mich mit dem Gefühl der Genugtuung, die Orans Entscheidung mir verschaffte, und mit der Überzeugung, sie verdient zu haben.

Ich schlug die Steppdecke zurück und bemerkte einen gefalteten Rosebud-Briefbogen, den jemand zwischen Kopfkissen und Bettdecke geschoben hatte. Ich nahm ihn, entfaltete ihn und las:

Verschwinden Sie von hier, oder Sie werden es bereuen!

Um sechs Uhr am nächsten Morgen wachte ich auf, und mein erster Blick fiel wieder auf den Briefbogen mit der ebenso kruden wie kryptischen Nachricht. Ich hatte nicht erwartet, so fest und traumlos zu schlafen, doch wirklich erholt hatte ich mich nicht. In meinem Kopf pochte ein dumpfer Schmerz, der mir schier die Augäpfel aus den Höhlen zu drücken drohte. Ich zog mich rasch an, schob das Blatt Papier mit der Drohung – oder war es eine unglücklich formulierte Warnung? – in meine Hosentasche und huschte auf Zehenspitzen den Gang entlang, hinunter zur Küche. Ich wollte niemandem über den Weg laufen, nicht einmal Schwester Myrtle, *vor allem* nicht Schwester Myrtle, der ich heute eigentlich erstmals über die Schulter hatte schauen wollen, um ihr bei Orans Pflege ein wenig behilflich zu sein. Ich konnte ihm jetzt nicht unter die Augen treten. Nicht, solange dieser Schockzustand, in dem ich mich seit gestern Abend befand, andauerte. Innerhalb einer einzigen Stunde hatte ich ein Vermögen geerbt – zumindest so gut wie –, war gebeten worden, unbedingt für immer in Irland zu bleiben, und mit ebenso deutlichen Worten aufgefordert worden, zu verschwinden. Was ging hier vor? Wer hatte mir diese Zeilen aufs Bett gelegt? Was steckte hinter dieser Botschaft? Wer wollte mich unbedingt wieder loswerden? Wer außer Conny, Sean und den Anwälten wusste überhaupt von Orans testamentarischer Verfügung? Und vor allem anderen: Was mochte Oran nur bewogen haben, mir die Hälfte seines beträchtlichen Vermögens zu überschreiben? Mit so manchem hatte ich gerechnet, doch damit nicht. Und Connys wundersame Verwandlung von der Schaum- zur Erdgeborenen, vom egoistischen Vamp zur Wohltäterin mit schwesterlichen Ambitionen kam für mich einem Wunder gleich. War es möglich, dass Conny und ich unsere bisher unlösbar scheinenden Differenzen zu überwinden vermochten? Fragen über Fragen, auf die ich keine Antworten wusste. Ich war ratlos und mindestens ebenso argwöhnisch. Und ich brauchte dringend einen starken Kaffee.

In der Küche setzte ich mich ohne ein »Guten Morgen« ans hintere Ende des langen Holztisches, hing tief in meinen Gedanken fest und schreckte erst hoch, als Deirdre ein empörtes »Heiliger St. Finnbar, warum schleichen Sie sich so an?!« bellte. Sie hatte sich mir zugedreht, so rasch es ihr Geviert aus Hüften, Beinen, Po und Busen zuließ, und drohte mit dem Pfannenwender. Der Duft von Rühreiern, gegrillten Würstchen und frischem Toast umflorte sie dabei, drang zu mir herüber und bescherte mir ein Gefühl der Übelkeit.

»Entschuldigen Sie, Deirdre, ich war in Gedanken.« Ich versuchte zu lächeln, prallte damit aber lediglich gegen die Unerbittlichkeit ihres Morgengrants. Trotzdem schickte sie sich an, mich umgehend mit allem zu versorgen, was ihre dampfenden Töpfe und brutzelnden Pfannen zu bieten hatten, und schob mir einen üppig beladenen Teller über den Tisch.

»Sie sehen furchtbar aus«, verkündete sie dabei mit jener Trockenheit, die Aufmerksamkeit, aber kein Mitgefühl verriet, und stellte einen Humpen mit dampfendem Tee neben meinen Teller. Dann drehte sie mir den Rücken zu, ging an ihren Herd zurück und widmete sich weiter ihren Pflichten. Konversation mit Gästen gehörte augenscheinlich nicht dazu. Vielleicht zählte ich in ihren Augen aber auch bereits zur Familie und bedurfte somit keiner besonderen Beachtung. Ich beschränkte mich daher auf ein »Danke«, fischte in meiner Hosentasche nach den beiden Aspirintabletten, die ich meiner Reiseapotheke entnommen hatte, spülte sie mit einem Schluck Tee hinunter und biss halbherzig in ein Stück trockenes Toastbrot.

So saß ich etwa eine viertel Stunde am großen Küchentisch, kaute still vor mich hin, schlürfte von meinem Tee und schob unlustig den Speck unter das restliche Rührei, um Deirdre nicht noch mürrischer zu machen. Ich entschloss mich zu einem ausgedehnten Spaziergang, wollte mir vom Seewind die Schmerzen aus dem Kopf pusten lassen und mir klar darüber werden, was nun zu tun war. Vor allem musste ich mir überlegen, mit wem ich über den Zettel in meiner Hosentasche sprechen konnte. Er machte mir nicht wirklich Sorgen, aber er beunruhigte mich, und es gab niemanden, dem ich vertraute. Sean, dachte ich spontan, doch ich konnte ihn nicht einschätzen. Auch war er nach meinem Dafürhalten in jeder Hinsicht zu nah an Conny dran. Dieser glutäugige Jason-Anwalt? Nein. Auch nicht neutral genug für einen objektiven Blick. Also blieb im Grunde nur das Epizentrum meines inneren Aufruhrs: Conny. Je genauer ich es mir überlegte, desto entschlossener wurde ich, sie mit dem Zettel zu konfrontieren. Vielleicht hatte sie die passende Erklärung dazu. Ich nahm ihn noch einmal zur Hand. Ein einfacher Computerausdruck, der keinerlei Hinweise auf den Verfasser verriet. Ich faltete ihn wieder zusammen und steckte ihn in die Hosentasche zurück. Da gab es doch noch diesen Dubliner Anwalt, Orans langjährigen Freund, den Conny gestern erwähnt hatte. Ja, das wäre eventuell eine weitere Möglichkeit. Seinen Namen konnte mir Sean bestimmt nennen. Ich wollte ihn so bald wie möglich aufsuchen und mit ihm sprechen. Überdies jedoch nahm ich mir vor, besonders achtsam zu bleiben. Irgendetwas stimmte hier nicht, das bildete ich mir nicht nur ein, und ich würde herausfinden, was das war. Auch hatte ich nicht vor, mich drängen zu lassen, nicht schwesterlich, nicht juristisch, nicht von Gefühlen der Sentimentalität oder Rache ... und schon gar nicht aus meiner Unfähigkeit heraus, *Nein* zu sagen.

Ich wünschte Deirdre einen schönen Tag, vernahm noch ihr unwirsches Brummen vom Herd her und war auch schon zur Tür draußen. Gleich darauf huschte ich durch den Hinterausgang, eilte nach links den kleinen Pfad entlang, der die Ahornallee kreuzte, und verschwand alsbald im Schutz des Jungwaldgürtels, der an die Felder grenzte und zur Bucht führte. Frische Luft und Bewegung hatte ich jetzt nötig. Ich war erst vier Tage in Irland, doch ich hatte bereits erfahren, dass das Wetter das Bild der Landschaft ständig veränderte und dadurch immer wieder einen neuen Eindruck hervorrief. Dieses Land schien wie ein lebendiges, atmendes Wesen, das ohne Scheu jede seiner Stimmungen auslebte. Man konnte wohl nie vorhersagen, was einen erwartete. Ein warmer Sommermorgen mit sanften Farben und schnurrendem Atem. Gleich darauf ein Himmel, der sich mit dem Regen zum wütend schnaubenden Streitross zu vereinen schien, das mit geblähten Nüstern und donnernden Hufen übers Land zog. Immer echt, immer authentisch, immer unberechenbar.

Diese Morgenstunde war eine der milden. Der Wind schob weiße Wolken in Büscheln an der frühen Sonne vorbei und legte damit ein mystisch anmutendes Schattenspiel übers Land. Ich zog die Strickjacke aus, denn mir war warm geworden vom Laufen, das mir jetzt wie ein heimliches Fliehen vorkam. Also zügelte ich meine Schritte, gebot mir selbst Einhalt, zwang mich, tief zu atmen und mir Zeit zu lassen. Alles würde sich finden. Ich versprach mir, das zu tun, was gut für *mich* war, ohne Rücksicht auf die Interessen anderer. Ich musste jedoch auf der Hut sein ...

Die Sonne lächelte mich an, und ich lächelte zurück. Meine Kopfschmerzen hatten nachgelassen, waren kaum noch zu spüren. Aspirin und die irische Natur begannen zu wirken. Ohne Eile setzte ich meinen Weg fort und bemerkte erst jetzt, dass ich mich auf demselben Pfad befand, den Sean und ich gestern mit den Pferden eingeschlagen hatten. Ich schob alle Gedanken an Oran, Conny und den lästigen Zettel, an die Vergangenheit und das angekündigte

Erbe beiseite und hoffte, etwas von jener Empfindung zurückholen zu können, die ich gestern so intensiv wahrgenommen hatte, die mich für wenige Minuten von mir selbst befreit und mit einer Ahnung von Frieden beschenkt hatte.

Hätte ich einem anderen dieses Stück Welt beschreiben sollen, das ich auf meinem Weg hinüber zur Bucht durchquerte, es wäre mir schwergefallen. Wie hätte ich es allein mit Worten in einen Vorstellungsbereich übertragen können, der für einen anderen Menschen greifbar, erlebbar gewesen wäre? Eine Welt voller Schlichtheit und Ursprünglichkeit und doch so ganz besonders. Pathetisch hätte ich mich angehört und mit jedem ungelenken Wort Verrat geübt an der Perfektion dieser Einfachheit. Mein Blick glitt über niedrige moosbewachsene Steinwälle, die seit Jahrhunderten die Wiesen und Felder begrenzten, über Hecken, die die Flur in unterschiedlich große, unterschiedlich grüne Rechtecke teilten, über Schafe mit schwarzen Köpfen und schwarzen Fesseln, die darauf weideten und mit ihrem Blöken den Frieden dieser ganz eigenen Welt bekundeten. Ich sah Sträucher mit sprießendem Grün und Bäume in ehrwürdigem Alter, Büsche, die Wiesen und Himmel voneinander abgrenzten wie ein Band aus buntgenopptem Tweed. Ich hätte Wörter verwenden müssen wie ginstergelb, mohnrot, schlehenblütenweiß und erzählen können von tiefziehenden Wolken, die tanzende Schatten über die Felder und Wiesen trieben, von Sonnenblitzen, die durch Dunstschleier zuckten, vom stetigen Wind, der die Schreie der Möwen von der Küste zu mir herübertrug. Bald erreichte ich das Meer und beschleunigte erneut meinen Schritt.

Ich berührt mit meinen Fingerspritzen das fleischige dottergelbe Kleid des Springkrauts, das in kleinen Gruppen zu Füßen der knorrigen, mit Flechten bewachsenen Seekiefern blühte, strich über rundpolierte Steine, die nass glänzten vom Ein- und Ausatmen der See. Niemals wäre ich mit Worten dieser unaufdringlichen Schönheit auch nur nahgekommen, die hier so intensiv in meine Wahrnehmung drängte.

Manchmal sind Worte das denkbar schlechteste Ausdrucksmittel.

Die Bucht war menschenleer um diese Stunde, und ich vermied es, mir eine andere Tageszeit vorzustellen, eine, in der Fahrrad-Touristen und Wanderer die Pfade und den Strand für sich beanspruchten. Der Weg vor mir krümmte sich an der Küste entlang, halb überwuchert von einer der allgegenwärtigen Fuchsienhecken, die sich landseitig an ihn schmiegte. Ich folgte ihm, ohne zu zögern.

Während ich noch ging, sah ich weiter südlich zwei Männer, die in Gummistiefeln und mit dem Eimer in der Hand das flache Wasser nach Muscheln absuchten. Sie waren auch gestern unterwegs gewesen, nutzten die Zeit der Ebbe, wie Sean mir erklärt hatte. Gestern war mir auch die schmale Landzunge aufgefallen, die sich ein Stück weiter südlich aus dem Wasser erhob. Dort, wo die Küste steiler wurde, hatte ich den Felsvorsprung gesehen, der sich dem Meer zuneigte wie ein vorwitzig spähender Jungvogel, der dem Nest entschlüpfen möchte. Dahin wollte ich zuerst.

Die Anhöhe, auf der ich mich schließlich befand, ermöglichte mir eine Sicht, die das Land hinter sich ließ und die Illusion von grenzenlosem Wasser und Himmel vertiefte. Ich schloss die Augen, vermied es, die vier, fünf Meter hohen Steilküste hinunterzublicken, stemmte mich gegen den Wind und gab mich einer fremden Empfindung hin: Ich fühlte mich leicht und durchlässig. Nichts an oder in mir war mehr statisch, hart und abgegrenzt. Der Wind, der Geruch des Meeres, die Sonne auf meinem Gesicht, der warme Felsen unter meinen Füßen ... das Licht, das auf meinen Augenlidern lag, und die Rufe der Möwen, all das durchdrang mich, ließ mich Teil seiner selbst sein und erinnerte mich daran, dass man sich, ähnlich wie in meinem Traum, gleichsam verlieren und geborgen fühlen konnte.

Auf meinem Heimweg traf ich Seamus O'Mally, einen der Nachbarn, zum ersten Mal. In leicht gebeugter Haltung kam er die Wiese entlang, die an sein Haus grenzte, und ging in Richtung Durrus. Zwei Kilometer Fußweg, nahezu jeden Morgen und zu jeder Jahreszeit, wie er mir erzählte. Nachmittags spazierte er denselben Weg zurück zu seinem Cottage am Rand des Waldgürtels, einem ebenerdigen Gemäuer, von dessen Wänden vereinzelt der Putz blätterte und dessen Strohdach im Laufe der Jahre eisengrau geworden war. Doch auf den Fenstersimsen blühten Geranien und über dem Schornstein kräuselte sich allabendlich der Rauch. In der einen Hand hielt Seamus sein Einkaufsnetz, während die andere an ihrem angestammten Platz auf dem Rücken lag. Etwas langsamer und vorsichtiger setzte er am Nachmittag die Schritte wegen der drei, vier Gläser »Murphy's«, die er sich in Durrus einverleibt hatte. Bereits bei dieser ersten Begegnung grüßte er mich, als seien wir alte Bekannte. Er blieb vor mir stehen, versuchte, festen Halt für seine Beine zu finden, deren Knie sich nicht mehr durchdrücken ließen und aufrechtes Gehen verhinderten. Dann wandte er seinen Kopf in meine Richtung und blickte mir geradewegs in die Augen. Er erschien mir wie ein Stück der Erde, auf der wir beide standen: alt, braun, zerfurcht und voller Leben. Sein Gesicht erinnerte mich an gegerbtes Leder. Es war übersät mit Falten, die jede Kontur verwischten, und irgendwo dazwischen funkelten zwei Augen, blaugrün wie die Irische See nach einem Gewitter. Ich stellte mich ihm vor, und wir wechselten einige Worte über das Wetter. Seitdem nannte er mich »die nette Schwester aus Deutschland«.

»Sie wollen bestimmt in Rosebud House bleiben, oder?«

Die Frage überraschte mich. Und auch wieder nicht. Inzwischen hatte wohl jeder in der Gegend von Orans Vermächtnis erfahren?

»Fragen Sie mich das aus gegebenem Anlass?«

»Ich denke nicht, dass das wichtig ist. Es kommt doch ganz allein darauf an, ob Sie sich hier wohlfühlen oder nicht.« Er betrachtete mich eine Weile und fuhr dann fort: »Ich könnte mir vorstellen, dass Sie sich hier wohlfühlen, das ist alles. Jeder braucht doch *seinen* Platz.«

Seamus O'Mally hatte nicht neugierig geklungen, nur wohlwollend. Für ihn schien es keine erwägenswerte Alternative zu diesem Teil der Welt zu geben, in dem er sich tagtäglich bewegte, wenn er vom Waldrand nach Durrus und wieder zurück stapfte. Er lächelte mich an und entblößte dabei die vom Tabak gelb verfärbten Zähne.

»Wir werden sehen«, antwortete ich. »Leben Sie schon immer hier?«, lenkte ich von mir ab und konnte die Antwort auf meine Frage allein an der Verwunderung in seinem Blick ablesen.

»Aber ja. Wo sonst?«, kam es prompt zurück, und sein Tonfall ließ mich wissen, dass ich wohl noch viel über das Leben zu lernen hätte.

»Bleiben Sie. So schön finden Sie es nirgendwo mehr. Und denken Sie daran: Ein gelungener erster Schritt ist schon der halbe Weg.« Damit fasste er sich an die Mütze, wünschte mir noch einen guten Tag und ging davon.

Während ich ihm eine Weile dabei zusah, wie er in seinen klobigen, schief getretenen Stiefeln Schritt vor Schritt setzte, fragte ich mich, ob er jemals unglücklich war und was wohl mehr für ihn zählte: die schätzungsweise fünfundsiebzig Jahre, die hinter ihm lagen, oder die Sonne, die heute sein Gesicht wärmte, während er über die Wiesen spazierte.

Ich sah Seamus danach noch oft, meist vom Fenster meines Apartments aus, an dem ich so gerne saß. Dann konnte ich nur seine Silhouette erkennen, die sich als dunkler Strich mit ein wenig Weiß am oberen Ende in der Ferne fortbewegte. Manchmal war Brian Boru bei ihm, sein Hund. Ein graubrauner Mischlingsrüde mit hängenden Ohren. Ebenso gelbzahnig, alt und struppig wie Seamus selbst. Krummbeinig trottete er neben seinem Herrn her und hatte gewiss nichts »Hochkönigliches«, wie sein Name vermuten ließ, an sich.

Einmal, auf einem meiner Spaziergänge, begleitete ich Seamus ein Stück auf seinem Weg nach Durrus und fragte ihn, wie alt er sei. Er blieb stehen, stützte beide Hände auf seinen Stock, blinzelte in die Sonne, als denke er nach, und meinte schließlich: »Wer zählt da schon mit?« Für ihn waren nicht die Jahre der Maßstab seines Lebens. Befand er sich bereits dort, wovon ich noch weit entfernt war und wohin ich ungeschickt den Weg suchte? Gewiss. Doch es tröstete mich, dass es diese Art von Heimat gab, die nichts zu tun hatte mit zählbarer Zeit, mit dem Ort der Geburt oder den familiären Bindungen, mit dem Streben nach Erfolg oder Besitz. Seamus O'Mally war der Beweis dafür.

Während wir nebeneinander her gingen, fiel mir auf, dass er bei all seiner Einfachheit und Bescheidenheit einen recht gebildeten Eindruck vermittelte. Seine Sprache war präzise und seine Worte durchdacht. Was er sagte, zeugte von mehr Weltoffenheit, Verstand und Lebenserfahrung, als mich der erste Eindruck hatte vermuten lassen. Deshalb wollte ich mehr über ihn erfahren.

»Was haben Sie früher gemacht?«, wollte ich wissen. »Beruflich.«

Wieder grinste er vor sich hin. »Beruflich?«, wiederholte er. »Warum ist das wichtig?«

»Ist es eigentlich nicht.« Ich hörte mich an, als wolle ich mich entschuldigen.

Er setzte seinen Weg neben mir fort und sagte schließlich: »Mein Grips hat gereicht für Cambridge, also ging ich dort hin. Physikstudium. Promotion. Und dann eine Weile London und die USA. Nichts Bemerkenswertes, aber eine gute Zeit. Ich dachte, ich würde irgendwas finden, dort draußen.« Er deutete über den Ozean hinweg.

»Und haben Sie?« Ich war nicht nur verblüfft, sondern noch sehr viel neugieriger geworden. Alles hätte ich vermutet, aber das nicht.

»Nein. Was hätte ich da draußen denn auch finden sollen?« Er sah mich durchdringend aus seinen blaugrünen Augen an. »Geld? Anerkennung? Ein Jetset-Leben im Hamsterrad? Nur eine Menge Ablenkung und Orientierungslosigkeit. Sehen Sie, die meisten Menschen verschwenden neunzig Prozent ihrer Zeit mit Hechelei und Heuchelei, und die restlichen zehn Prozent, um sich darüber hinwegzutrösten. Anschließend tragen sie Unsummen von Geld zu ihrem Psychiater, weil sie mit der Welt nicht zurechtkommen.« Er schüttelte den Kopf und lachte wieder, beugte sich zu Brian Boru und stich ihm über den struppigen Kopf. Für wenige Sekunden trafen sich die Blicke von Herrchen und Hund in stillem Einvernehmen.

Was er gesagt hatte, war wert, darüber nachzudenken, doch nicht jetzt.

»Aber haben Sie nicht gesagt, Sie hätten immer hier gelebt? Ich dachte deshalb, Sie ...«

»Das habe ich auch, ganz egal, wo immer auf der Welt ich mich gerade befunden hab«, kürzte er meinen laut formulierte Irritation ab, und ich beneidete ihn um diese Antwort. Er hatte *seinen* Platz im Leben gefunden, trug ihn in sich, war eins geworden mit ihm.

»Ich bin Mathematiklehrerin«, sagte ich, weil ich dachte, ich sei ihm nun meinerseits diese Information schuldig, und es würde ihn womöglich interessieren. Aber er sagte nur: »Dann haben wir beide doch schon mal das logische Denkvermögen gemeinsam«, und grinste mich an.

Verlegen wich ich seinem Blick aus.

»Haben Sie noch Familie hier, Kinder?«, fragte ich weiter. Obwohl ich inzwischen wusste, dass er mit Brian Boru allein in seinem alten Cottage lebte, wollte ich doch wissen, ob sich jemand um ihn kümmerte. Für einen Moment glaubte ich, einen Schatten des Bedauerns über sein Gesicht huschen zu sehen, doch vielleicht war es nur der Schatten seiner Hand, die die Pfeife stopfte.

»Einen Sohn«, antwortete er stolz und nickte dazu. »Ein prima Kerl. Ist bei seiner Mutter aufgewachsen oder vielmehr: bei seinen Großeltern. Seine Mutter starb, als er fünf war.« Ich sah ihm an, dass er gerade in der Vergangenheit weilte, deshalb schwieg ich, störte ihn nicht dabei. Schließlich meinte er. »Sie war ein großartiges Mädchen. Mein Junge war schon fast zwanzig, als ich von ihm erfuhr, als ich ihn endlich kennenlernte. Ich wusste nicht, dass sie ... Na ja, sie hatte es mir verschwiegen. Wollte meiner beruflichen Karriere nicht im Weg stehen. Wir waren sehr jung damals.« Wieder lächelte er und schüttelte den Kopf. Ihretwegen? Seinetwegen?

»Wären Sie geblieben, wenn Sie es Ihnen gesagt hätte?«

»Nein«, antwortet er und blickte mir direkt in die Augen. »Es hätte uns damals mehr geschadet als genützt.«

Ich verstand und nickte.

»Sehen Sie Ihren Sohn oft?«

»Sehr oft. Es ist schön, wenn man die, die man im Herzen trägt, auch in den Arm nehmen kann, stimmt's?« Wieder grinste er mich verschmitzt an, doch ich zuckte nur die Schultern. Meine Arme waren die meiste Zeit meines Lebens leer gewesen, genauso wie mein Herz. Was wusste ich schon davon.

»Sie sind also Connys Schwester«, kam er auf mich zurück und nahm mich wieder ohne Scheu von oben bis unten in Augenschein.

Er hatte Conny gesagt, nicht Mrs MacCarthy.

»Sie kennen Conny näher?«

»Nein, nicht näher, aber gut genug.«

Ich verkniff mir ein Lachen.

»Haben Sie eigentlich jemals bemerkt, dass Conny ein Paradox verkörpert?«, fragte er.

Ich war überrascht. Ein Paradox? Für mich war sie oft alles Mögliche, vorrangig ein Ärgernis, aber alles in allem ein in sich geschlossenes, stimmiges Ganzes. »Wie meinen Sie das?«

»Ihr Strahlen widerspricht ihrer Natur«, behauptete er, und als ich irritiert die Augenbrauen hob, fuhr er fort: »Je kälter die Materie, desto geringer die Strahlkraft. Das ist eine wissenschaftliche Gesetzmäßigkeit. *War* es zumindest, denn Conny verkörpert den Gegenbeweis.« Er lachte so schallend auf, dass Brian Boru erschrocken zusammenzuckte, und ich lachte mit, während ich, einem Impuls folgend, nach seiner schwieligen, doch warmen Hand langte und sie eine ganze Weile festhielt.

Als ich wieder die Stallungen von Rosebud erreichte, war es bereits Viertel nach neun. Ich eilte die Ahornallee entlang, schlich durch die Hintertür ins Haus und hinauf in mein Apartment. Außer Atem ließ ich mich in den Sessel fallen, schnürte mir die Schuhe auf und streifte sie von den Füßen. Erst dann wurde mir bewusst, wie albern ich mich verhielt. Ich benahm mich wie ein Dieb, der heimlich in Sphären eindrang, in denen er nichts verloren hatte und sich an Dingen bereicherte, die nicht die seinen waren.

Falsch, Lisa Konrad! Du bist hier, weil sie es so wollen. Du bist hier, weil sie dir einen Teil dessen zurückgeben möchten, was sie dir entrissen hatten. Sie sind es, die die Hand nach dir ausstrecken in der Hoffnung, dass du sie ergreifst. Du bist kein Eindringling, du bist nicht einmal nur Gast. Du bist hier, weil du das Recht dazu hast. Ein verbrieftes und notariell beglaubigtes Recht, ein Recht, nicht zuletzt besiegelt durch Orans Tränen.

Ich schlüpfte in meine Hausschuhe, wusch mir die Hände und stand kurz darauf vor Orans Zimmertür. Schwester Myrtle hatte ihre Morgenpflichten längst erfüllt, hatte Oran gewaschen und frisch gebettet, ihn mit den Medikamenten für den Tag versorgt. Heute Abend würde ich ihr dabei zusehen, mir alles zeigen lassen, was nötig war, um Oran so viel Lebensqualität wie möglich zu erhalten.

Ich klopfte und trat ein, lächelte ihn an und fand etwas wie Erleichterung in seinem Blick. Zumindest bildete ich mir ein, in seinen Augen die Sorge schwinden zu sehen, ich sei abgereist. Gestern Abend war ich zu aufgewühlt gewesen, um noch bei ihm hereinzuschauen. Das musste ihn verunsichert haben.

Ich zog mir einen Stuhl heran, setzte mich neben ihn und griff nach seiner Hand, auf deren Rücken eine Dauerkanüle befestigt war, die eine wässrige Flüssigkeit aus der Infusionsflasche tropfenweise in seinen ausgezehrten Körper leitete. Kraftlos und bleich ruhte sie in der meinen, und ich streichelte sie sanft. Sein Zeigefinger zuckte und gab mir ein Ja zu verstehen. Wollte er mir damit seine Erleichterung bekunden?

Sein linker Mundwinkel verzog sich nach oben und verharrte in der Stellung, die ich als Lächeln deutete.

Ich wusste nicht so recht, was ich sagen, wie ich beginnen sollte mit den Fragen, die ich ihm zu stellen beabsichtigte. Ich musste wissen, was ihn tatsächlich bewogen hatte, mich nach Irland zu holen und mir überdies die Hälfte seines Vermögens zu vererben. Unschlüssig kaute ich auf meiner Unterlippe herum und wich seinen Augen aus, die seit meinem Eintreten unablässig auf mich gerichtet waren. Schließlich blickte ich ihn doch an und begann zögerlich: »Conny hat mir gestern Abend von deiner Entscheidung erzählt ... du weißt, was ich meine ... die Erbschaft ...«

Orans Hand lag weiter in meiner, sein Finger bewegte sich nicht, wartete ab.

»Du kannst dir denken, wie mich das alles überrascht hat, wie es mich beschäftigt.« Ich drehte den Kopf zum Fenster. Warum nur war das so schwer? Wieso quälten mich meine eigenen Worte im Inneren wie ein verdorbenes Stück Fleisch? Doch zu viel Vergangenheit, zu viel Verletzung? Nein, Herrgott noch mal! Zu wenig Selbstwert! Zu wenig Vergebung. Ich atmete tief durch und fuhr fort: »Ich fühle mich natürlich geschmeichelt ... einerseits ... und werde darüber nachdenken. Du verstehst aber, dass ich so eine Entscheidung nicht übers Knie brechen kann, oder? Schließlich habe ich in Deutschland mein eigenes Leben und ... Bindungen und Verpflichtungen und ...« Ich brach ab in meinen Ausführungen. Irgendwie hörte sich das alles viel zu sachlich, viel zu geschäftsmäßig an. Vor allem ging es am Wesentlichen vorbei. Ich spürte, wie ein kaum wahrnehmbares Ja meine Handfläche kitzelte. Orans Blick war voller Traurigkeit.

»Oran«, begann ich noch einmal und kratzte den Rest meines Mutes zusammen. Hast du jemals bedauert, dass du ...? Ich meine, gab es je einen Moment der Reue, in dem du dir gewünscht hättest ...?, wollte ich fragen, doch stattdessen brachte ich nur ein Räuspern heraus. Ich wagte es nicht, ihn zu fragen. Was hätte es jetzt noch für einen Sinn gehabt? Ein Ja hätte mich ebenso deprimiert wie ein Nein. Mehr sogar. Zu erfahren, dass man trotz allem geliebt wurde, ist nutzlos. Ich hätte es nicht ertragen.

»Möchtest du wirklich, dass ich bleibe?«, fragte ich stattdessen und bemühte mich, so aufgeräumt wie nur möglich zu klingen. Allerdings war meine Stimme leiser geworden und verwaschener durch den Tremor, der sich eingeschlichen hatte. Orans »Ja!« kam unverzüglich. Nicht durch das übliche einmalige Zeichen, sondern durch den anhaltenden intensiven Druck seines Fingers gegen meine Handfläche, für den er die gesamte ihm verfügbare Kraft aufzubieten schien. Einige unartikulierte Laute kämpften sich über seine Lippen und in seinen Augen glitzerten Tränen, die mir viele Fragen beantworteten; die eben gestellte und jene, die ich nun nicht mehr zu stellen brauchte.

Ich lächelte, weil ich erkannte, dass es ab sofort auch für mich Momente menschlicher Nähe geben würde, die mein Gefühl von Einsamkeit nicht, wie gewöhnlich, eher noch verstärkten.

Als ich zur Mittagszeit die Tür zum kleinen Salon öffnete, saß Conny bereits am Tisch. Es war kurz nach eins, und der Magen knurrte mir vor Hunger. Die halbe Scheibe Toast vom Frühstück hatte nicht lange vorgehalten.

»Lisa!«, begrüßte sie mich freudig. Sie wischte sich den Mund mit der Serviette ab, erhob sich und kam mit ausgestreckten Armen auf mich zu. »Wie schön, dass ich dich hier treffe. Ich bin zwar beinahe fertig mit meinem Essen, aber ich leiste dir gern noch ein wenig Gesellschaft.« Sie vergewisserte sich, dass die Uhrzeit eine zusätzliche Pause zuließ, umarmte und drückte mich, gab mich aber rasch wieder frei und ging zu ihrem Stuhl zurück. »Hol dir reichlich und setz dich zu mir.«

»Gern«, antwortete ich in bemüht neutralem Ton und widmete mich den einladend duftenden Speisen auf dem Sideboard. »Deirdre versteht wirklich ihr Handwerk, das muss man ihr lassen«, lobte ich, »auch wenn man sich erst an ihre Art gewöhnen muss.«

Conny lachte. »Oh ja, sie ist ein echtes Charmebündel. Aber haben wir nicht alle unsere Eigenheiten?«

Ich ging nicht darauf ein, pflichtete ihr jedoch reumütig in Gedanken bei. Ich belud meinen Teller mit allem, was mir in Form und Farbe gefiel und setzte mich zu Conny, die mir ein Glas mit Weißwein reichte.

»Lisa, ich wollte mich bei dir entschuldigen«, begann sie, während sie das restliche Stück Fleisch auf ihrem Teller beherzt in kleine

Stücke schnitt. »Wegen gestern Abend. Das kam ja wirklich alles völlig überraschend für dich.«

»Das kannst du laut sagen. Mit allem hatte ich gerechnet, aber damit ...?«

»Ich weiß. Trotzdem wollte und durfte ich es dir nicht länger vorenthalten. Es ist einfach zu bedeutsam für uns alle. Deshalb hatte ich auch Jason dazu gebeten.« Sie griff über den Tisch und legte ihre Hand auf meine, und ich ließ sie ausnahmsweise gewähren.

»Ich kann dich nur nochmals bitten, dir die Sache gut zu überlegen, und ich hoffe inständig, dass du das Erbe annimmst. Wir alle würden uns freuen, wenn du hierbleiben würdest.«

Langsam zog ich meine Hand unter der ihren hervor, griff in meine Hosentasche und reichte ihr die wenig gastfreundliche Nachricht vom Vorabend.

»Nicht alle, Conny, wie es scheint«, antwortete ich ruhig und ließ sie nicht aus den Augen, während sie das Papier entfaltete. Sie lenkte einen kurzen, erstaunten Blick auf mich und richtete dann ihre Aufmerksamkeit auf die Zeilen in ihrer Hand.

»Das ist doch ...!«, stieß sie empört hervor. »Woher hast du das?«
»Ich fand es auf meinem Bett. Gestern Abend.«
»Ungeheuerlich!«, eiferte sie sich und erhob die Stimme. »Wer, zum Teufel ...?«

»Das frage ich mich natürlich auch, wie du dir unschwer denken kannst. Und vor allem: warum?« Noch immer beobachtete ich ihre Reaktion sehr genau. Überraschung und Empörung schienen echt zu sein. Ohne triftigen Grund würde sie keinesfalls die Stirn in derart tiefe Zornesfalten legen.

»Mein Gott, Lisa, das tut mir so leid«, sagte sie, und ich glaubte ihr. »Ich schwöre dir, ich werde herausfinden, wer sich so einen ... einen dämlichen, gemeinen Scherz mit dir erlaubt hat.« Verächtlich warf sie den Bogen Papier auf den Tisch. »Diese Nachricht trägt den Rosebud-Briefkopf, also wurde sie hier geschrieben. Außerdem weiß kaum einer von unseren Familienangelegenheiten. Und selbst wenn, ist niemand außer uns davon betroffen. Wer also sollte dich hier weghaben wollen?« Ebenso ratlos wie verärgert blickte sie mich an.

»Wenn *du* es nicht weißt ... *ich* kann es dir nicht sagen.«

»Ja, natürlich, das ist mir schon klar«, bestätigte sie, »aber versprich mir bitte, dass du dich nicht davon beeindrucken lässt. Ich finde heraus, wer diese unverschämten Zeilen geschrieben hat.« Ein harter Zug legte sich um ihren Mund. »Demjenigen wird das Scherzen sehr schnell vergehen, glaube mir!«

Ich glaubte ihr ausnahmsweise aufs Wort.

Kapitel 12

Für die nächsten beiden Wochen richtete ich meine Aufmerksamkeit ganz und gar auf Oran. Ich verbrachte einen großen Teil meiner Zeit mit ihm, sprach mit ihm, erzählte von meinem Leben in Erlangen, das mir inzwischen fast wie ein Kapitel aus der Vergangenheit erschien. Ich las ihm vor, hörte Musik oder sah fern mit ihm. Bald konnte ich vieles an seinem Gesichtsausdruck ablesen, auch wenn er nicht fähig war zu sagen, was ihn bewegte oder was er benötigte, so entwickelte sich doch so etwas wie empathische Kommunikation zwischen uns. Der klopfende Zeigefinger, der Druck seiner Hand, beides diente oft nur mehr der Bestätigung, nicht des Verstehens.

Ich ließ mir den Schlüssel zu der Tür geben, die sein Zimmer mit meinem Apartment verband, und öffnete sie von da an jeden Abend einen Spalt breit vor dem Zubettgehen, um Oran die Gewissheit zu geben, nicht allein zu sein. Vor allem aber öffnete ich die Fenster für ihn, ließ Licht und Luft zu ihm herein. Gleichzeitig bedauerte ich, dass es ihm nicht möglich war, von seinem Bett aus die Welt dort draußen besser sehen zu können. Der herrlich knorrige Apfelbaum zum Beispiel, dessen Fülle an Ästen, Blattwerk und Früchten Sommerduft verströmte, der manchmal bis zu Orans Bett vordrang. Dummerweise stand der Baum in einem Winkel zum Bett, der es Oran nicht erlaubte, ihn zu betrachten. Das Bett umzustellen, war von den räumlichen Gegebenheiten her nicht möglich. Doch noch während ich überlegte, wie ich es bewerkstelligen könnte, seinem Blick dieses kleine Stück Natur zu erschließen, erinnerte ich mich an den Standspiegel von enormem Ausmaß in meinem Schlafzimmer. Mit Eileens Hilfe schob ich ihn kurzerhand hinüber in Orans Raum und platzierte ihn so in der Nähe des Fensters, dass Oran den Himmel und einen großen Teil des Baumes in ihm sehen konnte. Sein Gesicht strahlte vor Freude und Dankbarkeit.

»Meinst du nicht, dass du etwas übertreibst, Lisa?« Conny, die sich regelmäßig spätnachmittags für zehn, fünfzehn Minuten in Orans Zimmer begab, an sein Bett trat und seinen Arm tätschelte, während sie sich nach seinem Befinden erkundigte, stellte sich vor den Standspiegel, drehte sich erst nach links, dann nach rechts und betrachte sich zufrieden in ganzer Länge. Schließlich räumte sie aber doch ein: »Entschuldige. Du hast natürlich recht. Oran soll es an nichts mangeln.« Sie lächelte beschämt in Richtung Kopfkissen. »Sind wir nicht froh, dass wir sie haben, Schatz?« Sie ging zu ihm und streichelte ihm über die Haare, ohne ihn dabei anzusehen. Die goldene Uhr an ihrem Handgelenk machte sich durch ein leises Tonsignal bemerkbar. »Oh Himmel! Schon so spät! Ihr entschuldigt mich bitte, aber die Pflicht ruft. Neue Gäste für drei Wochen. Ein Ehepaar aus Dublin, Geld wie Heu und wild entschlossen, nur das Feinste zu beanspruchen. Und ich sorge dafür, dass sie es hier finden werden.« Mit dieser Erklärung und einem Augenzwinkern war sie zur Tür hinaus.

Ich grinste hinter ihr her und nahm ihr die Oberflächlichkeit nicht übel. Je weniger sie sich um Oran kümmerte, desto ungestörter konnte ich die Zeit mit ihm verbringen.

Bald hatten unsere gemeinsamen Tage eine klare Struktur entwickelt. Conny traf ich meist erst zum Abendessen. Dann erzählte sie mir von all den geschäftlichen Dingen, die Rosebud betrafen und mich im Grunde nur am Rand interessierten, auch wenn ich wusste, dass sie womöglich meine Zukunft bedeuteten. Ich war froh, dass sie und Sean Riordan sich um all das kümmerten, was unerlässlich war, um das Gut, das Hotel, die Pferde und die Landwirtschaft am Laufen zu halten und nicht erwarteten, dass ich mich diesbezüglich »nützlich« machte. Sie betonte dabei immer, wie dankbar sie für mein Hiersein sei, wie froh darüber, die alten Wunden heilen zu sehen. »Und es beruhigt mich ungemein, dass Oran dich hat. Es geht ihm so gut in deiner Obhut, und du siehst ja selbst, wie wenig Zeit mir bleibt, mich selbst um ihn zu kümmern.« Bei jeder sich bietenden Gelegenheit griff sie über den Tisch nach meiner Hand, tätschelte sie, streichelte sie. Ich schwieg dazu, tolerierte und lächelte und rang mir ein verkrampftes Zucken ab, das man mit viel gutem Willen als Zustimmung deuten konnte.

Ja, Oran hatte mich. Und ich hatte ihn. Jetzt, nach all den Jahren. Wenngleich nicht so, wie ich es mir immer für mein Leben gewünscht hätte. Manchmal, wenn ich abends gegen neun sein Zimmer verließ, nachdem ich ihm gute Nacht gesagt und vorsichtig seine kühle Stirn geküsst hatte (eine Zärtlichkeit, die ich mir inzwischen erlaubte, weil sie das letzte Lächeln für den Tag auf sein Gesicht zu legen vermochte. Eine Geste, nicht mehr, nur eine Geste), wenn ich den Wind dabei belauschte, wie er sich mit einem Seufzen in den Holzläden verfing oder mit Böen den Tag vor sich her trieb, um der Dunkelheit Raum zu geben, dachte ich an das, was hätte sein können. Manchmal konnte ich es einfach nur hinnehmen, schmerzlos und ohne Ressentiments. Doch manchmal zerriss es mir das Herz. Dann fragte ich mich stets, ob die Realität meinen Träumen wohl gerecht geworden wäre. Zwanzig Jahre Leben mit Oran, mit allem Drum und Dran. Hätte es mir das gegeben, was ich in stillen Momenten an »Wir« und »Uns« zusammenfantasiert hatte?

Ja, ja, ja, tausend Mal ja, schrie ich es tonlos wie einen Vorwurf hinaus in den Wind. Dabei hatte ich das Gefühl, eine Rasierklinge schneide mitten durch mich hindurch. Schätze das, was du jetzt hast, ermahnte ich mich in solchen Momenten und rief mir Orans beredte Blicke in Erinnerung. Ich hatte nie den Alltag mit ihm gehabt, keine Familie, nicht die Fülle eines gemeinsamen Lebens. Aber ich hatte diese Blicke. Sie spiegelten mir die Essenz einer Wirklichkeit, aus der die vergangenen zwanzig Jahre alle Illusionen, Träume und Hoffnungen herausgefiltert hatten. Offen und unmaskiert bot sie sich mir dar. Und auch wenn es mich nicht entschädigte, nährte es das kleine Wir, das wir jetzt Stunde um Stunde, Tag um Tag der Gegenwart abrangen.

Kapitel 13

Ich wurde zu Schwester Myrtles Schatten. Mein verhaltenes »Guten Morgen« erwiderte sie stets mit ihrem scherzhaften »Schwester Lisa! Kommen Sie rein! Arbeiten!«

Jeden Morgen, pünktlich um Viertel vor acht, spähte ich in Orans Zimmer und vergewisserte mich, bevor ich eintrat, dass sie ihren Teil seiner täglichen Reinigung erledigt, ihn umgezogen und den Urinbeutel gewechselt hatte. Diese Aufgaben überließ ich ihr. Derartige Intimität wäre Oran peinlich gewesen, redete ich mir ein, um sie mir selbst zu ersparen. Gesicht, Oberkörper und Füße zu reinigen, erklärte ich hingegen bald zu meiner Aufgabe. Wie glatt und kühl sich seine Wangen anfühlten, nachdem ich sie rasiert und mit der nach Lavendel duftenden Lotion eingerieben hatte. Sanft strich ich über seine Haut, spürte dem Verlauf seiner Züge mit meinen Fingerspitzen nach. Sein Blick ruhte auf meinem Gesicht, wenn ich mich schließlich zu ihm beugte, um ihm die Haare aus der Stirn zu kämmen. Dann lächelte er jedes Mal auf seine ganz eigene Art, traurig und dankbar zugleich. Und ich lächelte zurück. Manchmal genauso traurig, genauso dankbar.

Ob Schwester Myrtle ahnte, welche Hingabe sich hinter meinen Bemühungen um halbwegs brauchbare Krankenpflege verbarg? Dass jeder Handgriff, den sie mir beibrachte, von mir mit dem Herzen ausgeführt wurde? Ich war mir sicher. Sie beobachtete mich bei allem, was ich tat, nicht nur mit dem strengen Blick der Lehrenden. Hin und wieder schmunzelte sie dabei und sagte: »Sie sind ein Segen.« Dabei verrieten ihr Blick und der Klang ihrer Stimme, dass sie um die Gefühle wusste, die mich bewegten.

Schwester Myrtle erläuterte mir Orans abendliche Medikation, nannte mir Dosis und Uhrzeit, zu der das jeweilige Mittel der Infusionsflasche zugeführt werden musste, und ermahnte mich, es in der Tagesliste zu dokumentieren. Anfangs zögerte ich wegen der Verantwortung, die mir dadurch auferlegt wurde, doch Schwester Myrtle ließ mir keinen Raum für Bedenken. »Nur zu«, drängte sie vielmehr, »Mr MacCarthy braucht seine Medizin. Kriegt er sie nicht, ist er tot.« Sie sah das ganz nüchtern und zeigte wenig Verständnis für mein Zögern. »Halten Sie sich einfach an die Vorgaben. Sie werden sehen, das ist kein Hexenwerk. Vor allem die Liste nicht vergessen. Tragen Sie bitte immer die verabreichten Medikamente ein.« Sie zeigte mir die Monatsübersicht mit der Tagesrubrik. »Ich hoffe, Sie sind sorgfältiger als ich, was das betrifft«, gestand sie, »denn die schriftlichen Dinge lassen bei mir leider manchmal zu wünschen übrig.«

Ich gelobte, achtsam zu sein, widmete mich meiner neuen Aufgabe mit Umsicht und stellte bald fest, dass Schwester Myrtle recht behalten sollte. Nach wenigen Tagen beschränkte sich ihr Nachmittagsbesuch auf wenige Handgriffe, die eher der Kontrolle dienten, denn ich konnte Oran nahezu vollständig auf die Nacht vorbereiten.

Es war bereits kurz nach zweiundzwanzig Uhr, als es an meiner Zimmertür klopfte. Ich vermutete, es sei Conny, denn sie hatte es sich zur Gewohnheit werden lassen, vor dem Schlafengehen bei mir vorbeizuschauen. Dabei steckte sie den Kopf zur Tür herein und ließ jedes Mal die gleichen Sätze hören: »Alles in Ordnung, Liebes? Na, dann schlaf gut. Ich bin im Büro, falls noch was sein sollte.«

Ich nickte stets, bedankte mich und wünschte ihr ebenfalls eine gute Nacht.

»Ach, du weißt ja: Arbeit, Arbeit, Arbeit«, kokettierte sie dann, stülpte ihren Worten das Standard-Strahlen über und zog die Tür zu. Ich hatte mich inzwischen damit abgefunden, dass sie mich *Liebes* nannte, hörte großzügig darüber hinweg, aber das affektierte Pseudo-Interesse an meinem Befinden ärgerte mich immer wieder auf Neue. Nach Jahrzehnten der Gleichgültigkeit und des Schweigens erschien mir der Part der fürsorglichen Schwester wie der reinste Hohn.

Diesmal jedoch folgte dem Klopfen nicht Connys Kopf im Türspalt, sondern Seans verhaltene Stimme: »Schlafen Sie schon, Lisa? ... Ich weiß, es ist bereits spät, aber ich ...«

Bevor er den Satz zu Ende gesprochen hatte, öffnete ich.

»Entschuldigen Sie bitte, aber ich bin morgen den ganzen Tag über unterwegs und wollte nur schnell fragen, ob Sie mich am Abend nach Durrus begleiten. Im *Crock of Gold* gibt es Livemusik und Tanz, und etwas Abwechslung würde Ihnen bestimmt nicht schaden. Das meinte auch Conny«, bekräftigte er und überzeugte mich mit seinem charmanten Lächeln. »Außerdem: Wenn wir Sie nicht bei Laune halten, fahren Sie womöglich wieder zurück nach Deutschland. Das wollen wir keinesfalls riskieren.«

Ich grinste. »Na ja, viel Irland habe ich in den zweieinhalb Wochen meines Hierseins noch nicht kennengelernt«, räumte ich ein und empfand seine Einladung als nette Idee. Zum ersten Mal spürte ich die Bereitschaft in mir, mich dem Land, seiner Kultur und seinen Menschen gegenüber aufgeschlossener zu zeigen; nicht als Besucherin, sondern als jemand, der sich ganz vorsichtig an eine dauerhafte Alternative zu seinem bisherigen Leben herantastet.

Ich willigte ein, bedankte mich und nutzte die Gelegenheit, ihn nach dem Namen des Dubliner Anwalts zu fragen, den Conny erwähnt hatte. Orans ältestem Freund und Verwahrer der Testamentszweitschrift. Ich wollte auf alle Fälle mit ihm sprechen, sah eine Chance, ein wenig mehr über Orans Beweggründe zu erfahren, die ihn sein Testament zu meinen Gunsten hatten ändern lassen. Connys Erklärungen reichten mir nicht aus.

Sean notierte mir Namen und Adresse der Kanzlei. Cian O'Shea, Grafton Street, las ich.

»Die Rufnummer müssten Sie sich allerdings noch besorgen, falls Sie einen Termin vereinbaren wollen.«

Ich nickte und bedankte mich.

»Wie komme ich am besten nach Dublin?«, fragte ich weiter.

»Och, am besten per Anhalter. Daumen hoch und abwarten«, alberte er und grinste. Ich grinste zurück, ermahnte ihn aber gleichzeitig mit meinem Blick zur Ernsthaftigkeit. »Mit dem Zug, mit dem Flieger, mit dem Bus. Alles ist möglich«, sagte er und war schon wieder auf dem Weg zur Tür. »Oder Sie nehmen sich einfach einen Wagen aus der Garage. Mit dem Navi finden Sie schnell dort hin.«

Ich bedankte mich noch einmal, und Sean nickte. Im Hinausgehen drehte er sich jedoch noch einmal zu mir um.

»Da fällt mir ein: Wenn Ihr Besuch bei O'Shea noch zwei, drei Tage Zeit hat, kann ich Sie mitnehmen. Ich habe in Dublin zu tun.«

»Das wäre prima. Vorausgesetzt natürlich, ich erhalte kurzfristig einen Termin bei diesem Anwalt. Ich lasse es Sie morgen wissen.«

»Gut. So hab ich nicht nur eine nette Reisebegleitung, sondern gleich auch noch einen Chauffeur.«

»Was?!«

»Na, das ist doch die ideale Gelegenheit für Sie, sich im Linksverkehr zu erproben! Dann bis morgen Abend also. Gute Nacht.« Lachend zog er die Tür zu.

Am nächsten Abend traf ich mich mit Sean in der Eingangshalle. Conny hatte mir kurz zuvor beim Abendessen geraten, den Pub-Besuch als das zu nehmen, was er sei: ein lautes und ausgelassenes Zusammentreffen vergnügter Menschen, die sich mit Musik, Tanz und Stout an der schlichten Tatsache erfreuten, dass sie am Leben waren und ihrer angeborenen Geselligkeit freien Lauf lassen konnten.

Sean hakte sich bei mir unter und zog mich gut gelaunt zur Tür hinaus. Conny begleitete uns bis zum Auto und wünschte uns einen schönen Abend. Während ich sie im Rückspiegel mit der einen Hand winken und mit der anderen Taylors Kopf kraulen sah, überfiel mich jedoch wieder einmal rücklings ein verzerrtes Bild von Familienidylle, das mich jäh in mein altes Misstrauen zurückwarf. Was wurde hier inszeniert? Warum bemühten sich alle so sehr um Harmonie und trugen ihr Wohlwollen zur Schau? Was war der Grund für die Freundlichkeit und Aufmerksamkeit, die man mir entgegenbrachte? Einmal abgesehen von dem Zettel auf meinem Bett, der sich bisher als folgenlose Episode erwiesen hatte und mich kaum noch beschäftigte oder gar beunruhigte. Auch Conny schien ihm keine tiefere Bedeutung beizumessen, und der Unmut, den er ursprünglich bei ihr verursacht hatte, war vergessen. Ich hatte sie noch ein einziges Mal darauf angesprochen, doch sie hatte nur die Schulter gezuckt. »Ein geschmackloser Scherz, nichts weiter. Mache dir keine Sorgen deswegen. Ich komme schon noch dahinter, wer das war. Allerdings hoffe ich inständig, dass es deine Überlegungen, hierzubleiben, nicht negativ beeinflusst«, hatte sie geantwortet. Fest stand: Conny brauchte meine Hilfe nicht wirklich. Ihr Geld, ihre Selbstsicherheit und ihre Egozentrik ermöglichten es ihr, jede Situation ohne mein Zutun zu meistern. Und Orans Pflege lag bei Schwester Myrtle in professionellen Händen. Sollten diese nicht ausreichen, so konnte sich Conny ein Dutzend weitere Hände kaufen, die sich um Orans leibliches Wohl kümmerten. Dennoch wollte sie *mich* hier haben und ließ keine Möglichkeit aus, es mir immer wieder zu beteuern. Ging es letztlich doch nur um die Erbschaft, um die Hälfte von Orans Besitz und Vermögen? Ich zweifelte daran. Mein Anspruch war zwar festgeschrieben, doch Oran lebte und keiner wusste, wie lange noch. Einmal hatte ich Schwester Myrtle gebeten, mir aufrichtig zu sagen, wie es um ihn stand, doch sie hob nur beide Hände. »Er ist, weiß Gott, nicht der Kräftigste, aber stabil«, war ihre nüchterne Antwort. »Es kann heute passieren oder morgen, in einem Jahr ... in fünf. Man wird sehen. Gott wird's richten.«

Wenn ich die Erbschaft zu gegebener Zeit ablehnen würde, könnte Conny alles für sich beanspruchen. Was hätte also näher gelegen, mich in diese Richtung zu bedrängen? Ihr wäre mehr damit gedient, mich los zu sein. Ein gezielter Appell an meinen Stolz, an meine Selbstachtung, an mein zwar geschriebenes, aber nicht moralisches Recht, und ich hätte mich wahrscheinlich sehr schnell überzeugen lassen, auf alles zu verzichten und dieses irische Gastspiel zu beenden. Auch die Aussöhnung, die Oran mit mir gesucht hatte, setzte nicht voraus, dass ich mich länger oder gar unbefristet hier aufhielt. Was wurde also wirklich hier gespielt?! ... Ich betrachtete Sean seit geraumer Zeit von der Seite. Er steckte ebenfalls unter dieser undurchsichtigen Decke, da war ich mir sicher. Zumindest wusste er sehr viel mehr, als er vorgab.

Ein Schlagloch riss nicht nur an Seans Wagen, sondern katapultierte mich auch aus meinen Verschwörungstheorien.

»Entschuldigung«, sagte Sean, »aber so sind nun mal die Straßen hier.« Er lächelte mich an. »Sie werden sich daran gewöhnen.«

»So? Werde ich das?«, gab ich schnippisch zurück.

»Das hoffe ich doch sehr.« Wieder streifte mich ein Seitenblick. Alarmiert von meinem Ton, klang seine Antwort wie eine Frage.

Ich reagierte mit einem verächtlichen Schnauben.

»Ist etwas, Lisa?«

»Tun Sie doch nicht so, als wüssten Sie's nicht«, knurrte ich ihn an. Verärgert und willens, es mir anmerken zu lassen, drehte ich meinen Kopf ab und starrte aus dem Seitenfenster in die Dämmerung, die den Himmel mit orangefarbenen Wolken fleckte und in einem Streifen aus Goldbraun und Olivgrün auf den Hügeln, Feldern und Wiesen lag.

»Was soll ich wissen?« Seine Worte kamen unbeschwert, fast beiläufig. Ich schwieg, wendete mich noch weiter ab und trotzte in die

Abendstimmung, konzentrierte mich auf die vereinzelten Lichter hinter den Fensterscheiben der Häuser, die an uns vorbeihuschten. Ein wirklich gelungener Beginn für einen Abend mit Musik und Tanz, dachte ich, und bedauerte bereits, mitgekommen zu sein.

»Lisa? Was ist los?« Er tat, als sei er neugierig geworden, aber ich war mir sicher, es war nur Taktik.

Als ich weiter schwieg, meinte er: »Na ja, Sie werden Ihre Gründe haben. Ist sicher nicht so wichtig, dass wir's mit in den Pub nehmen müssen, oder?«, und beendete damit das Thema für sich. Mein Blick schnellte zu ihm zurück und heftete sich auf sein Profil. »Was hat Conny Ihnen über mich erzählt? Und was wird hier eigentlich gespielt? Warum will mich plötzlich jeder hierhaben?«

Meine Finger trommelten nervös gegen den Sicherheitsgurt, den sie umfassten. Ja, ich wollte es wissen, um endlich klarer zu sehen.

Sean zog die Augenbrauen hoch, konzentrierte sich aber weiter auf die kurvenreiche Landstraße. »Was meinen Sie denn damit, Lisa? Was soll Conny denn erzählt haben?«

»Tun Sie doch nicht so! Nicht umsonst haben Sie eben klargestellt, dass es Sie nicht interessiert! Reine Taktik, hab ich recht? Seien Sie ehrlich«, konterte ich und hörte mich an wie meine pubertierenden, widerspenstigen Schülerinnen.

»Ich sagte nicht, dass es mich nicht interessiert«, korrigierte er mich. Seine Stimme war noch immer freundlich und leidenschaftslos. »Ich sagte, es sei sicher nicht wichtig. Aber vielleicht ist es das doch, und Sie möchten es mir anvertrauen. Übrigens mag ich vieles nicht sein, doch ehrlich bin ich. Oft zum Leidwesen meiner Mitmenschen, manchmal zu meinem eigenen.« Er lächelte mich an. »Irgendetwas drückt ganz mächtig auf Ihre Seele, das habe ich gleich gemerkt, als wir uns kennenlernten«, sagte er weiter. »Laden Sie's bei mir ab. Wir Iren haben große Seelen, da passt viel rein.« Ich hörte ihm zu und ließ ihn nicht aus den Augen, fragte mich, ob das, was er sagte, glaubwürdig war. Womöglich hatte Conny tatsächlich nie über mich gesprochen, und er hatte keine Ahnung von dem, was sie, Oran und mich all die Jahre getrennt hatte.

»Im Grunde kenne ich Sie ja kaum«, gab ich zu bedenken, »warum sollte ich Ihnen trauen?«

»Wegen meiner ungeheuer sympathischen Ausstrahlung vielleicht?« Als ich nicht auf seine Albernheit einging, meinte er: »Na los, Lisa, gehen Sie das Risiko ein. Ich mag keine große Hilfe sein bei ihrem Problem, aber ich verspreche, es auch nicht schlimmer zu machen.«

»Ach, eigentlich ist es eine uralte Geschichte«, antwortete ich schließlich, »aber irgendwie haben Conny und ich das nie geklärt. Ihnen dürfte bekannt sein, dass Oran mit mir zusammen war, bevor er Conny ...« Ich vollendete den Satz nicht, kratzte mir stattdessen den Nasenrücken und räusperte mich. Ich hörte mich spröde an wie eine altjüngferliche Gouvernante. Warum fiel es mir noch immer so schwer, darüber zu sprechen? Und warum kam ich mir so lächerlich dabei vor? Sean zeigte keinerlei Reaktion, sondern sah weiter nach vorn auf die Landstraße, und ich fragte mich, ob er mir überhaupt zugehört hatte. Ich bedauerte bereits meine Offenheit, als er endlich doch darauf einging.

»Aber das liegt doch Jahrzehnte zurück, Lisa. Ein halbes Leben, wenn ich richtig gerechnet habe«, gab er mir lapidar, ja, fast ein bisschen belustigt zu verstehen und präsentierte mir damit postwendend die Ursache, aus der heraus ich mir lächerlich vorkam. Gleichzeitig wurde mir klar, dass seine irische Seele wohl doch nicht groß genug war, um meine zugegebenermaßen neurotische Schwesternbeziehung zu fassen. Na ja, wahrscheinlich konnte das niemand. In den Augen anderer musste mein Verhalten ja infantil wirken. Ich ärgerte mich über mich selbst und senkte beschämt den Kopf, erwiderte nichts auf seine Gewichtung meiner Tantalusqualen.

Doch er hakte nach: »Warum sind Sie dann überhaupt gekommen? Was trieb Sie hierher, wenn's nach den vielen Jahren noch immer derart in Ihnen arbeitet?« Er deutete ein Kopfschütteln an, das weniger verständnislos als irritiert auf mich wirkte. »Und übrigens: Ich habe es *nicht* gewusst. Weder Conny noch Oran haben jemals mit mir darüber gesprochen.«

»Es arbeitet nicht wirklich in mir«, korrigierte ich ihn. »Das Ganze ist komplizierter und komplexer als es jetzt für Ihre Ohren klingen mag.« Ich begann schon wieder, mich zu rechtfertigen, verflixt noch mal! Ich atmete tief durch und ergänzte so aufgeräumt wie möglich: »Eigentlich hatte ich gehofft, endlich einen Schlussstrich unter diese leidige Sache ziehen zu können.« Das klang vernünftig ... und war Lichtjahre entfernt von der Wahrheit. Aber was *war* die Wahrheit? Was wollte ich tatsächlich. Frieden schließen mit

Oran? Mit mir selbst? Ja, sicherlich. Beides war für mich in greifbare Nähe gerückt. Ein Stück Leben, ein Stück Zeit zurückholen? Zeit, die zwanzig Jahre an mir vorbeigeflossen war wie die Regnitz hinter meiner kleinen Erlanger Wohnung?

»Und Conny möchte das nicht?«

Seine Frage war folgerichtig und beschämend zugleich.

»Doch«, gab ich bereits wieder verdrossen zu, »ich glaube schon. Zumindest sagt sie es. Ich habe leider nur ... ich hege eben ...«, stotterte ich herum.

»Zweifel?«

Ich nickte. Und ich möchte ihr noch immer liebend gern einen kräftigen Tritt in den Hintern verpassen, allein nur dafür, dass sie ist, wie sie ist, fügte ich Gedanken hinzu.

»Warum sollte Conny sich verstellen? Wie ich sie kenne, würde sie Sie noch heute höchstpersönlich vom Gut jagen, wenn sie nicht mit Ihrer Anwesenheit einverstanden wäre. Ich weiß, sie möchte Sie unbedingt hier haben. Und zwar auf Dauer.«

»Und genau das ist es, was mich stutzig macht. Warum möchte sie, dass ich bleibe, warum will sie Orans Vermächtnis mit mir teilen? Aber wahrscheinlich haben Sie recht«, räumte ich wieder ein. »Ich frage mich wohl eher ..., ich weiß eben nicht, ob es wirklich gut ist, nach all dem, was ...«

»Menschen streiten nun mal. Es liegt in ihrer Natur. Sie streiten und versöhnen sich wieder. Das ist eben so. Sie sollten es nicht überbewerten, vor allem nicht, wenn die Sache so lange zurückliegt. Man sollte einen Streit stets vor Sonnenuntergang beenden«, riet er und verkürzte damit mein verbales Herumstochern. »Ziehen Sie einen Schlussstrich oder eine Knarre. Beides wirkt.« Er grinste und zwinkerte zu mir herüber. »Alles andere ist Zeitverschwendung. Vielleicht ist es das Wichtigste, zu erkennen, dass man für seinen Lebensplan nicht andere verantwortlich machen sollte.«

Ich schluckte und erinnerte mich an Connys ähnliche Worte. Auch Sean hatte seine nicht als Vorwurf formuliert. Nicht einmal als Aufforderung. Nur als simple Feststellung. Und damit hatte er genau das gesagt, was ich nicht hören wollte. Trotzdem musste ich ihm beipflichten. Ich hatte immer den bequemsten Weg gewählt: den des Leidens, weil andere an mir gefehlt hatten. *Sie* waren schuld an meinen Wunden, *sie* hatten sie geschlagen, und ich hatte nie aufgehört, am Schorf zu kratzen, um sie – und vor allem mich selbst – immer daran zu erinnern. Schmerz war eine Tatsache. Ihn zeitweise erdulden zu müssen, war naturgegeben wie das Atmen. Doch durfte er ein Leben ruinieren? Trug ich die Verantwortung dafür, den Schmerz zu beenden? Und noch wichtiger: Lagen Macht und Fähigkeit dazu wirklich bei mir? Mir wurde klar, dass es noch viel gab, worüber ich nachdenken musste.

Eigentlich wollte ich das leidige Thema damit beendet wissen, doch Sean blies ungeniert weiter in die Glut.

»Warum sind Sie denn nicht früher gekommen?«, fragte er, und ich entschied mich für die Wahrheit.

»Vielleicht wollte ich nicht, dass andere mir vorleben, was mir versagt geblieben ist.«

Er nickte, jedoch ohne Einverständnis. »Ich bin mir sicher, Sie haben es sich selbst versagt. Bestimmt gab es auf der Strecke Alternativen.«

»Kann sein, aber leider war ich nie gut für Kompromisse.«

»Kompromisse?« Er schüttelte den Kopf. »Die braucht's nur für jene, die nicht loslassen können.«

Ich sah ihn erwartungsvoll an, und er musste es bemerkt haben, obwohl er seine Augen ausschließlich auf die Straße gerichtet hielt, denn er fuhr fort: »Sehen Sie, wenn Sie in einem Mosaik auch nur ein einziges Steinchen ändern, erhalten Sie bereits ein ganz neues Bild, und deshalb sollten Sie es auch mit neuen Augen betrachten. Das Leben ändert ständig die Steinchen. Trauern Sie nicht zu lange um das alte Bild, schauen Sie sich das neue an. Zeigen Sie sich ihm gegenüber aufgeschlossen. Manchmal ist es sogar schöner als das vorherige.«

»Nicht immer gibt's ein neues Bild danach«, behauptete ich.

»Es gibt immer eines, wie gesagt«, beharrte er. »Sie müssen nur statt des Kompromisses das Neue sehen.«

Als ob das so einfach wäre, dachte ich. Ich hatte Probleme mit Seans Credo, doch war mir klar geworden, dass ich bei ihm Unbekümmertheit nicht mit Oberflächlichkeit gleichsetzen durfte. Seine Leichtigkeit war keine Fassade, sondern Bestandteil der Vielschichtigkeit seines Wesens, das auf beneidenswerte Weise rund schien.

»Haken Sie die Vergangenheit ab, klammern Sie sich nicht daran. Sie ist wie eine gefrorene Blüte ohne Duft und Leben. Was schön war, bleibt sowieso, und auf alles andere können Sie getrost verzichten, stimmt's nicht? Schauen Sie also lieber, was die Zukunft bereithält.« Er beäugte mich skeptisch und meinte schließlich: »Na, dann lachen Sie mal wieder. Es steht Ihnen viel besser als die verbiesterte Verkniffenheit.«

Sprachlos blieb mir der Mund offen stehen.

»Wenn Sie noch immer nach Gründen suchen, warum Conny Sie hier haben möchte: Sie sind ein Segen für Oran. Sie geben ihm, was Conny ihm nicht geben kann. Und das spürt sie instinktiv. Außerdem würde auch ich mich freuen, wenn Sie bleiben würden, nicht zuletzt um Orans Willen. Ihn so zu erleben, in all seiner Hilflosigkeit, ist auch für mich schwer. Sie tun ihm gut, und das freut mich für ihn.« Damit beendete Sean das Thema, denn wir waren am Ziel unserer Fahrt angelangt.

Als wir den Pub betraten, schlug mir eine Welle guter Laune entgegen. Sean ging voraus und bahnte mir einen Weg durch die Menge stehender, sitzender und tanzender Menschen, und mir schien, als habe sich halb Durrus heute Abend hier eingefunden, um zu feiern oder besser: dem Hier und Jetzt freudig zu begegnen. Denn mehr bedurfte es nicht zum Fröhlich-Sein, wie Conny mir versichert hatte.

Sean steuerte zwei Plätze auf einer der hinteren Holzbänke an, bestellte Stout und Irish Stew für uns beide, obwohl ich ihm sagte, dass ich bereits gegessen hatte. Er grüßte nach hier, winkte nach dort und lehnte sich schließlich zufrieden zurück, als sei er zuhause angekommen. Gemütlichkeit und Wärme vermittelten auch mir bald ein gewisses Wohlgefühl, wenngleich es vielmehr durchs Beobachten als durchs Erleben hervorgerufen wurde. Wie immer war ich nur dabei, gehörte nicht wirklich dazu. Sean hingegen war Teil des Ganzen. Es amüsierte mich, ihn so zu erleben. Kontaktfreudig, unbekümmert und redselig, wie er war, gab es bald niemanden an unserem Tisch, den er nicht ins Gespräch mit einbezog, dem er mich nicht vorstellte und ihm nicht zuprostete. Das Stout floss reichlich, doch noch reichlicher flossen die Worte, mit denen über die EU, die Futterpreise, die Idee einer Brücke zwischen Rosslare und Fishgard und über den Brexit diskutiert wurde. Ich hörte zu und stellte belustigt fest, dass Sean mit jedem Schluck Bier an Charme gewann. Sein Blick hatte sich inzwischen etwas verschleiert, und einige seiner rotbraunen Locken zierten schwungvoll seine Stirn. Er grinste vor sich hin und schien mit sich und der Welt zufrieden. Plötzlich warf er mir einen abschätzenden Blick zu. »Na, Sie Ausbund an Frohsinn, ertragen Sie das hier noch eine Weile?«

Für einen Moment war ich betroffen, hatte ich mich doch aufgeschlossener und weitaus geselliger als üblich gezeigt. Für irische Maßstäbe allerdings, so gab Sean mir unmissverständlich zu verstehen, befand ich mich auf der Hundert-Prozent-Skala in einem bedauernswerten einstelligen Bereich.

»Es wird Zeit, dass Sie sie kennenlernen«, meinte er und nickte überzeugt in sein Bierglas.

»Wen?«

»Die kleinen Leute.«

»Und wer sind die kleinen Leute?«

»Na, unsere Kobolde. Es gibt kein lustigeres Völkchen hier in Irland. Von ihnen können Sie viel lernen.« Er sah mich an, ohne eine Miene zu verziehen, und wartete auf meine Reaktion.

»Wie viele von denen waren es denn inzwischen?«, fragte ich, deutete auf sein beinahe leeres Bierglas und ließ keinen Zweifel aufkommen, dass ich ihn für betrunken hielt. Sean zog die Augenbrauen hoch und lachte.

»Sie glauben mir nicht?«, fragte er, und wandte sich an den älteren Mann, der neben ihm saß. »Rory, sie glaubt mir nicht. Sag du's ihr.« Doch Rory hatte wohl einige Stout Vorsprung, denn er hielt grinsend die Augen geschlossen und wiegte, dem Hier und Jetzt völlig entrückt, den Kopf im Rhythmus der Musik. Also wandte Sean sich wieder an mich. »Im Zwielicht der Dämmerung kann man sie sehen. Sie sitzen zusammen oder tanzen oder fliegen durch die Nacht und schlagen mit den Flügeln.«

»Wer?«

»Na, die Elfen.«

»Waren wir nicht eben bei den Kobolden?«

»Ist doch völlig egal«, gab Sean zurück. »Elfen, Kobolde ... alle Wesen der Anderswelt«, bekräftigte er noch einmal.

Ich versuchte mich in einem Gesichtsausdruck, der ihm klar machte, dass ich an seinem Verstand zweifelte, und es schien mir zu gelingen, denn er lachte wieder schallend auf.

»Und wie viele Whiskeys oder Biere sind dafür erforderlich?«

»Als wäre das eine Frage des Alkohols«, fuhr er in gespielter Empörung fort, besann sich jedoch auf seinen Tischnachbarn Rory, der noch immer in anderen Sphären zu schweben schien. »Na ja, manchmal vielleicht schon. Ich wette, er sieht sie auch gerade. Aber warum seid ihr Nicht-Iren nur so schwerfällig und stur? Das ist steinerweichend, ... zu traurig.« Er seufzte in launiger Schwermut und legte mir beschwörend die Hand auf den Arm. »Lektion eins: Man sieht immer, was man sehen möchte. Man muss sich nur trauen. Na los, trauen Sie sich! Schauen Sie hinein in den feinen Nebel, wenn er wie Tüll über den Feldern liegt. Beobachten Sie das Spiel des Windes, wenn er bei Sonnenuntergang über die Baumkronen und Büsche streicht. Lauschen Sie dem Flüstern in den Zweigen und hinter den Büschen.« Er malte mit der anderen Hand Wellen und Halbkreise in die Luft und unterstrich damit die poesievollen Bilder, die er mit leicht verwaschener, aber kraftvoller Stimme zeichnete. »Nur zu!«, forderte er mich erneut auf, »Schließen Sie die Augen und schauen Sie genau hin!«

Noch immer lag seine Hand auf meinem Unterarm, und ich entzog mich seiner Berührung. Doch ich erinnerte mich an den Augenblick auf dem Felsen in der Bucht, an das, was ich empfunden hatte, an das Erkennen mit geschlossenen Augen ... Trotzdem fragte ich: »Wie kann ich denn was sehen, wenn ich die Augen zu habe?« Gefangen in nicht-irischer Vernunft, zählte ich in Gedanken noch einmal die Pints, die er sich inzwischen einverleibt hatte. Heute würde nicht er, sondern ich nach Hause fahren, so viel stand fest; und zwar mit weit offenen Augen.

Ich glaube an die Vision des Wahren in den Tiefen des Geistes, wenn die Augen geschlossen sind«, proklamierte er bedeutungsschwanger und richtet seine Aufmerksamkeit erwartungsvoll auf mich.

»Ach, ja?«

Sean schüttelte resigniert den Kopf. »Das ist nicht von mir, sondern von Yeats.« Es klang fast wie eine Rechtfertigung.

»Ach, was!« Als er mein Schmunzeln sah, gab er endgültig auf.

»Ich merke schon, aus Ihnen wird in hundert Jahren keine Irin«, prophezeite er und beklagte das Fehlen jeglicher Romantik in meinem Wesen. »Dann sollten wir wenigstens tanzen.« Er stand auf, ergriff meinen Ellbogen und wollte mich in die Mitte des Pubs ziehen, wo sich eine Reihe Paare zur Musik im Kreis drehte.

»Ich kann nicht tanzen«, sagte ich wahrheitsgemäß, spürte, wie sich jeder Muskel vor Schreck in mir zusammenzog und hielt Sean zurück. »Eine verkürzte Sehne im linken Bein«, erklärte ich und war mir sicher, meine Verweigerung damit nachvollziehbar begründet zu haben. Auch wenn es nur eine Ausrede war, sie hatte mir in den wenigen ähnlichen Situationen stets aus der Patsche geholfen. Sean hatte sicher längst bemerkt, dass ich mein Bein beim Gehen ein kleinwenig nachzog. Es fiel im Grunde nicht auf und machte sich meist nur bemerkbar, wenn ich erschöpft war, doch er schien ein aufmerksamer Beobachter zu sein. Er würde es verstehen. Erleichtert lehnte ich mich in meinen Sitz zurück.

Sean setzte sich wieder, beugte sich zu mir, suchte mit dem Blick die Runde ab und deutete schließlich auf einen alten Mann, der sich singend und tanzend, auf eine Krücke gestützt, durch den Raum bewegte.

»Sehen Sie den Alten dort? Das ist Liam O'Hanrahan. Er tanzt für sein Leben gern Reel. Als Kind ist er unter den Traktor seines Vaters gekommen, und seitdem fehlt ihm der linke Unterschenkel. Aber er tanzt.«

In Seans Blick erkannte ich eine Frage, die mich nicht nur aufforderte, zu antworten, sondern zu handeln. Ich gab mich geschlagen.

»Ich kenne das nicht, dieses ... wie nannten Sie es noch gleich?

»Reel«, antwortete er, »doch man kann es auch Lebensfreude nennen. Es ist nicht schwer zu lernen. Versuchen Sie es einfach.«

Damit nahm er meine Hand und zog mich zur Tanzfläche. Das war wieder einmal einer dieser Augenblicke, in denen ich wünschte, ich könnte mich unsichtbar machen. Wie ein Holzbrett lag ich in Seans Armbeuge, versuchte, seinen Bewegungen zu folgen, lächelte gequält und wich jedem Blick aus, dem ich zu begegnen drohte.

Bald gab Sean auf. »Sie sehen aus, als hätten Sie Zahnschmerzen«, bemerkte er, während er mich durch Musik und Gesang, Tanz und Gelächter an meinen Platz zurückschob, und ergänzte dann: »Ich befürchte, das wird ein hartes Stück Arbeit.«

Was genau er damit meinte, wagte ich nicht zu hinterfragen. Er drückte mir ein Glas Whiskey in die Hand. »Hier, trinken Sie. Das lockert«, versprach er und hob an, mit seinem bemerkenswerten Bariton die Polka *Ger the Rigger* zu singen, deren Melodie gerade den Pub erfüllte.

Lebensfreude. Der hatte leicht reden. Damit wurde man geboren. Erlernen ließ sie sich nicht, davon war ich überzeugt. Ich starrte auf mein Whiskeyglas, schwenkte den bernsteinfarbenen Inhalt mit meiner Hand und trank ihn in einem Zug aus.

Ich wusste, es half, doch ich wusste auch, dass es nichts änderte. Noch während Sean sang, betrat ein junger Mann mit einer Gitarre das Vier-Quadratmeter-Podium in hinteren Teil des Pubs, rückte sich einen Stuhl und ein Standmikrofon zurecht und gab dem Wirt hinter der Bar ein Zeichen. Der klatschte gleich darauf in die Hände und erhob seine Stimme:

»Freunde der irischen Folklore und des reichlich fließenden Bieres, begrüßt mit mir heute Abend Dylan Byrne, einen aufgehenden Stern am irischen Musikhimmel!« Der ganze Pub klatschte, johlte und pfiff, doch sobald Dylan Byrne, ein muskelbepackter Kelte in einem verwaschenen gelben T-Shirt und löchrigen Jeans die ersten Akkorde auf seiner Gitarre anschlug, lauschte jeder beinahe andächtig seiner überraschend sanften dunklen Stimme und den zärtlichen Worten, mit denen er seine Liebe zu einem Mädchen namens Louisa besang. Seine blauen Augen suchten von Zeit zu Zeit den Blick einer jungen Frau, die nahe der Bühne stand und ihn mit einem Lächeln bedachte, das eindeutiger nicht hätte sein können.

Hübsch war sie, die Kleine, in ihren engen Jeans und dem raffiniert geschnittenen Top, das die Taille frei gab und den straffen Busen ein wenig zu sehr betonte. Doch ihre Jugend erlaubte ihr diese Freiheit.

Als sie ihre langen kastanienbraunen Haare graziös nach hinten strich und ihr Gesicht in meine Richtung drehte, erkannte ich Eileen in ihr. Das freundliche, beflissene Zimmermädchen hatte sich binnen Stunden zur begehrenswert attraktiven jungen Frau verwandelt. Der Lipgloss schimmerte sinnlich auf ihrem Mund und die schwarzgetuschten Wimpern standen im direkten Gegensatz zu ihrem schüchternen Blick, mit dem sie mich nun ebenfalls wahrnahm. Sie grüßte mich mit einem Nicken, und ich hob freundlich lächelnd die Hand. Mehr ließen die räumliche Entfernung zwischen uns und die Menschenmenge, die sich um den Künstler geschart hatte, nicht zu. Gleich darauf war sie verschwunden. Ich hatte noch gesehen, wie sie sich das Smartphone ans Ohr hielt und in Richtung Hinterausgang eilte, doch dann zog Sean meine ganze Aufmerksamkeit wieder auf sich. Dylan hatte ihn entdeckt und zu sich auf die Bühne gerufen. Sean bahnte sich einen Weg durch die Menge, ergriff im Vorbeigehen die Gitarre, die der Wirt ihm reichte, gesellte sich zu Dylan auf die Bühne und sang im Duett mit ihm eine alte irische Weise, die mir vor Begeisterung die Tränen in die Augen trieb.

Gegen halb vier Uhr in der Frühe schreckte ich auf aus traumlosem Schlaf und lauschte in die Dunkelheit. Da war ein Geräusch gewesen, ich war mir ganz sicher. Das leise Klappern des Fensterladens konnte es nicht gewesen sein, was mich geweckt hatte. Noch immer begleitete es den Luftzug, der durch das offene Fenster drang und kaum merklich über mein Gesicht glitt. Ich konzentrierte mich auf die Stille. Nein, ich hatte mich nicht getäuscht, denn da war es wieder, dieses schmerzvolle Stöhnen und heftige Atmen, leise zwar, doch eindeutig vernehmbar. Ich richtete meine ganze Aufmerksamkeit darauf und setzte mich in meinem Bett auf. Die Laute waren menschlich, drangen nicht vom nahe gelegenen Waldgürtel herüber, bezeugten nicht den schmerzvollen, angsterfüllten Todeskampf eines Tieres. Dennoch konnte ich sie nicht zuordnen, vermochte nicht einzuschätzen, ob sie von einem Mann oder einer Frau kamen. Inzwischen hellwach, galt mein erster Gedanke Oran. Ich sprang aus dem Bett, ohne das Licht anzuschalten, huschte etwas benommen im Schattenspiel der mondhellen Nacht hinüber zur Zwischentür, die Orans Zimmer von meinem Apartment trennte, und schob den Kopf hindurch. Alles war dunkel und still. Erleichtert atmete ich auf und zog mich wieder in mein Schlafzimmer zurück. Trotzdem ergriff eine diffuse Angst von mir Besitz, die mir eine Gänsehaut bescherte. Meine Augen hatten sich bereits soweit an die Dunkelheit gewöhnt, dass ich mich in ihr zurechtfand und den Schutz, den sie mir bot, vorläufig nicht aufgeben wollte. Ich ging hinüber zum offenen Fenster, schob die Gardine zur Seite und versuchte, das Stöhnen von dort aus zu orten. Da war es wieder. Es kam eindeutig aus dem unteren Teil des Seitenflügels, dem mittleren Bereich des Erdgeschosses, dort, wo sich Connys Schlafzimmer befand. Es brannte kein Licht, doch das weit geöffnete Fenster ließ keine Zweifel zu: Conny brauchte Hilfe. Ich eilte zum Bett zurück, knipste die Nachttischlampe an, schlüpfte hektisch in meine Pantoffeln und langte nach dem Bademantel. Dabei konzentrierte ich mich weiter auf die Geräusche. Die Sorge um Oran, die sich nun – wenngleich abgeschwächt – auf Conny richtete, hatte meinen Puls beschleunigt und mich in Unruhe versetzt. Doch dann hielt ich inne, konzentrierte mich auf die plötzliche Stille. Unvermittelt war das Stöhnen verstummt. Kein Laut drang mehr zu mir herauf. Einzig das leise Klappern des Fensterladens folgte noch immer dem Wind, der übermütig durch die Nacht tanzte.

Gleich darauf vernahm ich Connys Kichern, hörte ihre Stimme, die sehr viel mehr von Zufriedenheit oder besser: von Befriedigung getragen war als von körperlichem Schmerz. Die Worte konnte ich nicht verstehen, doch bezeugte der Tonfall eindeutig, dass ich in den letzten Minuten nicht ihrem Leiden, sondern ihrer Lust hatte lauschen dürfen.

Und da war auch die zweite Stimme, die es – im Zusammenspiel mit Conny – für mich eben noch unmöglich gemacht hatte, das Stöhnen einem eindeutigen Ursprung zuzuordnen. Jetzt mündete sie in ein verhalten kehliges Lachen, das ich kannte. Auch wenn es nun kälter, härter und weitaus unsympathischer klang als noch vor wenigen Stunden im Pub. Aber vielleicht musste ich das der Enttäuschung zuschreiben, die ich gerade empfand.

Ich ließ mich zurück aufs Bett fallen und blieb eine Weile wie versteinert sitzen. Conny und Sean. Hatte ich es nicht schon von Anfang an vermutet? ... Wie billig! Wie schäbig! Wie impertinent! Erst als ich mich wieder beruhigt hatte, musste ich zugeben, dass es mich genau genommen nichts anging. Allerdings – und das gab der Sache den eigentlich schalen Beigeschmack – ging es Oran etwas an. Sein Zimmer lag um Einiges näher an Connys Schlafzimmer, und auch sein Fenster hatte die ganze Nacht offen gestanden.

In den restlichen Stunden bis zum Morgen fand ich keinen Schlaf mehr. Selbst als das Kichern und Reden verstummt war und nur noch der Wind hinter den sich bauschenden Gardinen flüsterte, gelang es mir nicht, meine Gedanken zur Ruhe zu bringen. Zu sehr lagen sie im Widerstreit, fanden tausendfach Gründe, Connys Verhalten zu verdammen und ebenso viele, es zu entschuldigen. Immer wieder ermahnte ich mich, nicht zu verurteilen. In Connys Leben würde es immer Männer geben. Ihre alterslose Attraktivität, ihre Lebenslust und Leidenschaft verlangten danach und wirkten wie ein Magnet auf alles Testosterongesteuerte. Womöglich war das ja ganz in Ordnung. Ihre Ehe mit Oran war im Laufe der Jahre nicht ungetrübt geblieben, wenn ich die Zeichen richtig deutete. Also nahm sie sich mit der ihr eigenen Selbstverständlichkeit und ohne Konsequenzen abzuwägen das, wonach es sie verlangte, gab großen Bedürfnissen ebenso nach wie kleinen Launen. Ich durfte auch hier nicht meinen Maßstab anlegen. Ich wollte nicht berührt werden. Das war schon immer so gewesen. Es bedurfte für mich einer großen Portion Sympathie und Vertrauen, um körperliche Nähe zu dulden. Sex spielte daher nie die wesentliche Rolle für mich. Er war die Glasur des Kuchens. Wenn der nicht schmeckte, weil es den Zutaten an Qualität mangelte, schob ich den Teller von mir, ohne weiter davon zu kosten. So kam es, dass Leidenschaft und Lust für mich Worte ohne viel Inhalt geblieben waren, eine der Gleichungen in meinem Leben, deren Unbekannte aufzulösen ich mir nicht die Mühe gemacht hatte. Und nachdem man sich Lust nicht anlesen, Leidenschaft nicht erklären lassen konnte, blieben sie mir weitestgehend ein Geheimnis. Sinnlichkeit war nicht in der Theorie zu erfahren und Anziehungskraft, die zum Denkmodell verkümmert, war ein lächerlicher Widerspruch in sich selbst, das war sogar mir klar.

Jedes Mal wenn ich der Theorie durch praktische Forschung auf die Schliche zu kommen gedachte, waren die Erfahrungen bestenfalls angenehm geblieben. Einzig meine Nächte mit Oran besaßen für mich bis heute eine Magie, die sich in seltenen Augenblicken über meine Erinnerung hinaus zurück in die Realität zu drängen vermochte. Doch vielleicht hatte allein die Zeit sie verklärt. Ich warf meinen Bademantel ans untere Ende des Bettes und kroch zurück unter die Decke.

Und Oran? Hatte er alles mit angehört? Vielleicht schon viele Nächte zuvor? Lag er in seinem Kissen und quälte sich mit rabenschwarzen Gedanken? Oder war der Schlaf gnädiger zu ihm gewesen als zu mir? Oran kannte Conny nun zwanzig Jahre. Konnte sie ihm noch wehtun? Vielleicht hatten sie sich ja seit Langem großzügig arrangiert. Ich hoffte es für ihn.

Trotzdem wurde ich wütend und trat meine Decke mit beiden Füßen in Richtung Bademantel. Zumindest Anstand und Taktgefühl könnte sie zeigen angesichts Orans Verfassung, dachte ich. Aber so war sie eben. Keine Rücksicht! Keine Scham! Verhielt sich wie eine billige Hure! Sprang mit dem besten Freund ihres kranken

Mannes in die Federn und scherte sich einen Dreck um dessen Gefühle! Nicht das kleinste bisschen Diskretion wusste sie zu wahren! Mein ohnmächtiger Zorn trieb mich aus dem Bett. Ich stand auf, knipste das Licht an und ging barfuß hinüber ins kleine Wohnzimmer. Dort steuerte ich geradewegs die Whiskeyflasche an. »Verdammtes Luder!«, knurrte ich und ließ den ersten Schluck die Kehle hinunterbrennen. »Und dieser Sean, dieser Bruder Leichtfuß! Nicht alles lässt sich mit einer irischen Geburtsurkunde entschuldigen!«, schimpfte ich vor mich hin. »Für ihn scheint die Ehrlichkeit, derer er sich rühmt, ein recht dehnbarer Begriff zu sein.« Was war sie wert, die Ehrlichkeit, wenn sie die Eigenschaften eines Vorschlaghammers besaß? Wenn sie nicht mehr differenzierte, wo sie angebracht war und wo nicht? Manchmal waren auch Schweigen und Anstand das probate Mittel. Eine ganze Weile knurrte ich in mich hinein, doch dann musste ich unwillkürlich seufzen. Ich ließ mich in den Sessel fallen und versuchte erst gar nicht, die beiläufig aufkeimende Resignation zu leugnen, der sich hinter meiner Empörung versteckt gehalten hatte. »Sauertöpfische, alte Schabracke«, raunte er mir zu und führte mir gnadenlos mein jahrelanges Alleinsein vor Augen. Dabei wäre es ein Leichtes, das zu ändern, besann ich mich und dachte an die unverhohlen lüsternen Blicke des Kollegen vom Fachbereich Germanistik. Oder der Cellospieler aus dem Kreis der Erlanger Musikfreunde, der seit Wochen versuchte, sich mit mir zu verabreden. Zugegeben, er war nett und auch attraktiv, doch irgendwie ... nein. Keine Komplikationen mehr. Und ohne ging es ja bekanntlich niemals. Der nächste Schluck Whiskey brannte weitaus weniger, und jeder weitere legte sich wie Balsam über meine Missgunst und Empörung. Schließlich beschloss ich, das Ganze einfach zu vergessen und mir sowohl Oran als auch Conny gegenüber nichts anmerken zu lassen. Es gab Wichtigeres zu entscheiden. Ein wenig unsicher auf den Beinen wankte ich zurück ins Schlafzimmer und kroch in mein Bett, boxte mir das Kopfkissen zurecht und trudelte whiskeyselig und angetrieben vom Ringelspiel hinter meiner Stirn in den Schlaf.

Kapitel 14

»Ich brauche Hilfe in der Küche. Mrs MacCarthy meint, Sie könnten den Hefezopf für die Hotelgäste backen. N' Morgen auch.« Nach einem kurzen, aber energischen Klopfen war Orans Zimmertür aufgestoßen worden und Deirdres zweieinhalb Zentner Lebendgewicht in der Türzarge erschienen. Ihr voluminöser Brustkorb hob und senkte sich wie immer dramatisch und sprengte nahezu die Kittelschürze, an der sie nun ihre beiden Handrücken rieb. Gleichzeitig warf sie einen skeptischen Blick auf mich. Ich ließ von Orans rechtem Fuß ab, den ich eben gewaschen hatte und nun mit Baby-Öl massierte. Die Köchin hatte unterdessen Schwester Myrtle ins Visier genommen: »Morgen Schwester«, dann Oran: »Morgen, Mr MacCarthy«, und beäugte mich bereits wieder. Mit ihrer weißen Schürze und der leicht schief sitzenden Haube auf den Stahlwolle-Locken sah sie aus wie die grantige Version von Wilhelm Buschs Witwe Bolte.

»Gehen Sie nur, Mrs Konrad« sagte Schwester Myrtle, ohne von der Liste aufzusehen, in die sie die eben verabreichte Medikamentendosis eintrug. »Sie können sich ja später wieder um Ihren Schwager kümmern.«

Ich lächelte und nickte Oran zu, streichelte noch einmal seinen Fuß und zog die Bettdecke darüber. Dann folgte ich Deirdre kommentarlos ins Erdgeschoss. Conny hatte mich also zum Küchendienst eingeteilt. Interessant. Kein Fragen, kein Bitten, nicht mal eine vorherige Information an mich. Nach einem respektvollen Miteinander, von dem sie gesprochen hatte, sah das nicht aus, sondern eher nach schleunigstem Klärungsbedarf!

»Schon mal Hefeteig gemacht?«, wollte Deirdre wissen, ohne mich eines weiteren Blickes zu würdigen.

»Mein Hefezopf mit Mandeln und Rosinen wurde fürs Bundesverdienstkreuz vorgeschlagen«, gab ich lächelnd zurück, doch sie zeigte sich nicht empfänglich für meinen morgendlichen Scherz, murmelte Unverständliches und schlurfte vor mir in die Küche. Von einem der Regale zog sie eine große weiße Backschüssel und stellte sie hörbar auf dem Küchentisch ab. Dann nahm sie eine Kittelschürze vom Wandhaken, legte sie neben die Schüssel und deutete auf die Tür zur Speisekammer. »Da drin finden Sie alles, was Sie brauchen.« Damit drehte sie mir den Rücken zu und beugte sich schwerfällig über die geöffnete Geschirrspülmaschine, um sie auszuräumen.

Ich ergriff die Schürze, schlüpfte in die Ärmelöffnungen, wickelte die Stofffülle zwei Mal um meine Taille und zurrte sie fest, so gut es eben ging. Derart gerüstet, holte ich mir die benötigten Zutaten aus dem Vorratsraum und machte mich an den Vorteig in der amüsierenden Gewissheit, dass Deirdre jeden meiner Handgriffe aus den Augenwinkeln beobachtete. Als ich zwanzig Minuten später den Teig mit einem Küchentuch abdeckte und zum Gehen neben den Herd stellte, unterbrach sie ihre Arbeit und ihr Schweigen und reichte mir eine Tasse Kaffee. »Hier«, sagte sie und deutete mit dem Kinn auf die Teigschüssel. »Das war ja schon ganz passabel.«

Ich hätte schwören können, für den Bruchteil einer Sekunde ein Lächeln über ihr Gesicht huschen zu sehen, aber wahrscheinlich hatte lediglich dieser Anflug von Lob meine Wahrnehmung beflügelt. Ich bedankte mich dafür und schmunzelte in mich hinein. Dann setzte ich mich an den großen Holztisch, trank meinen Kaffee und aß einen der lauwarmen Rosinen-Scones. Schließlich hatte ich noch nicht gefrühstückt und ziemlichen Hunger. Der Kaffee schmeckte vorzüglich nach dieser mehr oder weniger durchwachten Nacht, und die frischen Scones mit Butter und Erdbeermarmelade waren eine Sünde.

»Verraten Sie mir das Geheimnis Ihrer unglaublich leckeren heißen Brötchen, Deirdre? Sie sind unwiderstehlich«, fragte ich kauend und verpackte mein ehrliches Interesse mit dieser wohlüberlegten Schmeichelei, während ich noch einmal zulangte.

Deirdre schien empfänglich dafür, denn – und diesmal bestand kein Zweifel – sie lächelte. »Eine Glasur aus einem satten Schuss Whiskey und zwei Löffel Puderzucker. Das Ganze gut verrühren und die Scones damit bestreichen, so lange sie noch heiß sind. So macht man das«, erklärte sie und warf mit Elan die Tür des Geschirrspülers zu.

Das Gefühl wohliger Zufriedenheit überkam mich, und ich dachte daran, wie sehr sich doch dieses Leben hier von meinem bisherigen unterschied. Vor zwei Wochen noch hätte ich mir nicht träumen lassen, es als Alternative in Betracht zu ziehen. Doch jetzt? Erlangen war weit weg. Nicht nur räumlich.

»Es ist gut, dass Sie hier sind.« Deirdres Worte drängten sich so unerwartet in meine Überlegungen hinein, dass ich mich beinahe am Gebäck verschluckte. Ich sah ihr zu, wie sie sich einen Tee einschenkte und auf dem Stuhl neben mir Platz nahm. Ihr Blick wich dabei nicht, wie sonst, dem meinen aus, sondern verweilte darin und bezeugte die Aufrichtigkeit dessen, was Sie gesagt hatte.

Dankbar lächelte ich sie an, ohne zu fragen, was sie damit meinte. Ich hatte ihre Gunst errungen, und das war mir genug. Zumindest fürs Erste.

Deirdre war ein Reibeisen, keine Frage. Kam man ihr zu nahe, holte man sich Risse und Schrammen. Zudem war sie misstrauisch und schnörkellos direkt. Und doch musste ich zu meiner eigenen Überraschung feststellen, dass ich mich wohlfühlte in ihrer Gesellschaft. Vielleicht, weil sie mir grundehrlich erschien in all ihrer Grobheit.

»Deirdre ist eben Deirdre«, hatte mir Sean, wie bereits zuvor Conny, vor einigen Tagen zu verstehen gegeben, als ich mich beiläufig über ihre spröde Art geäußert hatte. Erst als ihm klar geworden war, dass mir seine Bemerkung nicht wirklich weiterhalf, hatte er gemeint: »Sie wird Sie gernhaben. Sie müssen ihr nur Zeit lassen, das herauszufinden.« Vielleicht hatte er ja damit richtig gelegen.

Eine Weile waren wir in schweigsamer Eintracht zusammengesessen, als plötzlich die Tür aufflog und Conny mit ihrer raumfüllenden Präsenz die Küche betrat. Ein Schwall teuren Parfüms, der den Duft des Kaffees und der Scones zurückzudrängen vermochte, schlug uns entgegen, gefolgt von einem fröhlichen: »Ach, Kinder, was für ein Morgen! Schnell Deirdre, eine Tasse vom Schwarzen, sonst kippe ich um.«

»Na, das möchte ich sehen«, knurrte Deirdre in meine Richtung, hievte sich vom Küchenstuhl und ging zum Herd.

Conny tat, als habe sie es nicht gehört, grinste mich an und ließ sich mir gegenüber auf einen Stuhl fallen. Sie richtete mit einem Seufzer der Erschöpfung ihren Blusenkragen, wirkte aber alles andere als gestresst, und ich bezweifelte, dass sie einen derartigen Zustand überhaupt kannte.

»Danke, dass du Deirdre hier zur Hand gehst, Schwesterherz. Ich hoffe, du nimmst mir meine vorschnelle Idee, dich als Unterstützung heranzuziehen, nicht übel, aber ich weiß noch sehr gut, wie du uns früher mit deinem Selbstgebackenen verwöhnt hast. Außerdem hat Eileen wieder mal beschlossen, kurzfristig krank zu werden.« Vielsagend zog sie die Augenbrauen nach oben und die Mundwinkel nach unten. Ich tat es ihr gleich, wenn auch aus anderen Beweggründen. Mein *Schwesterherz* vermittelte eine Vertrautheit, die ich in mir leider noch immer nicht wiederfand.

»Zumindest gehe ich davon aus«, fuhr Conny fort, »denn sie hat sich noch nicht gemeldet. Weißt Du, wo sie schon wieder steckt, Deirdre?«

»Woher denn?«, kam Deirdres knappe Antwort, während sie die Kaffeetasse vor Conny auf den Tisch stellte.

»Ich bin gern hier in der Küche«, bestätigte ich rasch. Lächelnd suchte und fand ich Deirdres Blick.

»Na, das ist doch wunderbar!«, kommentierte Conny, grinste und griff nach der Tageszeitung. »Ist sie nicht ein Schatz, Deirdre?« Gleich darauf verschwand ihr Gesicht hinter den Zeitungsseiten, kam für einige Minuten nur beim Blättern und Kaffeetrinken kurz zum Vorschein.

Deirdre warf ihr einen giftigen und mir einen verschwörerischen Blick zu, und ich schmunzelte wieder. Ich beschloss, mich dem Hefeteig zu widmen, stand auf, trug die Schüssel an den Tisch zurück und machte mich an die Knetarbeit. »Bist du heute schon bei Oran gewesen?«, wollte ich wissen und beobachtete Conny bei ihrer Lektüre.

»Hm? ... Oh, nein, noch nicht, aber ich hole das nach, sobald ich Zeit habe«, meinte sie beiläufig, ohne die Zeitung aus den Augen zu lassen.

»Ich finde, du solltest dich öfter bei ihm sehen lassen. Schließlich ist er dein Mann«, kam es mir über die Lippen, und schon bereute ich die Kritik, die in meinen Worten mitschwang. Im Grunde war ich ja mehr als froh, wenn ich Oran für mich allein hatte, und für Deirdres Ohren waren derartige Äußerungen nun wahrlich nicht passend.

Conny hob den Kopf, doch schien sie nicht betroffen, sondern amüsiert über die latente Schärfe in meinem Ton.

»Allerdings, das ist er«, sagte sie, warf mir einen wachen Blick zu und fuhr dann doch mit einem Anflug von gespieltem Gekränkt-Sein fort: »Oh, komm schon, Lisa, ich tue wirklich, was ich kann. Ich muss mich jetzt auch noch um all das kümmern, was Oran bisher erledigt hat. Das ist gar nicht so leicht, weißt du?« Sie schlug elegant ihre makellosen, frisch epilierten Beine übereinander und strich sich den Designerrock glatt. Unwillkürlich dachte ich an meine stoppeligen Schienbeine, die ich am liebsten hinter langen Hosen versteckte, um mir das lästige Rasieren und das Jucken zu ersparen, sobald die Haare wieder nachwuchsen. Ich biss mir auf die Lippen und traktierte den Teig mit festen Schlägen. »Aber du liebst ihn doch, oder?« Ich wusste, diese Frage war nicht nur hinterhältig, sondern hatte ebenfalls hier nichts verloren. Vor allem nicht im Beisein anderer. Außerdem hätte ich sie mir sparen können, denn Conny liebte niemanden, von sich selbst einmal abgesehen. Sie hatte kein Herz, nur eine Ansammlung von Koronargefäßen, Blut und Muskelgewebe. Nichts, das fühlte, sondern etwas, das klopfte. Ich wischte mir die Finger am Küchenhandtuch ab und suchte ihren Blick. Sie tat, als habe sie die Frage gar nicht gehört. Kerzengerade saß sie am Tisch, trank hin und wieder von ihrem Kaffee, verzog dabei keine Miene und hatte sich längst wieder den Lokalnachrichten gewidmet.

Ich war im Grunde genommen nicht böse, dass sie mir die Antwort verweigerte. Doch plötzlich hob sie den Kopf, lächelte und sagte: »Was? ... Oh, entschuldige, ich war nur gerade ...« Sie deutete auf die Zeitung. »Natürlich liebe ich Oran. Aber das tust du doch auch, oder?« Wie sie es sagte, klang es nicht nach rivalisierender Leidenschaft, sondern nach den Nächstenliebe-Statuten der Caritas. »Und bei dir weiß ich ihn gut aufgehoben«, meinte sie weiter. »Jetzt können wir beide für ihn da sein und das, was er geschaffen hat, gemeinsam weiter am Leben erhalten.«

Vor Deirdre eine Grundsatzdiskussion zu beginnen, wollte ich uns allen ersparen, also widersprach ich nicht und schwieg. Wie schön sie noch immer war, dachte ich lediglich für einen neidlosen Moment, während ich sie abwechselnd betrachtete und drei Hefestränge zu einem dicken Zopf flocht. So gepflegt, so elegant. Ihre grünen Augen glitten wieder über die Zeilen des Gedruckten mit jener Distanz, die sie niemals verlor, die sie so unangreifbar und überlegen machte. Conny hatte immer um ihr gutes Aussehen gewusst, darin jedoch nie ein Privileg, sondern immer ein Geburtsrecht gesehen. Dennoch hatte sie ständig die Bestätigung anderer gesucht, hatte hören wollen, wie attraktiv sie war, wie reizvoll. Damals, vor zwanzig Jahren, hatte es ausreichend Männer in ihrem Leben gegeben, die ihr diesen Gefallen mit Freude getan und sie umgurrt hatten, die ihr Rosen geschickt, sie auf Partys, ins Konzert, ins Theater oder zum Abendessen ausgeführt hatten. Manchmal, je nach Laune, war dem einen oder anderen darüber hinaus ihre Gunst zuteilgeworden. Dann war sie erst zum späten Frühstück zuhause erschienen, mit jenem selbstzufriedenen Lächeln, das ich so an ihr gehasst hatte. Nein, Conny hatte kein mitfühlendes Herz. Und daran würde sich nie etwas ändern. Doch machte sie das per se zu einem schlechten oder nur zu einem unangreifbaren Menschen? War ich zu einseitig in meinem Urteil über sie und darum ungerecht? Machte mein immer wieder aufkeimender Neid eine erbärmliche Zynikerin aus mir? Vielleicht sollte ich tatsächlich weniger über das nachdenken, was uns trennte, als vielmehr über das, was uns verbinden könnte.

Ich legte den Hefezopf aufs Blech, bepinselte ihn mit Eiermilch und bestreute ihn mit gehobelten Mandeln. Jeder hatte eben seine ganz eigenen Vorzüge, überlegte ich. Und mit fast fünfundvierzig Jahren sollte man nicht voll Bedauern zurückblicken, sondern das ergreifen, was in Armlänge vor einem lag. Ich konnte Hefezopf backen und problemlos Differenzialgleichungen im Komplexen lösen ... und ich hatte die Möglichkeit zu einem völlig neuen Leben hier in Irland. Wie hilfreich dabei derartige Betrachtungen waren und wie viel Freude und Zufriedenheit sich daraus gewinnen ließ, blieb abzuwarten.

»Mr MacCarthy war kein glücklicher Mann«, behauptete Deirdre in meine Überlegungen hinein. Conny war inzwischen gegangen, und Deirdre rührte in einem Topf mit Suppe. Als ich erstaunt zu ihr hinblickte, nickte sie, um das Gesagte zu bekräftigen. Mich störte dabei, dass sie von Oran in der Vergangenheit sprach.

»Wieso *war*? Er lebt ja noch«, stellte ich richtig, als müsse ich ihn verteidigen.

»Ich will damit doch nur sagen, als er noch er selbst war und nicht so krank wie jetzt«, lenkte sie ein. »Die zwei haben dauernd gestritten, laut, und jeder konnte es hören.«

»Worüber denn?« Ich fragte harmlos, gierte jedoch innerlich nach mehr Informationen. Conny hätte ich, selbst unter Folter, nie nach ihrem Leben mit Oran befragt. Auch aus reinem Selbstschutz. Ich wollte ihr keine Möglichkeit geben, mich bei meiner Qual zu beobachten, wenn ihre Worte meine lang gehegten Sehnsüchte formulierten. Doch bei Deirdre war das etwas anderes. Sie war, was Oran und mich betraf, neutral und unwissend.

»Ach, die zankten sich über alles und jedes«, fuhr Deirdre fort. »Wie man halt so streitet nach bald zwanzig Jahren Ehe. Da geht doch sowieso jeder wieder seinen eigenen Weg, nur eben an der Leine. Und die scheuert dann oft an den empfindlichsten Stellen.«

Da ich derartige Erfahrungen nicht vorzuweisen hatte, blickte ich versonnen auf meine Kaffeetasse und ersparte uns beiden einen der geistlosen Kommentare, die üblicherweise an dieser Stelle zum Besten gegeben wurden. Ich war nie verheiratet gewesen. Vielleicht glaubte ich deshalb tief in meinem Inneren an die Vorteile der Ehe und weigerte mich, sie trivialer Spöttelei preiszugeben.

»Na ja«, meinte Deirdre weiter, zögerte einen Moment und setzte erneut an: »Sie sollten vielleicht doch wissen ... da waren so ein paar Wortfetzen ...« Wieder verstummte sie, drehte sich weg, und ich fürchtete, sie hätte es sich anders überlegt.

»Was, Deirdre? Was für Wortfetzen?«, drängte ich und trat mit dem Backblech, das ich noch immer in Händen hielt, näher an sie heran.

»Also gut. Und warum auch sollten Sie es nicht wissen?«, schien sie sich selbst noch einmal zu ermutigen. Sie kam auf mich zu, nahm mir das Blech mit dem Hefezopf aus der Hand, schob es in die Backröhre und knallte die Ofentür zu. »Sie sagte: *Hättest wohl doch besser Lisa heiraten sollen.* Er sagte: *Ja, das hätte ich besser getan.* Sie sagte: *Glaubst du, mit Geld ihre Vergebung erkaufen zu können?* Er sagte: *Ich will es eben so. Sie bekommt die Hälfte von allem.* Sie sagte: *Mir ist es egal. Dein Geld reicht für sie und mich.* Und so weiter. Solche Sachen halt. Nichts Gutes, wenn Sie mich fragen.« Deirdre sah mich abschätzend an, prüfte nach, was ihre Offenheit bei mir bewirkte und legte dann für einen Moment ihre Hand tröstend auf meinen Arm. Ob sie meine Betroffenheit richtig einzuschätzen wusste, wagte ich zu bezweifeln. Triumph und Schmerz konkurrierten zugleich in mir. *Hättest Lisa heiraten sollen ... Ja, das hätte ich besser* ... Wenige Worte, die so viel bedeuteten, so viel bewirkten. Mehr noch als Orans Blicke, die nur das Wunschdenken in mir genährt hatten. Wunschdenken, das von meinen Zweifeln klein gehalten worden war. Doch Deirdre hatte keinen Grund, mir etwas vorzumachen. Zudem war ihre Wahrnehmung neutral und unbelastet. Unruhe überfiel mich. Deirdres Worte, bezeugten sie nicht, dass Oran an mich gedacht hatte, lange schon, und dass er seine ehemals getroffene Entscheidung, Conny zu heiraten, in Frage zog? Bedeuteten sie nicht, dass ich ihm wichtig war, dass er vielleicht sogar bereute? Nicht nur, mir Schmerz zugefügt, sondern sie mir vorgezogen zu haben? So viele Jahre! Vergeudet, vertan ... vertan. Mein Blick verschleierte sich, und ich wischte mir verstohlen über die Augen. Nein, jetzt nicht daran denken, nichts bedauern! Ich war Oran wichtig, nur das zählte. Ich besaß nicht Connys Schönheit, nicht ihren Charme, nicht ihre Gewandtheit. Ich hatte nicht ihr reiches Leben gehabt, so voll von Abwechslung und Annehmlichkeiten. Doch während sie über die Jahre hinweg an Orans Seite geschillert hatte, waren seine Gedanken zu mir zurückgekehrt. Mir war, als regte sich bei dieser Erkenntnis jeder Knochen in meinem Körper und richtete mich auf. Ich atmete tief ein und aus und wusste, dass sich soeben mein Leben verändert hatte, dass *ich* mich soeben verändert hatte. Veränderung. War sie, all meiner gegenteiligen Erfahrungen zum Trotz, letztendlich doch möglich? So grundlegend und tief greifend, dass selbst ich nicht anders konnte, als sie anzuerkennen? Unbestritten spürte ich die unmittelbare Wirkung von Deirdres Worten und Conny hatte schlagartig einen Teil Ihrer Macht über mich eingebüßt. Diese Gewissheit durchdrang mich so kraftvoll, dass ich sie körperlich spüren konnte. Ab sofort würden wir uns auf Augenhöhe gegenübertreten und das verwaschene Graugrün meines Blicks würde dem gelbgrünen Funkeln ihrer Katzenaugen mit wesentlich geringeren Minderwertigkeitsgefühlen standhalten.

»Jetzt ist sie jedenfalls froh, dass Sie hier sind. Hat sie eine mehr, die sie rumkommandieren kann. Und was Sie für unseren Chef tun, ist unbezahlbar!« Mit dieser Bemerkung brachte sich Deirdre wieder in meinen Wahrnehmungsbereich. Ich lächelte.

»Sie mögen Conny nicht, stimmt's?«

»Darüber denke ich nicht nach. Ich koche hier nur«, antwortete

Deirdre, bereits wieder grimmig. »Aber *wenn* ich drüber nachdenken würde, dann könnt ich sie nicht leiden, das ist so sicher, wie der Papst katholisch ist.« Sie hob beschwörend den Zeigefinger. Ich nickte und grinste in mich hinein.

»Conny ist eben Conny«, bemerkte ich leichthin, um ihr zu verstehen zu geben, dass mich das alles nicht weiter berührte. Spontan ging ich zu ihr hinüber, legte meine Hand auf ihre fleischige Schulter und drückte sie sanft. »Danke, Deirdre«, sagte ich, »und schicken Sie nach mir, wann immer Sie mich hier brauchen. Ich helfe Ihnen gern.«

Sie nickte. »Passen Sie auf sich auf«, ermahnte sie mich und rührte wieder in ihrer Suppe. Sonderbar, sie war schon die Zweite auf Rosebud, die mir diesen Rat gab. Zuerst Sean bei unserem Ausritt und nun Deirdre. Wieder dachte ich an den Zettel mit der noch sehr viel deutlicheren Warnung. Und wieder fragte ich mich, was es hier für mich zu fürchten gab.

Am darauffolgenden Tag fuhr Sean geschäftlich nach Dublin. Ich nahm sein Angebot an, ihn zu begleiten, auch wenn das bedeutete, dass ich die gesamte Strecke, wie von ihm angedroht, selbst hinter dem Steuer sitzen würde. Ich sagte Conny, ich wolle die Gelegenheit nutzen und mir ein wenig die Stadt ansehen.

»Wunderbar!«, bekräftigte sie meinen Entschluss. »Sie wird dir gefallen. Viel Altehrwürdiges und viel Neues und Modernes. Rosebud ist zwar wunderschön, aber nicht das *ganze* Irland.« Sie lachte perlend und zwinkerte mir zu. »Wir müssen unbedingt bald mal gemeinsam dort hin«, schlug sie vor. »Shoppen, bummeln, Kaffee trinken. Was hältst du davon?«

»Das wäre schön«, antwortete ich, konnte mir aber nicht vorstellen, dass Conny Zeit dafür finden würde, geschweige denn, in meiner Gesellschaft echtes Vergnügen daran.

»Warte, ich hab noch irgendwo einen Stadtplan im Schreibtisch, glaube ich. Falls nicht, hole dir einfach einen aus dem Info-Ständer an der Hotelrezeption.

»Keine Umstände, ich komme schon klar«, gab ich zurück, denn mein Ziel in Dublin stand bereits fest. Es führte mich direkt in die Grafton Street und die Anwaltskanzlei O'Shea & Foley.

Einige Stunden später betrat ich das modernisierte Backsteingebäude aus dem neunzehnten Jahrhundert, wurde von der älteren der beiden Sekretärinnen in Empfang genommen und über eine breite, knarrende Holztreppe hinauf in den ersten Stock geführt. Ein kurzer Flur, dessen Fensterreihe zur Linken hinaus auf die Grafton Street blickte und von dessen rechter Seite zwei Türen abgingen, war mit drei Ledersesseln, einem Glastisch und einem fast deckenhohen Ficus Benjamini zum Wartebereich erklärt worden. Ein Kaffeevollautomat und weißes Porzellangeschirr sowie einige Flaschen Mineralwasser standen auf einem schmalen Sideboard für Klienten bereit. Noch bevor ich mich setzen konnte, hatte die Sekretärin mich angemeldet, und ein älterer Herr mit Halbglatze, weißem Haarkranz und kleidsamen Fältchen um die graublauen Augen kam mir mit ausgestreckter Hand entgegen.

»Herzlich willkommen, Mrs Konrad! Ich bin Cian O'Shea«, begrüßte er mich überschwänglich und geleitete mich in ein Zimmer von beeindruckender Größe, ausgestattet mit unzweifelhaft antikem Mobiliar, teurem Leder und schwerem Damast an hohen Sprossenfenstern. Ein Deckenleuchter, gestaltet aus drei großen Geweihschaufeln, hing mitten im Raum und behauptete sich mit seinem warmen Licht gegen den grauen Wolkenhimmel, der über der Stadt hing. Gab es in Irland überhaupt derart gehörntes Wild, fragte ich mich, während ich mir die Lampe genauer betrachtete.

Mr O'Shea ließ mich nicht aus den Augen, als er mich bat, auf einem der Sessel Platz zu nehmen, die den ovalen Eichentisch im rechten Bereich des Raumes umstanden. Der linke Bereich war einem Schreibtisch vorbehalten, auf dessen riesiger Arbeitsfläche die Telefonanlage und der Laptop wie Kinderspielzeug anmuteten. Hinter ihm erstreckten sich lückenlos gefüllte deckenhohe Bücherregale und Aktenschränke über die gesamte Wandbreite.

»Kaffee, Tee oder etwas Stärkeres?«, fragte O'Shea, und ich entschied mich für den Tee, der über einem Stövchen in einer Glaskanne dampfte. Vielleicht kam Sean ja auf die glorreiche Idee, mich auch den ganzen Weg zurückfahren zu lassen. Dann war es nicht zuletzt aus diesem Grund besser, einen klaren Kopf zu behalten. Ich beobachtete den Anwalt dabei, wie er den Tee in zwei Tassen füllte, eine davon mir reichte und eine Porzellanschale mit Keksen auf den

Tisch stellte. O'Shea war klein und rundlich, und sein Alter schätzte ich auf Mitte bis Ende siebzig, doch seine Haltung war gerade und seine Stimme kräftig.

»So, Sie sind also Elisabeth.« Er ließ die Feststellung eine kleine Weile nachschwingen und fragte dann: »Was kann ich für Sie tun?«

»Es geht um Orans Testament, Mr O'Shea«, kam ich ohne Umschweife zum Grund meines Hierseins. »Ich muss gestehen«, bekannte ich weiter, »ich war mehr als überrascht, als Conny mir von Orans Verfügungen berichtete. Genauer gesagt, bin ich noch immer völlig benommen. Und ganz ehrlich: Ich kann mir überhaupt keinen Reim darauf machen, was ihn zu dieser Entscheidung bewogen hat.«

Ich bemerkte den intensiven Blick, mit dem Cian O'Shea mich taxierte, doch ich wich ihm nicht aus.

»Ich habe mir schon so etwas gedacht, als ich hörte, dass Sie kommen«, meinte er und nippte vorsichtig an seiner Teetasse, über der sich der Dampf kräuselte.

»Sehen Sie, dieses Testament hat weitreichende Folgen für mich. Natürlich kann ich es ausschlagen, doch Conny und auch Oran möchten, dass ich bleibe. Und ich möchte es, offen gestanden, inzwischen auch. Zumindest ziehe ich es in Erwägung«, relativierte ich schnell. »Trotzdem erscheint mir noch so vieles ungeklärt. Ich weiß nicht, wie ich es Ihnen besser verständlich machen kann.« Ich zuckte ratlos mit den Schultern. »Man hat mir gesagt, dass Sie und Oran seit sehr langer Zeit befreundet seien, und so habe ich mir gedacht, Sie könnten mir einiges über Orans Beweggründe sagen. Conny ist da nicht ...« Ich wusste nicht, wie ich den Satz angemessen und für einen mir Fremden verständlich beenden sollte, und ließ ihn offen.

O'Shea nahm noch einen kleinen Schluck aus seiner Teetasse, setzte sie auf dem Tisch ab, lehnte sich gemächlich in seinem Sessel zurück und faltete die Hände über seiner Leibesfülle. Dann nickte er und sagte:

»Ich kenne Oran seit seiner Geburt. Ich war ein guter Freund von Finn, seinem Vater, und für Oran seit jeher der *Onkel* Cian«. Er verbrachte oft die Schulferien mit mir und meiner Frau – Gott hab sie selig – in Connemara. Wir hatten dort viele Jahre ein Ferienhaus.« Er lächelte in der Erinnerung. »Leider sind Maura und ich kinderlos geblieben, und so war Oran, *ist* Oran beinahe wie ein Sohn für mich.« Ein Schatten legte sich auf sein Gesicht. »Was ihm passiert ist, hätte nicht passieren dürfen, aber das Leben nimmt auf unsere Wünsche nun mal leider keine Rücksicht.«

Ich nickte, und er betrachtete mich wieder mit einer Eindringlichkeit, die mich bei jedem anderen mit Unbehagen erfüllt hätte.

»Warum sind Sie nicht der offizielle Familienanwalt der MacCarthys, Mr O'Shea?«, fragte ich aus reiner Neugier, und der alte Mann lächelte.

»Finn MacCarthy, Jason Kavanaghs Vater John und ich haben hier in Dublin zeitgleich studiert. Daraus erwuchs eine enge Freundschaft. Unser Trifolium löste sich niemals auf, weder durch die räumliche Trennung noch die unterschiedlichen Lebensumstände. Doch irgendwann starb Finn, bald darauf John. Und jetzt gibt es nur noch eines der drei Kleeblätter.« Cian O'Shea lächelte wieder. »John und ich waren Juristen, Finn diplomierter Betriebswirt. Johns Sohn Jason trat, genau wie Oran, in die Fußstapfen seines Vaters, wie Sie ja inzwischen wissen. John hatte eine gut gehende Anwaltspraxis in Cork, die heute von Jason geführt wird. Ich sitze hier mit meinem ›Imperium‹ in Dublin.« Er zeichnete mit einer ausladenden Geste seiner Hand einen Halbkreis um seine Leibesfülle und lachte herzlich auf. »Finns damalige Entscheidung für John als Familienanwalt war ausschließlich und ohne jede freundschaftliche Konsequenz der räumlichen Nähe geschuldet.«

Ich nickte wieder, und O'Shea fuhr fort, indem er seine Worte auf Oran zurücklenkte.

»Oran schätzt Sie sehr, Mrs Konrad, und ich weiß auch, dass er seit langer Zeit mit sich gehadert hat. Was genau ihn umtrieb, hat er mir nicht erzählt, aber er hat irgendwann einmal zu mir gesagt: ›Ich glaube, ich habe einen Fehler gemacht, Onkel Cian‹; was immer er auch genau damit gemeint hat.« Wieder forschte O'Sheas Blick auf meinem Gesicht, schien seinerseits Antworten auf ein paar offene Fragen zu suchen – und kurioserweise auch zu finden. Er lächelte zufrieden, gleichzeitig jedoch meinte ich ganz deutlich das Bedauern zu spüren, das er empfand angesichts der Unabänderlichkeit der Situation.

»Wie weit sind Ihnen die Inhalte des Testaments samt Kodizill bekannt?«, fragte er, und ich erzählte ihm, was Kavanagh mir eröffnet hatte.

»Gut. Dann wissen Sie, dass Orans Besitz nach seinem Tod nur veräußert werden kann, wenn Conny und Sie das gemeinsam beschließen?«

Ich nickte erneut.

»Orans Großvater hat Rosebud aufgebaut, mit seinen eigenen Händen die Felder bestellt und Kühe, Schafe und Pferde aufgezogen. Und nach ihm sein Vater. Oran hat die Tradition gepflegt und hochgehalten. Sein kaufmännisches und finanzielles Geschick hat ihn in schweren Zeiten nicht nur vor größeren Problemen bewahrt, sondern ihm zu einem beachtlichen Vermögen verholfen. Er liebt Rosebud und ehrt das Erbe seiner Väter. Was ich damit eigentlich sagen will: Wenn Sie das Testament ablehnen, erbt Conny als einzige Hinterbliebene alles und kann damit verfahren, wie es ihr gefällt. Und wenn Sie sich schriftlich einverstanden erklären, kann sie überdies das Gut verscherbeln.« Aus seinen Worten hörte ich eine Spur Ärger heraus, gewürzt mit einer Prise Verachtung. O'Shea schien nicht uneingeschränkt zu Connys Fangemeinde zu gehören.

»Das heißt, Oran hat mich als eine Art ...«, ich suchte nach einem treffenden Begriff, »Notbremse in sein Testament eingebaut? Hoffte er, ich würde mich schon allein aus Rachsucht und Vergeltung gegen Connys eventuellen Veräußerungswunsch stellen?«

Enttäuscht senkte ich den Blick. Mir war inzwischen längst klar, dass Orans Entscheidung viel mehr über seine Beziehung zu Conny aussagte als über seinen Wunsch, nach all den Jahren Frieden mit mir zu schließen und ihn mit Geld zu besiegeln. Trotzdem hatte meine Rolle in diesem Spiel plötzlich einen schalen Beigeschmack.

»Obwohl ich Ihrer Schlussfolgerung nur sehr bedingt folgen kann, so fürchte ich doch, sie wird der Komplexität des Ganzen nicht gerecht. Vor allem verkennen Sie damit völlig die Bedeutung, die Sie für Oran haben. Wie schon gesagt: Er schätzt Sie sehr, Mr Konrad, davon dürfen Sie ausgehen.«

Schätzen ... hm ... Na ja, wenigstens etwas.

O'Shea musste mein enttäuschtes Gesicht bemerkt haben und räumte daraufhin mit einem Schmunzeln ein: »Ich habe bewusst diese vorsichtige Formulierung gewählt.«

»Tja, leider ist es ein bisschen spät, das zu erfahren«, gab ich zurück und erhob mich.

Auch O'Shea hievte sich aus seinem Sessel. »Aber immer noch zeitig genug für gute Entscheidungen«, meinte er lächelnd. »Wann immer ich Ihnen behilflich sein kann, lassen Sie es mich wissen. Und grüßen Sie Oran von mir. Kommenden Monat werde ich ihn auf Rosebud besuchen ... Und ich würde mich freuen, wenn Sie dann immer noch dort wären.«

Ich nickte und bedankte mich. »Wir werden sehen«, sagte ich und drückte ihm fest die Hand.

Auf der Rückfahrt nach Rosebud stellte ich mich schlafend. Ich hatte Sean erklärt, müde zu sein und ihn gebeten, selbst das Steuer zu übernehmen.

Ich lehnte mich in meinen Sitz zurück und schloss die Augen, dachte über meinen Besuch bei O'Shea nach und ließ seine Worte in mir nachwirken. Oran hatte mir die Hälfte allen Besitzes überlassen, nicht Sean, nicht Onkel Cian, nicht irgendeiner Stiftung, sondern *mir*, einer Frau, die er für eine andere verlassen hatte, einer Frau, die er zwanzig Jahre nicht gesehen und gesprochen hatte, und die, wie O'Shea es ausdrückte, die Bedeutung, die sie trotz allem für ihn habe, unterschätze ... Plötzlich musste ich an Seamus O'Mally denken. »Was suchen Sie?«, hatte er mich kürzlich auf einem unserer gemeinsamen Spaziergänge gefragt. Ich war mir nicht sicher gewesen, was er damit meinte, und hatte ihn nur ratlos angesehen. »Was suchen Sie«, hatte er noch einmal eindringlicher gefragt, und als ich wieder nicht antwortete, sondern nur mit den Schultern zuckte, hatte er gesagt: »Egal, ob Sie in einem Klassenzimmer mit dreißig Schülern stehen oder, wie ich, in einem Forschungslabor in Kalifornien über Computerdaten gesessen haben, an solchen Orten werden sie es nicht finden. Diese Orte verschaffen Ihnen einen Rahmen, eine Bedeutung, gaukeln Sicherheit und Orientierung vor. Und trotzdem können sie Ihnen nie und nimmer das geben, was sie wirklich brauchen. Leben reduziert sich zudem immer auf kleinste Zeiteinheiten, auf Augenblicke. Füllen Sie sie mit dem, was Ihnen wirklich fehlt.«

Sein Appell hatte mich genauso irritiert wie seine Frage. Jetzt erkannte ich, dass sich in meinem Innern bereits erste Konturen dessen abgezeichnet hatten, was mir wirklich fehlte, und dachte über den fatalen Fehler nach, die eigene Wahrheit stets mit der Wirklichkeit gleichzusetzen.

Beim Abendessen teilte ich Conny mit, dass ich mich entschlossen hatte, zu bleiben. Mit einem »Gott sei Dank« strebte sie mir entgegen und drückte mich an sich. Ich erwiderte ihre Umarmung verhalten, doch wohlwollend.

»Allerdings sehe ich da trotzdem ein kleines Problem«, gab ich zu bedenken.

Conny ließ von mir ab und hob erwartungsvoll die Augenbrauen. »Was denn?«

»Na ja, wenn ich mich beurlauben lasse, bekomme ich kein Gehalt, so einfach ist das. Natürlich habe ich die Jahre über gespart, aber meine Mittel sind überschaubar. Mit anderen Worten: Wovon soll ich hier leben, so lange Oran ...« Ich konnte den Satz nicht zu Ende formulieren, ihn nicht einmal zu Ende *denken*. Aber ich durfte auch die grundlegenden Bedingungen für mein eigenes Leben nicht völlig außer Acht lassen.

»Dem Himmel sei Dank!«, antwortete Conny erleichtert. »Ich befürchtete schon, es gäbe ein echtes Problem.«

Für mich war es das.

»Selbstverständlich werde ich für dich umgehend ein Konto einrichten, über das du verfügen kannst. Deine Ausgaben werden dann jeweils am Monatsende wieder ausgeglichen. Wäre ein Grundbetrag von fünfundzwanzig Tausend ausreichend?«

Ich war sprachlos. »Aber Conny, das ...«, wollte ich entgegnen, doch sie winkte nur ab.

»Das ist nun wirklich nicht der Rede wert. Ich verspreche dir noch einmal, es wird dir hier an nichts fehlen«, fuhr sie begeistert fort. »Dieser wunderschöne Ort kann auch für dich eine neue Heimat werden, da bin ich mir ganz sicher.«

Ich lächelte nur, sagte nichts darauf, denn ich wusste inzwischen, wie wenig sich das Gefühl von Heimat von Örtlichkeiten ableiten ließ. Ich wusste auch, ich würde Conny nie lieben lernen, nie wie eine Schwester für sie empfinden, doch ich war auf dem besten Weg dazu, sie zu akzeptieren, wie sie war. Sie und die giftigen Erinnerungen, die ich mit ihr verband, waren vom Zentrum meines Denkens an den Rand gerutscht. Dort würden sie weitaus weniger Einfluss auf mich ausüben.

Noch am selben Abend schrieb ich an meine Nachbarin Anni und bat sie, Churchill ganz zu sich zu nehmen. Ich tröstete mich mit dem Gedanken, dass Katzen keine persönlichen Beziehungen zu Menschen aufbauten und mein Kater mich demzufolge nicht vermissen würde. Allerdings, so schrieb ich weiter, sollte sie es mich nicht wissen lassen, falls die Fachwelt sich diesbezüglich irrte. Der zweite Brief ging an die Verwaltung meines Gymnasiums mit der Bitte, mich vorläufig für ein Schuljahr vom Dienst zu beurlauben. Ich hatte bereits vorab ausführlich mit dem Schulleiter telefoniert, denn ich hielt es nur für fair, die Kollegen so rasch wie möglich zu informieren. So konnte schnell Ersatz für mich gefunden werden, und der Schulbetrieb wurde nicht über die Maßen gestört. Ich weinte bei jedem Wort, das ich jetzt in den Computer tippte, doch die Zeilen füllten sich zügig und von sicherer Hand. Ich tat das für mich Richtige, davon war ich überzeugt.

Danach ging ich zu Oran, fand ihn wach und setzte mich zu ihm auf den Rand des Bettes. Ich nahm seine Hand, legte sie in meine Linke und umschloss sie mit meiner Rechten. Er spürte, dass es etwas Wichtiges gab, das ich ihm mitteilen wollte, denn er betrachtete mich aufmerksam und besorgt.

»Ja«, sagte ich schließlich und lächelte ihn an, »ich werde bleiben.«

Er seufzte erleichtert auf und schloss die Augen, während ich die Tränen trocknete, die ihm über die Wangen liefen.

So vieles gab es noch zu bereden zwischen uns. Deirdres, O'Sheas und nicht zuletzt O'Mallys Worte hatten die Schleusen geöffnet, und ich wollte Oran alles sagen, alles. Ohne Vorbehalt und ohne Angst. Er sollte wissen, dass ich ihn für seine Entscheidung gehasst und doch die Erinnerung an die wenigen Monate mit ihm über all die Jahre hinweg wie einen Schatz in mir gehütet hatte. Dass sie mir wertvoll geblieben waren trotz der Schmerzen, die sie mir bereitet hatten. Worte über Worte sammelten sich in mir. Worte, die hinauswollten, damit er verstehen würde. Doch im selben Moment, in dem ich die Lippen öffnete, wurde mir klar, dass es kein einziges gab, das gelebtes Leben tatsächlich zu beschreiben vermochte. Alles Gesagte würde unvollständig und unzulänglich bleiben. Für mich, die ich es aussprach, ebenso wie für ihn, der es hörte. Kein Wort würde zurückführen, nicht einen einzigen Tag zurückholen, der vergangen war. Aber das war auch gar nicht nötig, denn bis zum letzten Atemzug würde es für uns immer das Hier und Jetzt geben. Ihm sollte unsere ganze Aufmerksamkeit, unsere Hingabe gelten. Die kleinsten Zeitsplitter, die Augenblicke mussten wir füllen mit dem, was wir nötig hatten, hatte O'Mally gesagt. Jetzt verstand ich, was er damit meinte. Und so blieb ich an diesem Abend lang an Orans Bett sitzen, hielt seine kraftlose Hand selbst noch, als er bereits eingeschlafen war, reihte einen schweigsamen Moment an den anderen und wusste, jeder war in seiner Präsenz weitaus kostbarer als er es in der Erinnerung je sein würde. O'Mally hatte recht, und auch Sean hatte recht: Im Grunde war immer alles neu.

Kapitel 15

»Und was können Sie mir zu diesem Abend noch sagen?« Inspector Fitzpatricks forschender Blick lag auf meinem Gesicht, und ich fühlte mich grundlos unbehaglich.

»Es tut mir leid«, antwortete ich, »aber mehr weiß ich wirklich nicht. Ich habe Eileen in diesem Pub in Durrus, dem …«, in der Aufregung war mir der Name entfallen, und Inspector Fitzpatrick ergänzte »*Crock of Gold*«. Ich nickte. »Ja. Ich habe sie dort gesehen. Sie stand weit von mir entfernt, deshalb haben wir kein Wort miteinander gesprochen, sondern uns nur stumm gegrüßt. Sie stand dicht bei der kleinen Bühne, als Dylan Byrne zu singen begann, und ich hatte den Eindruck, dass die beiden gut befreundet sind … waren«, korrigierte ich mich, noch immer zutiefst betroffen von dem, was geschehen war.

»Ja, wir wissen inzwischen, dass Eileen und Byrne seit einigen Monaten ein Paar waren. Doch der hat ein wasserdichtes Alibi für die Tatzeit. Sie sagten, Eileen habe telefoniert und sei gegangen. Sind Sie sicher, dass sie telefoniert hat? Wir haben weder ein Handy noch ein Smartphone bei ihrer Leiche gefunden. In ihrer kleinen Umhängetasche hatte sie nur etwas Geld, den üblichen Schminkkram und zwei Präservative.« Inspector Fitzpatricks wacher Blick war noch immer abwartend auf mich gerichtet. Seine Haare hatten die Farbe von frisch gefallenem Schnee und standen im Widerspruch zu seinen jungenhaften Zügen.

»Ich bin mir ganz sicher, Inspector. Eileen hat telefoniert. Und ich bin mir ebenfalls sicher, dass sie einen Anruf erhalten und nicht selbst angerufen hat. Das konnte ich eindeutig an ihrer Reaktion ablesen.«

»Gut. Sollte Ihnen oder Mrs O'Sullivan doch noch etwas einfallen, das uns eventuell weiterhilft, lassen Sie es mich bitte wissen«, sagte er und blickte dann zu Deirdre, die in sich zusammengesunken neben mir saß und sich seit geraumer Zeit immer wieder mit einem Taschentuch die Augen rieb. Unwillkürlich griff ich nach ihrer Hand und drückte sie sanft. Der Tee in den halb leeren Tassen, die vor uns auf dem langen Tisch in der Küche standen, war inzwischen erkaltet, und der Schock, den Inspector Fitzpatrick mit seiner Nachricht Deirdre und mir versetzt hatte, saß tief. Vor einer knappen halben Stunde war Conny in die Küche gestürmt, gerade, als Deirdre und ich das Frühstücksgeschirr aus dem Hotel in den Spüler räumten.

»Eileen ist ermordet worden. Die Polizei will auch mit euch sprechen.« Mit diesen Worten hatte sie sich auf einen der Stühle fallen lassen und sichtlich fassungslos auf uns beide gestarrt. Gleich nach ihr war ein Mann im Türrahmen erschienen, der sich selbst als Inspector Fitzpatrick von der Polizeidienststelle in Bantry vorstellte und schließlich am Kopf des Tisches Platz nahm. Sachlich hatte er uns über die Tatsache informiert, dass Eileen am vorgestrigen Morgen gegen sechs Uhr von einem Autofahrer leblos im Straßengraben nahe Durrus aufgefunden worden war.

»Zu diesem Zeitpunkt war sie laut gerichtsmedizinischem Gutachten bereits vier, wahrscheinlich fünf Stunden tot. Man hat sie niedergeschlagen und anschließend mit einem Stück Seil erwürgt«, hatte er schonungslos berichtet. Deirdre hatte aufgeschluchzt bei Fitzpatricks Worten, sich auf die lange Sitzbank hinter dem Tisch fallen lassen und seitdem kein Wort mehr gesprochen. Ich hatte mich neben sie gesetzt, abwechselnd zu Conny und dem Inspector geblickt und war seinen Ausführungen gefolgt, ohne richtig zu begreifen, was geschehen war. Jetzt langte ich nach dem Visitenkärtchen mit dem Garda Síochána-Emblem und den Kontaktdaten, das er mir über den Tisch geschoben hatte, und schaute ihm schockiert hinterher, während die Küche verließ. Conny begleitete ihn.

»Unfassbar«, flüsterte ich, griff nach meiner Tasse und ließ den Rest des kalten Tees durch meine trockene Kehle laufen. »Dieses freundliche, hübsche Mädchen ... unfassbar.«

»Sie war ein Biest«, schluchzte Deirdre, »ein hinterhältiges Flittchen. Sie wusste immer, wo's für sie was zu holen gab.« Laut schnaubte sie in ihr Taschentuch und wischte sich die Nase. »Aber bei allen Heiligen: Das hat sie nicht verdient!«

»Das hat keiner verdient«, bemerkte ich resigniert, dachte nach und fuhr dann fort: »Wenn sie vor zwei Tagen gegen sechs Uhr früh aufgefunden worden ist und da schon circa fünf Stunden tot war, dann muss das Ganze passiert sein, bald nachdem ich sie im Pub gesehen hatte.« Ein Schauer lief mir über den Rücken, und ich schüttelte den Kopf, als könne ich damit die Gedanken verscheuchen. »Ob es wohl ein zufälliger Mord war, ein ungeplanter? Vielleicht wollte jemand mehr von ihr, als sie zu geben bereit war. Immerhin sah sie sehr süß aus an diesem Abend.«

»Aufreizend, wollten Sie wohl sagen«, knurrte Deirdre, zog die Augenbrauen zusammen und starrte düster vor sich hin. Sie schien sich einigermaßen gefangen zu haben.

»Na ja, sie war jung und wirklich hübsch. Warum hätte sie das nicht für sich nutzen sollen?« Ich sah das Mädchen vor mir, wie sie an diesem Abend im Pub ausgesehen hatte: sexy und lebenshungrig. Und von einem Augenblick zum anderen war nichts mehr davon übrig als eine tote Hülle. »Ich habe den Eindruck, hinter der schüchternen, nahezu biederen Fassade, die sie hier zeigte, brodelte ziemlich viel Leidenschaft«, fuhr ich traurig fort. »Ich hätte sie fast nicht erkannt, so aufgestylt wie sie war.«

»Oh ja!«, bestätigte Deirdre. »Sie war umtriebig, das dürfen Sie mir glauben! Ein richtiges *Törtchen*. Und jetzt sehen Sie, was dabei rauskommt. Man provoziert Männer nicht so! Wir wissen doch schließlich alle, wie die sind.« Ich schluckte ob dieser radikalen Anschauung, hatte aber keine Nerven, das Thema zu vertiefen, vor allem, weil Deirdre erneut in Tränen ausbrach.

»Vielleicht war's wirklich einer dieser Halbstarken, die ihr gern unter den Rock gegrapscht hätten« fuhr sie fort. »Aber das glaub ich nicht. Ganz ehrlich. Da war wieder irgendwas im Busch, wenn Sie mich fragen. Seit einigen Wochen war sie schon wie aufgezogen. Wirst dich bald mehr wundern, als dir lieb ist, Deirdre, hat sie gesagt, als ich sie gefragt hab, was sie schon wieder im Schild führt. Nur frech gegrinst hat sie. Und die Schwester der Lady sollte auch besser wieder verschwinden, bevor sie es bereut, hat sie noch gesagt, das unverschämte kleine Ding.« Deirdre streifte mich mit ihrem Blick und hörte sich an, als wolle sie sich für Eileens Worte entschuldigen.

Ich stutzte. *Verschwinden Sie von hier, oder Sie werden es bereuen.* Das waren die Worte auf dem Briefbogen, den ich auf meinem Bett gefunden hatte. Sollte etwa Eileen diese Zeilen geschrieben haben? Und wenn ja, warum? Sie war immer höflich und bescheiden mir gegenüber gewesen. Nie auch nur die leiseste Andeutung von Ablehnung oder ... was auch immer dahintergesteckt haben mochte. Welchen Grund konnte sie gehabt haben, so etwas zu tun? Und wie Deirdre es jetzt formuliert hatte, klang es eher nach einer Warnung als nach einer Drohung. Doch wovor hatte sie mich warnen wollen ... Immer vorausgesetzt, der Zettel war tatsächlich von ihr gewesen. Schon mysteriös, das Ganze ...

Deirdre, die sich inzwischen wieder beruhigt hatte und an ihre Arbeit gegangen war, bemerkte, dass ich vor mich hin grübelte.

»Machen Sie sich deshalb keine Gedanken, Mrs Konrad. Sie dürfen das Geschwätz der Kleinen nicht ernst nehmen«, sagte sie und betonte noch einmal, wie froh alle seien, dass ich hier war.

»Aber immerhin ist sie jetzt tot«, gab ich zu bedenken.

»Das hat doch nichts mit Ihnen zu tun!«, bekräftigte Deirdre und verschwand hinter der Tür zum Vorratsraum.

Ich hoffte, sie hatte recht.

»Trotzdem, Deirdre, dieser Dylan Byrne weiß bestimmt etwas, da verwette ich mein Kleingeld. Der rückt nur wahrscheinlich nicht raus damit gegenüber der Polizei.« Ich beschloss ganz spontan, mit dem jungen Mann zu sprechen. Vielleicht konnte ich trotz allem etwas erfahren, denn so, wie es aussah, betraf mich die ganze Sache ebenfalls ... irgendwie.

»Wo finde ich denn den Jungen?«

»Der arbeitet in der Autowerkstatt in Durrus. Mahaffay & Son. Sie wollen da doch nicht wirklich hin, oder?« Deirdre kam mit einem Sack Kartoffeln aus dem Vorratsraum zurück und ließ ihn auf den Tisch fallen.

»Doch, das will ich. Und falls Conny nach mir fragt, sagen Sie ihr bitte nur, ich sei nach Durrus, um einige Besorgungen zu machen. Sobald ich zurück bin, komme ich und helfe Ihnen, einverstanden?«

Deirdre schüttelte verständnislos den Kopf, sagte aber nichts weiter. Ich winkte ihr beim Hinausgehen zu und holte mir den Schlüssel für den Golf, der mit allen anderen Autoschlüsseln an einem Brett am Hintereingang der Halle hing.

Ich parkte im Hof der Autowerkstatt, stieg aus und hielt Ausschau nach Dylan Byrne. Zwei Gebrauchtwagen standen mit auffälligen Preisschildern versehen neben der Einfahrt zur Werkstatthalle, in der ein Opel auf einer Hebebühne zwischen Boden und Decke schwebte. Ich tat, als interessierte ich mich für die beiden Autos auf dem Hof und blickte mich aufmerksam um. Dann betrat ich die Halle, machte mich mit einem »Hallo« bemerkbar und vernahm schließlich rasche Schritte, die sich näherten.

Unter dem Türrahmen zum Nebenraum erschien der junge Sänger aus dem Pub. Sein muskulöser Körper steckte in einem fleckigen Blaumann, und in der Hand hielt er ein schmutziges Tuch, mit dem er sich die Finger abrieb. Als er mich sah, lächelte er geschäftsmäßig.

»Guten Tag, Ma'am, was kann ich für Sie tun?«

»Ich bin Mrs Konrad«, stellte ich mich vor, und Dylan Byrne lächelte weiter höflich abwartend. Offenbar hatte Eileen meinen Namen nicht erwähnt. »Ich möchte mit Ihnen über Eileen sprechen«, kam ich gleich zur Sache.

Sein Lächeln verschwand. Er blickte rasch nach allen Seiten, um sich ganz offensichtlich zu vergewissern, dass niemand sonst in Hörweite war, fasste mich am Ellbogen und schob mich durch die Tür hinaus auf den Platz vor der Garage.

»Was wollen Sie von mir?«, fragte er gereizt. »Ich habe über Eileen nichts mehr zu sagen. Das habe ich schon der Polizei klar gemacht. Wer sind Sie überhaupt?« Er musterte mich eingehend, und ich erklärte ihm, warum ich ihn aufsuchte.

»Hören Sie, Ma'am ... Eileen und ich, das war ... nichts wirklich Festes. Mehr so eine Interessengemeinschaft, Sie verstehen?«

»Nein, nicht wirklich. Aber vielleicht erklären Sie mir ja, wo Ihre *gemeinsamen Interessen* lagen.«

»Also, wir wollten beide weg von hier. Erst mal nach London, und dann, na ja, weitersehen. Jeder hatte seine eigenen Pläne.«

»Vor zwei Tagen im Pub hat das aber ganz anders auf mich gewirkt. Ich glaube, Eileen war sehr verliebt in Sie. Etwas mehr an *Gemeinsamkeit* war da wohl doch, oder?«

Er wand sich. »Ja ... schon ... kann sein. Aber ich hab ihr klar gemacht, dass ...«

Ich unterbrach sein Herumdrucksen. »Mich interessiert Ihre gefühlsmäßige Beziehung zu Eileen offen gestanden nicht besonders, Mr Byrne. Aber Eileen wurde ermordet, und ich möchte herausfinden, was sie vorhatte, denn mich betraf das allem Anschein nach ebenfalls. Entweder Sie sagen mir, was da lief, oder ich werde die Polizei bitten, sich näher mit Ihnen zu befassen und es herauszufinden. Ich kann mir nicht vorstellen, dass das Ihren Karriereplänen besonders zuträglich wäre.« Ich wurde ziemlich ärgerlich, und Dylan blieb das nicht verborgen.

»Okay«, beschwichtigte er, »aber viel weiß ich wirklich nicht, das müssen Sie mir glauben. Eileen wollte Geld beschaffen. Sie sagte mir nur, dass die Rosebud-Lady zahlen müsste. Falls sie es nicht tun würde, wollte Eileen mit dem, was sie wusste, zur Polizei gehen.«

»Und was war das?«

»Keine Ahnung. Ich schwöre es!«

»Erpressung also.«

»Na ja, so in der Art jedenfalls.«

»Und Sie wissen wirklich nicht, was Eileen ...«

»Nein. Ich weiß nicht mal, ob das nicht wieder nur so eine Schnapsidee von ihr war. Bei Eileen musste man immer mit Überraschungen rechnen. Ehrlich, ich würde es Ihnen sagen, wenn ich was wüsste.«

Wer's glaubt, dachte ich. Aber vielleicht hatte der Bursche wirklich keine Ahnung.

»Haben Sie das der Polizei erzählt?«

»Nein! Wieso sollte ich?! Verflucht noch mal! Ich sagte doch, die hatte nicht alle Tassen im Schrank! Ihre Spinnereien waren ihre Sache, nicht meine. Und ich hab auch nichts mit ihrem Tod zu tun, haben Sie verstanden?! Und jetzt lassen Sie mich in Ruhe, okay?!« Dylan Byrne war laut geworden, hatte sich aber gleich wieder unter Kontrolle, als er merkte, dass es mich nicht einschüchtern konnte. Wieder spähte er nach links und rechts, um sicherzustellen, dass niemand unser Gespräch mit anhörte.

»Na gut«, beschwichtigte ich. »Sollte Eileens Erpressungsversuch und ihre Ermordung aber irgendwie im Zusammenhang stehen, würde ich mich an Ihrer Stelle vorsehen, Mr. Byrne. Immerhin könnte der Mörder Sie für ihren Komplizen halten.«

»Sie glauben ...? Du meine Scheiße!«, sagte er, und es war eindeutig, dass ihm dieser Gedanke vorher nie gekommen war.

»Vielen Dank jedenfalls, Mr. Byrne, für Ihre Offenheit. Sie haben mir weitergeholfen.« Damit wandte ich mich von ihm ab, blieb dann aber noch einmal stehen und drehte mich zu ihm um. »Ach, und bevor ich's vergesse: Sie haben eine wirklich gute Stimme. Verbauen Sie sich also nicht selbst ihre Zukunft. Alles Gute.«

Ich ging, und überließ ihn seinem Grübeln.

Auf dem Weg zurück nach Rosebud versuchte ich, mir einen Reim auf das zu machen, was Byrne mir gesagt hatte. Eileen hatte Conny erpressen wollen? Womit? Hatte sie sie beim Fremdgehen erwischt? Nein, das wäre kein ausreichender Grund gewesen. Conny machte keinen Hehl aus ihrer Freizügigkeit in Bezug auf Männer. Zudem wäre das etwas, an dem bestenfalls der Ehemann Interesse zeigen würde, nicht die Polizei. Doch was konnte es sonst über sie zu wissen geben, das brisant oder pikant genug für einen Erpressungsversuch war? Was konnte Conny verbrochen haben, das eine gesetzliche Strafverfolgung nach sich ziehen oder sonstigen Schaden anrichten würde, käme es ans Tageslicht? Jedenfalls hatte Conny ein Alibi für die Mordnacht. Das konnte sogar ich ihr geben ... oder Sean, der neben ihr im Bett gelegen hatte. Wenn die Tat zwischen ein und zwei Uhr morgens begangen worden war, dann war das die Zeit, zu der wir drei uns einen letzten Drink in Connys Büro genehmigt hatten. Sean und ich hatten den Pub gegen halb eins verlassen und waren nach Hause gefahren. Conny hatte noch über den Abrechnungen gesessen, als sie uns bemerkte und zum Schlummertrunk einlud. Wir hatten viel gelacht in dieser Nacht, vor allem Seans angeheiterter Zustand hatte für Stimmung gesorgt. Gegen halb drei war ich zu Bett gegangen; Sean und Conny ebenfalls, wie ich eine Stunde später hatte feststellen dürfen. Außerdem: Conny hätte Eileen bestenfalls ausgelacht mit ihrem Ansinnen. Sie hätte das Mädchen niemals ernst genommen, sondern sie vor die Tür gesetzt, denn Conny spielte in einer ganz anderen Liga.

Ach, vielleicht sah ich wirklich nur Gespenster und dieser dilettantische Erpressungsversuch hatte überhaupt nichts mit dem Mord zu tun ... oder mit mir. Und womöglich hatte er ja nicht einmal stattgefunden, war tatsächlich nur ein Produkt von Eileens ausufernder Fantasie gewesen, eine planlose Absichtsbekundung, ein Traum vom schnellen Geld, und war nie darüber hinausgekommen. Abgesehen von dem geschmacklosen Zettel auf meinem Bett.

Vor allem anderen jedoch stand für mich fest: Was Conny auch immer war oder tat, eine Mörderin war sie nicht. Allein der Gedanke daran war mehr als absurd! Ich beschloss deshalb, vorläufig weder ihr noch diesem Inspector Fitzpatrick davon zu erzählen, sondern erst einmal abzuwarten, wie die Dinge sich entwickelten.

Kapitel 16

Als ich die Auffahrt hinauffuhr, stand ein Polizeiauto vor dem Eingangsportal. Wahrscheinlich hatte man noch einige Fragen zu Eileens Tod. Möglicherweise auch an mich. Schließlich war ich eine der letzten Personen, die sie lebend gesehen hatten. Ich stellte den Golf in die Garage und beeilte mich, um die Beamten nicht zu verpassen. Und um klarzustellen, dass ich meiner ursprünglichen Aussage nichts hinzuzufügen hatte. Mit meinen soeben angestellten Spekulationen unnötig Staub aufzuwirbeln, erschien mir nicht hilfreich, und schließlich war es Aufgabe der Polizei, Eileens Leben samt ihren Beziehungen unter die Lupe zu nehmen.

Als ich die Eingangshalle betrat, hörte ich eine Männerstimme in Connys Arbeitszimmer, dessen Tür offen stand. Also ging ich direkt darauf zu und prallte mit forschem Schritt gegen den uniformierten Polizisten, der im Begriff war, sich zu verabschieden. Reflexartig griff er mit beiden Händen nach mir, um mir Halt zu geben. Dann lächelte er und sagte im Hinausgehen: »Vorsicht, Ma'am, sonst muss ich gleich noch einmal einen Unfall zu Protokoll nehmen.« Er ignorierte meine gemurmelte Entschuldigung und tippte grüßend an seine Mütze.

Conny saß schweigend in einem der Ledersessel und lächelte mich an. Sie war blass und wirkte erschöpft, um ihren rechten Arm trug sie einen weißen Verband.

»Was ist passiert?«, fragte ich besorgt, während ich auf sie zuging. Sie griff nach dem Glas, das vor ihr stand, nippte aber nur an seinem Inhalt. Dann sagte sie: »Ich hatte einen Unfall. Nicht schlimm. Mach Dir keine Gedanken.« Sie setzte das Glas erneut an und trank es in einem Zug leer.

»Einen Unfall? ... Mit dem Pferd?«, war meine spontane Reaktion, weil ich das angesichts ihrer Passion fürs Reiten für naheliegend hielt.

»Sehe ich aus, als käme ich aus dem Reitstall?«, gab sie etwas gereizt, aber auch amüsiert zurück, und erst jetzt bemerkte ich, dass sie sich ziemlich herausgeputzt hatte.

»Ich war auf dem Weg nach Bantry. Besorgungen machen. Mein Auto kam von der Straße ab und landete im Graben.«

»Im Graben? ... Der Bugatti?!«

Sie nickte. Bald nach meiner Ankunft in Irland hatte sie mir den Wagen schwärmerisch präsentiert. Ein Oldtimer, mit viel Liebe und blitzendem Chrom zum Prunkstück aufpoliert.

»Du meine Güte! Und dir ist nichts passiert?« Erschrocken ließ ich mich in den Sessel neben ihrem fallen.

»Abgesehen von ein paar kleinen Schnittwunden an der Hand und einer Verstauchung am Arm, nein.« Sie lächelte müde und traurig. »Die habe ich mir zugezogen, als ich die Fahrertür aufdrückte und das Seitenfenster dabei zu Bruch ging.« Sie schüttelte den Kopf, als wolle sie die Erinnerung daran loswerden. »Dumme Sache, das Ganze. Doch keine Drama.«

Spontan steckte ich die Hand nach ihr aus, zog sie aber auf halbem Weg wieder zurück. »Und der Bugatti?«, forschte ich weiter, doch sie zuckte nur mit der Schulter.

»Wird sich zeigen«, meinte sie eher beiläufig, aber Ärger schwang unverkennbar in ihrer Stimme. »Sean ist mit Aiden Walsh zur Unfallstelle gefahren, um den Wagen abzuschleppen. Walsh ist unser Hausmeister. Außerdem betreut er den Fuhrpark. Wenn jemand den Wagen hinkriegt, dann er. Ich hoffe, es ist nicht allzu viel kaputtgegangen."

»Das hoffe ich auch für dich«, antwortete ich aufrichtig. Ich selbst machte mir nie viel aus Autos, fand sie lediglich zweckdienlich. Conny hingegen hatte schon früher ein Faible dafür. Für sie waren sie etwas, das die Persönlichkeit unterstrich.

»Du bist von der Straße abgekommen?« Ich versuchte, mir einen Reim darauf zu machen. Conny war keine Raserin und fuhr sicher. Zumindest war das früher so gewesen. Geregnet hatte es auch nicht, also war der Asphalt nicht rutschig. Zwar gab es kurvenreiche Abschnitte und Teilstrecken, die unübersichtlich waren aufgrund der meterhohen Hecken, die den Straßenrand zu beiden Seiten säumten, doch Conny kannte sicherlich jeden Zentimeter der Straße.

»Die Bremsen haben versagt.«

»Die Bremsen? Du meine Güte! ... Ein Mechanikerfehler? Verschleiß vielleicht?« Ich überlegte laut und sah sie dabei an, gewahrte ihr mitleidiges Lächeln.

»Unsinn«, sagte sie nur, und brachte mich damit zum Schweigen.

In diesem Moment kam Sean zur Tür herein.

»Die Bremsleitung ist manipuliert worden«, sagte er und ließ die fünf Worte für einige Sekunden auf uns wirken. Mir verschlug es die Sprache. Ich blickte zu Conny, die Sean mit hochgezogenen Augenbrauen anstarrte. Dann lenkte ich meine Aufmerksamkeit ebenfalls auf ihn.

»Was heißt manipuliert?«, wollte Conny wissen. Ihre Stimme ließ keinerlei Emotion erkennen.

»Die Leitung scheint angeschnitten worden zu sein. Kein Wunder, dass du nicht weit gekommen bist. Und ein Glück, dass du nicht schneller warst. Hätte sehr dumm ausgehen können.« Er sprach das aus, was ich dachte und mit einem »Um Himmels willen!« kommentierte.

»Wie groß ist der Schaden?«, fragte Conny und erhob sich aus ihrem Sessel.

»Aiden nimmt sich den Wagen gleich vor. Er meint, es sei nicht so schlimm. Er bekommt ihn wieder hin. Am besten, du sprichst selbst mit ihm. Er ist in der Werkstatt.« Damit ging er hinüber zum Beistelltisch mit den Flaschen und Gläsern, griff nach dem Mineralwasser und hob es Conny entgegen »Du gestattest?«

»Natürlich. Bediene dich«, sagte sie auf dem Weg zur Tür und war gleich darauf verschwunden.

»Was bedeutet das, Sean?«, fragte ich. »Wer um alles in der Welt zerschneidet die Bremsleitung an Connys Auto und riskiert damit ein Unglück, oder gar ihr Leben?« Ich hoffte auf eine plausible Erklärung, die der Sache den Schrecken nahm. Doch er blieb mir die Antwort schuldig.

Erst der Zettel auf meinem Bett. Dann der geplante Erpressungsversuch. Gleich darauf Eileens gewaltsamer Tod. Und jetzt auch noch die manipulierten Bremsen an Connys Auto ... Was stimmte hier nicht? War all das nur purer Zufall? Ein zeitliches Zusammentreffen voneinander unabhängiger Ereignisse? Ich konnte das nicht glauben ... *Ruhig, Lisa, geh logisch an die Sache ran. Schau dir jedes Vorkommnis einzeln an und schlussfolgere dann ...*

Ich beschloss, noch einmal mit Conny zu sprechen, und hoffte, die Abendstunden würde mir dafür Gelegenheit bieten.

Conny war den ganzen Nachmittag über in Bantry gewesen und erst gegen neunzehn Uhr zurückgekommen. Ich hatte um achtzehn Uhr allein zu Abend gegessen und die anschließenden eineinhalb Stunden bei Oran verbracht. Als er eingeschlafen war, ging ich nach unten und hörte auf der Treppe, dass Conny im kleinen Salon telefonierte. Da die Tür offen stand, trat ich ohne anzuklopfen ein und fand sie am Esstisch sitzend, das Smartphone an Ohr. Es ging um Geschäftliches, soweit ich es mitbekam. Jedenfalls betraf es das Hotel und irgendwelche steuerlichen Abschreibungen. Ich wollte nicht stören und bedeutete ihr per Handzeichen, dass ich später wiederkommen würde, doch sie schüttelte den Kopf und wies mit dem eingebundenen Arm auf den Stuhl rechts neben ihr.

Ich ging zum Sideboard, häufte geschnittenes Obst auf einen kleinen Teller, fütterte Taylor, der sich neben mich gesellt hatte und mit seiner Schnauze an meine Wade stieß, mit einer Scheibe Schinken und setzte mich zu Conny. Gleich darauf beendete sie ihr Telefonat.

»Der Steuerberater«, sagte sie entschuldigend. »Der findet nie den Schluss.« Lachend legte sie ihr Smartphone beiseite und griff nach dem Besteck, um ihr Abendessen fortzusetzen. Doch plötzlich fluchte sie und legte das Messer, das sie in ihrer rechten Hand hielt, zurück auf den Tellerrand. »Das Gelenk tut noch immer teuflisch weh«, beteuerte sie und drehte es vorsichtig nach links und rechts. »So eine Verstauchung sei schlimmer als ein Bruch, sagt man, und inzwischen glaube ich es.«

»Kann ich dir helfen?«, bot ich an.

»Wenn du mir das Fleisch schneiden würdest?«

»Natürlich.« Ich zog ihren Teller zu mir, schnitt das Steak in kleine Stücke und fragte nach dem Bugatti.

»Ach, kaum der Rede wert«, gab sie zurück.

Ich schob ihr den Teller hin und reichte ihr die Gabel.

»Danke. Lieb von dir.«

»Keine Ursache. War sie denn nun angeschnitten, die Bremsleitung?«, forschte ich hartnäckig weiter. »Oder hat sich bei genauerem Hinsehen vielleicht doch eine weniger beängstigende Erklärung gefunden?«

Conny hob den Blick von ihrem Teller, lenkte ihn jedoch an mir vorbei.

»Ein Marder war wohl der Übeltäter, meint Aiden Walsh. Also denk nicht weiter darüber nach. Alles völlig harmlos.« Sie winkte mit der Gabel ab.

War es das? Ich war nicht überzeugt. Marder fraßen an Autoschläuchen herum, das wusste ich, aber ich hatte auch gelesen, dass Bremsleitungen nicht zu ihren bevorzugten Angriffsobjekten zählten. Zu hart, zu unzugänglich. Doch gänzlich ausschließen konnte man es nicht. Und dieser Walsh würde sicher den Unterschied zwischen einer angebissenen und einer angeschnittenen Leitung erkennen, wenn er wirklich so viel von Autos verstand, wie Conny gesagt hatte. Das Thema jetzt zu vertiefen, hatte also wenig Sinn. Ich stocherte in meinem Obst herum und ging ohne Vorwarnung zur nächsten Frage über.

»Womit hat Eileen dich eigentlich erpressen wollen, Conny? Und bitte, bemühe dich erst gar nicht, es zu leugnen. Ich *weiß*, dass sie es versucht hat. Aber ich weiß auch, dass du nichts mit ihrem Tod zu tun hast.« Mir war klar, dass meine Offensive nur auf Vermutungen fußte, doch einen Versuch war die Sache wert.

Verblüfft hielt Conny im Kauen inne und bedachte mich mit einem Gesichtsausdruck, in dem ich vor allem Empörung erkannte.

»Da bin ich aber froh«, konterte sie trocken, doch dann merkte ich, dass sich ein Schatten über ihre Züge legte. »Du glaubst doch nicht, dass Eileen ...« Sie formulierte den Gedanken nicht zu Ende.

»Warum nicht? Aus Rache vielleicht?« Ich überlegte. »Wann hast du den Wagen zuletzt gefahren?«

»Vor drei Wochen. Meistens nehme ich den Golf oder auch mal den Jeep ... Aber du könntest natürlich recht haben. Vielleicht war es doch kein Marder ... Aiden sagt, man kann das nicht immer so genau ... Womöglich hat Eileen wirklich ... Na ja, falls dem so war, ist die Gefahr ja nun ein für alle Mal gebannt«, schloss sie in verhaltenem Zorn.

»Also?«

»Also was?«

»Womit hatte sie dich in der Hand?«

Sie schluckte ihren Bissen hinunter, wischte sich mit der Serviette über die Lippen. »Na schön, warum auch nicht«, sagte sie mehr zu sich selbst als zu mir. Ihr war klar, dass sie mir nun nicht mehr ausweichen konnte. »Es liegt ein paar Monate zurück. Orans Unfall war gerade passiert, und alles schien über mir zusammenzubrechen.« Sie spähte zu mir herüber, als wolle sie sich vergewissern, dass ich ihr zuhörte. »Du weißt besser als jeder andere, wie belastbar ich bin, doch das hat mir erst einmal den Boden unter den Füßen weggezogen. In vielerlei Hinsicht. Ich begann, mehr zu trinken, als gut für mich war. Einfach, um zu vergessen.« Sie langte nach dem Dekanter und schenkte sich ihr Glas noch einmal voll; als wollte sie das Gesagte mit ihrem Handeln untermauern. »Ich flüchtete abends oft aus dem Haus, einfach, um das Bild loszuwerden, das sich in mein Gehirn eingebrannt hatte. Orans Hilflosigkeit, sein Leiden. Der Geruch von Krankheit und Leid. Ich konnte nie gut mit solchen Dingen umgehen.«

Das hättest du nicht betonen müssen, dachte ich nur. Schwäche hatte ebenso viele Gesichter wie Stärke. Und manchmal war das eine nur die Fassade des anderen.

»Eines Nachts fuhr ich von Bantry nach Hause«, begann sie wieder. »Ich hatte eine Freundin besucht und wieder ziemlich viel getrunken. Ich fuhr auf eine Reihe parkender Autos auf, die sich dummerweise ineinanderschoben.« Ihr Lächeln war voller Ironie. »Ich setzte zurück und fuhr weiter. Niemand kam körperlich zu Schaden«, betonte sie umgehend, wahrscheinlich, um ihr Fehlverhalten zu relativieren. »Außerdem ging ich davon aus, dass mich keiner gesehen hatte.«

»Trunkenheit am Steuer, Fahrerflucht.«

Sie nickte. »Man würdigte dem Fall am nächsten Tag eine Randnotiz in der lokalen Presse, und die Polizei stellte die Ermittlungen sehr bald ein aus Mangel an Beweisen. Also hakte ich die ganze Sache ab. Schließlich gab es aktuell sehr viel Wichtigeres, um das ich mich kümmern musste.« Sie nahm einen tiefen Schluck von ihrem Rotwein.

»Und das Auto?«

»Ich fuhr Orans Peugeot an diesem Abend. Der Golf war beim TÜV und der Bugatti, wie es der glückliche Zufall wollte, beim Kundendienst. Ein Riss im Leder der hinteren Sitzreihe. Ich hab den Peugeot in einen der alten Schuppen hinter den Ställen gestellt und eine Plane darüber gezogen. Dort steht er erst mal gut. Zwischen all den alten landwirtschaftlichen Gerätschaften fällt er nicht auf. Sobald etwas Gras über die Sache gewachsen ist, werde ich ihn verschrotten lassen.«

»Und wie kam dann Eileen ins Spiel?«

Conny lächelte müde. »Etwa eine Woche nach dem Unfall klopfte sie an die Tür meines Arbeitszimmers und konfrontierte mich mit der Tatsache, dass sie alles beobachtet hatte. Sie hatte in einer Seitenstraße geparkt und es sich mit ihrem Freund gerade gemütlich gemacht, als mir das Missgeschick passierte.« Conny schüttelte den Kopf in der Erinnerung. »Zuerst habe sie zur Polizei gehen wollen, hatte sie gemeint, es sich dann aber anders überlegt. Schließlich sei sie keine Petze, die den eigenen Arbeitgeber verpfeift. Allerdings erwarte sie schon eine gewisse Anerkennung für ihre Loyalität.«

»Wie viel hat sie gefordert?«

»Zehntausend Euro.«

»Und hast du ihr das Geld gegeben?«

»Ja. Auch beim zweiten Mal. Circa vier Wochen später.

»Beim zweiten Mal? Sie hat dich also weiter erpresst?«

»Sie hat es zumindest mehrfach versucht. Fünftausend habe ich ihr noch nachgeschoben, doch dann ist mir der Kragen geplatzt. Ich habe ihr sehr deutlich gemacht, wie das Gesetz mit miesen kleine Erpresserinnen verfährt. Und dass ich lieber meinen Unfall nachträglich eingestehen würde, als sie weiter zu bezahlen. Vor allem, weil sich das mit dem Alkohol sowieso nicht mehr beweisen lasse und die Fahrerflucht angesichts meines familiären Dramas und der daraus erwachsenen psychischen Belastungssituation von einem guten Anwalt sicher erklärt und hingebogen werden könne. Sie hat das wohl eingesehen. Denn danach war Ruhe.«

»Fünfzehntausend Euro?!« Ich war sprachlos. Doch Conny wischte jeden Gedanken an das Geld mit einer Geste weg. »Peanuts«, meinte sie lapidar.

»Und du hast sie dennoch hierbehalten, sie weiter für dich arbeiten lassen?«

»Ich hab der Sache wirklich keine allzu große Bedeutung beigemessen. Immerhin hat sie ihre Pflichten ganz passabel erfüllt. Und finde mal hier passenden Ersatz! Das ist wie ein Lotteriegewinn. Also, wie es aussieht, hat sich ein Problem erledigt und ein neues daraus entwickelt.«

»Conny!«

»Erwarte bitte kein Mitleid von mir mit dem Mädchen.« Sie funkelte mich an, und ihre Stimme war hart geworden. »Eileen war eine miese kleine Erpresserin. Und wer weiß, was sie sonst noch auf dem Kerbholz hatte.«

»Sie wurde *ermordet*. Nichts rechtfertigt ein derartiges Ende«, räumte ich ein.

Conny starrte eine Weile vor sich hin, dann lächelte sie mich verlegen an. »Hast ja recht. Entschuldige bitte. Ich bin nur immer noch wütend auf sie. Und wahrscheinlich auch auf mich und meinen Leichtsinn. Ich habe mich ja nicht gerade mit Ruhm bekleckert bei dieser dummen Sache. Im Nachhinein ist mir meine Feigheit sehr peinlich, und wenn ich nicht die rechtlichen Konsequenzen fürchten würde, hätte ich den entstandenen materiellen Schaden längst beglichen. Ich hoffe, du glaubst mir das.«

»Ich glaube dir ... und danke dir für dein Vertrauen«, antwortete ich und stand auf, um nach oben zu gehen. Ich war müde und wollte allein sein. Taylor, der neben dem Kamin lag, hob den Kopf und gähnte. Ich ging zu ihm hinüber und streichelte über das seidig braune Fell seines Kopfes.

»Lisa«, vernahm ich noch einmal Connys Stimme und drehte mich zu ihr um. »Es war schön, mit dir zu sprechen und hat mir gut getan. Danke.« In ihrem Lächeln zeigte sich eine Spur Verlegenheit.

Ich lächelte zurück und nickte nur. »Wir alle machen Fehler. Gute Nacht, Conny. Schlaf gut.« Ich hörte mich versöhnlich an, und überraschte mich selbst damit.

Drei Tage später – es war eine Viertelstunde vor Mitternacht – klopfte es zum zweiten Mal an diesem Abend an meine Zimmertür. Conny hatte bereits eine Stunde zuvor »Gute Nacht« gesagt und, wie üblich, »nach dem Rechten gesehen«.

»Du schaust erschöpft aus«, hatte sie beiläufig bemerkt und mir geraten, mich auszuruhen. »Na ja, die letzten Wochen waren ziemlich anstrengend für dich. Und die Sache mit Eileen ging uns allen an die Nerven. Lege dich aufs Ohr und gönne dir Ruhe. Schone Deine Nerven. Oder hat Sean wieder Pläne, dich in einen der Pubs zu schleppen?«

»Nein, ich glaube, weder ihm noch mir steht im Moment der

Sinn nach einem Gesellschaftsvergnügen. Ich verkrieche mich sofort in die Federn«, hatte ich geantwortete, denn ich war tatsächlich erledigt. So vieles war in so kurzer Zeit passiert und ließ sich nicht einfach beiseiteschieben.

Lustlos ging ich zur Zimmertür. Wahrscheinlich war Conny irgendetwas eingefallen, das sie mir noch sagen wollte. Doch sie war es nicht. Sean stand vor mir, als ich öffnete.

»Na nu? So spät noch? Sie wollen mich nicht wieder in den Pub entführen, oder?« Ich beäugte ihn neugierig und skeptisch zugleich, während ich Connys Worte wiederholte.

»Keine Angst«, beruhigte er mich, »derartige Zerstreuungen verschieben wir besser, denke ich. Aber mitnehmen möchte ich Sie schon.«

»Und wohin um diese unchristliche Zeit?« Ich ließ ihn eintreten und schloss die Tür hinter ihm. Mein Angebot, sich zu setzen, lehnte er jedoch mit einer Handbewegung ab.

»In den Pferdestall.«

»In den Pferdestall? Wollen Sie jetzt noch mit mir ausreiten?«

Er lachte. »Nein, Boozer bekommt ihr Fohlen und ich dachte, das könnte Ihnen gefallen. Zumindest wäre es bestimmt eine neue Erfahrung für Sie.«

»Boozer?« Ich überlegte. »Bedeutet das nicht so viel wie Schnapsdrossel?«

»Ja«, bestätigte Sean, »das flotte Mädchen ist einem gutem Schluck Whiskey nicht abgeneigt. In der Schwangerschaft hielt sie sich natürlich an strenge Abstinenz.«

Mein Blick auf ihn wurde noch misstrauischer? »Sie wollen mir weismachen, dass Boozer Alkohol trinkt?«

»Nun ja, sie ist eine irische Stute«, gab er allen Ernstes zu bedenken. »Sie heißt übrigens Ellida und ist acht Jahre alt. Eine robuste Irish Draught. Heute Nacht wird sie zum ersten Mal Mutter, wenn alles gut geht.«

Sein irischer Optimismus ist also nicht völlig ungebrochen, kam es mir in den Sinn, und ich fühlte mich in meiner zweifellos eher pessimistischen Wesensart nicht ganz so alleingelassen.

»Also, kommen Sie mit?«

Ich überlegte nicht lang, ignorierte die Müdigkeit und nickte. »Ich ziehe mir nur die Jacke über.« Schön, dass er an mich gedacht hatte und mich dabeihaben wollte, fand ich, und ging ins Schlafzimmer, um die Strickweste zu holen. »Werden Sie es sich zur Gewohnheit machen, spät abends durch den Seiteneingang zu schleichen und an meine Zimmertür zu klopfen?«, fragte ich, ohne zu überlegen, und bereute meine übermütigen Worte sofort, denn es musste sich ganz anders anhören, als es gemeint war.

»Würde es Ihnen gefallen?«, gab er prompt zurück.

Mit einem klaren »Nein« versuchte ich, meinen Ausrutscher wettzumachen. »Denn erstens brauche ich meinen Nachtschlaf und zweitens kenne ich die Sitzordnung. Ich dränge mich nicht auf bereits belegte Plätze.«

Sean zog die Augenbrauen zusammen und legte den Kopf zur Seite. »Wie ist das denn gemeint?« Doch ich grinste nur, warf mir die Jacke um die Schultern und ging zur Tür.

»Versteh einer die Frauen«, kommentierte Sean meine scherzhafte Zurückweisung und seufzte, während er mir über die Hintertreppe nach unten folgte. Weil es bereits so spät war, vermieden wir den Kiesweg durch die Ahornallee und bogen nach rechts ab auf die geteerte Zufahrt.

»Ich dachte, Stuten fohlen im Frühjahr«, sagte ich, während wir mit raschen Schritten den Stallungen zustrebten.

»Das stimmt«, bestätigte Sean, »aber Boozer ist nun mal, wie schon gesagt, eine ...«

»... eine irische Stute, ich weiß«, führte ich seine Antwort zu Ende und schmunzelte wieder. Die frische Nachtluft wischte meine Müdigkeit beiseite. Zugegeben, mir war ein wenig mulmig zumute, denn ich hatte keine Ahnung, was mich in den kommenden Stunden erwarten würde. Doch das war auch gut so. Manche Situationen meistert man am besten dadurch, dass man sich völlig unvorbereitet in sie hineinbegibt.

Sean öffnete die Tür am linken Ende der Stallungen und ließ mir den Vortritt. Der Raum war durch einen weiteren Nebenraum, der Sattelkammer, von den übrigen Boxen abgetrennt und in schwaches Licht getaucht, lediglich erhellt durch eine einzelne Lampe an der Wand. Doch meine Augen gewöhnten sich schnell ans Halbdunkel. Der Geruch von Desinfektionsmittel und frischem Stroh, das die circa fünf mal fünf Meter große Box reichlich ausfüllte und wie ein riesiges Vogelnest erscheinen ließ, drang mir in die Nase.

»Am besten, Sie setzen sich hier auf den Hocker«, meinte Sean und deutete auf ein hölzernes Dreibein, das in der rechten vorderen Ecke des Raumes stand. Seine Stimme war gemessen, beinahe leise und verlieh der Situation einen nahezu ehrfürchtigen Charakter. »Boozer braucht jetzt ihre Ruhe«, meinte er und trat langsam an die braune Stute mit der weißen Blesse heran, die in der Mitte des »Nestes« stand und von einem Bein aufs andere trat, während ein schüttelfrostartiges Zittern über ihre Flanken zog. Sean strich ihr mit der flachen Hand langsam über Hals und Kopf und sprach mit beruhigender Fürsorge auf sie ein. »Sie hat Wehen«, erklärte er, mir zugewandt, was Boozer mit einer Mischung aus kurzem Wiehern, Schnauben und Nicken zu bestätigen schien. Ich nickte ebenfalls, wagte nicht, mich auf meinem Hocker zu regen, beobachtete fasziniert und aufmerksam und wartete gespannt auf das, was passieren würde.

»Boozer ist bereits seit Wochen hier in der Abfohlbox untergebracht, damit sich ihr Körper an das spezielle Keimmilieu des Stalls gewöhnen konnte. Das schafft die nötigen Antikörper, die das Fohlen dringend braucht, um gesund zu bleiben«, informierte er mich, während er mit einer Heugabel die Pferdeäpfel entfernte, derer Boozer sich soeben entledigt hatte. »Als künftige Gutsbesitzerin müssen sie all das wissen.«

Er war also bereits informiert. Doch warum wunderte ich mich eigentlich darüber? Hier wusste jeder im Radius von fünfzig Kilometern unverzüglich, was auf Rosebud passierte. Und ganz besonders Sean. Er hatte von meiner Bekundung, hier zu bleiben, noch am selben Tag erfahren oder besser: in derselben Nacht, da war ich mir ganz sicher. Im Grunde war es ja egal. Ich hätte mir nur etwas mehr Zurückhaltung gewünscht für die Zeit, die ich benötigte, um mich selbst an die neuen Tatsachen zu gewöhnen.

Jetzt schien Sean mein Befremden zu spüren. »Entschuldigen Sie, ich wollte nicht indiskret sein«, versicherte er, den Ellbogen auf das Stielende der Heugabel gelehnt. »Ich finde es prima, dass Sie bleiben wollen.« Sein Blick war offen auf mich gerichtet und seine Stimme verhalten, doch sie klang ehrlich.

»Eileen fand das nicht«, entgegnete ich. »Aus irgendwelchen Gründen wollte sie mich von hier weghaben. Das habe ich sogar schriftlich, oder besser: hatte, denn Conny hat den Zettel an sich genommen.«

»Eileen? Was hatten Sie denn mit dem Mädchen zu tun?«

»Gar nichts. Und doch bin ich mir sicher, dass sie mich mit ihrer Nachricht warnen wollte.«

»Sie warnen? Wovor denn, um Himmels willen?«

»Keine Ahnung. Noch will es sich mir nicht erschließen, wie die Dinge zusammenhängen. Doch jetzt ist sie tot. Ich kann sie also nicht mehr fragen.«

»Die *Dinge*? Was für *Dinge* denn?... Das arme Mädchen würde Ihnen bestimmt gern Rede und Antwort stehen, wenn sie es noch könnte.«

Schwang da eine leise Kritik mit? Wahrscheinlich hielt er mich jetzt nicht nur für verklemmt, sondern auch für paranoid. Und überdies hatte er zweifellos recht: Gegen das, was Eileen widerfahren war, mussten sich meine Überlegungen wie Hirngespinste anhören.

»Nachvollziehbar ist es allerdings nicht. Trotzdem bin ich mir ganz sicher, dass da nichts Bedeutsames dahintersteckt. Machen Sie sich keine Gedanken darüber«, lenkte er ein.

War Bedenkenlosigkeit ebenfalls eine irische Tugend? »Und die Sache mit Conny, mit ihrem Auto? War das wirklich nur ein Marderbiss? Irgendetwas geht hier vor, Sean.«

»Es *war* ein Marder. Aiden Walsh hat es mir bestätigt, und ich kenne niemanden, der sich mit Autos besser auskennt als er. Wer sollte Conny auch ernsthaft Schaden zufügen wollen? ... Abgesehen von Ihnen vielleicht.«

Ich starrte ihn entgeistert an, doch er grinste zurück.

»Ist das Ihre Antwort auf meine vertrauensvolle Offenheit Ihnen gegenüber oder nur eine Kostprobe dieses eigenartigen irischen Humors, den ich nicht verstehe?« Zornig bohrte ich meinen Blick in seinen, und betreten wendete er sich ab. »Entschuldigen Sie, das war wirklich sehr taktlos von mir. Und keinesfalls ernst gemeint. Bitte seien Sie nicht böse. Ich verspreche Ihnen feierlich, mich zu bessern und die Augen offen zu halten.«

Ich nickte. Womöglich machte ich mir tatsächlich unnötige Gedanken. Auch lag es mir fern, die für mich sowieso schwierige Situation noch komplizierter zu machen. Und dies war weder der Ort noch die Zeit, das Thema zu vertiefen.

»Hat sie starke Schmerzen?«, fragte ich mit Blick auf Boozer und spürte, wie mir die Röte in die Wangen stieg, als Sean lächelte. »Keine, die sie als gute Mutter nicht erdulden würde«, antwortete er. »Sie schafft das schon.« Er lockerte noch einmal das Stroh im hinteren Bereich der Box. Dann wusch er sich die Hände, holte sich einen zweiten Hocker, stellte ihn neben meinen und setzte sich zu mir.

»Wofür ist das«, wollte ich wissen, und deutete auf die Dinge, die auf dem Tischchen lagen, das an der Wand gleich neben dem Waschbecken stand. Ich erkannte ein Fieberthermometer, Einmal-Handschuhe, einen Stapel frische Handtücher, eine halb gefüllte Babyflache samt Sauger und eine braune Flasche mit der Aufschrift *Jod*. Auch ein überdimensionales Klistier lag dabei und weckte unerquickliche Erinnerungen an meine Kinderzeit.

»Nur für alle Fälle«, meinte Sean ohne nähere Erklärung und wendete keinen Blick von Boozer, die sich soeben schwerfällig ins Stroh niederließ.

»Ist's schon so weit?«, fragte ich und spürte, wie sich meine Anspannung in Aufregung wandelte, doch Sean schüttelte den Kopf. »Es dauert noch«, beruhigte er mich, als er bemerkte, wie ich mir unruhig die Hände rieb.

»Ist schon was Besonderes, nicht?«, bestätigte er, langte nach dem Knoten, den meine Finger bildeten, und drückte ihn. Dann stand er wieder auf, ging zu Boozer, hob ihren Schweif, um den Muttermund zu inspizieren. Boozer drehte den Kopf für einen Moment und ließ ihn anschließend sanft zurück aufs Stroh sinken. Ihr gewölbter Bauch hob und senkte sich in regelmäßigem Rhythmus.

»Ist es nicht eigentlich komisch, dass so etwas Natürliches, ja, beinah Banales wie die Geburt, derart tief greifende Emotionen in uns wachruft?«, philosophierte ich vor mich hin, mein Augenmerk unverrückbar auf Boozers Kopf gerichtet.

»Das ist wohl wahr«, bestätigte Sean, der wieder neben mir saß. »Wahrscheinlich, weil's immer etwas mit Anfang zu tun hat. Und Anfang bedeutet ja immer auch Hoffnung.«

Ich lächelte und dachte über seine Worte nach, während er die Thermoskanne öffnete, die ebenfalls auf dem Tisch stand, Tee in zwei Emailbecher goss und mir einen davon reichte. Meine Armbanduhr verriet mir, dass wir bereits über zwei Stunden im Stall verbracht hatten, als Boozer plötzlich deutlich unruhiger wurde als bisher. Sie erhob sich mühsam, wieherte, scharrte und stampfte mit den Hufen. Immer wieder hob sie den Schweif und lenkte ihren Kopf in Richtung Bauch, dessen Fell vom Schwitzen glänzte. Ich wollte aufstehen, einem Impuls gehorchend, und irgendetwas tun, um Boozer zu helfen, doch Sean hielt mich zurück. »Sie darf jetzt nicht gestört werden«, flüsterte er. »Boozer macht das ganz allein«, doch auch er ließ sie keinen Moment aus den Augen. Und dann ging alles so schnell, dass ich das Geschehen nur gebannt beobachtete, ohne es mit Gedanken begleiten zu können. Boozer legte sich erneut hin, während das Fruchtwasser austrat und an ihren Hinterbeinen hinunterlief. Gleich darauf erschien eine sich stets vergrößernde bläulich-weiße Blase an ihrem Muttermund.

Jetzt stand Sean auf. »Kommen Sie«, sagte er und reichte mir ein Paar Einmalhandschuhe. »Ich brauche Ihre Hilfe.«

»Meine Hilfe?« Was konnte ich schon tun? Die Hebammentätigkeit gehörte eindeutig nicht zu meinem Qualifikationsrepertoire. Vorsichtig näherte ich mich der Gebärenden, deren ganzer Bauch von wellenartigen Kontraktionen bewegt wurde. Sean beugte sich über Boozers hinteren Körperteil, kniete sich schließlich hin und wies mich an, es ihm gleich zu tun. An Seans Schulter vorbei sah ich zwei Hufe, gleich darauf ein Gelenk und schließlich zwei Nüstern unter der weißlichen Haut. »Schieben Sie die Hand seitlich an den Hufen vorbei und ziehen Sie am Bein, sobald ich es sage. Dann ziehen Sie die Eihaut von den Nüstern, damit das Fohlen frei atmen kann. Und keine Angst, sie darf reißen, muss sogar. Ich beruhige inzwischen Boozer«, sagte er, und ich schüttelte erschrocken den Kopf. »Das kann ich doch nicht. Ich habe keine Ahnung von solchen Dingen.«

»Na los, nur zu. Das Fohlen braucht Luft.«

Während mein Gehirn noch zögerte, schob sich meine Hand beherzt zwischen Mutter und Kind, umfasste eins der beiden Beine und zog daran, als Sean das Kommando gab. Dann befreit ich Kopf, Vorderbeine und Schultern von der »Verpackung«. Ein kräftiges Wiehern der Mutter begleitete den Rest des kleinen Bündels, das mit einem letzten Rutsch im weichen Stroh direkt neben mir landete. Reglos kniete ich daneben und sah, wie Sean auch die hintere Körperhälfte des Fohlens von der hellgrauen Hülle befreite und zärtlich auf es einsprach. Dann rieb er mit der flachen Hand über Boozers Flanken. »Gut gemacht, mein Mädchen.« Schließlich blickte er zu mir und grinste. »Und Sie übrigens auch. Das war schon recht passabel für eine Mathematiklehrerin. Ich hätte Sie für zimperlicher gehalten.«

»So? Also war es nur ein Test, kein Fall von dringend benötigter Hilfeleistung.«

Sean zuckte die Schultern. »Werden Sie mir vergeben?«

»Schon geschehen«, sagte ich, atmete tief ein und aus, überwältigt von Boozers perfekter Miniaturausgabe, die da vor mir lag in all ihrer verletzlichen Zartheit, mit feucht glänzendem Fell und den ersten Versuchen, sich zu orientieren in dem, was neu und fremd war. Die Schutzbedürftigkeit des Pferdchens trieb mir Tränen in die Augen ... oder war es das Wissen um Anfang und Hoffnung, von denen Sean gesprochen hatte? Ich wischte mir mit dem Jackenärmel über das Gesicht, stand auf und zog mir die Handschuhe von den Händen, unfähig, meinen Blick von dem kleinen Wesen zu wenden. Ich sah, wie Sean vorsichtig das Euter der Stute betastete und gleich darauf das Fohlen inspizierte und dessen Nabel desinfizierte, um Entzündungen vorzubeugen, wie er mir erklärte. Dann trat er dicht neben mich. »Sie haben Glück«, sagte er und lächelte mich an.

»Wieso ich? Boozer ist die Glückliche in dieser Nacht. Und natürlich das herzallerliebste Pferdebaby da«, antwortete ich und hatte noch immer Mühe, meine Sentimentalität zu kontrollieren.

»Stimmt, aber das meinte ich nicht. Sie haben Glück, weil Klein-Boozer eine Stute ist und Conny und ich beschlossen haben, sie nach Ihnen zu benennen. Damit verbunden sind selbstverständlich alle Pflichten einer Patenschaft.« Er warf mir einen abwartenden Blick zu und beobachtete die Reaktion auf meinem Gesicht, von der ich hoffte, er könne sie richtig deuten.

»Wenn Sie so strahlen, sind Sie ziemlich hübsch und gleich zehn Jahre jünger«, sagte er und lachte, als ich ihn in die Seite knuffte.

Bald darauf ließ ich mich wieder neben Lisa nieder, beobachtete jede ihrer Regungen und konnte nicht genug bekommen von ihrem Anblick. Wie lange ich so gesessen hatte, wusste ich nicht zu sagen, denn die Zeit trat für mich gänzlich hinter die Einmaligkeit dieses Ereignisses zurück. Irgendwann drückte mir Sean die halb gefüllte Babyflasche in die Hand. »Hier« forderte er mich auf, »versuchen

Sie Ihr Glück. Ihr Patenkind braucht das, um nicht krank zu werden. Und wahrscheinlich hat es tüchtig Hunger.«

»Was ist das?«

»Muttermilch«, antwortete er. »Genauer gesagt: Kolostrum. Es hilft Lisa. Aber seien Sie vorsichtig, damit sie sich nicht verschluckt.«

Behutsam näherte ich mich mit dem Sauger dem Kindermund, doch das Fohlen reagierte nicht auf meinen Fütterungsversuch. Es wirke müde auf mich, beinahe apathisch, und ich sah besorgt zu Sean hinauf, der neben mir stand. »Sie will nicht trinken.«

»Hm, sie erscheint mir tatsächlich ein wenig schwächlich«, gab er zu. »Ich glaube nicht, dass wir uns Sorgen machen müssen, aber ich rufe doch besser Doktor McMasters an. Er soll sie sich mal ansehen.« Damit griff er in seine Hosentasche, zog sein Smartphone heraus und telefonierte gleich darauf mit dem Tierarzt. Ich hockte in der Zwischenzeit ratlos neben Lisa und versuchte immer wieder, mich ihr mit leisen, ermutigenden Worten und dem Sauger zu nähern.

Und tatsächlich geschah das Wunderbarste dieser ganzen Nacht kurz vor dem Eintreffen des Tierarztes: Das Fohlen hob sein Köpfchen, suchte nach dem Sauger und begann zu trinken. Ganz langsam erst, doch bald schon fordernder und, wie ich Sean und vor allem mir selbst immer wieder bestätigte, mit Appetit.

»Na also«, sagte Sean, und ich glaubte, einen Anflug von Erleichterung herauszuhören.

Als bald darauf ein grauhaariger Hüne mit großer Ledertasche durch die Stalltür trat, erhob ich mich, um den beiden Männern das Terrain zu überlassen. Doktor McMasters begrüßte erst Sean und reichte dann mir die Hand. »Sie müssen Lisa sein«, sagte er mit sonorer Stimme, die ebenso kraftvoll war wie sein Händedruck. »Hab schon von Ihnen gehört. Freut mich.« Damit war jedoch sein Interesse für die Verwandte aus Deutschland erschöpft und gehörte uneingeschränkt seinen beiden Patienten.

Ich zog mich unterdessen auf meinen Hocker zurück, wickelte fröstelnd die Jacke fester um meinen Körper und verfolgte halbherzig das Gespräch der beiden Männer, da es mir unmöglich war, ihrem irischen Dialekt um diese Zeit lückenlos zu folgen. Dennoch meinte ich, nichts Besorgniserregendes aus dem Tonfall der beiden herauszuhören, und lehnte mich beruhigt zurück. Ich schloss für einen Moment die Augen, spürte die Müdigkeit, die mich bleischwer überkam, und fuhr zusammen, als Sean behutsam an meiner Schulter rüttelte. »Ach herrje«, begann ich auf Deutsch, »ich bin eingeschlafen.«

»Das stimmt«, antwortete er ebenfalls auf Deutsch und versicherte, dass dies neben ja und nein die einzigen beiden Wörter seien, die er in meiner Sprache formulieren konnte.

Doktor McMasters grinste, während er sich die Hände am Waschbecken schrubbte, und ich murmelte eine Entschuldigung mit Blick auf die Armbanduhr. Es war kurz nach fünf.

»Boozer und Lisa geht es gut. Die Kleine ist gesund, und unter Ihrer Fürsorge wird sie bestimmt prächtig gedeihen«, beruhigte mich der Tierarzt und griff voller Elan nach seiner alten Ledertasche. »Ich schau in zwei Tagen nach den beiden«, versprach er, an Sean gewandt. »Solltest du mich vorher brauchen, melde dich.« Mit einem abschließenden »Also bis dann« schlug er Sean auf die Schulter, nickte mir zu und war auch schon zur Stalltür draußen. Ich blies die Wangen auf ob dieser Tatkraft um fünf Uhr in der Frühe.

»Sie haben sich wacker geschlagen heute Nacht«, lobte mich Sean noch einmal und schenkte sich Tee nach, »aber ich denke, Sie sollten sich jetzt ein wenig Schlaf gönnen. Es dämmert schon da draußen.«

»Allerdings. Ich gehe ins Haus zurück«, pflichtete ich ihm bei und erhob mich, verwundert darüber, überhaupt noch stehen zu können. »Danke Sean.« Bereits an der Tür blickte ich über die Schulter zurück zu Klein-Lisa, die nun auf eigenen Beinen stand und eifrig nach den Zitzen der Mutter verlangte, und dann zu Sean, der die Utensilien vom Tisch räumte. »Das war ein Geschenk.«

»Und ein Anfang«, ergänzte er und winkte mir zu, als ich die Tür hinter mir schloss.

Ich ging den Seitenweg zurück, den wir gekommen waren, und ließ mir Zeit. Der nahende Morgen war kühl und windstill. Kein Laut durchdrang die Dämmerung, kein Vogelzwitschern, kein Blätterrauschen, nur das Knirschen des Kieses unter meinen Schuhsohlen begleitete mich zum Haus zurück. Dunst lag wie ein Weichzeichner über den Rasenflächen und den Bodendeckerrosen und es hätte mich nicht erstaunt, wenn einer der Kobolde, von denen

Sean so überzeugt gesprochen hatte, am Wegrand gesessen und sein Käppchen gelüpft hätte. An diesem Morgen wäre sogar das selbstverständlich für mich gewesen. Klein-Lisa ging es gut, das war das Wichtigste; und der großen Lisa auch.

Kapitel 17

Der Morgen des fünfzehnten September begann so still, wie die Ereignisse der Nacht drei Stunden zuvor für mich geendet hatten.

Kurz nach acht weckte mich der Sonnenschein, und ich verbrachte die erste Viertelstunde des Tages mit Gedanken an Lisa, an Boozer und an Zuhause. Übermorgen startete das neue Schuljahr, und zum ersten Mal seit mehr als zwanzig Jahren würde ich keinen Klassenraum betreten, nicht den Blick über fünfundzwanzig pubertierende Jugendliche wandern lassen und der übermütigen Stimmung mit einem deutlich vernehmbaren Willkommen Einhalt gebieten. Zum ersten Mal seit mehr als zwanzig Jahren würde ich nicht mit ein paar freundlichen, aber unmissverständlichen Worten die Bedingungen für eine wünschenswerte Kooperation darlegen und anschließend mein Mathematikbuch mit dem abgegriffenen Einband zur Hand nehmen, um die Grobgliederung des Lernstoffs für das erste Halbjahr zu verkünden.

Mir war ein wenig flau im Magen, während mein Kopf und mein Herz noch einmal meine Entscheidung überprüften. Würde ich mein bisheriges Leben vermissen? Ganz bestimmt. Bedauerte ich es bereits, mich dagegen entschieden zu haben? Die Antwort kam spontan und, wie ich fand, ganz ohne mein Zutun: Kein bisschen!

Kurz vor halb neun saß ich für die üblichen zwanzig Minuten bei Deirdre in der Küche, trank Kaffee und aß eine ihrer frisch gebackenen Köstlichkeiten. Sie hatte es sich inzwischen angewöhnt, ihren am Rand angeschlagenen Keramikbecher noch einmal mit Tee zu füllen und sich mit einem Seufzer auf den Nachbarstuhl fallen zu lassen. So leisteten wir uns, oft schweigend, Gesellschaft. Nur hin und wieder wechselten wir einen Blick oder ein paar Worte über Orans Befinden, das Essen oder das Wetter. Doch allein diese kleine tägliche Sympathiebekundung, die mir Deirdre zuteilwerden ließ, wurde mir zum Elixier, hatte belebende Wirkung auf meine Stimmung.

Gegen neun ging ich nach oben, um Oran zu wecken und ihm

seinen Morgentee zu bringen. Sonntags kam Schwester Myrtle meist erst gegen Viertel nach neun, so blieben fünfzehn bis zwanzig Minuten, in denen ich Orans Erwachen, sein gemächliches Hineinschleichen in den Rest Lebendigkeit, den ihm sein Zustand noch vergönnte, begleiten durfte.

Ich balancierte das Tablett mit einer Hand, klopfte an Orans Zimmertür und öffnete sie leise. Der Raum lag im Halbdunkel, denn die Vorhänge des einen Fensters waren zugezogen, doch an jenem, vor dem der große Spiegel stand, waren beide Flügel wie meistens weit geöffnet. Ich bemerkte gleich, dass Oran noch schlief. Still lag er in seinen Kissen, und ich lächelte, angerührt von der bescheidenen Würde, die sein Anblick vermittelte. Ich setzte vorsichtig das Tablett ab und schloss geräuschlos die Fensterflügel, denn die Morgenluft war frisch und entbehrte noch der Wärme des Tages. Dann trat ich an Orans Bett und ergriff seine Hand. Kühl fühlte sie sich an und schwer, denn er schlief noch immer fest im Schatten der Vorhänge. Ich ließ seine Hand zurück auf die Decke gleiten, zog den Sessel nahe an sein Bett und beschloss, ihn noch eine Weile schlafen zu lassen. Schwester Myrtle war sonntags selten pünktlich. Also setzte ich mich still neben ihn, betrachtete sein schlafendes Gesicht im Halbdunkel und überlegte, wie ich es bewerkstelligen könnte, ihm mehr Anteil am Leben angedeihen zu lassen. Orans neues Bett war eine Spezialanfertigung. Funktionalität auf höchstem Niveau, einschließlich Massagefunktion. Aber es war eben doch nur ein Bett. Vielleicht gab es ja technische Hilfsmittel, die ihm eine gewisse Mobilität ermöglichen. Er litt kaum Schmerzen, er konnte denken, fühlen und kommunizieren, das hatte ich in den Wochen mit ihm herausgefunden. Auch hatte ich den Eindruck, dass er gesundheitlich Fortschritte machte. Seine Wangen wirkten voller und zeigten mehr Farbe als vor wenigen Wochen. Wieso also sollte sich sein Lebensraum auf dieses Bett und einen Standspiegel beschränken? Man könnte vielleicht einen Aufzug einbauen und einen speziellen Rollstuhl fertigen lassen. Am Geld würde das nicht scheitern. Man musste mit Ärzten und Technikern sprechen und sich eingehend informieren. Dann würden sich bestimmt Wege finden lassen. Ich beschloss, gleich heute Abend mit Conny darüber zu reden.

Wieder griff ich nach seiner Hand, von meinen Gedanken beschwingt. »Oran«, flüsterte ich schließlich und strich ihm über den Arm. »Oran«. Ich betrachtete wieder sein schlafendes Gesicht, seine geschlossenen Lider, die leicht geöffneten Lippen. Wie entspannt er wirkte. So erfüllt von tiefer Ruhe, so weit entfernt von diesem ... Leben.

Plötzlich durchfuhr mich die Angst. Mein Herz begann zu rasen, als ich aufstand und mich über ihn beugte. Rasch ergriff ich noch einmal seine Hand. Sie war nicht kühl, sie war kalt. Mit zitternden Fingern suchte ich nach seinem Puls. Aussichtslos. Ich fasste an seine Stirn und spürte dieselbe Kälte wie an seiner Hand. Für ein, zwei Sekunden wurde mir schwindlig, und ich musste mich aufs Bett stützen. Dann ergriff ich mit der Linken Orans Schulter und rüttelte kraftvoll daran, tastete an seinem Hals, um dort seine Schlagader zu finden, doch nichts an Oran bewegte sich mehr, nicht sein Mund, nicht seine Lider, nicht sein Finger, nicht sein Herz.

Ich schluchzte hart auf, formulierte seinen Namen wieder und wieder.

Doch Oran war tot. Ich wusste es mit derselben Gewissheit, mit der sich alles in mir dieser Tatsache verweigerte.

Zu benommen für einen klaren Gedanken, ließ ich mich auf den Sessel zurücksinken. Ich wollte rufen, ich wollte weinen, doch kein Laut kam über meine Lippen, keine Träne passierte meine starr auf Orans Gesicht gerichteten Augen. Unfähig, sie abzuwenden, schien es mir, als hätte mein Körper ebenfalls all seine Funktionen eingestellt. Dann wurde es ganz plötzlich dunkel um mich herum.

»Lisa«, hörte ich irgendwann Schwester Myrtles Stimme wie durch Watte hindurch, doch eindringlich, und jemand rüttelte an meinem Arm.

»Hier, trinken Sie das«, sagte sie, und ich gehorchte, schluckte die bittere Flüssigkeit, die ich auf meinen Lippen schmeckte und mich bald darauf in die Wirklichkeit zurückführte.

Schwester Myrtle stand neben mir, fühlte mir den Puls und redete beruhigend auf mich ein. Langsam klärte sich mein Blick. Ich ließ ihn über Orans Bett wandern. Friedvoll lag er unter seiner Decke, die Hände vor der Brust gefaltet. Der Ständer mit den Infusionsflaschen war zur Seite gerückt worden und anstelle des Venenzugangs klebte ein Heftpflaster dezent auf seinem Handrücken. Ich musste also eine ganze Weile ohnmächtig gewesen sein. Zum allerersten

Mal in meinem Leben. »Ist er wirklich ...?«, ungläubig und hoffnungsvoll zugleich richtete ich meine Frage an Schwester Myrtle, die noch immer meine Hand hielt.

Sie nickte. »Jetzt hat er seinen Frieden«, sagte sie. Aus ihren Worten sprachen Gelassenheit, unerschütterliche Überzeugung und eine Selbstverständlichkeit, die mich trotz meines Schocks verblüfften. Ich fragte mich, wie es ihr gelang, den Tod so gleichmütig hinzunehmen. Aber wahrscheinlich hatte sie ihn schon zu oft erlebt.

Schwester Myrtles bittere Tropfen taten Wirkung. Ich fühlte, wie ich ruhiger wurde, wie mein stolpernder Herzschlag zur Regelmäßigkeit zurückfand und nur mehr Tränen meine Traurigkeit bezeugten. Ich reagierte also wieder einigermaßen normal auf das Unerwartete. Oder war es vielmehr das Unerwünschte, das mich wieder einmal zwang, eine unliebsame Tatsache zu akzeptieren? So schnell schon, nach dem Teelöffel voll Glück, den ich mir in den wenigen Wochen meines Hierseins erkämpft hatte? Was blieb mir nun noch hier? Warum hatte ich mir vorher nie Gedanken darüber gemacht, was danach sein würde, *nach* Oran? Jetzt war Oran gegangen. Übrig blieben Conny und ich und ein großes Anwesen.

Und doch machte es mir keine Angst. Ein Bild von Freiheit schob sich plötzlich vor mein geistiges Auge, und das Gefühl stellte sich wieder ein, das ich jedes Mal empfand, wenn ich auf dem Felsvorsprung an der Bay stand und über das Meer schaute. Dort, wo es scheinbar keine Grenzen für mich gab und ich mich trotzdem geborgen wusste. Wieder würde ich mit und von der Erinnerung leben müssen, doch war sie diesmal auf eine ganz andere, fast heilsame Art schmerzhaft.

Ich stand auf, ging hinüber zu Conny, die reglos auf Orans Bettkante saß und sich von Zeit zu Zeit die Augen mit dem Taschentuch betupfte. Ich trat nah an ihre Seite und legte die Hand auf ihre Schulter. Eine spontane Geste, die mir zeigte, dass es trotz allem etwas gab, das uns einte. Selbst wenn es nur Trauer war um einen geliebten Mann. Sie ließ ihren Kopf zur Seite sinken, lehnte ihn an mich und schluchzte leise, während ich wieder Orans Gesicht betrachtete. So lang wie möglich wollte ich ihn ansehen, um ihn mir zu bewahren und sein Bild für die Erinnerung zu konservieren.

Nach einer Weile klopfte es an die Tür, und Schwester Myrtle, die seit geraumer Zeit mit ihren schriftlichen Aufzeichnungen beschäftigt gewesen war, ging, um zu öffnen. »Doktor Bourke«, hörte ich Deirdres Stimme vom Türrahmen her, und gleich darauf betrat ein älterer Mann mit dichten roten Haaren und ähnlich rotem Gesicht das Zimmer. Er grüßte teilnahmsvoll, gab erst Schwester Myrtle, dann Conny und schließlich mir die Hand und trat an Orans Bett. Conny war inzwischen aufgestanden, hielt sich aber immer noch an meinem Arm fest. Doktor Bourke sprach mit Myrtle, während er sich routiniert und diskret seinen Pflichten widmete. Conny und ich verließen auf seine Bitte hin das Zimmer und warteten vor der Tür, bis er Oran untersucht hatte. Wir sprachen kein Wort, hingen unseren eigenen Gedanken nach und vermieden es, uns dabei anzusehen. Irgendwann öffnete Schwester Myrtle die Tür, nickte uns zu und ließ uns ins Zimmer zurück. Doktor Bourke, der inzwischen auf einem der Sessel saß und die erforderlichen Formulare auszufüllte, blickte auf. »Es tut mir sehr leid, Mrs MacCarthy, aber wir wissen ja beide, wie krank Ihr Mann war. Wahrscheinlich ist es sogar eine Erlösung für ihn.«

Wie konnte er so etwas sagen?! Oran hatte trotz allem Freude am Leben gehabt. Niemand wusste das besser als ich. Er war nicht unglücklich gewesen in den letzten Wochen, in den Stunden, die wir gemeinsam verbracht hatten. Unsere besondere Art, Gespräche zu führen, unsere schweigsame Nähe, die beredten Blicke. Wir hatten unsere Bücher gehabt, aus denen ich ihm regelmäßig vorgelesen hatte. Rilke, Shakespeare, Goethe und alle seine geliebten irischen Dichter. Er hatte die Augen geschlossen, sich ganz der Musik hingegeben, die wir gemeinsam hörten. Wie konnte jemand besser tot sein, als den Werken Puccinis oder Verdis zu lauschen?! Und selbst, wenn es nur das Vogelgezwitscher an einem Sommernachmittag gewesen war, draußen, vor dem weit geöffneten Fenster! Wie oft hatte ich Oran dabei beobachtet, wenn er im Spiegel die ziehenden Wolken betrachtete und versonnen lächelte? Nein. Er war alles andere als unglücklich gewesen, denn all das war ihm geblieben! War *uns* geblieben. Aber wie sollte dieser Arzt das wissen und verstehen können?

»Sicherlich haben Sie recht, Doktor Bourke«, antwortet Conny, um Fassung bemüht. »Es ist trotzdem ein Schock für uns, stimmt's nicht, Lisa?« Hilfesuchend blickte sie zu mir, und ich nickte. »Das ist übrigens meine Schwester, Lisa Konrad. Sie hat Oran in den letzten Wochen liebevoll versorgt und uns allen damit einen riesigen Dienst erwiesen.« Wieder drückte sie meinen Arm.

Doktor Bourke wandte sich nun mir zu, nickte freundlich und bekundete sein Beileid. Ich dankte höflich und verzieh ihm seine zuvor gemachte Bemerkung, die ja nichts anders als tröstend hatte sein sollen.

»Haben Sie jemanden, der sich um die Beerdigung und die üblichen Formalitäten kümmert?«, wollte der Arzt wissen, und ich hatte den Eindruck, dass echte Anteilnahme aus ihm sprach.

»Ja, unser Anwalt. Er ist ein guter Freund der Familie. Er regelt das alles. Sie kennen ihn vielleicht. Jason Kavanagh. Oran hat schon vor langer Zeit alles Nötige verfügt.«

Der Arzt nickte wieder. »Guter Mann, dieser Kavanagh, was man so hört. Nun ja, Sie wissen, wo Sie mich finden, falls Sie mich brauchen sollten.«

Als er sich gleich danach verabschiedete und zusammen mit Conny das Zimmer verließ, setzte ich mich wieder an Orans Seite und griff nach seiner kalten Hand.

»Kommen Sie zurecht?« Schwester Myrtle nahm die Beutel vom Infusionsständer, während sie mich mit einem aufmerksamen Blick bedachte.

»Sicher. Es ist nur …«

»Ich weiß«, bestätigte sie mitfühlend. »Sie mochten Ihren Schwager sehr.« Das war eine Feststellung, keine Vermutung.

Diesmal brachte ich nur ein kleines Lächeln zustande und vermied es, sie dabei anzusehen. Ich hätte es nicht ertragen. Myrtle gab sich damit zufrieden und widmete sich gleich darauf noch einmal ihren Notizen. Ich hörte das Rascheln von Papier, das Klappern von Glasfläschchen, das Aufziehen und Zuschieben von Schubladen. Dann schloss sie das Notizbuch, in das wir regelmäßig Orans Medikation eingetragen hatten, und schob es, zusammen mit den restlichen Pillen- und Ampullenschachteln, in ihre große Ledertasche.

»Schließlich soll ja alles seine Ordnung haben«, ermahnte sie sich selbst und unterstrich damit ein letztes Mal die Zuverlässigkeit, die sie sich kompromisslos abverlangte. Dann kam sie auf mich zu und reichte mir die Hand.

»Sie waren mir eine echte Hilfe in den letzten Wochen. Und für Mr MacCarthy noch sehr viel mehr, das dürfen Sie mir getrost glauben«, bekräftigte sie. »Ich habe über die Jahre hinweg schon viele Patienten betreut und kann das beurteilen.« Sie ließ meine Hand los, öffnete noch einmal ihre große Ledertasche, zog einen Blister heraus und drückte ihn mir in die Hand. »Hier«, meinte sie, »damit überstehen Sie die nächsten Tage besser.« Ich nahm die Tabletten dankbar an, doch antworten konnte ich ihr noch immer nicht. Der Kloß in meinen Hals wurde bei jedem ihrer Worte größer, und ich atmete tief durch, um nicht loszuheulen. Ich mochte Schwester Myrtle gern, umarmte sie sogar zum Abschied, was mich selbst mehr überraschte als sie, doch ich war trotzdem froh, als sich die Tür hinter ihr schloss. Die Stille, die im Raum zurückblieb, hatte etwas Unwirkliches. Ich füllte sie mit Tränen, setzte mich wieder zu Oran und gab ihm das Versprechen, in seiner Nähe zu bleiben.

Irgendwann klopfte es, und Sean trat ins Zimmer. Man sah ihm die durchwachte Nacht im Stall nicht an, doch er wirkte ernst und bekümmert, als er mich anblickte, an Orans Bett trat und dort schweigsam und mit gesenktem Kopf verweilte. Ich hatte mich bereits erhoben, hinüber ans andere Ende des Zimmers begeben und meine Aufmerksamkeit auf die sonnenbeschienenen Felder und den pinkfarbenen Rhododendron gerichtet, der den Kiesweg unter dem Fenster säumte. Abschied ist immer eine intime Angelegenheit, ganz besonders dann, wenn er das Wissen um Endgültigkeit in sich trägt, und ich wollte Sean nicht dabei stören. Deshalb ging ich hinüber in mein Apartment und schloss leise die Verbindungstür hinter mir. Ob Sean wohl betete oder nur in stiller Ehrerbietung verharrte? Seine Trauer erschien mir jedenfalls echt. Seit jener Nacht, in der ich unfreiwillig Zeuge seiner leidenschaftlichen Hingabe an Conny hatte werden dürfen, hatte ich mich des Öfteren gefragt, wie aufrichtig seine Loyalität Oran gegenüber war. Trotz der freundschaftlichen Sympathie, die ich inzwischen für ihn empfand, waren mir Widerspruch und Zweifel auch jetzt wieder wie Galle aufgestoßen, als ich ihn so augenscheinlich tief ergriffen an Orans Totenbett stehen sah. Nur zu gern hätte ich ihn auf sein unheiliges Verhältnis mit Conny angesprochen und ihm meine Meinung gesagt, ihn bei seiner Ehre gepackt und zurechtgestaucht, doch dies war weder die Zeit noch der Ort für Vorhaltungen. Und geändert hätte es ja sowieso nichts. Inzwischen war es im Grunde unwichtig geworden. Überdies wollte ich mir ersparen, als moralisierend abgestempelt zu werden. Wir brauchten Sean in Rosebud House, soviel stand fest, denn keiner wusste besser, was ... Oh mein Gott! *Wir* brauchten Sean. Der Satz traf mich wie ein kalter Wasserschwall. *Wir*, das bedeutete Conny und ich. *Ich* war nun Eigentümerin der Hälfte dieses Anwesens und von noch vielem mehr. Jetzt war eingetreten, was ich vor wenigen Wochen in weiter Ferne wähnte. Und dieser Mann, der im Nebenzimmer um Oran trauerte, war ab sofort auch mein »organisatorischer Leiter«.

Kapitel 18

In der darauffolgenden Woche herrschte eine Atmosphäre im Haus, die man als stille Geschäftigkeit bezeichnen konnte. Oran wurde professionell für die Trauerfeier und Beisetzung vorbereitet, ganz so, wie es Tradition war. Er blieb anschließend noch einen ganzen Tag und eine Nacht bei uns. Die Vorhänge in seinem Zimmer waren zugezogen und Kerzen brannten links und rechts neben dem Kopfende seines Bettes. Friedlich ruhte er in seinen Kissen, die bleichen Hände vom Rosenkranz umschlungen und auf seiner Brust verschränkt. Freunde und Bekannte kamen, um sich von ihm zu verabschieden. Manche von ihnen schüttelten mir die Hand und versicherten mir ihre Anteilnahme, doch die wenigsten waren mir bekannt. Von anderen wiederum vernahm ich nur die leisen, mit Bedacht gesetzten Schritte, wenn sie den Gang entlang und die Treppe hinauf oder hinunter gingen. Einige verweilten für die Dauer eines stillen Gebets oder für einen Gruß zum Abschied an Orans Bett, andere weinten leise. Deirdre hielt am Esstisch im kleinen Salon Happen und Getränke bereit und achtete darauf, dass sich jeder Gast bediente. »In solchen Zeiten braucht der Körper Kraft, sonst kann er die Seele nicht tragen«, meinte sie und fuhr sich mit der Schürze über die rotgeränderten Augen. »Erst Eileen und jetzt gleich noch unser Mr Oran. Das hält doch kein Mensch aus«, klagte sie, doch tat sie unermüdlich ihre Arbeit. Wir sprachen kaum, nur das Nötigste, zogen uns gewissermaßen alle in uns selbst zurück, um Orans Tod als Tatsache begreifen zu lernen. Ich selbst fühlte mich, als würde ich schlafwandeln. Conny verbrachte die meiste Zeit in Gesellschaft des Familienanwalts Jason Kavanagh, der plötzlich allgegenwärtig schien und sie umkreiste wie ein Trabant, auf ihren kleinsten Fingerzeig unverzüglich reagierte und damit wahrscheinlich eine große Hilfe darstellte. Sean bekam ich kaum zu Gesicht, sah ihn nur aus der Ferne, wenn er mit Conny sprach. Doch ich wusste, er kümmerte sich um das Gut und das Hotel und entlastete uns, wo er nur konnte. Ich zog mich oft in mein Zimmer zurück und bemühte mich, zu akzeptieren, was geschehen war. Manchmal fühlte ich nichts als Leere in mir, dumpf, dunkel, tonlos. Dann war ich unfähig, einen einzigen sinnvollen Gedanken zu fassen, drückte mich in eine Ecke meiner Couch und starrte auf die Wände. *Meiner Couch.* Ja, jetzt gehörte sie zur Hälfte mir. Der Preis dafür jedoch war hoch. Mitunter überfiel mich die Offenkundigkeit meines Verlusts derart quälend, dass ich losheulte und nicht wusste, ob ich jemals wieder damit aufzuhören vermochte. Ich spürte der Erkenntnis nach, wie facettenreich und umfassend die Bedeutung des Wortes Verlust war, und welche Dimension es in meinem Leben einnahm, denn es beschränkte sich längst nicht nur auf Orans Tod.

Irgendwann ertrug ich das Alleinsein nicht länger, wollte Menschen um mich haben, die Haltung und Selbstbeherrschung von mir erwarteten. Vielleicht half mir ihr Schmerz, den meinen leichter anzunehmen. Ich durfte mich nicht gehen lassen, sondern wollte Oran beweisen, dass es etwas gab, das über den Tod hinaus Bestand hatte und stärker war als Selbstmitleid. Ich trocknete meine Tränen und versuchte, mir Oran vorzustellen, wie er früher ausgesehen hatte, verdrängte das Bild des Jammers, das er geboten hatte, als er noch vor wenigen Tagen krank in meinem Arm geruht hatte. Ich schloss die Augen und sah ihn lächeln, den jungen Iren, der mir, der frisch gebackenen Referendarin, geholfen hatte, die Mathematikhefte meiner Schüler aufzuheben, die mir in der Eile aus dem Arm gerutscht und zu Boden gefallen waren. Jetzt sah er mich noch einmal so an wie damals, und ich hörte ihn sagen: *Wir hatten es doch noch, Lisa, wenn's auch ein kleines Glück war ... Kannst du mir verzeihen?*

Oran hatte recht, wir hatten es gehabt ... für sechs Wochen, drei Tage und viereinhalb Stunden. Und das mit dem Verzeihen? Das war kein durch Willenskraft beeinflussbarer Prozess. Man musste einfach abwarten, bis die Traurigkeit verschwunden war und es nicht mehr wehtat. Ich lächelte und versprach ihm, nicht mehr zu weinen. Dann öffnete ich die Augen und verlies mein Zimmer, um bei den Menschen zu sein, mit denen ich künftig auf Rosebud leben würde.

Kapitel 19

Conny zeigte sich, wie stets, bewundernswert selbstbeherrscht. Auch wenn ihre Gefühle für Oran nicht besonders tief gewesen waren, so hatte sie, wie wir alle, zumindest den Schock über seinen Tod zu verarbeiten. Der Gutsbetrieb und vor allem das Hotel mussten unbehelligt weiterlaufen. Auch wenn sich die Hauptsaison dem Ende zuneigte, so gab es doch noch Gäste, die bedient werden wollten. Wann immer möglich, war ich an ihrer Seite oder half Deirdre in der Küche, lächelte und bewahrte die Haltung. Conny und ich sprachen kaum miteinander, doch das war auch nicht nötig. Irgendwie fand jeder seinen Platz in diesen Stunden der Trauer; auch ohne Worte. So überstanden wir die ersten Tage des Abschieds und die Beisetzung in stillem Einvernehmen. Auch Onkel Cian war aus Dublin gekommen. Als er mich im kleinen Salon entdeckte, wie ich die benutzten Teller zusammenstellte und zum Servierwagen trug, kam er auf mich zu und begrüßte mich, indem er mich in den Arm nahm. »Dass wir uns so schnell und unter diesen Umständen wiedersehen, hatte ich nicht erwartet«, sagte er mit gebrochener Stimme, und die Trauer ließ sein Alter deutlicher erkennen. Seine rotgeränderten Augen verrieten, dass er geweint hatte. »Aber ich freue mich, dass Sie noch immer hier sind.«

Ich nickte nur. »Ich habe es Oran versprochen«, sagte ich.

»Das ist gut«, antworte er. »Das ist sehr gut.«

Über die Feierlichkeiten halfen mir Schwester Myrtles Tabletten hinweg. Auch wenn sie mich in einen Zustand schwammiger Passivität versetzten und mich gewissermaßen fernsteuerten, gewährleisteten sie die Scheinsouveränität, die mich auf den Beinen hielt und nachts ein wenig schlafen ließ. Dennoch hatte der Gedanke an das Danach in diesen Tagen ständig in einer Ecke meines Bewusstseins gelauert. Wie würde es weitergehen, wenn der Alltag zurückgekehrt war? Wo würde mein Platz in Rosebud House sein? Die Fragen trieben mich um. Ich sah es als unerlässlich an, die Zuständigkeiten zu regeln und abzugrenzen. Conny und ich waren viel zu unterschiedlich. Nichts würde sich wie von selbst und harmonisch fügen. Connys freundliche Worte in allen Ehren, mit denen sie mich ihrer besten Absichten versichert hatte, doch ich wusste um ihren starken Willen, ihren Eigensinn und ihr Durchsetzungsvermögen. Sie war spezialisiert auf die Vernichtung des Gegners im Nahkampf, und ich wollte nicht noch einmal an ihr scheitern. Auf Sean konnte ich trotz aller Sympathie nicht wirklich hoffen. Seine Flagge war gehisst; direkt vor Connys Schlafzimmer. Ich beschloss, mich nicht mehr als unbedingt nötig in die Belange von Rosebud House einzumischen, und vertraute darauf, dass etwas, das seit rund einhundert Jahren ohne mein Zutun erfolgreich funktioniert hatte, dies auch weiterhin tun würde. Aber ich brauchte eine Aufgabe, so viel stand fest. Nur in den Tag hinein zu leben ohne sinnvolle Betätigung, ohne regelmäßige Pflicht, war undenkbar für mich. Zudem scheute ich den Geruch der Schmarotzerin, die sich ins gemachte Nest setzte. Ich überlegte. Vielleicht könnte ich tatsächlich die Buchführung für das Hotel und die Farm übernehmen, wie Conny bereits vorgeschlagen hatte. Mich da einzuarbeiten, würde mir bestimmt nicht schwerfallen. Andererseits sah ich auch keine Probleme, im Stall oder in der Küche zu helfen. Die Pferde bereiteten mir inzwischen Freude. Ich hatte einen Großteil meiner Angst vor ihnen verloren und genoss die Zutraulichkeit, die Klein-Lisa mir entgegenbrachte.

All diese Gedanken trieben mich um und führten mich immer wieder an Orans Grab. Sehr früh morgens, gleich nach Sonnenaufgang, und dann noch einmal am Nachmittag, wenn sich die Sonne langsam dem Meer zuneigte, machte ich mich auf den Weg zum Friedhof. Es war mir wichtig, den Tag mit Oran zu beginnen, ihn mit ihm zu beschließen. Sein Grab, gleich neben dem seines Vaters und seiner Mutter, war weniger imposant, als ich erwartet hatte. Es trug ein steinernes Hochkreuz, in das sein Name, das Datum seiner Geburt und seines Todes und ein schlichtes *Rest in Peace* gemeißelt waren. Und tatsächlich konnte ich ihn spüren, den Frieden, der diesen Ort umschloss. Nicht nur in den einsamen Morgenstunden, wenn die frühe Sonne am weißen Himmel stand und das Meer silbern glitzerte. Von den Ästen einer alten Weide beschützt, von Wacholder- und Lorbeerbüschen umfasst, die ihren würzigen Duft verströmten, hatte Oran einen Platz gefunden, an dem niemand ihn stören würde. Auch ich nicht. Keine Trauer und kein Bedauern, keine Feindseligkeit und kein Selbstmitleid sollten diesen Ort überschatten, dieses Versprechen gab ich ihm. Vielmehr erzählte ich ihm von den kleinen Ereignissen des Tages, ganz genau so, wie wir es in den vergangenen Wochen gehalten hatten. Zwar war diesmal er es, der ins Nebenzimmer gegangen war, doch die Tür zwischen unseren Räumen blieb auch weiterhin einen Spalt breit offen.

Ich beschloss, mich bald mit Conny und Sean zusammenzusetzen und über mich und mein zukünftiges Leben auf Rosebud House zu sprechen, auch wenn ich mich seit einigen Tagen des Gefühls nicht erwehren konnte, dass sie mir aus dem Weg gingen und bewusst den Kontakt zu mir mieden. Doch bestimmt bildete ich mir das nur ein. Jeder auf Rosebud House brauchte jetzt erst einmal Zeit für sich selbst, für Trauer und Neuorientierung, musste sich auf die veränderten Gegebenheiten einstellen. Ich verwarf meine neurotischen Hintergedanken, denn sie waren lächerlich und völlig fehl am Platz.

Am selben Tag bat mich Conny noch vor dem Abendessen zum Gespräch in ihr Arbeitszimmer.

Während ich die Treppe hinunter und auf Connys Büro zuging, drangen mir Stimmen aus dem Raum entgegen. Conny war nicht allein. Das kehlige Lachen, das ich gleich darauf durch die geschlossene Tür vernahm, war mir bekannt. Es versetzte mich zurück in die Nacht, in der mich das lustvolle Stöhnen in Connys Schlafzimmer geweckt hatte. Sean war also bei ihr. Umso besser, dachte ich noch, während ich anklopfte und die Klinke drückte. So konnten wir gemeinsam die wichtigsten Belange angehen.

Verwundert blieb ich unter dem Türrahmen stehen, als ich Conny im Gespräch mit Jason Kavanagh vorfand, und mir wurde schlagartig klar: Nicht mit Sean, sondern mit dem Anwalt der Familie teilte sie das Bett! Insgeheim leistete ich Sean Abbitte und betrachtete Kavanagh mit wesentlich größerem Interesse als bisher.

»Da bist du ja«, bemerkte Conny, und wieder erschien es mir, als habe ihr Ton das schwesterliche Wohlwollen eingebüßt. »Setz dich bitte. Wir müssen reden.« Sie selbst nahm auf einem der Polstersessel Platz, die um den flachen Holztisch in der Mitte des Zimmers standen, und ich setze mich ihr gegenüber. Irgendetwas an der Art, wie sie mit mir sprach, hatte mich aufhorchen lassen, und ich wollte die Möglichkeit haben, ihr bei jedem weiteren Wort, das sie an mich richtete, in die Augen zu schauen. Kavanagh, der bei meinem Eintreten hinter dem Schreibtisch gestanden und in irgendwelchen Unterlagen geblättert hatte, verlor sein Grinsen, blickte ausdruckslos in meine Richtung und nickte zum Gruß. Dann rückte er seinen Sessel in Connys Nähe. Bevor er sich setzte, nahm er ein Blatt Papier und einen Stift vom Schreibtisch und legte beides vor sich auf die Tischplatte.

Eine eigenartige Unruhe ergriff mich. »Was gibt es denn?«, fragte ich Conny so arglos wie möglich, doch es war Kavanagh, der mir antwortete. »Es geht um Orans Nachlass, Mrs Konrad.«

»Aber hat das denn nicht Zeit, bis wir uns alle ein wenig erholt haben von dem Schock? Oran ist noch nicht einmal eine ganze Woche tot«, gab ich zu bedenken und suchte Connys Unterstützung. Sie bedachte mich mit einem Gesichtsausdruck, den ich nicht zu deuten vermochte, dessen Kälte mich jedoch zutiefst erschreckte. »Nein«, antworte sie, »das hat es nicht.«

Dann räusperte sich Kavanagh und fuhr fort: »Das hier, Mrs Konrad, ist eine Verzichtserklärung.« Er schob das Blatt und den Stift in meine Richtung. »Sie besagt – ich mache es kurz und einfach für Sie –, dass Sie Orans Erbe nicht antreten, sondern umfassend auf den Nachlass und alle damit verbundenen Rechte verzichten. Ferner erklären sie sich vorbehaltlos mit der Veräußerung des Gutes und der dazugehörigen Ländereien einverstanden.«

Für einen Augenblick stockte mir der Atem. Hatte ich mich eben verhört? Was erlaubte sich der Kerl?! »Wie kommen Sie dazu?!«, begann ich, doch Conny fiel mir ins Wort. Ihr Blick traf mich wie die Flamme eines Schweißbrenners, versengte jedes weitere Wort, jeden Gedanken in mir. Ich hörte nur noch ihre Stimme.

»Er befolgt nur meine Anweisungen, Lisa.« Sie wich meinem Blick noch immer nicht aus, schien es vielmehr zu genießen, wie verwirrt ich war. »Hast du denn ernsthaft geglaubt, ich würde *dir* – sie spuckte das Wort aus wie eine ranzige Nuss – die Hälfte von allem überlassen und meine restlichen Tage mit dir in schwesterlicher Eintracht auf Rosebud verbringen?« Sie verzog den Mund zu einem verächtlichen Grinsen und schüttelte angewidert den Kopf. »So naiv kannst wirklich nur du sein. Aber das warst du ja schon immer; eine lächerlich, tragische Figur, die nie so richtig in der Realität angekommen ist.« Ich wandte mich von ihr ab, außerstande, sie länger anzusehen. Meine Wangen fühlten sich plötzlich an, als loderte ein Feuer in ihnen, und hinter meinen Schläfen begann es zu pochen. Meine Finger, die sich ineinander verkrallt hatten, pressten sich noch fester zusammen.

»Conny!«, herrschte ich sie an. »Was fällt dir ein?! Für derart makabre Scherze ist jetzt wohl kaum der passende Zeitpunkt. Ich finde dich, gelinde gesagt, recht geschmacklos.«

»Ich versichere, das ist kein Scherz«, mischte sich Kavanagh ein und versuchte, mich mit seinen kalten Anwaltsaugen einzuschüchtern. Meine Hände begannen zu zittern.

»Ich werde das *nicht* unterschreiben«, hörte ich mich leise, doch deutlich sagen. Dann straffte ich den Rücken, verschränkte die Arme vor der Brust und bekräftigte noch einmal: »Auf gar keinen Fall.«

»Habe ich es dir nicht gesagt?« Conny wandte sich an Kavanagh und grinste wieder. »Stur und widerspenstig wie eh und je.« Dann drehte sie sich wieder mir zu und zischte: »Oh doch, das wirst du, Schwesterlein. Glaube mir, das wirst du.« Sie lehnte sich in ihrem Sessel vor und fixierte mich mit einem bösen Funkeln. »Denn solltest du dich tatsächlich weigern, das Dokument zu unterschreiben, werde ich ganz schnell an einem Rad drehen, das dich letztlich überrollen wird wie eine Dampfwalze. Und das möchtest du doch nicht, oder?« Ihre eiskalte Überlegenheit war unerträglich, und ich war außerstande, etwas zu erwidern.

»Also hör mir gut zu, Lisa, denn ich werde es nur ein einziges Mal sagen.« Ihre Stimme wurde leiser, verschwörerischer. »Oran, der Trottel, wollte unbedingt seinen Frieden mit dir machen, dich hierherholen und heile Familie spielen. Ich werde nie verstehen, was ihn letztlich zu diesem lächerlichen Entschluss bewogen hat, aber nun gut ... Leider kam sein Unfall zu spät, denn das Kodizill war bereits zu deinen Gunsten verfasst worden.« Sie schnaubte verächtlich. »Was blieb mir also anderes übrig, als unter seiner Regie mitzuspielen? Bestimmt kannst du dir vorstellen, wie wütend ich war. Doch dann kam mir eine Idee, mit der ich das Ruder herumreißen und dich ein für alle Mal loswerden konnte.« Sie grinste mich höhnisch an. »Also pass gut auf, damit dir die Pointe nicht entgeht: Solltest du dieses Zimmer verlassen, ohne das Dokument unterschrieben zu haben, werden keine fünf Minuten vergehen, und Orans trauernde Witwe wird am Telefon gegenüber dem hiesigen diensthabenden Polizeibeamten unter Tränen eine ungeheuerliche Vermutung äußern. Sie wird ihm mitteilen, dass ihr Ehemann höchstwahrscheinlich keines natürlichen Todes starb und ihr Verdacht, so unglaublich er auch erscheinen möge, sich gegen die eigene Schwester aus Deutschland richte. Nun wird der Beamte natürlich nach den Gründen fragen. Doch derer gibt es so einige, meist du nicht auch?« Sie stand auf und ging mit verschränkten Armen hin und her. »Verschmähte Liebe, verletzte Gefühle, hasserfüllte Jahre, die den Wunsch nach Rache nur noch vertieften. Ganz zu schweigen vom Testament, das dich schlagartig zu einer reichen Frau macht. Warum also warten. Der Hass war groß genug. Ebenso groß wie die Gier nach dem Geld, die man, ohne die Fantasie übermäßig zu strapazieren, für eine Art Wiedergutmachung erachten könnte. Ich würde auf einer Exhumierung bestehen und in aller Ruhe das Ergebnis der Autopsie abwarten. Ein Ergebnis, das jeden, und vor allem natürlich mich, erschüttern würde: Oran starb an einer Überdosis seines Herzmedikaments.« Conny schwieg für einen Moment, und ich nahm die Unterbrechung lediglich zur Kenntnis. Ich hatte jedes ihrer Worte gehört, aber ich hatte sie nicht verstanden.

»Ein Drama, gegründet auf Eifersucht, Habgier und späte Rache«, fuhr sie fort. »Du hattest das Motiv und die Möglichkeit, denn du warst es, die Oran in den vergangenen Wochen gepflegt hat; einschließlich der abendlichen Medikamentengabe. Dafür gibt es Zeugen. Und jeder hier weiß inzwischen von deiner unglücklichen Liebe zu ihm, und davon, dass er dich damals um meinetwillen hat sitzenlassen.« Sie grinste hämisch. »Dafür habe nicht nur ich gesorgt, sondern letztlich auch du selbst mit deinem kleingeistigen, eingeschnappten Verhalten.« Ich sah Kavanagh zustimmend nicken und erinnerte mich an Seans verständnisloses Gesicht, als ich ihm gegenüber die alte Dreiecksgeschichte erwähnte.

»Von der Erbschaft habe ich dir zudem dummerweise sofort bei unserem ersten Telefonat erzählt, was dich schnurstracks nach Irland zog. Darauf schöre ich selbstredend jeden Eid. Und Jason hat dich bald nach deiner Ankunft offiziell über den zu erwartenden materiellen Segen in Kenntnis gesetzt, erinnerst du dich? Das haben wir sogar schriftlich.« Ich hörte weiter Connys Stimme und sah, wie Kavanagh wieder beipflichtend nickte. »Die Indizien sprechen somit allesamt gegen dich, wie du hoffentlich erkennst.«

Je länger ich Conny zuhörte, desto ruhiger wurde ich. Die Ungeheuerlichkeit dessen, was sie sagte, bezeugte für mich ein Ausmaß an menschlicher Niedertracht und Perfidie, das meine Vorstellungskraft überforderte. Gleichzeitig wusste ich jedoch, es war so real wie die Tatsache, dass wir uns hier gegenübersaßen.

Conny und Kavanagh lauerten schweigend auf meine Reaktion.

»Du hast Oran umgebracht?«, hörte ich mich schließlich fragen und fand meine eigenen Worte zu absurd, um sie einer Antwort würdig zu wähnen.

Conny lächelte. »Nein, Liebes, das hast *du* getan. Hast du mir denn eben nicht richtig zugehört? Also bitte unterschreibe das hier. Es ist zu deinem eigenen Besten.« Sie deutete auf die Verzichtserklärung. »Mit der Abreise kannst du dir selbstverständlich noch Zeit lassen. Schließlich bist du Gast in meinem Haus. Und es könnte womöglich zu unnötigen Spekulationen führen, wenn du übereilt deine Koffer packen würdest. Der Verkauf von Rosebud House wird sich noch einige Wochen hinziehen. Es besteht kein Grund zur Hetze.« Mit kaltem Lächeln ging sie zum Sideboard, öffnete die Whiskeyflasche und füllte einen Finger breit von ihrem Inhalt in eines der Gläser, die auf dem Tablett standen. Sie kam damit zu mir und stellte es vor mich hin. »Unterschreib!«, wiederholte sie noch einmal nachdrücklich, wechselte einen zufriedenen Blick mit Kavanagh und setzte sich schließlich in ihren Sessel.

»Du brauchtest mich also nur, um Oran töten zu können und es mir anschließend in die Schuhe zu schieben?« Ich konnte noch immer nicht fassen, was ich soeben gehört hatte. Jetzt grinste sie mich an, doch eine Antwort erhielt ich nicht. Im Grunde war sie ja auch überflüssig. »Musstest du noch einmal mein Leben zerstören?«, fragte ich und wunderte mich, dass ich nichts fühlte. Warum war ich nicht wütend? Warum verspürte ich nicht das dringende Verlangen, ihr hier und jetzt an die Gurgel zu gehen?

»Ach, wie theatralisch!«, verhöhnte sie mich. »Ich bedaure selbstverständlich zutiefst, dass ich mir deine Einfalt zu Nutzen gemacht habe. Um dich zu ködern, musste ich dir mehr bieten als Geld, das war mir klar. Ich musste sicherstellen, dass du Oran einige Wochen pflegen würdest, um dich glaubhaft mit seinem Dahinscheiden in Verbindung bringen zu können, das verstehst du sicherlich. Also gab ich dir etwas, womit du deine lächerliche Sentimentalität füttern konntest: Orans Nähe und meine schwesterliche Reue und Zuneigung.« Sie grinste maliziös. »Dass du dich so schnell zum dauerhaften Bleiben entschlossen und alle Zelte hinter dir abgebrochen hast, kannst du nicht mir anlasten.«

»Warum hast du das Testament nicht einfach rechtzeitig vernichtet?«, fragte ich Conny. »Es wäre doch ein Leichtes für dich und deinen ... sauberen Beistand gewesen«, ich bedachte Kavanagh mit einem verächtlichen Blick, dem er herablassend lächelnd standhielt, »es einfach verschwinden zu lassen und ein neues zu formulieren, das alle bisherigen für ungültig erklärt. Orans Unterschrift zu fälschen, wäre doch einfacher gewesen, als das hier zu inszenieren. Es hätte dich zur alleinigen Erbin gemacht und ich hätte nie davon erfahren müssen.« Mir wurde übel, und ich fasste mir unwillkürlich an den Magen.

»Jeder wusste, dass Oran nicht mehr in der Verfassung gewesen wäre, ein neues Testament zu formulieren, ja nicht einmal zu unterschreiben. Vor allem der liebe *Onkel Cian*«, antwortete Kavanagh an Connys Stelle, »ein guter Freund des unselig Verblichenen und seines Zeichens ehemaliger Staranwalt der Dubliner High Society. Bedauerlicherweise liegt eine Durchschrift des Testaments auch in seinem Safe, wie Sie ja wissen. Er hätte sich nicht bluffen lassen und sofort den Braten gerochen. Deshalb ...« Er hob in gespielter Verzweiflung beide Hände gegen die Zimmerdecke und grinste.

»Ja, ich weiß«, gab ich zur Antwort. »Ich war bei ihm.«

Alles fügte sich zu einem schlüssigen, wohldurchdachten und schaurigen Ganzen.

»Und warum hast du nicht einfach *mich* aus dem Weg geschafft? Mein Tod hätte dir doch alles erleichtert.«

»Oh, das habe ich durchaus in Erwägung gezogen, glaube mir, Liebes. Aber leider hat mein Ehemann auch hier rechtzeitig vorgesorgt. Es gibt einen Brief von ihm, ebenfalls hinterlegt beim lieben Onkel Cian, in dem er auf die Möglichkeit hinweist, dass deinem Ableben keine natürliche Ursache oder ein wie auch immer gearteter Unfall zugrunde liegt, sondern es in engem Zusammenhang mit der Erbschaft stehen könnte und von mir vorsätzlich herbeigeführt wurde. Im Falle deines Todes sollte der Brief an die Staatsanwaltschaft weitergeleitet werden. Er wird erst als obsolet erklärt und vernichtet, wenn du das Testament ausschlägst und einem Verkauf des Anwesens zustimmst. Der liebe Oran wusste genau, dass er dich in Gefahr bringt, wenn er dich in seinem Testament bedenkt, also wollte er unbedingt verhindern, dass dir etwas zustößt. Tja, und deshalb musste ich mir etwas anderes einfallen lassen.« Sie schob das Blatt Papier zu mir zurück und schmunzelte. »Ist es denn nicht viel besser so? Eine einzige Unterschrift, und du kannst unversehrt zurückfliegen und weiter Schulhefte korrigieren.«

Das musste der Moment gewesen sein, an dem die Verbindung zwischen Wahrnehmen und Spüren, Erfahren und Empfinden, zwischen Denken und Handeln gänzlich in mir abriss. Ich konnte sehen, hören, riechen, schmecken, aber nicht mehr fühlen oder nachdenken. Mechanisch zog ich das Blatt Papier zu mir her, nahm den Stift und unterschrieb den einseitigen Text, ohne ihn zu lesen. Dann schob ich das Dokument langsam über die polierte Tischplatte zu Conny hinüber. Einem Impuls folgend, griff ich nach dem Whiskeyglas, stand auf und stellt es vor sie auf den Tisch. »Feiere deinen Sieg«, sagte ich und verließ den Raum.

Kapitel 20

Ich saß auf meinem Felsvorsprung, ganz vorne auf der Spitze. Es fiel mir im Grunde nicht schwer, heraufzuklettern, doch gab es mir jedes Mal, wenn ich hier stand, das sonst so selten verspürte Gefühl, einen Sieg errungen zu haben.

Der Wind blies mir die Haare ins Gesicht. Er war kalt und feucht wie die Dämmerung, die mich umgab. Unter mir hörte ich den Wellenschlag, der über die Kieselsteine heranrollte, vernahm das Atmen der See, das so viel regelmäßiger und kraftvoller war als mein eigenes. Weit hinten im Osten wurde der schmale Streifen Orange langsam breiter, und ich wusste, es war Zeit.

Ich hatte keine Angst. Jetzt nicht mehr, denn ich würde endlich frei sein. Frei von Hoffnung und Enttäuschung. Frei von Fragen und Antworten. Frei von Hass und von Liebe, dem mitunter schlimmsten aller Peiniger. Frei von den Träumen, die nicht, wie Sean einmal sagte, unser Inneres umschließen, um das Wertvolle darin zu bewahren und zu beschützen, bis wir es zu nutzen verstehen, sondern die uns wie Gespenster verfolgen, nicht lebendig, nicht tot, nicht greifbar, nicht zerstörbar. Und ich würde endlich und vor allem frei sein von mir selbst, von jenem Ich, das ich nie wirklich kannte, nie wirklich mochte, und das mir fünfundvierzig Jahre lang immer im Weg stand. Wie hatte mich Conny genannt? Eine lächerlich-tragische Figur. Jetzt würde ich mir das Recht nehmen und dieses jämmerliche Wesen auslöschen in dem Wissen, dass dies hier nichts mit Tod zu tun hatte. Mein Sterben hatte sich längst ereignet, Stück für Stück. Da das eigene Unvermögen jetzt jedoch keine Rolle mehr spielte, konnte ich ohne Bedauern zurückblicken. Nicht ironisch, nicht traurig, nur aufrichtig. Ich dachte an Menschen, die wichtig für mich gewesen waren. Viele davon gab es weiß Gott nicht, gemessen an den zahllosen Begegnungen im Laufe meines Lebens, und es erstaunte mich aufs Neue, dass es einer knappen Handvoll Menschen so mühelos gelungen war, mein Leben grundlegend und nachhaltig zu prägen. Ich dachte an meinen Vater, meine Mutter, an Oran und natürlich an Conny. Nie hatte ich ihnen die Tatsache verzeihen können, dass sie so viel stärker waren als ich, so viel Macht über mich besessen hatten, mich verformt und verbogen hatten, bis meine Seele aufschrie, und dass sie mich schließlich immer wieder in meine eigene Hilflosigkeit hatten zurückfallen lassen. Vielleicht aus Egoismus, vielleicht aus Gleichgültigkeit. Vielleicht aber auch aus dem gleichen menschlichen Unvermögen heraus, das mich zu ihrem Opfer gemacht hatte. Ich war dummerweise mein Leben lang ihr Geschöpf geblieben. Und über dieses Ich vermochten auch die Rollen und Funktionen nicht hinwegzutäuschen, die ich im Alltag so souverän zu spielen gelernt hatte.

Ich zog die Schuhe aus, wollte noch einmal die Kälte und Härte der Steine unter meinen nackten Füßen spüren auf meinem Weg in die Freiheit.

Es wurde heller. Ein wunderschöner kalter, windiger Morgen erwachte. Eiskristallblau, durchsichtig. Mein Kopf fühlte sich klar an wie die Luft. Ich verließ den kleinen Felsen und beschritt den schmalen Pfad hinunter zum Strand. Der Sandstreifen, den die Flut immer weiter vereinnahmte, war noch fest und klamm von der Nacht. Ich hörte, wie das Meer näher kam, fühlte das Streicheln des Wassers, das nicht drängte, doch lockte, vernahm deutlich seinen Herzschlag, der bald auch der meine sein würde. Ich ging ihm entgegen, denn ich verstand sein Rufen. Es lag Trost darin. Hier war meine Freiheit. Und wer konnte es denn schon mit Bestimmtheit sagen? Vielleicht würde ich Oran ja doch wiedertreffen. Rief er nicht schon nach mir?

Lisa ... Lisa ... Lisa ... Lisaaaaa ...

Etwas hielt mich fest, presste sich schmerzhaft gegen meine Brust, umklammerte mich wie ein Ring aus Eisen. Ich konnte nicht atmen. Mein Körper gierte nach Luft, doch das bisschen, das zaghaft meine Lungenflügel hob und senkte, brannte wie Feuer. Mein Mund war taub und meine Zunge fühlte sich dick an und rau wie ein vertrockneter Schwamm. Der Salzgeschmack verstärkte die Übelkeit, die mich überkam. Ich musste würgen und versuchte erfolglos, die Augen zu öffnen. Ich fror. Kälte drang aus der nassen Kleidung, die an meinem Körper klebte, in jede einzelne Pore meiner Haut. Dann hörte ich wieder die Stimme, die mich eben schon zu sich gerufen hatte, doch es war nicht Orans Stimme. Jemand schlug mir auf die Wangen, und schließlich gelang es mir doch, die Augen zu öffnen. Es dauerte einen Moment, bis sich für mich aus den markanten Zügen und den ängstlich blickenden grauen Augen Seans Gesicht formte, dicht über meines gebeugt. Er hielt meinen Oberkörper gegen den seinen gepresst, lockerte seinen Griff erst, als salziges Wasser aus meinem Magen in meine Kehle hochstieg und ich mich übergeben musste. Mein Herz und mein Atem galoppierten, mein Gehirn rotierte hinter der Stirn wie eine Töpferscheibe, aber ich fühlte wieder festen Boden unter meinem Körper und den Wind, der kalt darüberstrich.

»Dem Himmel sei Dank«, hörte ich Seans Stimme, als er mir mit einem Taschentuch Augen, Nase und Mund säuberte und mich wieder in seinen Arm zog, um meinen Kopf zu stützen und mir Halt zu geben. Ich sah ihn an und wollte etwas sagen, das ihn in seiner Besorgnis versöhnlich stimmen sollte, doch ich brachte kein Wort zustande.

»Was, um alles in der Welt, sollte das denn werden?!«, entfuhr es ihm bestürzt. Erst jetzt merkte ich, dass die Muskeln seines Oberarms, auf dem mein Kopf ruhte, leise zitterten. Sein unsteter Blick, der nach einer Erklärung suchend beständig über mein Gesicht und meinen Körper wanderte, verriet Angst und Fassungslosigkeit. Wie gut, dass es Seans Arm war, in dem ich lag, dachte ich bei mir, und nicht der irgendeines anderen Menschen. Mit ihm konnte ich sprechen, er würde verstehen, dass ich keine Wahl hatte. Und vielleicht würde er dann den Griff wieder lockern, damit ich das tun konnte, was nötig war. Damit ich meinen Weg zu Ende gehen konnte. Doch er hielt und hielt mich, gab mich nicht frei. Also formulierte ich den einzigen Satz, zu dem ich schließlich fähig war: »Sie haben beschlossen, dass ich ihn umgebracht habe.«

Stille. Dann erste Sonnenstrahlen, die sich auf meine Augenlider legten. Das Licht schmerzte. Hatte ich geschlafen? Ich wusste es nicht, doch noch immer ruhte ich in Seans Arm. Seine Muskeln hatten aufgehört zu zittern, doch der Griff war fest geblieben. Jetzt vernahm ich deutlich die Möwenschreie und das entfernte Rauschen des Meeres. Ich öffnete schließlich wieder die Augen und sah noch immer Seans Gesicht über mir. Versteinert wirkte es, die Züge hart, der Blick verschlossen. Ich sagte seinen Namen, und er nahm mich wieder wahr. »Können Sie aufstehen, wenn ich Sie stütze?«, fragte er. Ich nickte, war mir aber nicht sicher, denn ich fühlte mich müde und schwach. Ich sah, dass er meine Schuhe in der Hand hielt. »Die habe ich vom Felsen geholt«, sagte er und schob sie mir über die Füße. In meinem Kopf sortierten sich die Gedanken auf recht schmerzhafte Weise neu, und die Beine sackten mir weg beim ersten Versuch, mich hinzustellen. Sean trug mich mehr, als mich zu stützten, und so setzten wir gemeinsam Schritt vor Schritt und schwiegen vor Anstrengung und Erschöpfung, bis wir schließlich sein Cottage erreichten. Dort führte er mich zur Couch im Wohnraum, half mir, mich hinzusetzen, und verschwand im angrenzenden Zimmer. Gleich darauf kam er mit einem Handtuch, einem T-Shirt, einem Pulli, wollenen Socken und einer Trainingshose zurück und reichte sie mir.

»Sie müssen aus den nassen Sachen raus«, erklärte er, »und ich ebenfalls. Dann mache ich Ihnen etwas Kartoffelsuppe heiß.« Damit drehte er sich um und verschwand hinter der zweiten Tür.

Ich fühlte mich besser, nur mein Hals brannte bis hinunter zum Magen. Ob die Suppe helfen würde? Ich konnte noch immer keinen klaren Gedanken fassen, spürte nur diesen elend feurigen Hals, der auch den letzten Rest meiner Selbstbeherrschung zu verbrennen drohte. Am liebsten hätte ich losgeheult vor Erschöpfung. Doch ich wollte nicht weinen. Nicht jetzt. Ich würde Kartoffelsuppe essen, eine Aspirin-Tablette schlucken und Sean erzählen, was passiert war. Danach konnte ich immer noch entscheiden. Zeit spielte sowieso keine Rolle mehr, denn sie hatte ihre Bedeutung verloren; so, wie alles andere auch.

Ich knöpfte die vom Meerwasser schwer und kalt gewordene Strickweste auf, zog sie aus und ließ sie auf den Boden fallen. Dann streifte ich, so gut ich konnte, Bluse, Hose und Unterwäsche vom Leib, trocknete mich ab und schlüpfte in die Kleidung, die Sean mir gegeben hatte. Ich tat es und beobachtete mich selbst dabei wie eine Fremde. Mein ganzer Körper zitterte, doch ich empfand nichts als eine dumpfe Teilnahmslosigkeit. Der Geruch von Schafwolle, der dem Pullover entströmte, bestätigte mir meine physische Anwesenheit, deshalb zog ich ihn fest um meinen Körper und kroch auf die Couch zurück. Ich hörte Sean in der Küche hantieren und blickte mich im Zimmer um. Das Cottage war klein, spärlich möbliert, nur mit dem Notwendigen ausgestattet, doch sauber und hell. Es passte zu Sean in seiner Unaufdringlichkeit und Solidität. Genau wie er, besaß es jene Attraktivität, die nicht getrimmt und künstlich aufpoliert war.

Im Kamin brannte ein kleines, ruhiges Feuer. Es wärmte den Septembermorgen, dessen Licht durch die Fenster ins Innere des Raums fiel. Auf dem Kaminsims stand ein Foto in einem schlichten silbernen Rahmen. Eine Porträtaufnahme. Zwei Gesichter, einander zugeneigt, in die Kamera lächelnd. Das Gesicht der jungen Frau war wunderschön und von durchscheinender Zartheit. Blondes Haar, Blaue Augen. Daneben das des Kindes, eines Mädchens im Alter von vielleicht sieben Jahren. Ein Ebenbild der Frau. Warum überraschte mich das Foto? Traute ich Sean kein eigenes privates Leben zu? Da ich ihn bis vor wenigen Stunden noch für Connys Liebhaber gehalten hatte, war es mir nicht in den Sinn gekommen, er könnte verheiratet sein, eine Familie haben. Conny teilte nicht. Außerdem hatte er auf mich immer den Eindruck eines Junggesellen gemacht. Ich schloss die Augen und öffnete sie erst wieder, als er aus der Küche kam und eine dampfende Suppentasse vor mich auf den Holztisch stellte. Auch er hatte sich inzwischen umgezogen. Er langte nach der Whiskeyflasche und einem der Gläser auf dem Regal und setzte sich neben mich. »Hier«, sagte er, während er es füllte und mir reichte, »austrinken. Und zwar alles.« Sein Ton war ruhig, aber bestimmt, und ich tat, wie mir geheißen. Der Schmerz in meinem Hals trieb mir die Tränen in die Augen, und ich musste husten, doch bald stellte sich ein Gefühl von Wärme ein. Sean rührte indessen mit dem Löffel in der Suppe.

»Sie ist heiß«, warnte er, »verbrennen Sie sich nicht daran.«

»Ich würde es nicht spüren«, antwortete ich, wagte nicht, ihn anzusehen, und zog mich in den geräumigen Pullover zurück wie eine Schildkröte in ihren Panzer.

»Sie müssen essen«, forderte er, ergriff die Tasse und schob mir vorsichtig einen Löffel Suppe in den Mund. »Auch, wenn's vielleicht nicht drinbleibt.«

Ich schluckte widerwillig. »Wieso waren Sie da?« Ich war mir nicht sicher, warum ich danach fragte. Vielleicht aus Misstrauen, vielleicht aus Enttäuschung, vielleicht aus purer Neugier. Möglicherweise sogar aus Dankbarkeit.

»Ich gehe oft bei Sonnenaufgang diesen Weg zur Bucht, manchmal mit meiner Angel. So wie heute. Ich habe Sie sitzen sehen und mich gewundert. Dann habe ich einfach gewartet, weil ich Sie nicht stören wollte.« Mehr sagte er nicht, und mehr brauchte ich auch nicht zu wissen.

»Wer sind die beiden?«, fragte ich und deutete auf das Foto auf dem Kaminsims, um von mir selbst abzulenken.

»Meine Frau und meine Tochter«, antwortete er schlicht.

»Sie leben nicht hier?« Ich vergaß meine übliche Zurückhaltung und gab mich irisch.

»Sie sind tot.«

Ich verschluckte mich und begann wieder heftig zu husten. »Tot?«, wiederholte ich bestürzt, doch er konzentrierte sich auf den Löffel, mit dem er in der Suppentasse rührte.

»Ja, ein Autounfall vor fünfzehn Jahren.«

»Das tut mir sehr leid.«

Er nickte und meinte dann ernst: »Im Grunde verliert man nie, was man liebt.«

Übergangslos fing ich zu weinen an. Ich wusste nicht, was den Ausschlag gegeben hatte. Der Whiskey und seine Wärme, die Suppe und ihre Wärme, Seans Worte und ihre Wärme? Die abgrundtiefe Traurigkeit in mir? Plötzlich erschien es mir, als falle die Betäubung von mir ab wie der Schorf von einer Wunde. Die Haut darunter war dünn, hatte nicht genug Stabilität, den Rest von mir zusammenzuhalten. Verwirrung und Widersprüchlichkeit schlugen auf mich ein.

Sean ließ mich gewähren, erlaubte mir schweigend, nach seiner Hand zu greifen und sie festzuhalten. Irgendwann hörte ich ihn dann fragen: »Was ist passiert, Lisa? Reden Sie. Was hat es auf sich mit Ihrer Bemerkung ›*Die haben beschlossen, ich hätte ihn umgebracht*‹? Für mich ergibt dieser Satz keinen Sinn, Sie müssen verzeihen.«

Ich ließ seine Hand los, wischte mir mit dem Ärmel über die Augen und blickte ihn an.

»Das spielt jetzt keine Rolle mehr. Sie hat gesiegt. Wie immer«, hörte ich mich antworten und erschauderte bei meinen eigenen Worten. Connys Gesicht erschien vor mir, ihr kaltes Lächeln. Wieder stürzte die Ungeheuerlichkeit ihrer Worte auf mich herab wie ein Wasserfall, der mich mit sich riss und auf scharfkantige Felsen schleuderte.

»Was reden Sie denn da für Blödsinn?«, vernahm ich Seans eindringliche Stimme. »Wer hat gesiegt? Und wen, beim Heiligen St. Patrick, sollen Sie umgebracht haben?!«

Also bemühte ich mich um ein wenig Beherrschung und begann zu sprechen, erzählte ihm von mir, Oran und Conny, von geplatzten Träumen, lächerlichen Sehnsüchten, von der Sturheit naiver Liebe und der Macht des Hasses bis hin zu den Ereignissen, die sich am vorangegangenen Abend zugetragen hatten.

Sean ließ mich reden, hörte zu, schien sich auf jedes einzelne Wort von mir zu konzentrieren. Lediglich einige Muskeln in seinem Gesicht spannten sich, zuckten hin und wieder kaum merklich und verliehen seinen ebenmäßigen Zügen etwas Asketisches. Er blickte mich nicht an, starrte in das Glimmen der Holzscheite im Kamin, deren Licht durch die Morgensonne inzwischen fast vollständig verdrängt worden war. Während ich sprach, merkte ich, wie ich mich entspannte. All das in Worte fassen zu können, was mir unaussprechlich erschienen war, befreite mich. Gleichzeitig hörte ich mich selbst reden, und es fiel mir schwer, zu glauben, was ich sagte. Auch war ich mir nicht sicher, ob ich auf Sean wirklich zählen konnte, einen Mann, der letztlich doch auf Connys Lohnliste stand. Aber selbst das spielte keine Rolle für mich. Ich wusste nur, dass ich Sean vertrauen *wollte*, mit ihm sprechen *wollte*. Auch wenn es mir nicht mehr half, so sollte irgendjemand um alles wissen.

»Conny und dieser Kavanagh hatten Onkel Cian im Nacken. Da war ich das willkommene Opfer für ihre teuflische Charade.«

»Für ihr Verbrechen, wollten Sie wohl sagen ... Schon klar«, erwiderte Sean. Noch immer starrte er vor sich hin, schien nichts Äußeres wahrzunehmen, konzentrierte sich auf die eigenen Gedanken. »Cian war nicht nur ein enger Vertrauter von Oran gewesen, sondern ist auch einer meiner Freunde«, erklärte er. »Ich weiß, er verwahrt eine Abschrift von Orans Letztem Willen. Ich hielt es, ehrlich gesagt, für eine überflüssige Maßnahme, doch offenbar misstraute Oran schon damals Conny und dem feinen Kavanagh. Nicht zu Unrecht, wie sich jetzt zeigt.«

»Und Eileen muss ebenfalls von den finsteren Plänen gewusst haben«, überlegte ich laut. »Womöglich hat sie Conny und diesen

Kavanagh belauscht. Der Zettel auf meinem Bett war von ihr, da bin ich mir jetzt absolut sicher. Sie wollte mich warnen, ohne sich zu erkennen zu geben, weil sie sich nicht selbst den Geldhahn abdrehen wollte. Sie hat Conny erpresst, das dumme, dumme Mädchen. Das weiß ich von Dylan Byrne. Conny hat die Erpressung auch nicht geleugnet, als ich sie danach fragte. Allerdings hat sie mir irgendeine lächerliche Geschichte von Trunkenheit am Steuer und Fahrerflucht als Motiv genannt. Und ich hab ihr das abgekauft. Ich hatte ja keinen Grund, es zu bezweifeln. Obwohl ich zugeben muss, dass ich instinktiv gespürt habe, dass da mehr dahintersteckte. Aber ich hatte doch keinerlei Anhaltspunkt für Zweifel. Eileens Tod kam den beiden sehr gelegen ... oder die beiden haben ...« Ich atmete tief durch, wollte meinen Gedanken nicht zu Ende formulieren.

Unvermittelt blickte Sean mir in die Augen. Er teilte das Entsetzen in mir. Seine Iris hatte die Farbe von Granit, und seine Stimme klang, wie mir schien, tiefer als sonst, als er sagte: »Hören Sie jetzt gut zu, Lisa«. Dabei packte er mich so fest bei den Schultern, als wollte er mich wachrütteln. »Ich möchte, dass Sie ins Haus zurückgehen, sobald Sie sich gut genug dazu fühlen. Seien Sie dabei so unauffällig und ruhig wie nur möglich. Keiner, verstehen Sie, *keiner* darf Ihnen anmerken, was in den letzten Stunden geschehen ist. Und sprechen Sie mit niemandem über das, was Sie mir eben erzählt haben.«

»Wozu soll das gut sein?«, fragte ich und versuchte, mich von seinem Griff zu befreien.

»Herrgott, zeigen Sie endlich etwas Mut und Kampfgeist! Wollen Sie wirklich ohne jeden Widerstand aufgeben und sich davonschleichen wie ein erbärmlicher Feigling?« Er ließ mich abrupt los und stand auf.

»Ich dachte eigentlich, das sei offensichtlich gewesen«, antwortete ich resigniert und fragte mich, was er von mir erwartete. Ich war Connys Durchtriebenheit nicht gewachsen. Wie hätte ich meine Unschuld denn jemals beweisen sollen? Ganz zu schweigen von dem Schmerz, der mich mehr als alles andere lähmte. »Was wissen Sie schon«, schloss ich müde und nicht als Frage formuliert.

»Ich werte lediglich, was ich höre und sehe: ein Häufchen Elend voller Selbstmitleid und Eigenverachtung, das sich lieber aus der Verantwortung stiehlt, als sich den Schwierigkeiten zu stellen.« Seine Antwort kam wie ein Pfeil angeschossen und traf dort, wo es wehtat.

»Dann sehen Sie genauer hin«, konterte ich giftig und bedauerte fast, so aufrichtig zu ihm gewesen zu sein. Gleichzeitig aber wusste ich, dass er nur schonungslos ehrlich war. Und Schonung wäre, das sagte mir mein Rest an derzeit verfügbarem Verstand, zu diesem Zeitpunkt in jeder Hinsicht fehl am Platz gewesen.

Ich beobachtete Sean dabei, wie er mit den Augen rollte und die Hände rang.

»Lisa«, begann er erneut, »sollen die beiden tatsächlich ungestraft davonkommen?« Er nahm wieder neben mir Platz und beschwor mich mit dem Druck seiner Hände, die er um meine ineinander gekrallten Finger legte.

»Die Beweislast ist gewaltig, Sean«, beteuerte ich noch einmal. »Ich meine die gegen *mich*. Connys Plan war bis ins Detail durchdacht. Was sollte ich jetzt noch dagegen ausrichten? Und dieser Winkeladvokat Kavanagh ist mit allen Wassern gewaschen. Die beiden ergänzen sich aufs Beste, und sie haben mich in der Hand. Außerdem ist Oran tot.« Ich schrie ihm das letzte Wort förmlich entgegen, in der Absicht, er solle endlich begreifen, dass alles zu spät war.

»Ja, Oran ist tot«, wiederholte er, und seinen Worten war anzuhören, wie aufgewühlt er war. »Und diese Tatsache schmerzt mich bestimmt nicht viel weniger als Sie, denn er war fast dreißig Jahre mein Freund gewesen. Aber Sie, Lisa, Sie leben glücklicherweise noch und sollten diesen Umstand nutzen, verdammt noch mal! Doch wenn Sie lieber zurück nach Deutschland möchten, in ihr kleines, wohlsortiertes und, verzeihen Sie, neurotisches Leben, oder gar zurück in die Fluten«, er deutete in Richtung Fenster und hinaus aufs Meer, »dann bitteschön ... Ich werde Sie nicht noch einmal daran hindern. Nehmen Sie Ihr Bündel an Selbstmitleid und Feigheit und beenden Sie, was Sie begonnen haben. Allerdings verspreche ich Ihnen, dass ich nicht still hier sitzen und zusehen werde, wie Orans Lebenswerk und das seines Vaters und Großvaters, Menschen, die mit ihren bloßen Händen, mit Verstand, Fleiß und Beharrlichkeit aus dem Nichts das alles hier geschaffen haben, von zwei geldgierigen Mördern zunichtegemacht wird.« Seans heftiger Ausbruch verschlug mir nicht nur die Sprache, sondern kratzte merklich am kümmerlichen Rest meines Ehrgefühls. *Kleines neurotisches Leben* hatte er gesagt. Das ergänzte wunderbar die *tragische Figur*, die ich bereits mit mir herumschleppte! Verflucht noch eins! Ich spürte die Wut auf mich selbst in mir hochsteigen wie Magma im Schlot eines Vulkans. Vielleicht war es aber auch nur die Kartoffelsuppe, die zurück in meine Kehle drängte. Ich schluckte ein paarmal kräftig und holte tief Luft. Doch ich fühlte mich trotz allem etwas besser.

»Sie haben ja recht«, gab ich schließlich beschämt zu, »aber was können wir denn tun?«

Sean kam auf mich zu und fasste mich wieder an beiden Händen. »Das klingt schon besser. Wir tun Folgendes ...«

Kapitel 21

Sean stellte mir noch zwei, drei Fragen, deren Sinn sich mir nicht erschloss, doch fehlte ihm die Zeit für Erklärungen und mir die Kraft, klar zu denken. Ich solle Vertrauen haben, meinte er nur, und das Chaos in meinem Kopf war ihm dankbar dafür. Dann zwang er mir den Rest der inzwischen lauwarmen Suppe auf und legte mir anschließend eine Decke über die Beine. »Schlafen Sie«, sagte er. »Später gehen Sie ins Haus zurück und bitten Conny um ein Gespräch. Heute Abend, gegen halb acht, im kleinen Salon. Kavanagh soll auch da sein. Haben Sie das verstanden?«

Ich nickte.

»Dann warten Sie bitte in Ihrem Zimmer, bis ich mich bei Ihnen melde. Vor allem aber versprechen Sie mir, dass Sie keine weiteren Dummheiten machen. Haben Sie auch das verstanden?«, fragte er noch einmal nachdrücklich, und ich nickte abermals, während er mir eine Visitenkarte in die Hand drückte. »Da steht meine Handynummer drauf. Für alle Fälle.«

Ich gab mich gleich darauf dem Schlaf hin, dankbar und beschämt zugleich, dass ein anderer für mich dachte und handelte. Ich hörte lediglich noch, wie die Tür ins Schloss fiel, als Sean das Haus verließ.

Am späten Nachmittag schlich ich mich durch die Ahorn-Allee zum Hintereingang des Hauses und hinauf in mein Apartment. Niemand schien mich gesucht oder gar vermisst zu haben.

Als ich auf dem Weg dorthin an Connys Arbeitszimmer vorbeikam und durch die geschlossene Tür leise Musik vernahm, blieb ich stehen und klopfte. Ihr gut gelauntes *Herein* nahm mir wieder für einen Augenblick die Luft, doch ich drückte die Klinke. Sie saß hinter ihrem Schreibtisch und hob zeitgleich mit Taylor, der neben ihr in seinem Korb geschlafen hatte, den Kopf.

»Lisa! Nanu? Was führt dich zu mir?« Ich blieb unter dem Türrahmen stehen, schockiert und angewidert vom Anblick und freundlichen Ton dieses kaltblütigen, seelenlosen Monsters, das meine Schwester war. Nichts deutete auf die Geschehnisse des letzten Abends hin. Kein Wort von ihr, kein Blick, keine Geste.

»Ich möchte dich sprechen. Heute Abend. Es ist wichtig. Dich und deinen Anwalt. Um halb acht im kleinen Salon.« Meine Stimme begann zu beben vor Schwäche, deshalb wartete ich ihre Antwort nicht ab, gewahrte nur noch, wie sie erstaunt die Augenbrauen hob, den Kopf zur Seite neigte und schmunzelnd die Lippen schürzte, während ich die Tür zuzog und hoffte, Sean hatte einen triftigen Grund dafür, mich erneut dieser Qual auszusetzen. Die Tatsache, dass ich mich den beiden diesmal nicht allein gegenübersehen, sondern er neben mir stehen würde, machte die Sache für mich nicht wirklich leichter.

In meinem Apartment angekommen, duschte ich, zog mich um und hörte plötzlich, wie im Nebenzimmer mit Geschirr geklappert wurde. Abgesehen von Conny hatte bisher nicht einmal die Reinemachefrau meine Räume ohne vorherige Absprache betreten, deshalb dachte ich sofort an sie. Ich befürchtete, wegen meines Gesprächswunschs ihre Neugier geweckt zu haben. Sicherlich wollte sie mich gleich hier und jetzt zur Rede stellen. Bei einer »familiären« Tasse Tee? Sogar das war ihr zuzutrauen, dachte ich spontan, schlüpfte eilig in die Socken, spähte durch den Türspalt und stand gleich darauf Deirdre gegenüber, die sich schwer atmend auf der Couch niedergelassen hatte und Tee aus einer Kanne in zwei Becher goss.

»Deirdre?« Ich war erleichtert, ging zu einem der beiden Sessel und setzte mich. Ich wusste, sie verließ die Küche höchst selten, und wenn doch, dann keinesfalls, um mit Conny oder mir Tee zu trinken, vor allem nicht unaufgefordert. Ganz besonders ungern wuchtete sie ihre Körperfülle hinauf ins obere Stockwerk. Für ihr Hiersein gab es also einen triftigen Grund. Sollte sie mir meine Überraschung anmerken, so ging sie mit keinem Wort darauf ein. Und ich ebenfalls nicht. Vielmehr tat ich, als habe der gemeinsame Nachmittagstee in meinem Zimmer Tradition, und sah darin eine willkommene Geste des Vertrauens. Wortlos griff ich nach meinem dampfenden Becher.

»Ich habe geklopft«, begann Deirdre, und rechtfertigte damit ihr eigenmächtiges Eintreten. »Wo waren Sie denn heute Morgen? Sie hatten kein Frühstück ... und ich muss mit Ihnen reden.« Dann kam sie ohne Umschweife zum Grund ihres Erscheinens. »Stimmt es, dass Rosebud House verkauft werden soll, jetzt, da Mr Oran tot ist?« Sie schnaubte und funkelte mich böse an, doch ihre kleinen Augen verrieten nicht den Zorn, sondern den Kummer, der sie umtrieb. Ihre Brust hob und senkte sich erneut in fast beängstigendem Ausmaß, ihr Atem kam stoßweise. »Es ist doch unser aller Zuhause«, fuhr sie fort und setzte den Teebecher so unsanft auf dem Tisch ab, dass sein Inhalt überschwappte. »Sie dürfen uns das nicht nehmen! Vierzig Jahre bin ich hier, und seitdem versorge ich die Familie: den alten Herrn und die alte Ma'am, Gott hab sie selig, und Oran.« Sie wühlte mit ihren fleischigen Fingern in der Kittelschürzentasche, zog ein zerknülltes Taschentuch heraus, fuhr sich damit über die Augen und putzte sich die Nase. »Sie dürfen das nicht, Mrs Lisa, das ist unrecht, das ist *mein* Zuhause«, betonte sie noch einmal, rutschte nervös auf dem Polster hin und her und malträtierte mit der Faust eines der Sofakissen. Zum ersten Mal hatte sie mich mit meinem Vornamen angesprochen, und ich lächelte sie dafür an. Ich hatte Mitleid mit ihr, da ich wusste, dass ich ihr ebenso wenig helfen konnte wie mir selbst. Deshalb senkte ich schließlich den Blick und schwieg, während sie mich erwartungsvoll fixierte.

»Also stimmt es«, schnaubte sie, presste das Kissen vor ihre Brust und verkrallte die Finger im Stoff. In ihren Augen funkelte es gefährlich. »Das dürfen Sie nicht tun!«, rief sie wieder. »Das *dürfen* Sie nicht!«

»Als hätte ich eine Wahl«, antwortete ich, wandte mich ab von diesem bohrenden, vorwurfsvollen Blick und kämpfte mit meinen eigenen Tränen. »Woher wissen Sie eigentlich davon?«

»Die Wände in diesem Haus sind zwar dick, aber hier bleibt trotzdem nichts lange verborgen, das können Sie getrost glauben. Es wird viel geredet. Auch Eileen hat ein feines Gehör gehabt. Gott hab sie selig.« Sie bekreuzigte sich schnell, ließ mich aber nicht aus den Augen. »Die *Gnädige* hat schon vor einigen Wochen mit einem Käufer am Telefon gesprochen, so viel steht fest. Hab's aber erst gestern über sieben Ecken erfahren; im Vertrauen. Mehr will ich nicht gesagt haben.«

Ich nickte. »Ich fürchte, ich habe wenig Einfluss darauf, Deirdre.«

Sie schüttelte vehement den Kopf und drängte weiter: »Sie verstehen nicht! Niemand darf Rosebud einfach so verkaufen. Mr Oran hat's ins Testament geschrieben. Sie und Ihre Schwester müssen es beide wollen. Eileen hat's selbst gelesen, zufällig, beim Staubwischen. Eine Kopie vom Testament lag auf dem Schreibtisch, hat sie gesagt. Oder vielleicht hat sie auch rumgestöbert. Das hat sie öfter gemacht ... Egal, jedenfalls dürfen *Sie* nicht wollen.« Sie nickte dem Gesagten hinterher. »Und Sie wollen auch nicht weg hier. Ich *weiß* es!« Die Leidenschaft in ihren Worten ließ keinen Raum für Widerspruch.

»Das will ich tatsächlich nicht, Deirdre. Sie müssen mir das glauben, ganz egal, was passiert.« Ich hoffte, sie erkannte die Aufrichtigkeit in meinem Ton. »Aber was ich will, ist leider nicht mehr besonders wichtig.«

»Und ob! Sie müssen sich behaupten! Ich weiß, dieser Kavanagh ist ein Crook.« Ich kannte den Begriff nicht, doch so, wie sie ihn aussprach, traf er fraglos auf den Anwalt zu. »Schließlich gehört Ihnen die Hälfte von allem«, stellte sie energisch fest. »Dann haben Sie auch ein Wörtchen mitzureden.« Diesmal zitterte sie regelrecht vor innerem Aufruhr, fuchtelte unruhig mit den Händen, dass das Kissen auf den Boden fiel. Eileen musste sich in der Tat viel Zeit beim Lesen des Dokuments gelassen haben. Der Gedanke bescherte mir erneut eine Gänsehaut. Ich bückte mich nach dem Kissen, legte es zurück auf die Couch. Musste Eileen tatsächlich deshalb sterben? Hatte sie zu viel gelauscht? Hatte Conny womöglich auch mit ihr kurzen Prozess gemacht? Oder besser: machen lassen? Eigentlich hegte ich keine Zweifel mehr daran.

Zwischen Eileens Verschwinden aus dem Pub und dem nächtlichen Schäferstündchen in Connys Schlafzimmer, dessen ich unfreiwillig Zeuge geworden war, hätte sich jede Menge Zeit für Kavanagh geboten, das Mädchen zu erdrosseln. Doch die Polizei schien bisher keine Fortschritte in der Aufklärung des Mordfalls gemacht zu haben, sonst hätte ich davon erfahren. Vor allem wenn Kavanagh aus irgendeinem Grund verdächtigt werden würde. Doch welche Rolle spielte das noch? Inzwischen war all das ohne Belang für mich. Sie hatten mich in der Hand, und daran konnte auch Sean nichts ändern. Ich sah keinen Weg für mich, Deirdre zu sagen, was die eigentliche Ursache dafür war, dass ich die Füße stillhalten musste. Mit einem hatte sie allerdings recht: Ich wollte nicht weg von hier. Zu keinem Zeitpunkt war mir das so klar geworden, wie in diesem Augenblick. Niemals vorher in meinem Leben hatte ich so tiefen Schmerz bewusst zugelassen, wie in den vergangenen sechs Wochen, und niemals vorher war ich dem Leben so nah gekommen und auch dem Tod, wie hier in Irland. Ich weinte leise, denn es gab keinen Ausweg. Weder für mich noch für Deirdre noch für Rosebud. Schließlich stand ich auf, ging hinüber zu Deirdre, setzte mich dicht neben sie und legte den Arm um ihre Schulter. Ich wollte sie trösten und suchte gleichzeitig Halt bei ihr. Sie ließ es zu, legte vorsichtig ihre kräftige Hand über meine kalten Finger. Ich spürte, wie rau ihre Haut war und wie warm. Ich wusste nur wenig von dieser Frau, und doch war sie in diesem Augenblick ein Teil meiner selbst.

So saßen wir schweigend eine ganze Weile beieinander, bis sie sich schließlich erhob. »Ich gehe nach unten und richte das Abendbrot«, sagte sie müde und schlurfte kraftlos zur Tür. Dort drehte sie sich noch einmal zu mir um. »Wir beide hätten's schön gehabt«, sagte sie, und ihr Blick schnürte mir die Kehle zu. Ich nickte und wusste, dass sie diesen Satz in all den Jahren niemals Conny gegenüber geäußert hätte. »Ich werde um unser Zuhause kämpfen, Deirdre, das verspreche ich«, antwortete ich ohne nachzudenken, und es kam von ganz tief innen. Ich schenkte ihr ein Lächeln und folgte ihr in die Küche, um ihr bei den Sandwiches zu helfen.

Gegen achtzehn Uhr schlich ich zurück in mein Zimmer und schlüpfte in Seans Pulli, der so beruhigend nach Schafwolle roch. Dann verkroch ich mich in der Couchecke und wartete. Ich fühlte mich innerlich leer und wund wie ein ausgeweidetes Tier. Halbherzig tasteten sich meine Gedanken durch die Trümmer meines Lebens, des alten und desjenigen, das mir hier vorgegaukelt worden war. Zwar hatte ich meine Wohnung in Erlangen noch, doch an die Schule konnte ich vorläufig nicht zurück. Ich hatte mich für ein ganzes Jahr beurlauben lassen und somit auch kein Einkommen. Meine Ersparnisse waren überschaubar, würden aber, wenn ich mich einschränkte, das Jahr überbrücken. Ein Trost. Doch wohin mit dem ganzen Rest von mir? Ich brütete über der Tatsache, dass ich nicht nur zu wenig Talent zum Leben, sondern – wie sich heute gezeigt hatte – auch zum Sterben hatte. Gleichermaßen müde und aufgewühlt beobachtete ich den Sekundenzeiger der Kaminuhr, deren Ticken immer lauter zu werden und schließlich meinen Schädel zu sprengen schien. Ich musste hier raus, um nicht an seelischen Ohnmachtsgefühlen zu ersticken. Je mehr ich versuchte, meine Gedanken zu ordnen, desto vehementer verweigerten sie sich mir. Die Übelkeit der Panik stieg wieder in mir auf, und ich befürchtete, langsam, aber sicher den Verstand zu verlieren. Der kalte Schweiß in meinen Handflächen und unter meinen Achseln verstärkte mein Unwohlsein. Krampfhaft rieb ich die Hände an den Oberschenkeln und zwang mich, ruhiger zu atmen. Was sollte ich tun? Was *konnte* ich tun …? Hartnäckig kreiste die Frage hinter meiner Stirn, ohne auf eine Antwort hoffen zu können. Doch zumindest *fühlte* ich wieder etwas. Alles erschien mir besser als die dumpfe Leere der vergangenen zwanzig Stunden, die jedes innere Erleben verhindert hatte, und über die auch der Anflug von Wut in Seans Cottage nicht hinwegzutäuschen vermocht hatte. Ein kräftiger Windstoß rüttelte unvermittelt an den offenen Fensterflügeln und riss mich aus meiner tranceartigen Grübelei. Ich war dankbar, diesen elenden Zustand durch die Banalität eines Windstoßes unterbrochen zu wissen. Andererseits war dies nur ein weiterer Beweis dafür, wie leicht ich in meiner derzeitigen Verfassung aus der Bahn zu werfen war. Ich stand auf, schloss das Fenster und blickte hinaus in den frühen Abend. Über den Himmel zogen Wolken, die einen sanften Nieselregen aufs Land sprühten, und in der Ferne bewegten sich ein kleiner dunkler Strich und ein Punkt über die Felder in Richtung Waldrand. Seamus O`Mally und Brian Boru befanden sich auf dem Heimweg von ihrer täglichen Tour nach Durrus. Ich sah Seamus in Gedanken vor mir, Schritt vor Schritt setzend, die erkaltete Pfeife im stets lächelnden Mund, eine Hand auf dem Rücken liegend, mit der anderen das dürftig gefüllte Einkaufsnetz tragend. Viel war es ja nicht, was er und sein vierbeiniger Gefährte fürs Abendbrot brauchten. Unwillkürlich dachte ich an eine Bemerkung, die er auf einem unserer gemeinsamen Spaziergänge gemacht hatte. Ich hatte über das Glück gesprochen.

»Es ist ein Magnetfeld«, hatte ich gemeint. »Manche Menschen betreten es mit einem Bein, doch sobald sie das andere nachziehen, werden sie abgestoßen und zurück in den Dreck geworfen. Die Gene wahrscheinlich. Oder die Umstände. Oder vielleicht die Sterne?«

Ich grinste ihn an. »Wahrscheinlich sind sie einfach falsch gepolt, von Anfang an. Und daran wird sich nie etwas ändern, so lange sie auch leben.«

»Blödsinn«, hatte er geantwortet, war stehen geblieben und hatte mich eine ganze Weile betrachtet, als suche er etwas ganz bestimmtes hinter meinen Worten. Dann sagte er: »Sehen Sie, Lisa, die meisten verwechseln die Abwesenheit von Glück mit Unglück, und von dieser Überzeugung lassen sie ihr Leben bestimmen und lähmen. Der eigentliche Jammer aber ist, dass sie Glück nicht erkennen würden, selbst wenn es sie mit Anlauf in den Hintern beißen würde.« Er hatte an seiner kalten Pfeife gezogen und geschmunzelt. »Machen Sie nicht länger diesen Fehler. Es wäre schade um Sie. Glück liegt überall rum. Man muss sich nur dafür entscheiden, es aufzuheben. Und manchmal muss man sich beim Bücken eben ein bisschen anstrengen.«

Warum fielen mir seine Worte gerade jetzt wieder ein? *Weil du dich nie wirklich entschieden hast. Du kennst nur eine Menge Selbsttäuschungsmanöver, einschließlich des krampfhaften Ausharrens und der Flucht. Oder was war das heute Morgen? Eine Entscheidung? Nein. Nur ein Mangel an Rückgrat und Selbstachtung ...*

Ich schluckte hart, denn ich würde den alten Mann vermissen, wie ich so ziemlich alles hier vermissen würde.

Ich wandte mich vom Fenster ab und ging zur Couch zurück. Von Conny hatte ich in den vergangenen Stunden nichts gehört und gesehen, und hoffte, sie würde unsere Verabredung heute Abend einhalten, auch wenn ich nicht einsah, wem sie nützen sollte und mir schleierhaft war, was Sean mit dieser Unterredung bezweckte.

Je weiter die Zeit voranschritt, desto nervöser wurde ich. Wo blieb er nur? Sollte ich schon einmal beginnen, meinen Koffer und meine Reisetasche zu packen? Zurück fahren nach Erlangen in meine Wohnung, in mein kleines, neurotisches Leben, wie er gemeint hatte? Es erschien mir jetzt so weit weg. Zwei Flugstunden waren kein Maßstab mehr dafür.

Draußen war es inzwischen dunkel. Ich hatte die Lampe auf dem Schreibtisch angeschaltet und mich wieder in meine Ecke auf der Couch zurückgezogen. Dort lauschte ich still auf jedes Geräusch, in der Hoffnung, endlich Seans Schritte zu vernehmen. Ich rieb mir ungeduldig die Hände und wurde bereits wieder von Minute zu Minute nervöser. Zehn Minuten vor halb acht. Wo zum Teufel blieb er? Diese Warterei war ein Martyrium.

Plötzlich klopfte es, und Sean öffnete die Tür.

»Sind Sie soweit?«, fragte er, und ich wusste keine Antwort darauf. Ich stand auf und folgte ihm schweigend nach unten. Ich wollte nicht wissen, was jetzt geschehen würde. An der Tür zum kleinen Salon hielt ich inne und blickte ihn an. Er nickte nur. Also öffnete ich, ohne anzuklopfen, trat grußlos ein und vergewisserte mich, dass Sean dicht hinter mir war.

Conny saß, wie gewöhnlich, am Kopfende des Esstischs, und Kavanagh stand am Sideboard, mit dem Rücken zur Tür. Bei unserem Eintreten drehte er sich um und hob lediglich die Augenbrauen, als er Sean erblickte.

»Oh, du hast dir moralische Unterstützung mitgebracht?«, begann Conny mit süffisantem Grinsen. »Hätte ich mir ja fast denken können. Ihr beide scheint inzwischen richtig dicke Freunde geworden zu sein.« Ein Anklang von Spott und Ärger schwang in ihrer Stimme mit. Sie griff nach ihrem Weinglas und trank es in einem Zug leer. Ich schwieg, suchte wieder mit einem Seitenblick Seans Rückhalt.

»Moralische Unterstützung hat sie nicht nötig«, antwortete Sean an meiner statt, während er mich zu einem der Stühle begleitete und mir bedeutete, mich zu setzen. Er selbst blieb stehen. »Allerdings bin ich der Meinung, dass sie dringend einiger Zusatzinformationen bedarf, die auch für dich und Jason interessant sein werden.« Seine Stimme war fest und bestimmt, während sein Blick von Conny zu Kavanagh schwenkte.

»Ich wüsste nicht, was dich …«, parierte Kavanagh, doch Sean fiel ihm sofort ins Wort.

»Du hast vorerst Pause, Jason, und hörst einfach nur zu. Aber keine Sorge, du wirst noch ausreichend Gelegenheit haben, dich zu äußern.« Sein Ton war um eine Nuance schärfer geworden, und Kavanagh verstummte.

Ich fixierte Conny, die blasiert ins Leere stierte.

»Um gleich zum Wesentlichen zu kommen«, fuhr Sean fort, »Lisa hat mir alles erzählt. Ich weiß, dass ihr beide in einer gemeinsamen Aktion, die aus meiner Sicht an Niedertracht und Kaltschnäuzigkeit kaum zu überbieten ist, nicht nur Oran ermordet habt, sondern es Lisa in die Schuhe schieben und sie mit einer ganz linken Tour um ihr rechtmäßiges Erbe bringen wollt.« Seine Beherrschung wich mit jedem Wort der Verachtung und dem Zorn, die er unverhohlen preisgab, doch Conny lächelte nur gelangweilt und schüttelte den Kopf.

»Was soll das, Sean? Was redest du da für Blödsinn? Schenkst du tatsächlich dem wirren Geschwätz einer frustrierten und verbiesterten alten Jungfer Glauben, deren einziges Ziel es war, sich an Oran und mir zu rächen für … weiß der Himmel was? Kein Mensch hat Oran ermordet. Das ist ja grotesk und einfach nur lächerlich.« Sie schnaubte verächtlich, ohne mich anzusehen. Meine kalten Hände krampften sich um die Armlehnen des Stuhls. Sollte tatsächlich alles nur ein riesiger Bluff gewesen sein, ausgeheckt von diesen beiden charakterlosen Kreaturen? Starb Oran eines natürlichen Todes, und Conny nutzte lediglich die »Gunst der Stunde«, sah in der Inszenierung einer geschmacklosen Schauergeschichte die passende Gelegenheit, mich loszuwerden?

»Sie hat freiwillig auf ihren Erbanteil verzichtet und gesagt, sie wolle von all dem hier nichts haben. Ich könne es ruhig verkaufen oder auch anzünden, wenn es mir Spaß mache. Es wäre ihr ausreichende Genugtuung, wenn es, da Oran jetzt tot sei, vor die Hunde ginge, und ich gleich mit. Mit ihrer Behauptung will sie wahrscheinlich mir noch eins auswischen. Doch wer kann schon derart böswillige Gedanken nachvollziehen?«

»Conny«, rief ich, nicht länger gewillt, ihre Lügen hinzunehmen, doch Sean trat zu mir und legte mir die Hand auf die Schulter. Also fügte ich mich, schwieg und ließ ihn gewähren.

»Oran war mein bester Freund, Conny. Das solltest du nie vergessen. Und Lisa ist weit entfernt von dem Menschen, den du soeben beschrieben hast. Man braucht nicht viel Einfühlungsvermögen, um das zu erkennen. Deshalb rate ich nun auch dir, einfach nur zuzuhören«, begann er wieder. »Ich halte es keineswegs für grotesk oder abwegig, dass Oran ermordet wurde, und ich frage mich inzwischen ernsthaft, was eine Exhumierung und Autopsie ergeben würden. Übrigens, Oran starb am Fünfzehnten, morgens gegen vier Uhr. In dieser Nacht war Lisa nicht in ihrem Zimmer, ja nicht einmal im Haus, denn sie war bei mir.«

Ich sah, wie Connys Unterkiefer zu mahlen begann. Dann zog sie die Augenbrauen nach oben und warf Sean einen vielsagenden Blick zu. »So? Bei dir? Wer hätte das gedacht?« Ihr Grinsen war beleidigend. »Erhoffst du dir nun, über Lisa ein großes Stück vom Rosebud-Kuchen abzuschneiden? Engagierst du dich deshalb so sehr in der Sache?« Sie funkelte ihn herausfordernd an. »Womöglich hast ja sogar *du* sie dazu überredet, Oran zu töten und Jason und mich als Täter zu denunzieren, nur, um richtig abzusahnen. Eine interessante Variante unserer Geschichte, was meinst du, Jason?«

»In diesem Fall hätte sie ja wohl kaum die Verzichtserklärung unterschrieben«, konterte Sean.

»Hat sie das? Besitzt sie eine Kopie, eine Zweitschrift?«

Typisch Conny, dachte ich nur, gemein bis in die Fingerspitzen. Kavanagh pflichtete ihr indessen nickend bei.

»Ein Dokument besitzt nur so lange Aussage- und Wirkkraft, so lange es existiert … und ist erfreulicherweise oft nur denen dienlich, die es in Händen halten, nicht? Wie schnell kann ein einzelnes Blatt Papier für immer in Rauch aufgehen?«

Kavanaghs Überheblichkeit war widerwärtig.

»Erwartet nicht von mir, dass ich diesen Unsinn auch nur mit einem einzigen Wort würdige«, entgegnete Sean. »Lisa war jedenfalls mit mir im Pferdestall. Es war die Nacht, als Boozer abfohlte, erinnerst du dich?«

Conny zuckte gleichgültig mit der Schulter und drehte den Kopf weg in Richtung Kavanagh, blickte ihn jedoch nicht an. »Und? Vom Pferdestall in Orans Zimmer sind es gerade mal fünf Minuten. Um Oran eine Überdosis Metocor zu verpassen und anschließend in den Stall zurückzukehren, hätte sie keine Viertelstunde benötigt. Was also willst du damit beweisen?«

»Ich will beweisen, dass du und dieser Rechtsverdreher hier eine ganz miese Show abzieht, die Lisa um ihr verbrieftes Recht bringen soll und Oran das Leben gekostet hat.«

»Du wiederholst dich. Außerdem machst du dich lächerlich.«

Sean wurde wieder zornig. »Warte es ab.«

»Metocor?«, wiederholte ich leise und verwirrt, denn weder hatte ich je zuvor den Namen dieses Medikaments gehört noch war mir bekannt, dass es Oran verordnet worden war. Jedenfalls war es keines der Mittel, die ich ihm je verabreicht hatte. Unwillkürlich suchte ich die Antwort bei Sean, der noch immer an meiner Seite stand. Doch er schüttelte kaum merklich den Kopf und bedeutete mir damit, abzuwarten.

»Ein Gang zur Toilette, sich mal kurz die Beine vertreten bei der langen Wartezeit?«, spekulierte Conny weiter, »wer erinnert sich schon so genau an Derartiges? Entweder hast du einfach nur vergessen, dass sie für kurze Zeit den Stall verlassen hatte, oder ihr beide habt das alles abgesprochen. Übrigens: So eine Fohlengeburt mag beeindruckend sein, dient aber kaum als unumstößliches Alibi. Also frage ich dich noch einmal: Was würde es beweisen?« Sie funkelte provozierend in unsere Richtung. »Beantrage ruhig deine Autopsie. Du würdest Lisa damit mehr schaden als nützen, dessen sei gewiss. Ich rate dir, die Angelegenheit lieber auf sich beruhen zu lassen und dich rauszuhalten.«

Mir war klar: Sean konnte mir kein Alibi geben. Vor allem, wenn unterstellt wurde, dass er und ich gemeinsame Sache machten. Und wie sollten wir diesen Verdacht entkräften? *Ach, Sean, gib auf.* Ich sah die kleine Chance, auf die ich gerade noch zu hoffen gewagt hatte, im Keim erstickt.

»Sean ist kein Mann, der sich raushält oder geschlagen gibt, Conny. Das sollten wir bedenken«, brachte sich nun Kavanagh wie die Antwort auf meine Verzweiflung ins Spiel. »Er beendet stets, was er beginnt. Das war schon immer so, stimmt es nicht, alter Freund?« Er grinste Conny an und schnaubte verächtlich. »Schon früher, als unser Hurlingtrainer, war er unerbittlich.«

Sean antwortete nicht, aber Blick und Haltung verrieten nicht nur die Richtigkeit von Kavanaghs Einschätzung, sondern vor allem die abgrundtiefe Verachtung, die er für ihn hegte.

»Ich halte es deshalb für taktisch klüger«, fuhr der Anwalt an Conny gewandt fort, »wenn wir die Initiative ergreifen und die Fakten für uns spielen lassen.

»Soll heißen?«, forschte sie kalt in seine Richtung.

»Ganz einfach. Wir realisieren unseren Plan B und beantragen die Exhumierung und die Obduktion von Orans Leichnam. Man wird die Überdosis Metocor in seinem Körper nachweisen, und unser ungeheuerlicher Verdacht gegen deine Schwester und ihren Komplizen wird sich bestätigen. So sind wir sie beide auf elegante Weise los. Zumal sie sich ja für Orans Todesnacht nur gegenseitig ein Alibi geben können; ein zudem recht löchriges, wie mir scheint.«

»Klingt vernünftig«, erwiderte Conny und schmunzelte.

»Das klingt vor allem nach einem Geständnis«, sagt Sean und drückte mit der Hand meine Schulter.

»Na und? Wem, denkst du, wird man eher Glauben schenken, Sean? Der langjährigen Ehefrau und gramgebeugten Witwe samt ihrem renommierten Rechtsbeistand oder einer rachsüchtigen, verschmähten Geliebten und ihrem opportunistischen Helfershelfer? Hatte Lisa nicht bereits versucht, auch mich loszuwerden, indem sie die Bremsleitung meines Wagens manipulierte?

Sie ließ die Anschuldigung für einige Sekunden im Raum stehen und fuhr dann fort: »Natürlich habe ich das nicht gleich der Polizei gemeldet. Wer verdächtigt denn schon gern die eigene Schwester.« Der Hohn in ihrer Stimme war ebenso unerträglich, wie der eiskalte Blick, den sie mir dabei zuwarf. »Leider ist dir der Anschlag misslungen. Doch jeder wird mir glauben, wenn ich meine Befürchtungen beteuere und Aiden Walsh als Zeugen benenne. Ganz sicher lässt sich dann auch noch ein passendes Werkzeug finden, das meinen Verdacht zu erhärten vermag. Jeder mittelmäßige Forensiker kann mich dabei unterstützen. Erinnerst du dich an den Nachmittag, an dem ich dich bat, mir Rosen fürs Hotel zu schneiden? Die Rosenschere eignet sich hervorragend für das Manipulieren von Bremsschläuchen, wie ich feststellen konnte. Und wurde anschließend von dir mit deinen Fingerabdrücken übersäht.« Conny lachte maliziös. Ich beobachtete sie ununterbrochen, und Übelkeit stieg wieder in mir auf. Sie hatte also auch diesen Unfall fingiert, um einen Verdacht gegen mich zu erhärten. Wer war diese Frau? *Was* war sie?

»Ich wusste immer, dass dich deine Ehrenhaftigkeit eines Tages in größte Schwierigkeiten bringen wird, Riordan. Ich rate dir daher nochmal eindringlich, dich aus der ganzen Angelegenheit rauszuhalten. Du könntest es bitter bereuen«, kommentierte Kavanagh Seans Rolle im Geschehen mit kaum zu überbietendem Hohn. Er plusterte sich auf wie ein radschlagender Pfau, und ich fragte mich unwillkürlich, was eine Frau an einem eitlen Gecken wie ihn beeindrucken mochte.

»Warte es ab, Kavanagh«, entgegnete Sean ruhig. »Heute Vormittag hatte ich ein interessantes Gespräch mit unserem Tierarzt, Doktor McMasters. Ich hatte ihn in der Nacht, als Boozer fohlte, gerufen, und er traf gegen halb vier ein. Ich habe ihn gebeten, Lisas Anwesenheit im Stall zur Tatzeit – so muss ich es ja jetzt wohl nennen – zu bestätigen. Was er übrigens mit Freuden tun wird. Doch er überraschte mich zudem mit einer weitaus interessanteren Information.« Sean nahm die Hand von meiner Schulter und trat einige Schritte auf Conny und Kavanagh zu. »Ich hatte ihn in dieser Nacht gebeten, die rechte Zufahrt zu nehmen und möglichst nahe am Haupteingang zu parken, aus Rücksicht auf die Hotelgäste. Auf seinem Fußweg zum Stall bemerkte er Licht in einem der Zimmer im oberen Stock des Seitenflügels. Er sah hinauf und erkannte durch das offene Fenster eine Frau, die sich an einem Infusionsständer zu schaffen machte. Diese Frau warst du, Conny, und das Zimmer war das von Oran, das hat er eindeutig bestätigt und würde es jederzeit auf seinen Eid nehmen.«

»Vollkommener Blödsinn! Was redest du da? Er macht sich ja lächerlich mit dieser Behauptung. Sie ist allein schon vom Blickwinkel her unhaltbar. Wie sollte jemand von der Zufahrt aus in ein Zimmer im ersten Stock sehen können?« Sie schnaubte wieder verächtlich. »Langsam geht mir dein einfältiges Gerede auf die Nerven.« Damit stand sie auf, verschränkte die Arme vor der Brust und gesellte sich zu Kavanagh, der umgehend seine Solidarität demonstrierte, indem er ihr die Hand auf die Hüfte legte.

»Er erkannte dich im Spiegel, Conny. In jenem großen Standspiegel, den Lisa für Oran am Fenster aufgestellt hatte, um ihm ein Stück seiner eigenen Welt zu zeigen.« Sean konnte die Schadenfreude in seiner Stimme nicht ganz verbergen, auch wenn er sich weiter um äußerste Sachlichkeit bemühte. »Das Zimmer war hell erleuchtet und der Vorhang weit genug aufgezogen. Er konnte dich deutlich sehen, Conny. Außerdem ist Doktor McMasters ein durch und durch glaubwürdiger Zeuge, meinst du nicht auch?«

Conny wurde unruhig, ihr Blick huschte mehrfach über Kavanaghs Gesicht, und sie presste immer wieder die Lippen zusammen. Das hatte sie schon als Kind getan, wenn sie nervös gewesen war.

»Na wenn schon«, gab sie schließlich schnippisch zurück. »Es ist durchaus nachvollziehbar, dass ich als Orans besorgte Ehefrau auch nachts des Öfteren nach ihm gesehen habe. Was soll meine Anwesenheit in seinem Zimmer schon beweisen?« Sie fuhr sich mit fahriger Hand durch die kupferfarbenen Locken.

»Deine Anwesenheit in seinem Zimmer und der Zeitpunkt von Orans Ableben passen zusammen, das habe ich mir inzwischen von Doktor Bourke bestätigen lassen. Der Zeitpunkt zwischen Verabreichung der Überdosis und Orans Ableben war lediglich Minutensache.«

»Das belegt keineswegs, dass Conny ihm das Metocor gegeben hat«, trat der Familienanwalt nun die Verteidigung an. Auch er wirkte inzwischen gereizt. »Deine Beschuldigungen sind völlig haltlos und jederzeit zu entkräften, Riordan. Also leg dich besser nicht mit uns an, sonst ergeht es euch beiden womöglich wie dem kleinen Flittchen. Die hatte auch gemeint, uns über den Tisch ziehen zu können.«

»Welches Flittchen?«, fragte ich, während sich mir erneut die Gänsehaut aufstellte, da ich genau wusste, wen er meinte. Ich hatte also völlig richtiggelegen mit meinem Verdacht, aber ich wollte es aus seinem Mund hören.

»Die süße Eileen natürlich. Ich spreche von dieser kleinen Schlampe. Von wem denn sonst?«, warf Kavanagh großspurig ein. »Sie hatte unser Vorhaben belauscht und mit ihrem Wissen an viel Geld kommen wollen, das naive Ding. Außerdem war die Gefahr zu groß, dass sie doch noch mit Ihnen über unsere Pläne plaudern würde. Also mussten wir sie loswerden.«

»Das Märchen vom Unfall mit Fahrerflucht, die Trunkenheit am Steuer, all das war nur ein Ablenkungsmanöver für mich, damit ich nicht weiterbohrte und womöglich auf die wahre Geschichte hinter Eileens Erpressungsversuch stieß.«

»Wie schnell du doch schaltest, Schwesterchen«, verhöhnte Conny mich. »Mein Fahrverhalten war stets vorschriftsmäßig, und ich hatte noch nie Probleme mit dem Alkohol. Derartige Schwächen besitze ich nicht, wie du weißt.«

»Schade. Sie würden dich fast menschlich erscheinen lassen.« Ich konnte mir den Zynismus nicht verkneifen.

»Wie dem auch sei«, Kavanagh wurde ungeduldig. »Überlegt euch beide sehr gut, was ihr nun tun werdet. Aber seid versichert, wir sind nicht zimperlich in der Wahl unserer Waffen, wie es so schön heißt.«

»Jason!«, rief Conny ihn zur Räson, doch Kavanagh beschwichtigte sie. »Keine Sorge, Schatz. Die beiden sollen lediglich wissen, mit wem sie es zu tun haben. Uns unter Druck zu setzen, könnte euch äußerst schlecht bekommen, denn dieses Spielfeld ist den Profis vorbehalten.«

»Und was meint der Profi hierzu?«, fuhr Sean ungerührt fort. Ich bewunderte ihn für seine Haltung, denn mir war eiskalt geworden, und ein leises Zittern bemächtigte sich meines Körpers. »Zwei Wochen, bevor Lisa hier ankam, erkrankte Oran an einem fieberhaften Infekt, der die zusätzliche Gabe eines bestimmten Antibiotikums notwendig machte. Du erinnerst dich?«

Der Anwalt lenkte lediglich genervt den Blick gegen die Zimmerdecke, und Conny stierte mit noch immer vor der Brust verschränkten Armen in die Flammen des Kaminfeuers.

»Da sich Metocor nicht mit diesem Antibiotikum verträgt, musste Dr. Bourke Orans bisherige Medikation umstellen. Schwester Myrtle tauschte also auf Anweisung des Arztes Metocor gegen ein anderes Herzmittel aus und wunderte sich, dass die Restbestände beim Nachzählen nicht mit den Aufzeichnungen im Monatsprotokoll übereinstimmten. Sie wertete es als eigene Nachlässigkeit und nahm es nicht weiter wichtig.« Sean unterbrach seine Ausführungen und setzte damit einen dramaturgischen Akzent, denn die Aufmerksamkeit aller wandte sich ihm urplötzlich zu. Schließlich fuhr er fort: »Das wirklich Tragische aus all dem ergibt sich jetzt für dich, Conny, denn Lisa wusste nichts von Metocor und kam während der ganzen Zeit, die sie Oran pflegte, nie damit in Kontakt. Die Medizin war letztmalig im Juli-Protokoll verzeichnet, das Schwester Myrtle, wie stets nach Monatsabschluss, zu ihrer eignen Patientenkartei nahm, zusammen mit dem nicht mehr benötigten Medikamentenrest. Lisa kam Anfang August hierher. Doch da dir Orans Befinden gänzlich gleichgültig war, wie sich nun zeigt, abgesehen von ein paar Krokodilstränen und ein wenig Schmierentheater für Außenstehende, hast du den Wechsel des Herzmittels nicht bemerkt.«

Conny warf Sean einen vernichtenden Blick zu, sagte jedoch nichts. »Auch wenn zum jetzigen Zeitpunkt noch nicht bewiesen ist, dass Oran tatsächlich durch eine Überdosis dieses ursprünglichen Herzmedikaments getötet wurde, so warst zweifelsfrei du es, die es vorhin zuerst als Todesursache erwähnte, richtig? Etwas, das sich schwerlich im Nachhinein als Zufall einordnen lassen wird, selbst für einen Profi wie dich, Kavanagh. Vielmehr lässt sich daraus schließen, dass du, Conny, es bereits Wochen vorher aus dem Medikamentenbestand entwendet hast, um es Oran zu gegebener Zeit zu verabreichen und Lisa zu belasten. Doch die Bestätigung dessen muss natürlich noch erbracht werden.«

»Aber sei doch nicht so dämlich, Riordan.« Kavanagh schüttelte den Kopf. »Wer hier das Medikament zuerst erwähnt hat, wird wohl kaum beweisbar sein. Aussage steht gegen Aussage, mein Freund. Darüber hinaus ist auch alles andere nur Spekulation.« Er drehte sich gelangweilt ab.

»Nicht ganz, mein *Freund*«, entgegnete Sean. »Wie lange werden Exhumierung und Autopsie erfahrungsgemäß dauern, Inspector Fitzpatrick?«, fragte er und drehte sich zur geschlossenen Tür, die sich im selben Moment öffnete.

»Wenige Tage«, antwortete der Kriminalbeamte, der nun an der Seite eines uniformierten Polizisten den Raum betrat. Sean griff beiläufig in die linke Brusttasche seines Hemds, nahm das Mikro heraus und reichte es an ihn weiter. Dann trat er wieder neben meinen Sessel.

»Sie haben alles aufgezeichnet, Inspector?

»Jedes Wort, keine Sorge«, antwortete Fitzpatrick. »Und alles in famoser Klangqualität.« Er nickte lächelnd in meine Richtung.

Ich starrte erst die beiden Beamten an und anschließend Conny und Kavanagh, die noch immer am Fenster standen, reglos und mit versteinerten Zügen. Galle stieg von meinem Magen hinauf in den Mund, und ich hielt mir die Hand vor, um mich nicht an Ort und Stelle zu übergeben. Ich sprang auf, eilte durch die Tür und weiter hinaus vor das Hauptportal, das glücklicherweise offen stand. Der erstbeste Busch, der sich in Reichweite befand, wurde rücksichtslos von mir vereinnahmt. Ich wollte alles loswerden.

Ich schluchzte und würgte und rang nach Atem, versuchte, an den schwankenden Ästen des Rhododendrons Halt zu finden. Mein Herz raste, und meine Augen blinzelten hastig, um den Blick zu klären. Irgendwann ließ der Würgereiz nach, und ich wurde ruhiger. Ich fuhr mir mit dem Taschentuch über die bebenden Lippen, während ich mich aufrichtete, zurück zum Eingangsportal ging und mich gegen einen der Pilaster lehnte. Die Nacht hatte sich über die Rosenbeete gelegt und die Laterne unter dem Buntglasfenster erhellte mit ihrem Lichtkegel den Eingangsbereich sowie einen Teil der Auffahrt, auf der ein Streifenwagen und ein weiterer Pkw parkten. »Der Spiegel«, sagte ich halblaut zu mir selbst und versuchte, den bitteren Geschmack in meinem Mund zu ignorieren und die Gedankenfragmente hinter meiner Stirn zu einem stimmigen Ganzen zu verbinden.

»Ja«, vernahm ich Seans Stimme neben mir. So benommen wie ich war, hatte ich ihn nicht kommen hören.

»Für Conny und Kavanagh reflektiert er nun das vier Mal vier Meter große Karree einer Gefängniszelle«, sagt er weiter, »und mehr haben sie auch nicht verdient.« Er atmete tief durch. »Zwei Morde ohne jeden Skrupel.« Auch sein Bedürfnis nach frischer Luft schien in der letzten halben Stunde rapid gestiegen zu sein.

»Danke, Sean«, sagte ich schlicht, doch mit all der Aufrichtigkeit, derer ich im Augenblick fähig war, und er lächelte und nickte nur. Gleich darauf trat der uniformierte Polizist mit Conny durch das Eingangsportal, dicht gefolgt von Inspector Fitzpatrick, der Jason Kavanagh an Handschellen mit sich zog. Auch an Connys Handgelenken blitzte es silbern auf, als sie den Polizisten mit einem Ruck zum Stehenbleiben zwang und mich mit kalten Augen von oben bis unten maß. »Fahr zur Hölle!«, zischte sie, und in Ihrem Gesicht zeigte sich eine Härte, die sie beinahe hässlich erscheinen ließ.

»Dort war ich lange genug«, entgegnete ich leise und fügte dann in Gedanken hinzu: auch wenn es nur meine eigene, selbst gemachte war. Ich vermied es, sie noch länger anzusehen, wandte mich von ihr ab, wollte nicht weiter Zeuge der Schmach sein, die sie über sich gebracht hatte.

»Warum mündet letztlich immer alles in Tränen?«, fragte ich und sah Sean an.

»Keine Ahnung«, antwortete er. »Tut es das denn?«

Ich bemerkte, dass er mein verheultes Gesicht betrachtete, und empfand keinerlei Scham, sondern vertraute weiter auf seine Fähigkeit, Wesentliches von Unwichtigem zu unterscheiden.

»Aber letztlich sind sie auch nur salziges Wasser«, gab er zu bedenken. »Und ist es nicht das Wasser, das den Zement festigt, den Stahl härtet, die neue Saat zum Wachsen bringt?«

»Yeats?«, fragte ich mehr aus Höflichkeit, denn philosophische oder literarische Betrachtungen waren meiner gegenwärtigen Verfassung wenig dienlich.

Er schüttelte den Kopf. »Originalton Sean Riordan.« Dann lächelte er und wischte mir mit dem Finger eine Träne von der Wange. »Woher wussten Sie, dass Doktor Bourke Orans Medikamente umgestellt hatte?«, fragte ich eher mechanisch, denn noch immer wollte mein Gehirn nicht im notwendigen Umfang funktionieren.

»Machen Sie sich keine Gedanken mehr darüber. Ich habe schon lang gemerkt, dass irgendetwas nicht stimmte.« Sean schob die Hände tief in die Hosentaschen, blickte auf seine Schuhspitzen und kickte einen Kiesel, der sich auf die Stufen verirrt hatte, auf die Auffahrt zurück. »Oran hatte sich in den letzten Jahren verändert. Er war still, in sich gekehrt, längst nicht mehr der lebenslustige Haudegen von einst.« Er zog die Stirn kraus. »Irgendetwas hat ihn bedrückt, auch wenn er nie darüber gesprochen hat. Er war ein stolzer Mann, müssen Sie wissen.«

»Er redete auch nicht mit Ihnen?«

Sean schüttelte den Kopf. »Wir waren die besten Freunde, aber eben auch Männer. Wir reden nicht über Beziehungsprobleme.«

»Nicht einmal *irische* Männer tun das?«

Er lachte.

»Sie denken, er litt unter der Ehe mit Conny?«

»Was hätte es sonst sein sollen?« Die Frage richtete er mehr an sich selbst als an mich. »Rosebud lief in den letzten Jahren sehr gut. Wir hatten weder finanzielle noch sonstige Schwierigkeiten. Jedenfalls keine, die wir nicht gemeinsam in den Griff gekriegt haben.« Er atmete tief durch. »Nein, Orans Schwermut hatte andere Ursachen gehabt. Doch wie gesagt, ich kannte sie nicht. Wenn ich mir allerdings jetzt ansehe, was passiert ist, dann kann ich mir ausmalen, wo seine Probleme lagen. Mit so einem Teufelsbraten an der Seite trocknet einem die Seele aus, da kann man nicht in Frieden mit sich und der Welt leben.«

Ich nickte. Meine Schwester, dachte ich und muss die beiden Worte wohl ausgesprochen haben, denn Sean drehte mir spontan das Gesicht zu.

»Sie ist Ihnen genauso fremd wie mir«, stellte er richtig, und ich konnte ihm nur beipflichten. Ich kannte diese Frau nicht. Hatte sie nie gekannt. Und doch … Und doch war sie meine Schwester, der letzte Rest von Familie, an dem ich mich allem Anschein nach mit einer kleinen, aber zähen Hoffnung festgehalten hatte. Wie sonst ließe sich die Naivität erklären, mit der ich hatte glauben wollen, alles könne doch noch gut werden? Jetzt fiel Connys Macht von mir ab wie alte Haut.

»Zu Ihrer Frage von vorhin«, fuhr Sean fort. »Von Orans veränderter Medikamentengabe habe ich von Doktor Bourke erfahren. Von ihm wusste ich auch, dass Bestand und verabreichte Dosis bei allen Patienten regelmäßig überprüft und dokumentiert werden müssen. Und weil Schwester Myrtle dafür zuständig war, habe ich sie aufgesucht. Sie erinnerte sich an die Ungereimtheiten, die den Restbestand des inzwischen abgesetzten Medikaments betrafen, und hat mir davon erzählt Da die Listen an sich jedoch korrekt waren, soweit es die Höhe und den jeweiligen Zeitpunkt des verabreichten Mittels betraf, hatte sie die Angelegenheit nicht weiter verfolgt und es letztlich als eigene Nachlässigkeit gewertet. Heute wurde uns beiden schlagartig klar, dass dies kein Fall von Unachtsamkeit war, und wir uns hier auf der richtigen Spur befanden. Als mir dann noch Doktor McMasters von den Beobachtungen berichtete, die er in der Nacht machte, in der Oran starb, fügte sich für mich eins zum anderen.«

Mir wurde wieder schwindlig, als ich erkannte, wie viel Glück ich doch hatte. Und ich schämte mich, denn wenn Sean nicht die Dinge für mich zurechtgerückt hätte, nicht für mich und Oran eingetreten wäre ... Er hatte nicht vorschnell aufgegeben und sich feig aus dem Staub gemacht, so wie ich es hatte tun wollen. »Danke, Sean«, sagte ich noch einmal und warf ihm einen ebenso schuldbewussten wie reumütigen Blick zu. »Ohne Sie ...«

»Was werden Sie jetzt tun?«, unterbrach er mich.

»Ich weiß es nicht«, antwortete ich aufrichtig, verschränkte fröstelnd die Arme vor der Brust und beobachtete die beiden Polizeiautos, die sich immer weiter von Rosebud House entfernten.

»Schlafen Sie darüber, und morgen sehen Sie klarer.«

Ich schüttelte den Kopf. »Ich kann doch unmöglich all das hier behalten und bewirtschaften«, antwortete ich. Ich hatte zwar meine Feigheit bereut, mir eben noch geschworen, sie für immer aus meinem Leben zu verbannen, doch Mut brauchte Zeit. Ich würde ihn so mühsam erlernen müssen wie ehemals die Lateinvokabeln, das wurde mir schlagartig klar. »Schließlich bin ich keine dreißig mehr«, gab ich zu bedenken. »Die Dinge werden nicht leichter mit den Jahren.«

»Wenn Sie's nicht versuchen, werden Sie's nicht herausfinden«, hörte ich eine weitere Stimme neben mir, drehte mich zur Seite und sah Seamus O'Mallys zerfurchtes Gesicht. Er nickte zum Gruß, ließ ein Streichholz aufblitzen, entzündete gemächlich seine Pfeife und beobachtete ebenfalls die Polizeiautos, die nur noch als winzige rote Lichtpunkte in der Dunkelheit wahrnehmbar waren. Wo er so plötzlich herkam, war mir ein Rätsel, doch sein Hiersein erschien mir beinahe als natürliche Folge dessen, was geschehen war. Seine Nähe ließ mich ruhiger werden. Die Ausgeglichenheit und lebenskluge Freundlichkeit seines Wesens bildeten das Gegengewicht zu dem Chaos aus Gemeinheit und Zerstörung, mit dem die letzten Stunden angefüllt waren. Er fragte nichts, und schien auch keiner Erklärung zu bedürfen.

»Vater und seine schlauen Sprüche«, kommentierte Sean und grinste.

»Vater?« Mein Augenmerk wanderte von links nach rechts, von einem zum anderen. Gerade eben hatte ich noch gedacht, dass es nichts mehr geben konnte, was mich zu überraschen vermochte.

»Na los, Junge, du bist jetzt gefragt«, forderte Seamus Sean auf, hob die Hand zum Gruß und ging wieder davon. Gleich darauf war er aus dem Lichtkegel der Portalbeleuchtung verschwunden.

»Vater?«, wiederholte ich noch einmal, nur um sicher zu gehen, dass ich mich nicht verhört hatte, und Sean nickte amüsiert. Ich nahm es zur Kenntnis und beschloss, mich ab sofort über gar nichts mehr zu wundern.

»Ich kann das Gut nicht weiter bewirtschaften, Sean«, versicherte ich ihm erneut. »Wie sollte ich das denn alles schaffen? Dazu das Hotel, der Reitstall. Unmöglich.« Ich fühlte mich erschlagen von den Ereignissen und der Aussicht auf das, was auf mich zukommen würde.

»Und wenn ich Ihnen dabei helfe?« Seans Stimme klang ruhig und überzeugt. »Alles, was Sie brauchen, ist ein wenig Vertrauen und hin und wieder ein kräftiger Schluck Whiskey«, fuhr er fort und legte mir die Hand auf die Schulter, so wie er es heute schon einmal getan hatte während des Gesprächs mit Conny und Kavanagh. Es war auch diesmal tröstlich.

»Ich bin nicht Conny«, gab ich zu bedenken und musste lächeln, als Sean spontan mit einem »Dem Himmel sei Dank!« reagierte.

»Nein, das sind Sie wirklich nicht« bestätigte er. »Aber Sie sind intelligent, nett und einfühlsam. Sie besitzen all die Erfahrungen eines langjährigen Berufslebens und verfügen über genug Personal, um das hier am Laufen zu halten. Denken Sie wirklich, wir hätten es ausschließlich Connys Genialität zu verdanken, dass Rosebud auf gesunden Füßen steht?«

»Nein«, antwortete ich wahrheitsgemäß, denn ich wusste, dass ihre Stärke vor allem im Repräsentieren lag.

»Also, packen Sie's an und sehen Sie, was daraus wird.«

»Ist das Leben wirklich so einfach für Sie?« Ich hoffte, es klang nicht abwertend, denn meine Frage entsprang einem grundlegenden und ehrlichen Interesse.

»Ja«, gab er zurück. »Mehr daraus machen zu wollen, ist Zeit- und Kraftverschwendung. Außerdem: Was haben Sie zu verlieren?«

Nichts. Er hatte vollkommen recht. Ich atmete tief ein und aus. Die Dunkelheit verbarg die Pracht der Rosen, doch der warme, süße Duft, den der Abendwind noch immer mit sich trug, versicherte mich ihrer Gegenwart. Sie würden auch morgen noch hier sein und ihre nachtfeuchten Blüten einem neuen Tag zuwenden. Nicht aus Eitelkeit oder Gefallsucht, nicht aus Ehrgeiz oder neidisch eifernd. Sie waren, was sie waren. Für sie gab es kein Richtig oder Falsch, sie folgten einfach ihrer Bestimmung. Sie hatten – ebenso wie wir – ihr begrenztes Dasein in der Zeit, einmal im hellen Licht, einmal umfangen von der Nacht. Und beides hatte seine Berechtigung, seine Bedeutung. Es war überflüssig, damit zu hadern oder darüber zu lamentieren, dass die Dinge waren, wie sie nun mal waren, denn sie entsprachen in ihrer unbegrenzten Vielfalt ein und derselben unabänderlichen Gesetzmäßigkeit. Die Frage sollte also nicht sein, ob etwas für unsere kleinen Egoismen Sinn machte, sondern ob es seiner Natur entsprach, und jeder neue Tag war der richtige, um sie zu beantworten. Jeder war ein Anfang. Ein Anfang, der etwas mit Hoffnung zu tun hatte. Ein Gedanke, der mir immer besser gefiel. Auch hatte ich begriffen, dass Änderung und Entwicklung zwei völlig verschiedene Dinge waren.

Das Leben hatte mich hierhergeführt und ich spürte den innigen Wunsch, zu bleiben. Also entsprach er meinem Wesen, meiner Natur, und ich sollte ihm nachgeben.

Trotzdem fragte ich Sean: »Und Ihr Vorschlag ist völlig selbstlos und frei von Eigennutz?«

»Er ist keineswegs frei von Eigennutz. Ich liebe meine Arbeit und ich liebe diesen Flecken Erde, kenne ihn so gut, als wäre er ein Teil von mir selbst. Ich bin hier aufgewachsen, damit *ver*wachsen. Dass er formaljuristisch nicht mir gehört, spielt dabei keine Rolle. Es ist mir, offen gestanden, sogar herzlich egal. Doch der Gedanke, von hier fort zu müssen und wieder neu anzufangen, missfällt mir.« Er nickte dem Gesagten hinterher und bestätigte dann noch einmal: »Ja, ich möchte, dass Sie bleiben. Nicht zuletzt um meinetwillen.«

»Und um meinetwillen erst recht!«, vernahm ich nun auch Deirdres Stimme hinter mir. Sie hatte alles an Trotz und Grant hineingelegt, dessen sie fähig war, um über ihre Aufregung und Sorge hinwegzutäuschen. Mit dem Geschirrtuch, das sie unablässig mit ihren Händen zerknüllte, trocknete sie sich die Augen, und der flehende Blick, mit dem sie mich bedachte, strafte den grimmigen Ausdruck auf ihrem Gesicht lügen. In respektvollem Abstand hatte sie wohl die beiden Polizeibeamten vor der Tür zum kleinen Salon beobachtet und ängstlich abgewartet, was passieren würde. Ich blickte abwechselnd zu ihr und Sean und war überwältigt von der Verbundenheit mit diesen beiden Menschen, die mich spontan erfüllte. Seans Abgeklärtheit und Stärke, Deirdres kratzbürstige Großherzigkeit, ich wollte sie nicht mehr missen. Ich ging zu Deirdre und legte meinen Arm um ihre Schulter und drückte sie in stiller Selbstverständlichkeit an mich.

»Sie vergessen, ich bin keine Irin«, neckte ich in Seans Richtung und versuchte zu lächeln. »Sie waren es übrigens, der mir prophezeite, dass auch niemals eine aus mir werden würde.«

»Blödsinn«, hörte ich Deirdre durch das Taschentuch murmeln, mit dem sie sich die Nase putzte.

»Na ja, vielleicht irre ich mich ja hin und wieder«, räumte Sean ein und zwinkerte Deirdre verschwörerisch zu. »Wenn Sie ein bisschen mithelfen, biegen wir Sie sicherlich zurecht. Verlassen Sie sich da ganz einfach auf uns.«

Ich sah ihm in die grauen Augen und entschied in diesem Moment, genau das zu tun. Die Schatten würden mich nicht verlassen, zumindest nicht so bald, das wusste ich, doch ich war zuversichtlich, sie klein halten zu können. Sie würden mir erlauben, in die Sonne zu blinzeln und dankbar zu sein.

Nichts und niemand ändert sich wirklich, davon war ich nach alldem noch fester überzeugt. Aber dennoch gab es glücklicherweise immer auch Entwicklungsmöglichkeiten ...

ANGELIKA SOPP

HÖCHSTE ZEIT ZUM S†ERBEN

NÜRNBERG-KRIMI

Der Angelausflug an den Birkensee im Lorenzer Reichswald beschert dem verwitweten Landarzt Horatio Grünfeld anstelle der erhofften Karpfen nicht nur eine Wasserleiche, sondern auch die erste Begegnung mit Lili Karmann, der resoluten Hauptkommissarin der Mordkommission Nürnberg.

Das Mordopfer, ein angesehener Bauunternehmer aus Nürnberg, erscheint bald im Licht des skrupellosen Geschäftsmanns, dessen private und berufliche Verstrickungen den Kreis der Verdächtigen stetig vergrößern.

Dann geschieht ein weiterer Mord ...

HORATIO GRÜNFELD UND LILI KARMANN ERMITTELN

Printed in Poland
by Amazon Fulfillment
Poland Sp. z o.o., Wrocław